庫 SF
6〉

最後の星戦

老人と宇宙《そら》3

ジョン・スコルジー
内田昌之訳

早川書房
6484

THE LAST COLONY
by
John Scalzi

Translated by
Masayuki Uchida
First published 2009 in Japan by
HAYAKAWA PUBLISHING, INC.
This book is published in Japan by
arrangement with
ETHAN ELLENBERG LITERARY AGENCY
through THE ENGLISH AGENCY (JAPAN) LTD.

友人であり編集者である
パトリックとテリーサ・ニールスン・ヘイデンに
姉のヘザーと兄のボブに
娘のアシーナに
すべてであるクリスティンに

最後の星戦　老人と宇宙《そら》3

1

わたしがあとにしてきた世界について語ってみよう。

地球はみなさんご存じのとおり。だれでも知っている。人類発祥の地ではあるが、いまではそこを〝故郷〟の惑星と考える者は多くない。コロニー連合が創設されて、宇宙へ進出する人類を導き、守るようになってからは、惑星フェニックスがその役割を果たしてきた。それでも、自分がどこからやってきたかを忘れることはない。

地球出身者がこの宇宙へ踏みだすというのは、田舎町の少年がバスに乗って大都市へ出かけ、午後じゅうずっと高層ビルをぽかんとながめてすごすようなものだ。そのあと、少年はこの奇妙な新世界に驚嘆した罪で強盗に襲われてしまう。そこにいる連中が、街の新入りのために多くの時間や思いやりを割《さ》いたりせず、スーツケースの中身を奪うためによろこんで少年を殺すからだ。田舎町の少年は急いでそれを学ぶしかない。二度と家へ帰ることはできないのだから。

わたしは地球に七十五年いたが、その大半をオハイオ州の小さな街ですごし、人生のほとんどをひとりの女性と分かちあった。その女性は死んであとに残った。わたしは生きて地球を離れた。

つぎの世界には実体はなかった。コロニー防衛軍（CDF）はわたしを地球から連れだし、必要な部分だけを保存した――意識と、DNAの一部だ。後者からつくられた新しい肉体は、若くて敏捷で強くて美しくて人間といえる部分はごくわずかだった。CDFはわたしの意識をそのなかに詰めこみ、とても充分とはいえない時間ではあったが第二の青春を謳歌させてくれた。その後の数年間、CDFはわたしのものとなった美しい肉体の破壊に熱心になり、わたしは敵対するエイリアン種族の相手をつぎつぎとさせられた。

そういう敵はほんとうに多かった。宇宙は広大だが、人間の生存に適した世界の数はおどろくほど少なく、間が悪いことに、わたしたちと同じ世界をほしがる知的種族はたくさんいた。共有ということを考える種族はほとんどいないようだった。もちろん、わたしたちにもそんな考えはなかった。すべての種族が戦いをくりひろげ、居住可能な世界はつねに奪いあいの対象となり、それはどこかの種族がその世界をだれにも強奪されないほどしっかりと手中におさめるまでつづいた。二世紀のあいだ、わたしたち人類は、数十の世界でなんとかこれをやり遂げ、ほかの数十の世界でこれに失敗した。それによって人類に友だちが大勢できることはなかった。

わたしはこの世界で六年をすごした。戦闘で何度も死にかけた。友人の多くは死んだが、何人かは救うことができた。そこで出会ったひとりの女性は、地球でともに暮らした女性と胸が痛くなるほどよく似ていたが、やはり見た目どおりの人物ではなかった。わたしはコロニー連合を守り、そうすることで、人類がこの宇宙で生きのびる手助けをしているのだと信じていた。

兵役が終わると、コロニー防衛軍は、もとからずっとわたしだった部分だけを取りだして、それを第三の、最後の肉体に詰めこんだ。この肉体は、若さはそのままだが、敏捷さや強さは遠くおよばない。しょせんは人間でしかないからだ。とはいえ、この肉体は戦って死ぬことをもとめられたりはしない。マンガのスーパーヒーローみたいだった強さはなつかしい。わたしを殺すことに熱心だった数多くのエイリアンたちのことはすこしもなつかしくない。フェアな取引といえよう。

つぎの世界のことは、おそらくみなさんはご存じないだろう。地球では、いまも何十億もの人びとが暮らして星の世界を夢見ているが、あらためてそこに立って空を見あげてほしい。おおぐま座のすぐそばにある、やまねこ座を。

そこには、わたしたちの太陽と似た黄色の恒星があり、六個の大惑星を従えている。その第三惑星は、じつにふさわしいことに、地球と酷似している。比べてみると、円周は九六パーセントだが、鉄の核がわずかに大きいため、質量は一〇一パーセントある（一パーセントの差ではほとんど感じない）。衛星はふたつ。ひとつは、地球の月の三分の二の大きさしかないが、距離がより近いので、空を占める見かけの大きさは変わらない。もうひとつの月は捕獲された小惑星で、ずっと小さくて距離も近い。軌道が不安定で、いずれは眼下の惑星へくるくると落下することになる。もっとも可能性の高い推定によれば、それが起こるのはおよそ二十五万年後。住民は現時点ではあまり心配していない。

人類がこの世界を発見したのは七十五年近くまえのこと。イアラン族がすでにコロニーを設置していたが、コロニー防衛軍がそれを是正した。イアラン族が、まあなんというか、その方程式の展開を阻止しようとしたので、すっかり解決するまでにはさらに二年の歳月を要した。その後、コロニー連合はこの世界へ地球からの植民者を受け入れ、その大半はインド人だった。彼らはつぎからつぎへと押し寄せた。第一波は惑星からイアラン族の脅威がなくなったあと。第二波は地球での亜大陸戦争の直後で、占領軍をうしろ盾にした見習い政府が、チョウダリー政権の有力な支持者たちに対して植民か投獄かを選ばせたときのことだった。彼らの多くは家族を連れて地球を離れた。こうした人びとは、星の世界を夢見たというより、むりやりそれを押しつけられたのだった。

住民のことを考えれば、惑星には彼らの出自を反映した名前がついていると思うのが自然だろう。それはまちがいだ。実際にはハックルベリーと呼ばれている。コロニー連合にいるマーク・トウェイン好きの役人が名付けたにちがいない。大きいほうの衛星はソーヤー、小さいほうはベッキー。三つある主要大陸はサミュエル、ラングホーン、クレメンズ。クレメンズから長くうねうねとつらなる火山島群はリヴィ列島で、それが位置するのはカラヴェラス海。最初の植民者が到着するまえに、おもだった地物のほとんどにトウェインがらみの名前がつけられていた。植民者たちはこれをいさぎよく受け入れたようだ。

では、わたしといっしょにこの惑星に立ってみよう。空を見あげ、ハス座の方角に目をむける。そこには、この惑星がめぐっているのとよく似た黄色い恒星がある。人生ふたつぶんまえに、わたしはその恒星系で生まれた。ここからでは遠すぎて見ることができない。それは、そこですごした人生についてしばしば感じることでもある。

わたしの名前はジョン・ペリー。年齢は八十八歳。この惑星で暮らして八年近くになる。ここはわたしの家であり、妻と養子にした娘が生活をともにしている。ハックルベリーへようこそ。この物語のなかで、ハックルベリーはわたしがあとにするもうひとつの世界となる。だが最後というわけではない。

わたしがいかにしてハックルベリーを離れたかの物語は――語るに足るすべての物語がそうであるように――ヤギではじまる。

助手のサヴィトリ・グントゥパーリは、わたしが昼食からもどっても、本から目をあげようとさえしなかった。「あなたのオフィスにヤギがいます」

「ふーむ。ヤギよけにふたりでマーキングをしたはずなのにな」

これを聞いてサヴィトリがちらりと目をあげた。勝利とみなしてよかろう。「ヤギはチェンゲルペット兄弟をいっしょに連れてきました」

「バカな」チェンゲルペット兄弟なみに激しい争いをした兄弟といえばカインとアベルくらいで、少なくともそのうちのひとりは最終的に直接行動に出た。「わたしが留守のときにあのふたりをオフィスへ入れるなといったじゃないか」

「そんな指示は聞いてません」

「では服務規程ということにしよう」

「たとえ指示があったとしても」サヴィトリは本をおろして話をつづけた。「それはチェンゲルペット兄弟がわたしのことばに耳を貸すことが前提となりますが、そんなことはありえません。まずアフタープがヤギを連れてずかずか踏みこんできて、すぐあとにニシームがついてきたんです。ふたりともわたしには目もくれませんでした」

「チェンゲルペット兄弟の相手はしたくないな。食事をすませたばかりなのに」

サヴィトリは自分のデスクのわきへ手をのばし、ゴミ箱をつかみあげてデスクの上にのせた。「まずここに吐いちゃってください」

サヴィトリと出会ったのは、数年まえ、わたしがコロニー防衛軍の代表としてあちこちのコロニーをまわり、軍の宣伝につとめていた時期のことだ。ハックルベリーにあるニュー・ゴアという村をおとずれたとき、サヴィトリが立ちあがり、わたしのことをコロニー連合の帝国・全体主義体制の手先と呼んだのだ。わたしはたちまち彼女のことを気に入った。CDFを除隊したあと、わたしはニュー・ゴアに腰を据えた。村の監査官にならないかとの申し出があったので、それを引き受けると、おどろいたことに、初出勤の日にサヴィトリがあらわれて、わたしが気に入ろうが入るまいが助手になると宣言したのだ。

「きみがなぜこの仕事を引き受けたのか、もういちど教えてくれ」わたしはゴミ箱のむこうにいるサヴィトリにいった。

「ただあまのじゃくです。吐くんですか、吐かないんですか？」

「腹におさめておくよ」

サヴィトリはゴミ箱をつかんでもとの場所へ置き、読書を再開しようと本を取りあげた。ふと思いついた。「なあ、サヴィトリ。わたしの仕事をしたいか？」

「もちろん」サヴィトリは本をひらきながらいった。「あなたがチェンゲルペット兄弟の件を片付けたらすぐにはじめますよ」

「それはそれは」

サヴィトリはなにか小さくつぶやいただけだった。すでに文学の冒険にもどっていたのだ。わたしは覚悟をきめ、ドアを抜けて自分のオフィスにはいった。

床のまんなかにいるヤギはかわいらしかった。デスクのまえにある椅子にすわったチェンゲルペット兄弟はそれほどでもなかった。

「アフターブ」わたしは兄のほうにうなずきかけた。「ニシーム」といって、弟のほうにうなずきかける。「そして友よ」といって、ヤギにうなずきかける。それから椅子に腰をおろした。「きょうの午後はどんな用件かな?」

「あにきを撃つ許可をくれ、ペリー監査官」ニシームがいった。

「それはわたしの担当業務に含まれるかどうかわからないな。いずれにせよ、すこしばかり過激だね。まず事情を話してみたらどうかな」

ニシームは兄を指さした。「こいつがおれの種を盗んだんだ」

「なにを?」

「種だよ。本人にきいてくれ、否定はできないはずだ」

わたしは目をしばたたき、アフターブに顔をむけた。「ほんとうに弟の種を盗んだのかい、アフターブ?」

「弟が不作法で申し訳ない」とアフターブ。「知ってのとおり、ヒステリーを起こしやすいやつでね。要するに、こいつのヤギが牧草地からさまよいでてうちの牧草地へはいりこみ、ここにいる雌ヤギを妊娠させたんだよ。それで、おれが弟のヤギの精子を盗んだといってるんだ」

「ただのヤギじゃない」とニシーム。「プラブハットだぞ、賞をとった。おれが種ヤギとしてすごい高値をつけたから、アフタープブは代金を払いたくなかった。それでおれの種を盗んだんだ」

「プラブハットの種だろうが。それに、おまえがフェンスの手入れを怠ったせいでヤギがこっちの土地へはいれるようになっていたのはおれの責任じゃない」

「はっ、よくいうよ。ペリー監査官、フェンスのワイヤーは切られたんだ。プラブハットはあにきの土地へ誘いこまれたんだ」

「妄想はやめておけ。仮にそれが事実だとしても――事実じゃないが――なにか問題があるのか？　だいじなプラブハットはもどったんだろう」

「でも、あにきのヤギは妊娠した。代金も払わずに、おれの許可もなしに。まさに泥棒じゃないか。それだけじゃなく、おれを破滅させようとしている」

「なんの話をしているんだ？」

「あにきは新しい種ヤギを生ませようとしている」ニシームはヤギを指さした。ヤギはアフタープブがすわっている椅子の背をかじっていた。「否定はできないだろ。こいつはあにきのいちばんいい雌ヤギだ。プラブハットとかけあわせれば、種ヤギにできる雄が手にはいる。あにきはおれの商売をだいなしにするつもりなんだ。本人にきいてくれ、ペリー監査官。このヤギの腹になにがいるかを」

わたしはアフタープに顔をもどした。「きみのヤギの腹にいるのは？」

「まったくの偶然だが、胎仔の一匹は雄だ」とアフタープ。

「中絶させろ」とニシーム。

「こいつはおまえのヤギじゃない」

「それなら、生まれた仔をもらう。あにきが盗んだ種の代金として」

「またこれだ」アフタープはわたしに目をむけた。「おれの苦労がわかるでしょう、ペリー監査官。こいつは自分のヤギたちを好き勝手に走りまわらせて、いざ妊娠すると、自分のしょぼい畜産業のためにと支払いを要求するんですよ」

ニシームは怒りの声をあげ、激しい身ぶりをまじえて兄を怒鳴りはじめた。アフタープもこれに対抗した。ヤギはデスクをまわりこんできて、興味津々の目でわたしを見つめた。わたしはデスクのなかに手を入れて、そこにあったキャンディをヤギにあたえた。

「きみとわたしはここにいる必要はないんだよな」わたしはヤギにいった。返事はなかったが、ヤギが同じ意見なのはあきらかだった。

当初の計画では、村の監査官の仕事は簡単なものになるはずだった。ニュー・ゴアの村人たちは、この地区の役所を相手になにか問題が起きると、わたしのところへやってくる。わたしは村人たちがややこしい手続きを乗り越えて問題を解決するのを手伝う。はっきりいって、戦争の英雄という、農地がひろがるコロニーの日常生活ではなんの役にも立たない男にあてがうには、まさにうってつけの仕事だ。その英雄はお偉方のあいだで名がとおっているため、彼が戸口に姿をあらわすと、役人たちはいやでも気をくばらなければならないのだ。

予想外だったことに、数ヵ月たつと、ニュー・ゴアの村人たちはもっとべつの問題を持ちこんでくるようになった。「ああ、役人の手をわずらわせたくないんだよ」ひとりの村人からこんなふうにいわれたのは、なぜわたしが急に、農機具にまつわる助言から最前線の結婚相談までありとあらゆる方面で頼りにされるようになったのかとたずねたときのことだった。「あんたのところへ来るほうが楽だし手っ取り早いからね」ニュー・ゴアの行政官、ロヒット・クルカーニは、こうした状況をよろこんでいた。以前はまず彼のところへ持ちこまれていた問題にわたしが対応しているおかげで、釣りをしたり喫茶店でドミノを楽しんだりする時間が増えたからだ。

たいていの場合、こうして監査官としての職務範囲がひろがったのはじつにけっこうなことだった。人びとを助けるのはうれしかったし、人びとがわたしの助言に耳を貸してくれるのもうれしかった。そのいっぽうで、多くの公務員が口にするように、共同体のなかにいるごく少数の困った人たちに大半の時間をとられてしまうのも事実だった。ニュー・ゴアでその役割を受け持っているのがチェンゲルペット兄弟だ。

この兄弟がおたがいをひどくきらっている理由はだれも知らなかった。両親がなにか関係しているのかもしれないが、バージャンとニラールはすてきな夫婦で、この件についてはみなと同じように困惑していた。世の中にはどうしてもうまの合わない人たちがいるもので、間の悪いことに、それがたまたま兄弟だったということなのだろう。

隣接した土地にそれぞれ農場をかまえて、つねに顔を付き合わせ、商売でも競い合ったりしていなければ、ここまで険悪にはならなかっただろう。わたしも、監査官の仕事をはじめて間もないころに、兄弟のなかではいくらか分別があるように見えるアフターブにむかって、村の反対側に開拓されたばかりの新しい土地へ移ることを考えてみてはどうかと勧めたことがある。なにしろ、ニシームから離れて暮らせば問題の大半は片付くかもしれないのだ。「そりゃ、弟はよろこぶだろうな」アフターブは、完璧に分別ある口調でこたえた。それ以来、わたしは理性ある話し合いという希望を捨て、怒れるチェンゲルペット兄弟の折々の訪問に耐え抜くという宿命を受け入れることにした。

「そこまでだ」わたしは近親憎悪的な怒鳴りあいをつづける兄弟を静かにさせた。「わたしの考えをいわせてくれ。われらがヤギの淑女がどうやって妊娠したかは重要な問題ではないと思うので、そのことを気にするのはやめよう。ただ、ニシームの雄ヤギがやったという点についてはふたりの意見は一致している」

チェンゲルペット兄弟はそろってうなずいた。ヤギは慎み深く口をつぐんでいた。

「けっこう。では、きみたちはいっしょに商売をするんだ。アフターブ、きみは生まれたヤギの仔を手に入れて、種付けも自由にしてかまわない。ただし、最初の六回については種付け料の全額を、その後は半額をニシームに渡すこと」

「あにきは最初の六回の種付け料をただにするに決まってる」とニシーム。

「だったら、その最初の六回の料金の平均をそれ以降の料金にすると決めておこう。アフタープがきみに損をさせようとしたら、自分も損をすることになる。ここは小さな村だからね、ニシーム。アフタープが自分のヤギを安値で貸しだすのがきみの生活をぶち壊すためでしかないとわかっていたら、だれも彼に種付けを頼んだりはしない。どんなにお買い得でも、隣人との関係をそこねたくはないから」

「おれがいっしょに商売をしたくないといったら？」とアフタープ。

「その場合、きみはヤギの仔をニシームに売ることはできる」わたしがいうと、ニシームが口をひらきかけた。「そう、売るんだ」文句をいわれるまえに先をつづける。「ヤギの仔をムラーリのところへ連れていって査定をしてもらう。それが売値だ。ムラーリはきみたちふたりのことがあまり好きではないから、公平な査定になるだろう。どうかな？」

チェンゲルペット兄弟は考えこみ、この取り決めでどちらかが相手より不幸になる可能性はあるだろうかと頭をしぼった。ふたりがそろってたどり着いた結論は、どちらも同じくらい不愉快だということだったらしく、それはこの状況では最善の解決策といえた。兄弟はうなずいて同意した。

「よろしい」わたしはいった。「では、敷物がだいなしにならないうちにここから出ていってくれ」

「おれのヤギはそんなことはしないぞ」アフターブがいった。

「ヤギのことを心配しているわけじゃない」わたしはそういってふたりを追い払った。チェンゲルペット兄弟は去り、かわってサヴィトリが戸口にあらわれた。

「そこはわたしの席ですよ」サヴィトリはわたしの椅子にむかってうなずきかけた。

「知るか」わたしは両足をデスクにのせた。「やっかいな案件を処理するつもりがないのなら、きみはまだトップの椅子にはふさわしくないということだ」

「それなら、あなたの助手という地味な役回りにもどってお伝えします。あなたがチェンゲルペット兄弟をもてなしていたあいだに、治安官から連絡がありました」

「用件は?」

「なにも。ただ回線を切りました。治安官のことはご存じでしょう。すごく無愛想で」

「厳格だが公平、がモットーだからな。ほんとうに重要なことなら伝言があったはずだから、その件はあとまわしにしよう。とりあえず書類仕事を片付けないとな」

「あなたに書類仕事なんかありません。ぜんぶわたしに押しつけているでしょう」

「終わったのか?」

「あなたが知っている範囲については、終わりました」

「じゃあ、わたしはくつろいで、みずからの卓越した管理能力の恩恵に浴するとしよう」

「あなたがさっきゴミ箱を使わなくてよかったですよ。おかげでわたしがいろいろと吐きだす場所が残っているわけですから」サヴィトリは、わたしがうまい切り返しを思いつくまえに、さっさとデスクにもどった。

いっしょに働きはじめて一ヵ月がすぎたころから、わたしたちはずっとこんな調子だった。その最初の一ヵ月で、サヴィトリにもわかったのだ──わたしはたしかにもと軍人だが、植民地主義者の手先ではなさそうだし、万が一そうだとしても、常識とほどほどのユーモアのセンスをそなえていると。わたしがこの村に覇権をひろげるためにやってきたのではないと納得したあと、サヴィトリは肩の力を抜いてわたしをからかえるほどになった。そんな調子でかれこれ七年、良好な関係がつづいている。

書類仕事が片付き、村のかかえる問題がすべて解決したので、わたしはこの地位にあればだれもがすることをした。昼寝だ。コロニーの村の監査官なんて、こんなふうにいいかげんなものだ。よそではちがうやりかたをするのかもしれないが、たとえそうだとしても、わたしは知りたくない。

目がさめると、サヴィトリがオフィスを閉めているところだった。わたしはサヴィトリにお疲れさんと手をふり、しばらくそのままじっとしていたあと、椅子から尻を引っぱりだしてドアを抜け、家へとむかった。途中で、道路の反対側をむこうからやってくる治安官に出くわした。わたしは道路を横切り、地元で法務の執行をつかさどる役人に歩み寄って、その唇に熱烈なキスをした。

「そういうのは好きじゃないと知ってるでしょ」唇が離れると、ジェーンがいった。

「わたしがキスするのがいやなのか？」

「勤務中はね。あたしの権威に傷がつくわ」

かつては特殊部隊の兵士だったジェーンが夫とキスをしたせいで軟弱になる――どこかの犯罪者がそんなふうに考えると思ったら笑えた。そのあとの法務執行はさぞかし過激なものになるだろう。だが、そんなことは口にしなかった。「すまなかった。二度ときみの権威を傷つけないよう努力する」

「ありがとう。それはそうと、あなたに会いにきたのよ。連絡をもらえなかったから」

「きょうはとんでもなく忙しかったんでね」

「電話をかけなおしたとき、サヴィトリからあなたがどれほど忙しいか教えてもらった」

「げげっ」

「ほんとにね」ジェーンは同意した。わたしたちは自宅のある方角へと歩きだした。「あのとき伝えようとしたのは、あしたゴーパル・ボーパライが自分の地域奉仕活動がどんなものになるのかたしかめにくるかもしれないってこと。また酔っぱらって大騒ぎをしたのよ。雌牛を怒鳴りつけたり」

「罰当たりだな」

「雌牛もそう思ったみたい。彼の胸に頭突きをくらわせて、ショーウィンドウのなかへ叩きこんだの」

「ゴーパルはだいじょうぶなのか？」

「かすり傷よ。窓がポンとはずれたから。プラスチック製でね。割れなかった」

「今年になって三度目か。ゴーパルはちゃんとした裁判官のまえに出るべきだな、わたしじゃなくて」

「あたしも本人にそういったの。でも、ゴーパルは地区刑務所で四十日間をすごすことになるし、シャーシはあと二週間で出所することになってる。彼女にはゴーパルが必要なのよ――彼が刑務所を必要としている以上に」

「わかった。ゴーパルの件はなにか考えてみよう」

「あなたのほうはどんな日だった？　昼寝をべつにして、だけど」

「チェンゲルペットの日だったよ。今回はヤギつきで」

ジェーンとふたりでその日にあったできごとを語らいながら、村のすぐ外にある小さな農場まで歩いて帰るのは、毎日の習慣になっていた。自宅へ通じる小道にはいると、娘のゾーイとばったり出くわした。娘が散歩に連れている犬のババールは、例によって、わたしたちと会えてこのうえなく幸せそうだった。

「帰ってくるのがわかったみたい」ゾーイはわずかに息をきらしていた。「道の途中で急にぐいぐい引っぱられて。ついていくのに走らなくちゃいけなかった」

「待ち焦がれてもらえるとはうれしいね」

ジェーンがなでてやると、ババールは嵐のように尻尾をふった。わたしはゾーイの頬に軽くキスした。

「ふたりにお客さんよ」ゾーイがいった。「男の人で、一時間くらいまえにうちへ来たの。フローターで」

このあたりにフローターを持っている者はいない。農村で使うにはおおげさすぎるし非実用的なのだ。ちらりと横へ目をやると、ジェーンは、人が来る予定なんかないわよ、といわんばかりに肩をすくめた。

「その人は自己紹介をした？」わたしはたずねた。

「しなかった。ふたりの古い友だちだといっただけ。パパに連絡するといったら、待つからかまわないって」

「じゃあ、せめてどんな人か教えてくれるかな？」

「若いよ。ちょっとかわいい」

「かわいい男の知り合いなんて思いつかないなあ。そういうのはむしろきみの領分だろう、十代の娘さん」

ゾーイは目をほそめて、ふふんという顔をしてみせた。「どうも、九十歳のパパ。あたしに最後まで話をさせてくれたら、その人のことがわかるかもしれない手がかりを聞けたのに。つまりね、その人は緑色なの」

わたしはふたたびジェーンと視線をかわした。CDFの兵士は緑色の肌をしている。戦闘時に追加エネルギーをもたらしてくれる改造葉緑素のせいだ。ジェーンとわたしもかつては緑色の肌をしていた。その後、わたしは生まれたままの色にもどり、ジェーンは体を替えたときに、より標準的な肌の色を選ぶことを許された。

「その人はどんな用事かいわなかったの?」ジェーンがゾーイにたずねた。

「うん。あたしもきかなかった。ただ、パパたちを見つけて、あらかじめ知らせておこうと思って。その人はおもてのポーチにいるわ」

「いまごろは家のまわりをこっそり見てまわっているだろうな」わたしはいった。

「どうかなあ。ヒッコリーとディッコリーに見張りをさせてるし」

わたしはにやりとした。「それならどこへも行かないな」

「あたしもそう思う」

「きみは歳のわりに賢いな、十代の娘さん」

「あなたの埋め合わせをしてるのよ、九十歳のパパ」ゾーイはジョギングで家へと引き返し、ババールがとことことあとを追った。

「なんて態度だ」わたしはジェーンにいった。「あれはきみに似たんだな」

「ゾーイは養女よ。それに、家族でいちばんのうぬぼれ屋はあたしじゃないし」

「ささいなことだ」わたしはジェーンの手をとった。「さあ行こう。お客さんがどれくらいびびっているか見てみたい」

来客はポーチのブランコに腰かけたまま、ふたりのオービン族によって静かに熱心に監視されていた。だれなのかはひと目でわかった。

「リビッキー将軍。これはおどろきですね」

「やあ、少佐」リビッキーは、かつての階級でわたしに呼びかけてから、オービン族を指さした。「最後に会ってから、なかなか興味ぶかい友人ができたようだな」

「ヒッコリーとディッコリーです。娘のゾーイの付き添いでしてね。申し分なく行儀のよい連中ですよ――あなたがゾーイに危害をおよぼさないと思っているうちは」

「そう思われたらどうなるのかね？」

「いろいろです。ただ、ふつうはあっというまのできごとです」

「すごいな」

わたしはオービン族をさがらせた。ふたりはゾーイをさがしにいった。

「ありがとう」リビッキーはいった。「オービン族がいるとどうもおちつかない」

「それが狙いなんです」ジェーンがいった。

「なるほど。よければ教えてほしいのだが、なぜきみたちの娘にオービン族のボディガードがついているのかね？」

「ボディガードではなく、付き添いです」とジェーン。「ゾーイは養女なんです。実の父親はチャールズ・ブーティンです」

リビッキーが眉をあげた。彼ほどの地位にいればブーティンの一件は知っている。

「オービン族はブーティンを崇拝していましたが、彼は死んでしまいました。そこで、せめて娘と近づきになろうと、あのふたりをここへ送りこんできたんです」

「娘さんは気にしていないのか」

「ゾーイはオービン族を子守りとして、保護者として育ちました」とジェーン。「ふたりがそばにいるとおちつくんです」

「きみたちも気にならないのか」

「あのふたりはゾーイを見守り、保護しています」わたしはいった。「ここではいろいろと助けになるんですよ。それに、彼らがわたしたちのそばにいるというのは、コロニー連合がオービン族とむすんだ協定の一部なんです。あのふたりをここに置いておくことでオービン族を味方につけておけるなら、代償としてはささやかなものでしょう」

「たしかにな」リビッキーは立ちあがった。「聞きたまえ、少佐。きみにひとつ提案がある」ジェーンにむかってうなずきかける。「実際には、きみたちふたりにだが」

「なんですか？」わたしはたずねた。

リビッキーは、たったいまヒッコリーとディッコリーがむかった家のほうへ顎をしゃくった。「できれば、あのふたりに聞かれる可能性があるところでは話したくない。内密に話のできる場所はないかね？」

わたしはジェーンに目をむけた。

ジェーンはうっすらと笑みを受かべた。「いい場所があります」


「ここか？」リビッキー将軍がいった。

わたしたちは穀物畑を半分ほど横切ったところで足を止めていた。

「将軍は内密に話のできる場所はないかとおっしゃいました」わたしはいった。「ここなら、人間であれオービン族であれ、いちばん近くの耳までは最低でも五エーカーぶんの穀物畑がひろがっています。これがコロニー式のプライバシーというやつです」

「これはどういう種類の穀物なのかね？」リビッキー将軍は一本の茎を引き抜いた。

「ソルガムです」ジェーンがわたしのとなりでいった。ババールはジェーンのそばにすわりこんで耳をかいていた。

「聞いたことはあるな。だが、実際に見たことはないと思う」

「ここの主要産物ですよ」わたしはいった。「高温や乾燥に強くて育てやすいんです。夏の数カ月はかなり暑くなりますからね。土地の者はこれでバクリと呼ばれるパンやいろいろなものをつくるんです」

「バクリか」リビッキーは村のほうを身ぶりでしめした。「すると、ここの住民は大半がインドからやってきたのだな」

「それは一部です。ほとんどはここで生まれました。この村は設立から六十年たつんですよ。いまハックルベリーで入植が活発なのはクレメンズ大陸のほうです。ちょうどわたしたちがやってきたころに開拓されたので」

「では、亜大陸戦争を引きずった対立のようなものはないのだな。きみたちがアメリカ人で彼らがインド人ではあっても」

「そういうことはありませんね。ここの人たちもよその植民者と同じです。自分たちをインド人であるまえにハックルベリー人と考えています。つぎの世代になれば、そんなことはまったく問題にならなくなるでしょう。それに、ジェーンはアメリカ人じゃありません。わたしたちがなにかに見られるとしたら、もと兵士でしょうね。来たばかりのころは好奇の目で見られたこともありましたが、いまでは、村のはずれに農場をもつただのジョンとジェーンですよ」

リビッキーはふたたび畑を見まわした。「農業をやっているとはおどろきだな。ふたりともまともな仕事があるのに」

「農業はまともな仕事です」とジェーン。「隣人のほとんどがやっています。こうして農業をすることが、ニュー・ゴアの住民を理解し、彼らがわたしたちになにをもとめているかを知る役に立つんです」

「悪気があったわけじゃないんだが」

「気にしていません」わたしは横から口をはさみ、身ぶりで畑をしめした。「ここは四十エーカーほどあります。ひろくはないですし、ほかの農家の競争相手になることもありませんが、ニュー・ゴアの関心事がわたしたちの関心事でもあると人びとにしめすには充分です。わたしたちはニュー・ゴアとハックルベリーの住民になるために努力しているんです」

リビッキー将軍はうなずき、手にしたソルガムの茎を見つめた。ゾーイがいっていたように、彼は緑色で、ハンサムで、若かった。とにかく外見だけは若かった。いまもCDFの肉体のままでいるからだ。それを使っているあいだはずっと二十三歳に見えるが、ほんとうの年齢はすでに百歳を超えているだろう。わたしよりも若く見えても、実際にはわたしのほうが十五歳かそこら後輩なのだ。わたしのほうは、除隊したときにCDFの肉体を自分の最初のDNAをもとにした新しい未改造の肉体と交換した。いまでは少なくとも三十歳には見えるはずだ。わたしはそれをあまんじて受け入れている。

わたしがCDFを離れたとき、リビッキーは直属の上官だったが、出会ったのはもっとまえのことだ。あれはわたしがはじめて敵と交戦した日で、リビッキーは中佐、わたしは一介の二等兵だった。リビッキーはわたしのことをぶっきらぼうに〝若いの〟と呼んでいた。あのときわたしは七十五歳だった。

これはコロニー防衛軍のかかえる問題のひとつといえる。肉体をめいっぱい改造してしまうために、年齢の感覚がめちゃめちゃになるのだ。わたしはすでに九十近い。ジェーンはCDFの特殊部隊でおとなとして生まれたので、まだ十六歳くらい。じっくり考えると頭が痛くなることがある。

「そろそろここへ来た理由を教えてください、将軍」ジェーンがいった。自然に生まれた人間たちと暮らして七年たつというのに、特殊部隊でつちかわれた、社交辞令をすっとばしていきなり要点にはいるという姿勢はみじんもゆらいでいなかった。

リビッキーはゆがんだ笑みを浮かべ、手にしたソルガムの茎を地面に捨てた。「いいだろう。ペリー、きみが除隊したあと、わたしは昇進して転属になった。いまは植民局といっしょに働いている。新しいコロニーの設立と支援を担当する部署だ」

「あなたはまだCDFですよね」わたしはいった。「その緑色の皮膚でわかります。コロニー連合は民間の組織と軍の組織を分けていたはずですが」

「わたしはパイプ役だ。その両者のあいだでさまざまな調整作業をおこなっている。これがどれほど楽しいことか、きみならわかるかもしれないな」

「同情しますよ」

「ありがとう、少佐」リビッキーはいった。こんなふうに階級で呼ばれるのは何年ぶりだろう。「わたしがここへ来たのは、きみに――きみたちふたりに――わたしのために働いてもらえないかと思ったからだ」

「どのような仕事ですか？」ジェーンがたずねた。

リビッキーはジェーンに顔をむけた。「新しいコロニーを指揮してもらいたい」

ジェーンがちらりとわたしを見た。早くも気に入らないらしい。

「植民局というのはそのためにあるのでは？」わたしはたずねた。「コロニーの指揮を仕事とする、あらゆる種類の人びとが集まっているはずでしょう」

「今回は事情がちがう。このコロニーは特別なのだ」

「どんなふうに？」とジェーン。

「コロニー連合は植民者を地球から集めている。だが、ここ数年、フェニックスやエリュシオンやキョートといった有力コロニーが、連合に圧力をかけて自分たちの住民を新しいコロニーへ送りこもうとしていた。以前にもそういう連中が無法コロニーを建設しようとしたことがあったが、その結果がどうなったかはきみも承知のとおりだ」

わたしはうなずいた。無法コロニーは認可されていない非公式の存在だ。コロニー連合は無法植民者たちを見て見ぬふりをしていた。ほうっておいたらトラブルを起こすような連中なのだから、出ていってくれるのはかえって好都合というわけだ。とはいえ、無法コロニーは完全に独立している。植民者のなかに政府高官の息子がまじったりしていないかぎり、たとえ助けをもとめてもＣＤＦは動かない。無法コロニーの生存率はきわめて低い。大半は六ヵ月ともたない。同じように植民を進めるほかの種族によって抹殺されてしまうのだ。この宇宙は寛容とはいえない。

リビッキーはわたしの反応を見て話をつづけた。「連合は各コロニーにはなるべく干渉せずにいたいのだが、政治問題になってしまったので、もはや知らぬ顔はできなくなった。そこで、植民局が二世植民者のためにひとつの惑星を開放しようと提案した。なにが起こったかは想像がつくだろう」

「各コロニーが、自分のところの住民をそのコロニーへ送りこもうと激しい争いをはじめたんですね」

「どんぴしゃだ。そこで、植民局は大賢人の役を演じようとして、騒いでいる各コロニーに対し、それぞれ一定の人数の植民者を第一弾のコロニーへ送ることができると宣言した。こうして、十のコロニーから二百五十名ずつ、およそ二千五百名の植民者からなる種《シード》コロニーが誕生した。ところが、彼らを指揮する者がいない。どのコロニーもほかのコロニーの出身者をリーダーにしたがらないからだ」

「コロニーの総数は十より多いんですよ。それ以外のコロニーから人を連れてくればいいだけでしょう」

「理屈からいえばそれですむ。だが、現実の宇宙では、それ以外のコロニーの連中は自分のところの住民を名簿に載せられなかったことで腹を立てている。われわれは、このコロニーがうまくいったらほかの世界の開放も検討すると約束しているのだ。しかし、いまの混沌とした状況では、だれも協力するつもりはなさそうだ」

「そもそもどこの愚か者がこんな計画を発案したんです?」ジェーンがたずねた。

「偶然にも、その愚か者はわたしなのだ」

「ご立派なことで」

わたしはジェーンがすでに除隊していてほんとうによかったと思った。

「ありがとう、セーガン治安官。率直な意見に感謝する。この計画にわたしが予想しなかった側面があったのはあきらかだ。いずれにせよ、わたしがここにいる理由はそういうことだ」

「あなたの計画の欠点は――わたしもジェーンも種コロニーの運営方法についてなにも知らないという事実はべつとして――いまはわたしたちも植民者だということです」わたしはいった。「ここで暮らして八年近くたつんですよ」

「だが、さっき自分でいったように、きみたちはもと兵士だろう。もと兵士はそれ自体がひとつのカテゴリーだ。きみたちはほんとうはハックルベリーの出身ではない。きみは地らいたいが」

球出身だし、ジェーンはもと特殊部隊だから、どこの出身でもない。気を悪くしないでも

「それでも、種コロニーの運営経験がまったくないという問題は残ります。ずっとまえに軍の広報ツアーであちこちのコロニーをめぐっていたとき、わたしはオートンに設立されたある種コロニーへ出かけました。そこの人びとはずっと働きつづけていました。訓練もなしに人をあんな状況へほうりこむのはまちがっています」

「きみたちはすでに訓練を受けているではないか。ふたりとも士官だった。ペリー、きみは少佐だったんだぞ。機動部隊で三千名の兵士からなる連隊を指揮していた。それは種コロニーよりも規模がでかい」

「コロニーは軍の連隊とはちがいますよ」

「たしかにちがう。だが、必要とされる技能は同じだ。しかも、きみたちは除隊してからずっとコロニーを管理する仕事をしてきた。きみは監査官として、コロニー統治の仕組みや、いかにしてものごとを進めるかを知っている。きみの妻は治安官として、ここの秩序を維持する責任を負っている。きみたちふたりがそろえば、必要な技能はほぼ網羅できるのだ。わたしは行き当たりばったりに選んだわけではないのだよ、少佐。きみたちのことを思いついたのには理由があるのだ。きみたちは現時点ですでに約八十五パーセントの準備を終えているし、残りについても植民者たちがロアノークへ出発するまでにはすませる

ことができるだろう。ちなみに、ロアノークというのは新しいコロニーの名だ」

「あたしたちにはここでの暮らしがあるんです」ジェーンがいった。「それぞれに仕事も責任もありますし、娘だってずっとここですごしてきました。あなたは気軽にいいますが、ささいな政治的危機を解決するために、あたしたちはそれをぜんぶ捨てることになるんですよ」

「気軽に、という点については申し訳ないと思う。通常であれば、このような要請はコロニー連合の外交特使が大量の書類をかかえてきておこなう。ただ、わたしは偶然にもまったくべつの用件でハックルベリーにいたので、これは一石二鳥だと考えたのだ。正直いって、ソルガム畑のまんなかに立って話をするとは思ってもみなかったがね」

「そうですか」とジェーン。

「それと、今回の件をささいな政治的危機と考えているようだが、それはまちがいだ。これはすでに中規模の政治的危機であり、さらに大きな危機へむかおうとしている。人類のコロニーがまたひとつ増えるというだけの話ではないのだ。各惑星の政府とマスコミによって、人類が地球を離れて以来もっとも重要な植民イベントに仕立てあげられてしまった。実際はたいしたことではないのだが――この点については信じてほしい――いまとなってはそんなことは問題ではない。これはもはやマスコミの道化芝居と政治的な頭痛の種であり、植民局はすっかり守勢にまわってしまっている。あまりにも多くの関係者が利害にからんで強い興味をしめしているために、このコロニーはわれわれの手を離れようとしているのだ。なんとしても主導権を取りもどさなければならない」

「やっぱり、なにもかも政治的な話なんですね」わたしはいった。

「ちがう。きみはわたしを誤解している。植民局が主導権を取りもどさなければならないのは、いまにも政変が起ころうとしているからだ。これが人類のコロニーだからだ。きみたちなら宇宙がどういうところかは知っているだろう。コロニーの生死は――植民者たちの生死は――われわれがどれだけ入念に準備をして彼らを守れるかにかかっている。植民局の仕事は、実際の入植がはじまるまでに、植民者に可能なかぎりの準備をさせておくこと。CDFの仕事は、植民者が足場をかためるまでその安全を守ること。どちらかの仕事がうまくいかなければ、そのコロニーは崩壊する。

現時点で、植民局のほうの仕事がうまくいっていないのは、いまだにリーダーが決まっておらず、あらゆる人びとが身内以外の者がその地位につくのを阻止しようとしているからだ。もはや時間がない。ロアノークは誕生しようとしている。問題は、それを正しいかたちでおこなえるかどうかだ。われわれがそれに失敗して、ロアノークが滅びるようなことになれば、とてつもない代償を支払うことになるだろう。だから、なんとしても成功させなければならないのだ」

「そんなにやっかいな政治的状況にあるのでしたら、わたしたちをそこへほうりこんだところでなんの役に立つんでしょう。植民者がわたしたちを気に入るという保証はどこにもないのに」

「さっきもいったが、わたしは行き当たりばったりにきみたちを選んだわけではない。植民局のほうで、われわれとCDFのために働いてくれそうな候補者について検討したのだ。この両者が承認する人材を見つけることさえできれば、各コロニーの政府にそれを受け入れさせることは可能だと思われる。きみたちふたりもそのリストに載っていた」

「リストのどのあたりです?」ジェーンがたずねた。

「なかほどだった。残念なことに、ほかの候補者ではうまくいかなかった」

「いえいえ、ノミネートされただけで光栄ですよ」わたしはいった。

リビッキーはにやりとした。「昔からきみの皮肉は好きじゃなかったよ、ペリー。あまりにも唐突な話だということはわかっている。いますぐ返事をもらえるとは思っていない。資料はすべてここにある」彼はこめかみをとんと叩き、ブレインパルに情報を保存していることをしめした。「きみのほうにPDAがあれば送信できるから、都合のいいときに見てくれればいい。ただし、猶予は一週間だ」

「ここにあるすべてを捨てろというんですね」ジェーンがもういちどいった。

「そのとおり。さらに、わたしはきみたちの義務感にも訴えている。きみたちがそれを持っていることはわかっているからな。コロニー連合が必要としているのは、このコロニーの運営を手助けしてくれる、頭がきれて、有能で、経験豊富な人材だ。きみたちふたりはその条件にぴったり適合している。しかも、わたしが頼んでいることは、きみたちがここでやっている仕事よりもずっと重要だ。ここの仕事はほかの者でもできる。きみたちがいなくなっても、ほかのだれかがやってきて引き継ぐだろう。きみたちほど有能ではないかもしれないが、充分にやっていけるはずだ。わたしが頼んでいる新しいコロニーでの仕事は、きみたち以外のだれにもできないことなのだ」

「わたしたちはリストのなかほどだったはずですが」わたしはいった。

「短いリストだった。しかも、きみたちのあとは急激に候補者の質が落ちた」リビッキーはジェーンに顔をむけた。「なあ、セーガン、これがきみにとってきつい選択だというのはわかる。こうしたらどうだろう。ロアノークは種コロニーだ。ということは、第一波が乗りこんだあと、二、三年かけて後続のために準備をおこなうことになる。第二波が乗りこんだあとは、いろいろなことがおちつくだろうから、きみとペリーと娘さんはここへもどってきてもかまわない。植民局のほうで責任をもってきみたちの家と仕事を残しておくとしよう。なんなら、畑の世話をする者を送ってもかまわない」

「恩着せがましくいうのはやめてください、将軍」とジェーン。

「そんなつもりはない。これは心からの提案だよ、セーガン。ここでの暮らしが、なにからなにまで、きみたちを待っていることになる。なにひとつ失うものはない。わたしはいますぐきみたちが必要なのだ。植民局はその見返りを提供する。きみたちはこの生活をとりもどすことができる。しかも、ロアノークのコロニーが生きのびる手助けができる。よく考えてくれ。そして早急に決断してほしい」

目をさましたら、となりにジェーンがいなかった。家のまえの道に出てみると、ジェーンが星空を見あげていた。

「道でそんなふうに立っていたら、はねられてしまうぞ」わたしは背後からジェーンに近づき、その両肩に手を置いた。

「なにがはねるっていうのよ」ジェーンはわたしの左手に自分の手をのせた。「昼間だってほとんどなにもとおらないのに。あれを見て」右手で夜空を指さし、星座をかたちづくる星をたどっていく。「ほら。ツル座。ハス座。パール座」

「ハックルベリーの星座にはどうもなじめないな。つい生まれ育った世界から見えた星座をさがしてしまう。夜空を見あげるたびに、頭の隅ではおおぐま座やオリオン座が見えるんじゃないかと思うらしい」

「ここへ来るまでは星なんか見たことがなかった。というか、見てはいたけど、あたしにとってそれはなんの意味もなかった。ただの星にすぎなかった。みんなでここへ来てから、ずいぶん時間をかけて星座のことを教わった」

「おぼえてるよ」

たしかにおぼえていた。わたしたちがニュー・ゴアに来た最初の年に、地球にいたときは天文学者だったヴィクラム・バナージェがよくこの家をたずねてきて、ジェーンのために夜空にあるパターンをしんぼう強く指し示してくれたのだ。彼はハックルベリーのすべての星座をジェーンに教えこんだあと、ほどなくして亡くなった。

「はじめはなにも見えなかったのよ」

「星座が？」

ジェーンはうなずいた。「ヴィクラムが指さしてくれても、あたしには星の群れが見えるだけだった。天球図を見せてもらうと、それぞれの星がどんなふうにつながるのかわかるんだけど、いざ夜空を見あげると、そこにあるのは……ただの星の群れ。ずいぶん長いことそんな調子だった。それがある晩、仕事を終えて家に帰ろうとしていたとき、夜空を見あげて〝あそこにツルが〟とつぶやいたら、それが見えたの。ツルが見えたのよ。星座が。あのときはじめて、ここが自分の家だと実感したわ。自分はここにとどまるために来たんだと。この世界はあたしの場所なんだと」

わたしは両腕をジェーンの体に沿ってすべらし、腰のあたりを抱いた。

「でも、ここはあなたの場所じゃないのよね？」

「わたしの場所はきみがいるところだよ」

「いいたいことはわかるでしょ」

「わかってるさ。わたしはこの世界が好きだ。ここに住む人びとが好きだ。いまの暮らしが好きだ」

「でも」

わたしは肩をすくめた。

ジェーンはそれを感じたようだった。「そういうことよ」

「わたしは不幸せじゃない」

「不幸せだといってるわけじゃないの。あたしやゾーイといっしょなら、あなたは不幸せになんかならない。リビッキー将軍があらわれなかったら、あなたは先へ進む準備ができていることに気づきもしなかったと思う」

わたしはうなずき、ジェーンの後頭部にキスした。彼女のいうとおりだった。

「このことをゾーイに話してみたの」

「なんていってた？」

「あなたと同じ。ここは好きだけど、自分の家じゃないって。これからはじまるコロニーへ行くという考えは気に入ったみたい」

「冒険心を刺激されるんだろうな」

「そうかも。ここには冒険なんてほとんどない。あたしはそれも気に入ってるんだけど」

「もと特殊部隊の兵士のことばとは思えないな」

「特殊部隊の兵士だったからこそいってるの。九年間ずっと冒険つづきだった。生まれたときから冒険だったし、もしもあなたとゾーイがいなかったら、ほかのことをなにも知らないまま死んでいたはず。冒険は過大評価されてる」

「でも、いまはもうすこし冒険してみようかと思ってるんだ」

「あなたがそう思ってるから」

「まだなにも決まったわけじゃない。ことわることもできる。ここはきみの場所だ」

「〝わたしの場所はきみがいるところ〟」ジェーンはわたしの台詞《せりふ》を引用した。「たしかに、ここはあたしの場所。でも、ほかの世界だってそうなるかもしれない。あたしはここしか知らないから。ひょっとしたら離れるのをこわがっているだけなのかも」

「きみはめったにこわがったりしないじゃないか」

「こわがる対象がちがうのよ。あなたがそれに気づかないのは、観察力があまり鋭くないことがあるから」

「そりゃどうも」

わたしたちは抱きあったまま小道にたたずんだ。

「いつでも帰ってこられるのよね」しばらくしてジェーンがいった。

「ああ。きみが望むなら」

「どうなるのかな」

ジェーンは顔をあおむけてわたしの頬にキスすると、抱きすくめるわたしの腕のなかから抜けだして小道を歩きだした。わたしは家へ引き返そうとした。

「いっしょにいて」

「そうか。ごめん、ひとりになりたいのかと思って」

「ちがうわ。いっしょに歩いて。あたしの星座を見せてあげる。それくらいの時間はあるでしょ」

2

フニペーロ・セーラ号がスキップしたとたん、展望シアターの窓の外に緑と青の世界が大きく浮かびあがった。座席についていた二百名の招待客と、記者たちと、植民局の役人が、おおとか、ああとか声をあげた。生まれてはじめて惑星を外から見たかのように。「お集まりのみなさん」植民局のカリン・ベル長官がいった。「新たなコロニーが建設される世界、ロアノークです」

どっとわきあがった喝采は、しばらくすると、記者たちが大急ぎでレコーダーにメモを吹きこむささやき声へと変わった。彼らの多くはその作業に気をとられて見逃してしまったが、セーラ号からすこし離れたところでは、星の世界のささやかな共同取材に同行した二隻のCDF巡洋艦、ブルーミントン号とフェアバンクス号がいきなり姿をあらわしていた。そんなものが同行しているところをみると、ロアノークはコロニー連合が思わせたがっているほど安全が確保されているわけではないらしい。植民局の長官――前述の記者や招待客はいうまでもない――が、どこかのエイリアンの襲撃で空から吹き飛ばされてしまっては困るということだろう。

わたしはジェーンに目くばせをして巡洋艦の到来を知らせた。ジェーンはちらりとそちらへ目をやり、ほんのかすかにうなずいた。ふたりとも口をきかなかった。このマスコミむけの騒ぎが終わるまで、ひとこともしゃべらずにすませたかった。わたしたちは、どちらもマスコミの相手があまり得意ではないことを自覚していた。

「ロアノークについてすこし説明しておきましょう」ベルがいった。「ロアノークの赤道直径は一万三千キロメートルをわずかに下回るていどで、これは地球やフェニックスよりは大きいものの、コロニー連合最大の植民惑星とされているズォン・グオほどではありません」これを聞いてズォン・グオのふたりの記者が気のない喝采を送り、そのあとに笑い声があがった。「そのサイズと組成により、ここの重力はフェニックスよりも十パーセントほど大きくなっています。地上へおりたら、ほとんどのみなさんが一、二キロ体重が増えたように感じるでしょう。大気はごくふつうの窒素と酸素の混合物ですが、酸素の割合がずいぶん高く、三十パーセント近くあります。それについても、身をもって感じることができるはずです」

「この惑星はだれから奪ったんですか?」記者のひとりが質問した。

「その話はのちほど」ベルがいうと、ぼそぼそと不満げな声があがった。ベルがそっけない記者会見をすることはよく知られているらしく、ここでも調子は上々だった。

ロアノークの全体像が消えて、かわりにどこかのデルタ地帯があらわれた。一本の小さな川がずっと大きな川に合流している。

「ここがコロニーの建設予定地です」ベルがいった。「小さいほうの川にはアルベマールと名付けました。こちらの大きいほうの川はラーレイ。地球のアマゾンやフェニックスのアナサージと同じように、ラーレイはこの大陸全体の水を集めています。二百キロメートル西へ行くと」――画像がスクロールした――「ヴァージニア海に出ます。コロニーが生長する余地はたっぷりあります」

「なぜコロニーを海岸近くに建設しないんです？」だれかが質問した。

「その必要がないからです。いまは十六世紀とはちがいます。わたしたちの船は海ではなく星ぼしのあいだを旅しています。コロニーの建設地はもっとも合理的な場所にすることができるのです。ここは」――画像が最初の位置へもどった――「充分に内陸なのでラーレイの河口を襲うサイクロンの影響を受けませんし、ほかにも地形や気象の面で好都合な点がいろいろあります。しかも、この惑星の生物はわたしたちとは化学的性質がことなっています。植民者は土地の生物を食べることができません。漁業は不可能です。海岸近くよりも、自前の食物を育てる土地がある沖積平野にコロニーを建設するほうが理にかなっているのです」

「まだこの惑星をだれから奪ったのか話せないのですか？」最初の記者がいった。

「その話はのちほど」ベルはくりかえした。

「しかし、いまのような説明はみんな知っています」べつのだれかがいった。「報道むけ資料に載っていますから。視聴者はだれから惑星を奪ったのかを知りたがるはずです」

「この惑星は奪ったものではありません」ベルはペースを乱されてあきらかにむっとしていた。「譲り受けたのです」

「だれからです？」

「オービン族から」ベルの返答に、ざわめきがひろがった。「それについては、のちほどくわしくご説明します。そのまえに――」

デルタ地帯の画像が消えて、毛でおおわれた木のような物体が映しだされた。植物ではなく、動物でもない、ロアノークでもっとも優勢な生物だ。大半の記者はベルの説明を無視して、オービン族とのつながりについてレコーダーにささやきかけていた。

「オービン族はガーシニアと呼んでいた」リビッキー将軍がわたしとジェーンにそう説明したのは、数日まえに、将軍の専用シャトルでフェニックス・ステーションへむかっていたときのことだった。そこでは、正式な状況説明会と、わたしたちの補佐役をつとめる数名の植民者との顔合わせが予定されていた。「十七番目の惑星という意味だ。オービン族が入植する十七番目の惑星。あまり創意に富んだ種族とはいえないな」

「惑星を放棄するなんてオービン族らしくないですね」とジェーン。

「放棄したわけじゃない。取引をしたんだ。一年ほどまえに、われわれはゲルタ族から奪った小さな惑星をオービン族にあたえた。どのみち、オービン族にとってガーシニアはあまり用のない世界だった。なにしろクラス6の惑星だ。原住生物の化学的性質がオービン族とよく似ているから、彼らは土地のウィルスによってつぎつぎと死んでしまった。いっぽう、われわれ人間は、土地の生物と化学的性質がことなっている。従って、土地のウィルスやバクテリアなどの影響を受けない。オービン族が受け取ったゲルタ族の惑星は、同等とはいえないが許容範囲にある。公平な取引というわけだ。ところで、きみたちはもう植民者のファイルを見たかね？」

「見ました」わたしはいった。

「なにか意見は？」

「あります」とジェーン。「選考手続きがむちゃくちゃです」

リビッキーはにっこりした。「いつかきみが社交辞令をおぼえたら、わたしはどうすればいいかわからなくなるだろうな」

ジェーンは自分のPDAを取りだして選考手続きに関する情報を表示させた。「エリュシオンの植民者はくじ引きで選ばれています」

「くじ引きに参加できたのは、厳しい植民地建設に肉体面で対応できる者だけだった」

「キョートの植民者は全員がテクノロジーを否定する宗教団体のメンバーです。そもそもどうやって植民船に乗るつもりなんですか？」

「彼らはコロニー派メノナイトだ。狂信者でもなければ過激派でもない。質素な暮らしをしようと懸命に努力しているだけだ。新しいコロニーでそれは悪いことではあるまい」

「アンブリアから来た植民者はゲーム番組で選ばれています」

「勝てなかった者には罰ゲームがあったんですよ」わたしはいった。

リビッキーはわたしを無視した。「そうだ」と、ジェーンにむかってこたえる。「そのゲーム番組では、出場者は持久力と知力を競うさまざまなテストに挑戦しなければならなかった。どちらもロアノークに着いたら役に立つ能力だ。セーガン、それぞれのコロニーには、ロアノークの植民者候補に必要とされる肉体面および精神面の基準をしめしたリストを渡してあった。それ以外については、各コロニーに選考手続きをまかせたのだ。イアリやズォン・グオなどのコロニーはごく標準的な選考手続きをおこなった。そうでないコロニーもあった」

「将軍はそれでなにも心配はないというのですね」とジェーン。

「植民者がこちらの要求を満たしてさえいれば問題はない。各コロニーは植民者候補を送りだした。われわれは独自の基準にもとづいて彼らをチェックした」

「全員がパスしたんですか？」わたしはたずねた。

リビッキーは鼻を鳴らした。「とんでもない。アルビオンのリーダーは自分の政敵のリストから植民者を選んでいたし、ルースでは植民者の地位を入札で高値をつけたものにあたえていた。結局、そのふたつのコロニーについては、われわれのほうで選考手続きを取り仕切った。それでも、結果として集まったのは上級クラスの植民者ばかりだと思う」ジェーンに顔をむける。「はっきりいえるのは、地球からやってくる植民者よりもはるかにましだということだ。地球からの植民者については、こんなに厳しい選別はおこなっていないからな。基本的には、コロニーへの輸送機関に歩いて乗りこめるならそれでOKとされている。今回のコロニーについては基準がすこしばかり高くなっているんだよ。だから心配するな。きみたちのもとには優秀な植民者がそろっている」

ジェーンは座席に背をもたせかけたが、すっかり納得したわけではなかった。むりもない。わたしだってすっかり納得してはいなかった。三人は黙りこみ、シャトルはゲートでのドッキング作業にはいった。

「娘さんはどこにいるんだ?」シャトルがおちついたところでリビッキーがいった。

「まだニュー・ゴアです」ジェーンがこたえた。「うちの荷造りの監督をしています」

「それと、友だちとお別れパーティをしていますが、そのことについてはあまり考えないほうがよさそうです」わたしは補足した。

「若いな」リビッキーは立ちあがった。「さて、ペリー、セーガン。このコロニーがマスコミの道化芝居に巻きこまれていると話したのをおぼえているか?」

「はい」わたしはいった。

「よろしい。では、ピエロたちと会う準備をしたまえ」

リビッキーの先導でシャトルをおりてゲートへ出ると、コロニー連合の報道関係者が総出でわたしたちを待ちかまえていた。

「うわっ」わたしはトンネルのなかで立ち止まった。

「パニックを起こすには手遅れだぞ、ペリー」リビッキーは背後へ手をのばしてわたしの腕をつかんだ。「彼らはきみのことをなにもかも知っている。出てきてさっさと片付けたほうがいい」


「さてさて」ロアノークに着陸して五分とたたないうちに、ヤン・クラニックが声をかけてきた。「新世界に最初に足をおろす人類のひとりになった気分はいかがです?」

「まえにもやったことがある」わたしはブーツの下の雑草をつま先でつついた。クラニックに目はむけなかった。ここ数日で、この男の流暢《りゅうちょう》なしゃべりかたやテレビむけの親しげな表情がうとましくなっていた。

「たしかに。しかし、今回はその足を撃とうとする連中はどこにもいませんよ」

わたしはちらりとクラニックを見た。あの不快な薄ら笑いは、彼の故郷のアンブリアではなぜか愛嬌のある笑みとみなされているらしい。視界の隅のほうでは、クラニックに同行している女性カメラマン、ビアタ・ノーヴィックが、ゆっくりとあたりを歩きまわっていた。帽子に仕込んであるカメラでなにもかも記録しておいて、あとで編集しようというのだ。

「きょうはまだはじまったばかりだ、ヤン。だれかが撃たれる時間はたっぷりある」わたしがいうと、クラニックの笑みがわずかに薄らいだ。「さあ、ビアタといっしょにだれかほかの人をわずらわせたらどうかな」

クラニックはため息をつき、役柄を演じるのをやめた。「なあ、ペリー。このまま編集にはいったら、どうやってもあんたはムカつくやつに見えてしまう。もうちょっと明るい声でしゃべってくれ。とにかく使える材料がほしいんだ。ほんとは戦争の英雄って線でいきたいのに、あんたはぜんぜん協力してくれない。頼むよ。あんただってこの業界のことは知ってるはずだ。地球では広告の仕事をしていたんだから」

わたしはいらいらと手をふってクラニックを追い払った。クラニックはわたしの右手にいるジェーンに目をむけたが、彼女からコメントをとろうとはしなかった。わたしが見ていないときに、ジェーンを相手になにかの線を踏み越して、死ぬほどおそろしい思いをしたらしい。そのときのビデオは残っていないんだろうか。

「来てくれ、ビアタ」クラニックはいった。「とにかく、トルヒーヨのほうをもうすこし撮影しておかないと」

ふたりは着陸したシャトルのほうへ歩きだし、もっとコメントがとりやすい未来のコロニーリーダーたちのひとりをさがしにいった。

わたしはクラニックにいらついていた。今回の旅行そのものにいらついていた。おもむきは、わたしとジェーンと選抜された植民者たちがコロニーの建設予定地の下見をして惑星のことをもっとくわしく知るための調査旅行となっていた。だが、その実体は、わたしたちをスターに見立てた共同取材にほかならなかった。撮影のためにわざわざ全員をこの世界まで連れてきて、それからまた全員を連れもどすなんて、なんという時間のむだだろう。クラニックは、実質よりも外見を重視する思考様式のもっともいらだたしい実例としかいいようがなかった。

わたしはジェーンに顔をむけた。「コロニーの建設がはじまるとき、あいつのことをなつかしく思うことはないだろうな」

「植民者のプロフィールをちゃんと読んでないのね。クラニックとビアタはアンブリアから送りこまれる植民者グループの一員なのよ。あたしたちといっしょに来るわけ。クラニックとビアタはそのために結婚までした。アンブリアでは独身者の植民が認められなかったから」

「夫婦もののほうがコロニーの生活に対するそなえができているから？」

「例のゲーム番組で、夫婦ものを競わせるほうがおもしろかったからだと思う」

「クラニックもその番組に出場したのか？」

「彼は司会者だった。でも、ルールはルールだから。ほんとに便宜上の結婚でしかないのよ。クラニックは同じ相手と一年以上つづいたことがなかったし、ビアタはどのみちレズビアンだし」

「きみがなんでも知っていてこわくなるな」

「あたしは諜報士官だったのよ。これくらいは楽勝」

「ほかにクラニックについて知っておくべきことは？」

「ロアノークの最初の一年をドキュメンタリーに仕立てようとしているみたい。すでに週一の番組の契約にサインしているわ。本も書くことになってる」

「すごいな。まあ、とにかく、これでクラニックがどうやってシャトルへもぐりこんだのかはわかったよ」

ロアノークへおりた最初のシャトルは、十数名の植民者代表と数名の植民局スタッフだけが乗りこむことになっていた。セーラ号の記者たちが植民者といっしょのシャトルに乗れないと知ったときには、暴動に近い騒ぎになった。クラニックは、その手詰まりの状況を打開するために、ビアタが撮影した映像を全員に提供すると申し出た。ほかの記者たちは後続のシャトルで惑星へおりて、独自に説明映像を入れてからクラニックの素材へつなぐことになる。クラニックにとっては、ロアノークの植民者になることが決まっていて好都合だった。さもなければ、取材が終わったあと、怒りっぽい同業者たちの手でエアロックへほうりこまれていただろう。

「そのへんのことは心配しないで」ジェーンがいった。「それに、クラニックのいったとおりよ。だれにも命を狙われることなく新しい惑星におりたのはこれがはじめて。せっかくだから楽しまないと。行きましょう」

ジェーンは、シャトルが着陸した広大な原生の草地の上を、木立のように見えるが実際にはそうではないものへむかって歩きだした。それをいうなら、原生の草も実際には草ではなかった。

正確にはなんであれ、その草ではない草も木ではない木も、信じられないほど青々と生い茂っていた。濃密な大気がじっとりと重くのしかかってくる。こちらの半球はまだ晩冬の季節だが、わたしたちのいる場所についていえば、緯度と風向きのパターンとが相まって気温は快適だった。真夏がどうなるのかを考えると心配になる。たっぷりと汗をかくことになりそうだ。

ジェーンに追いついてみると、彼女は足を止めて木のようなものをしげしげとながめていた。木の葉はなく、やわらかな毛が生えている。なんだか動いているみたいだ。顔を近づけたら、ちっぽけな生物が群れをなしてもぞもぞしているのが見えた。

「木のノミか。いかしてるな」

ジェーンがにっこり笑った。それは特筆すべきほど珍しいことだった。「おもしろいわね」といって、一本の太い枝をなでる。一匹のノミが毛のなかからジェーンの手にぴょんと跳び移った。ジェーンは興味津々でそいつをながめてから、ふっと吹き飛ばした。

「ここで幸せになれると思うかい？」わたしはたずねた。

「忙しくなれるとは思う。このコロニーへ来るための選考手続きについて、リビッキー将軍はいろいろいってたけど、あたしは植民者のファイルを読んでみたの。一部の植民者は本人やまわりの人たちにとって危険な存在になる可能性があると思う」ジェーンは、クラニックがむかったシャトルのほうへ顎をしゃくった。「たとえばクラニックね。彼は植民者として働くつもりがない。ほかの人たちの作業について取材しようと考えている。いったんここに到着したら、番組や本の準備をする時間がいくらでもあると思いこんでいるみたい。状況を理解するころには飢え死に寸前までいってるでしょうね」

「野宿するのかもしれないよ」

「ほんとに楽天家ね」ジェーンは毛におおわれた木と、そこを這いまわる生物をふりかえった。「あなたのそういうところは好きだけど、楽天的な観点からコロニーを運営するべきじゃないと思う」

「それは同感だ。でも、メノナイトについてはまちがっていたと認めないと」

「メノナイトについてはまちがっていたと条件つきで認めるわ」ジェーンはわたしに顔をもどした。「でも、そうね。候補者としては、考えていたよりずっと適性がある」

「きみはメノナイトと会ったことがなかったからな」

「ハックルベリーへ行くまでは、そもそも信心深い人たちにまったく会ったことがなかったのよ。それに、あたしにはヒンドゥー教はあまり合わなかった。シヴァ神はすごいと思ったけど」

「だろうね。でも、それはメノナイトになるのとはちょっとちがう」

ジェーンは顔をあげてわたしの背後へ目をむけた。「噂をすればなんとやら」

ふりかえると、背の高い、色白の人物がわたしたちのほうへ歩いてきた。質素な衣服につばのひろい帽子。コロニー派メノナイトに選ばれて旅のあいだわたしたちに付き添っている、ハイラム・ヨーダーだ。

わたしは笑顔で彼をむかえた。ジェーンとはちがって、わたしは過去にメノナイトとじかに会っていた。オハイオ州のわたしが住んでいた地域には、メノナイトをはじめとして、アーミッシュやブレズレンといった再洗礼派の人びとが大勢住んでいた。どんな集団でもそうであるように、メノナイトもひとりひとりはさまざまな個性をもっていたが、全体としては善良で正直な人たちに見えた。自宅の修理が必要になったとき、いつもメノナイトの業者を選んだのは、最初のときに彼らがきちんと仕事をして、なにかうまくいかないことがあっても、あれこれ文句をいわずに黙々と修理してくれたからだ。そういう信条は応援するだけの価値がある。

ヨーダーが手をあげてあいさつした。「仲間に入れてもらおうと思いましてね。コロニーのリーダーがそんなふうに熱心に見つめているのだから、なにを見ているのか知っておきたいなと」

「ただの木だよ」わたしはいった。「いや、まあ、最終的になんと呼ぶことになるかはわからないが」

ヨーダーはそれを見あげた。「ぼくには木に見えますね。毛が生えていますが。毛の木と呼んだらいいかもしれません」

「まったく同感だ。もちろん、毛抜きと混同しないよう気をつけないと」

「もちろん。それじゃバカみたいですから」

「新世界の感想は？」

「いいところになる可能性はあると思います。もっとも、住む人たちによるところが大きいでしょうが」

「たしかに。そこでひとつ質問したいことがある。わたしがオハイオ州にいたときに知っていた一部のメノナイトたちは引きこもりがちだった——世界から自分たちを切り離していた。きみたちのグループもそうするつもりなのかどうか知っておきたい」

ヨーダーはにっこりした。「いいえ、ミスター・ペリー。メノナイトはその信仰をどれだけ実践するかによって、教会ごとにちがいがあります。ぼくたちはコロニー派メノナイト。シンプルな生活と衣服を選択しています。テクノロジーが必要なときにそれを忌避することはありませんが、必要がないときには使いません。それに、ぼくたちはこの世界で生きることを選択しています——塩や光で生きるように。あなたやほかの植民者たちのよき隣人となれることを願っていますよ」

「それを聞けてよかった。わがコロニーは前途有望なスタートをきれそうだな」

「それはどうかしら」ジェーンがまた遠くへむかって顎をしゃくった。クラニックとビアタがこちらへむかって歩いていた。クラニックの足どりは生き生きしていたが、ビアタのほうはあきらかにのろのろしていた。彼女にとって、植民者を一日中追いかけるのはあまり楽しいことではないらしい。

「やあ見つけた」クラニックがヨーダーにいった。「ほかの植民者のみなさんからはもうコメントをいただいたんですよ——まあ、そちらの女性はべつですが」手でジェーンのほうをしめす。「あとは、あなたから共同取材用の素材を提供していただくだけです」

「まえにもお話ししたでしょう、ミスター・クラニック。撮影やインタビューは遠慮したいと」ヨーダーは愛想よくいった。

「宗教的な問題があるということですか」

「そうではありません。ほうっておいてほしいだけです」

「故郷のキョートの人たちはがっかりしますよ。彼らの街がぜんぜん……」クラニックは口をつぐみ、わたしたち三人の背後をじっと見つめた。「なんだありゃ？」

わたしたちがゆっくりとふりかえると、木立のなかへ五メートルほどはいったところで、鹿くらいの大きさがある二頭の生物が静かにこちらを見つめていた。

「ジェーン？」わたしは呼びかけた。

「見当もつかない。報告書には土地の動物相についての資料はほとんどなかったから」

「ビアタ」クラニックがいった。「いいショットが撮れるようにもっと近寄るんだ」

「冗談じゃないわ」とビアタ。「あなたがいいショットを手に入れるために、なんであたしが食われなくちゃいけないの」

「おいおい。われわれを襲うつもりならとっくにそうしているさ。ほら」クラニックはその生物にむかってじりじりと近づきはじめた。

「ほうっておいていいのかな？」わたしはジェーンにいった。

ジェーンは肩をすくめた。「厳密にいえばコロニー建設はまだはじまっていないし」

「それはいえてる」

クラニックが二メートルほどの距離までにじり寄ったとき、二頭のうちで大きいほうががまんしきれなくなったらしく、じつに印象深い吠え声をあげると、すばやく一歩踏みだした。クラニックは金切り声をあげてぱっと逃げだし、あやうくころびそうになりながらシャトルめざして全速力で駆けもどっていった。

わたしはビアタに顔をむけた。「いまのを撮影したといってくれ」

「当然でしょ」とビアタ。

木立のなかにいた二頭の生物は、ひと仕事終えて、のんびりと歩み去った。

「うわあ」サヴィトリがいった。「コロニー世界で有名な大物司会者が恐怖でちびっちゃう場面なんて、めったに見られるものじゃないですよ」

「たしかに」わたしはいった。「もっとも、本音をいうと、あんなものを見ずに一生をすごしたとしても、わたしは心安らかに死ねると思う」

「じゃあ、ちょっとしたボーナスということで」

ハックルベリーからの最終的な旅立ちを翌日にひかえて、わたしはサヴィトリとふたりで自分のオフィスにいた。サヴィトリはわたしのデスクのむこうにある椅子にすわっていた。わたしはデスクのまえにある椅子のひとつに腰かけていた。

「その椅子からのながめはどうだい？」

「ながめはいいですよ。椅子はちょっとでこぼこですね。だれかさんのたるんだ尻で原形をとどめないほどゆがんでしまったようです」

「新しい椅子を買えばいい」

「そんな出費があったらクルカーニ行政官はさぞかしよろこぶでしょうね。あいかわらずわたしのことをトラブルメイカーだと思いこんでいるので」

「きみはトラブルメイカーだよ。監査官になるとそれも職務明細に含まれるんだ」

「監査官はトラブルを解決するものですよ」

「ふん、好きなだけあら探しをするがいいさ、ミス・カタブツ君」

「なんてすてきな名前」サヴィトリは椅子の上で前後に体をゆらした。「どのみち、わたしはトラブルメイカーの助手でしかないですし」

「これからはちがうぞ。もうクルカーニに次期監査官としてきみを推薦し、承諾をもらったんだ」

サヴィトリは体をゆらすのをやめた。「ほんとに承諾させたんですか？」

「最初はだめだった。だが、わたしは説得上手だからな。こうすることで、少なくともきみは村人を困らせるかわりに村人を助けることになると納得させたんだ」

「ロヒット・クルカーニ。そんなまともな人だったとは」

「彼にも頂点をきわめる瞬間はあるんだよ」わたしは認めた。「とにかく、最終的にはクルカーニから承諾をもらえた。だから、イエスと返事をするだけで、この仕事はきみのものだ。その椅子も」

「どう考えてもこの椅子はいりませんね」

「そうか。となると、きみがわたしを思いだす記念の品はなにもなくなるな」

「この仕事もいりません」

「ん？」

「この仕事もいらないといったんです。あなたがここを離れると知ったので、べつの仕事をさがしました。見つけましたよ」

「どんな仕事だ？」

「また助手の仕事です」

「だが、監査官になれるんだぞ」

「たかがニュー・ゴアの監査官でしょう」サヴィトリはそういってから、わたしの顔つきに気づいた。なにしろ、それはわたしの仕事なのだ。「気を悪くしないでください。あなたは宇宙を見たあとでこの仕事を引き受けたじゃないですか。わたしは生まれてからずっとこの村ですごしてきました。もう三十歳です。離れる潮時です」

「ミズーリ・シティで仕事を見つけたのか」わたしはこの地区の首都の名をあげた。

「いいえ」

「わからないなあ」

「たいしたことじゃないんです」サヴィトリはわたしが返事をするまえにつづけた。「新しい仕事場はこの惑星じゃありません。ロアノークという新しいコロニーです。聞いたことがあるかもしれませんが」

「なるほど、ますますわからなくなった」

「そのコロニーを指揮するのはふたり組のチームなんだそうです。わたしはそのうちのひとりに雇ってくれないかと頼みました。その女性はイエスといいました」

「ジェーンの助手になるのか？」

「正確には、コロニーのリーダーの助手です。リーダーはふたりですから、わたしはあなたの助手でもあります。やっぱりお茶くみはしませんけど」

「ハックルベリーは植民者を送ることが許可されたコロニーに含まれていないぞ」

「ええ。でも、コロニーのリーダーは、支援スタッフとしてだれでも雇うことができます。ジェーンはわたしのことをよく知っていて信頼していますし、あなたと組んで仕事ができることもわかっています。理にかなった選択でしょう」

「ジェーンはいつきみを雇ったんだ？」

「あなたがここでロアノーク行きを告げた日です。ジェーンはあなたが昼食に出ていたときにやってきました。ふたりで話をして、ジェーンがわたしを雇うといったんです」

「で、ふたりともわたしに話そうとは思わなかったと」

「ジェーンはそのつもりでした。でも、わたしが話さないでほしいと頼んだんです」

「そうしたら、わたしはこのすばらしい、すばらしいやりとりを楽しめなかったじゃないですか」サヴィトリはわたしの椅子をくるりとまわし、高らかに笑った。

「さっさとその椅子から出ていけ」わたしはいった。


荷物をまとめて片付けてしまった自宅の、がらんとした居間に立ち、湿っぽい気分になっていたら、ヒッコリーとディッコリーが近づいてきた。

「話をしたいのだが、ペリー少佐」ヒッコリーがいった。

「ああ、いいよ」わたしはびっくりした。ヒッコリーとディッコリーがここへやってきてからの七年間、わたしたちは数多くの会話をかわしてきた。しかし、彼らのほうから話しかけてきたことはいちどもなかった。せいぜい、話しかけられるのを黙ってじっと待つくらいだった。

「われわれはインプラントを使用する」とヒッコリー。

「わかった」

ヒッコリーもディッコリーも、長い首の付け根にある首輪を手探りし、その右側にあるボタンを押した。

オービン族はつくられた種族だ。コンスー族という、わたしたちにはほとんど理解不能なほど進歩した種族が、気の毒なオービン族の祖先たちを発見し、その高度なテクノロジーによってむりやり知性を植えつけたのだ。オービン族はたしかに知性を獲得した。ただし、意識をもつことはなかった。意識——自我——を得るために必要なプロセスが、完全に欠如していたのだ。個々のオービン族には自我も人格もない。オービン族は、グループとしてのみ、ほかのすべての知的種族にあるものが自分たちに欠けていることを認識する。コンスー族がオービン族に意識をあたえなかったのが事故だったのか意図的だったのかについては、いまだ議論がつづいている。ただ、わたし自身が過去にコンスー族と接触した経験からいうと、それは単なる好奇心であって、オービン族もひとつの実験台にされただけなのではないかと思う。

オービン族は意識がほしくてたまらなかったので、コロニー連合との戦争に踏み切ろうとした。その戦争を要求したチャールズ・ブーティンという科学者は、史上はじめて、人間の意識を脳という支持組織なしで記録して保存することに成功していた。ブーティンは、オービン族に個体レベルの意識をあたえるまえに特殊部隊によって殺されたが、その研究はほぼ完成に近づいていたので、コロニー連合は研究の継続を条件にオービン族と取引をすることができた。オービン族は一夜にして敵から味方にかわり、コロニー連合はブーティンの研究を引き継いで、CDFのブレインパル・テクノロジーをもとにした意識インプラントを開発した。取り外しのできる意識だ。

人類は――とにかく、内情を知るごく少数の人びとは――当然のごとくブーティンを裏切り者とみなした。コロニー連合を崩壊させようとしたブーティンの計画により、数十億の人類が虐殺されるところだったのだ。オービン族は、これまた当然のことながら、ブーティンを偉大なる英雄とみなし、炎ではなく意識をもたらしたプロメテウスのような存在と考えた。ヒロイズムとはやはり相対的なものなのだろう。

この件に対するわたし自身の思いはもっと複雑だ。たしかに、ブーティンは人類に対する裏切り者であり殺されて当然だ。とはいえ、ブーティンはわたしがかつて出会ったもっともすばらしい人間、ゾーイの、実の父親でもある。自分の美しくきわめて聡明な養女の父親が死んでうれしいとはなかなかいえない――たとえ、そのほうがよかったとわかっていても。

オービン族がブーティンに対していだいている感情を考えれば、彼らがゾーイを独占したがるのはすこしもおどろくことではない。オービン族の当初の要求のひとつは、つまるところ、面会権の確保だった。最終的に双方が受け入れたのは、二名のオービン族がゾーイとその養父母とともに暮らすという案だった。ゾーイはやってきたふたりをヒッコリーとディッコリーと名付けた。ヒッコリーとディッコリーは、各自の意識インプラントを使って、ゾーイとすごす日々の一部を記録することが許された。意識インプラントをもつオービン族ならだれでもその記録を共有できる。事実上、すべてのオービン族がゾーイとのひとときを共有していた。

ジェーンとわたしは、ゾーイがまだ幼くて事情を理解できないうちは、きわめて限定された条件のもとでこれを許した。ゾーイが大きくなって判断力がついてからは、本人にどうするかを決めさせた。ゾーイはそれを許した。彼女は自分の人生がひとつの種族によって共有されるという考えを気に入っていたが、十代の若者ならだれでもそうであるように、しばらくひとりになりたいときもあった。そういうとき、ヒッコリーとディッコリーはインプラントを停止する。ゾーイといっしょにすごしていないときに意識を浪費するのは意味がない。このふたりがわたししかいないときに意識をもとうとするのは、いままでなかったことだった。

ヒッコリーとディッコリーが意識をおさめた首輪を起動して、その首輪が脳内のニューラル・オーバーレイと通信を開始するまで、わずかなタイムラグがあった。夢遊病者が目をさますのを見ているような感じだ。すこしばかり不気味でもある。もっとも、そのあとに起きたことはもっと不気味だった――ヒッコリーがわたしにほほえみかけたのだ。

「この地を離れるのはとても悲しい」ヒッコリーはいった。「われわれが意識を得てからずっとここで暮らしてきたということを理解してほしい。われわれも、すべてのオービン族も、強い悲しみを感じている。あなたたちと生活をともにするのを許してくれたことを感謝したい」

「どういたしまして」わたしはいった。ふたりのオービン族がわざわざ話しかけてくるにしては些末な話題に思えた。「これでお別れのようないいかただな。きみたちもいっしょに来るのかと思っていたんだが」

「もちろん行く。ディッコリーもわたしも、あなたの娘に付き添ってその体験をすべてのオービン族と共有するという義務を自覚している。それは耐えがたい重荷となりかねない。知ってのとおり、われわれはインプラントをあまり長時間使うことができない。感情面の緊張が強すぎるからだ。このインプラントは完璧ではなく、われわれの脳は困難を感じている。われわれは……過剰な刺激を受けているのだ」

「それは知らなかった」

「あなたにまで負担をかけたくなかった。それに、あなたに伝えることは重要ではなかった。われわれはあなたが知らなくてすむよう努力してきた。だが、最近になって、ディッコリーもわたしも、インプラントを起動させるとすぐに、ゾーイとあなたとセーガン中尉に対する感情に圧倒されるようになってきた」

「だれにとってもストレスの多いときだからね」

ヒッコリーがまたほほえんだ。最初よりもさらに不気味だった。「申し訳ない。ことばが明確ではなかった。われわれの感情とは、この地やこの惑星を離れることにまつわる漠然とした不安や、新世界への旅にまつわる興奮や緊張ではない。それはきわめて具体的なものだ。それは懸念だ」

「だれだって懸念をおぼえると思う」わたしはいいかけたが、ヒッコリーの顔に浮かんだ新たな表情を見て口をつぐんだ。ヒッコリーはもどかしそうに見えた。あるいは、わたしに対していらだちをおぼえているのかもしれない。「すまない、ヒッコリー。つづけてくれ」

ヒッコリーは、胸のうちでなにやら議論でもしているかのように、しばらく立ちつくしていたが、急にわたしから顔をそむけてディッコリーと話をはじめた。そのあいだにわたしは、数年まえに幼い娘がこの二体の生物に気まぐれにつけた呼び名は、もはやすこしもふさわしいものではなくなっているなと考えていた。

「申し訳ない、少佐」ヒッコリーがようやくわたしに注意をもどした。「ここからの話はあいまいなものになりそうだ。われわれはこの懸念をはっきり伝えることができないかもしれない。あなたはいくつかの事実を知らない可能性があり、われわれはそれを教える立場にないかもしれないのだ。ひとつ質問させてほしい。あなたはこの宙域の現状をどのようにとらえている？　われわれオービン族とあなたたちコロニー連合が、ほかのさまざまな種族とまじって居住している宙域のことだ」

「戦争状態だな。わたしたちはいくつかのコロニーをもっていて、その安全を確保しようとしている。ほかの種族もコロニーをもっていて、やはりその安全を確保しようとしている。だれもがそれぞれの種族の要求にかなう惑星をめぐって争っている。だれもがたがいに戦っている」

「なるほど。だれもがたがいに戦っている。同盟はないのか？　協定も？」

「皆無というわけじゃない。わたしたちはオービン族と協定をむすんでいる。ほかの種族もいくつかの他種族と協定をむすんだり同盟関係にあったりする。だが、全体としてはそのとおりだ。だれもが戦っている。なぜそんなことを？」

ヒッコリーの表情が不気味なほほえみから引きつった笑いへと変わった。「あなたに話せることだけを話そう。すでに語られていることなら話しても問題はない。植民局の長官は、あなたたちがロアノークと呼ぶコロニーはオービン族から譲られたものだと主張している。われわれがガーシニアと呼ぶ惑星のことだ。われわれはそのかわりにほかの惑星をあなたたちからもらったことになっている」

「そのとおりだ」

「そんな取り決めは存在しない。ガーシニアはいまでもオービン族の領土だ」

「ありえないな。わたしはロアノークへ行ってきた。コロニーの建設予定地を実際に歩いたんだ。きみのかんちがいだろう」

「かんちがいではない」

「そうに決まっている。気を悪くしないでほしいんだが、きみたちは十代の人間の娘の付き添い兼ボディガードにすぎない。きみたちが連絡をとっているレベルの相手は、きちんとした情報をもっていないのかもしれない」

ヒッコリーが、一瞬、なんともいえない表情を浮かべた。おもしろがっているのかもしれない。「たしかなのは、オービン族はブーティンの娘やその家族の保護者としてただの付き添いを送りこんだりはしないということだ。ガーシニアがいまでもわれわれの手中にあるのもたしかだ」

わたしは考えこんだ。「コロニー連合がロアノークの件で嘘をついているというのか」

「植民局の長官がまちがった情報を伝えられている可能性はある。それはなんともいえない。ただ、原因がどうあれ、事実にまちがいがあるのはたしかだ」

「オービン族が、自分たちの世界にわれわれが入植するのを許したのかもしれない。きみたちは、肉体の化学的性質のせいで土着の病原菌の影響を受けやすいんだろう。同盟関係にある種族が住んでいるほうが、世界を放置しておくよりはましだからな」

「そうかもしれない」ヒッコリーはよく考えられたあいまいな口調でいった。

「植民船は二週間後にフェニックス・ステーションを出発する。その一週間後には、わたしたちはロアノークにおりる。きみのいっていることが事実だとしても、わたしにはいまさらどうしようもないんだ」

「また謝罪しなければ。あなたになにかできるとか、なにかするべきだといいたかったわけではない。ただ、知っておいてほしかった。せめてわれわれの懸念の一部だけでも伝えておきたかった」

「ほかにもあるのか？」

「話せることはすでに話した。あとひとつだけいっておきたい。われわれはあなたたちのために働く。あなたと、セーガン中尉と、とりわけゾーイのために。彼女の父親はわれわれに自我という贈り物をくれた。高い代償をもとめられたが、われわれはよろこんで支払うつもりだった」

その代償がなんだったかを思いだして、わたしはかすかに身ぶるいをした。

「ブーティンは、われわれがその代償を、その債務を支払うまえに死んでしまった。われわれはいまやブーティンの娘にその債務を負っているし、彼女の人生を共有させてもらっていることで新たな債務も発生している。われわれは彼女に借りがある。彼女の家族にも借りがある」

「ありがとう、ヒッコリー。きみとディッコリーがわたしたちにとてもよく尽くしてくれたことには感謝しているよ」

ヒッコリーの顔にほほえみがもどった。「残念ながら、あなたはまたもや誤解している。もちろん、わたしとディッコリーはあなたたちのために働くし、これからもずっとそれは変わらない。だが、ここでいうわれわれとは、オービン族という意味なのだ」

「オービン族。つまり、きみたち全員ということか」

「そうだ。われわれ全員だ。必要とあらば、最後のひとりにいたるまで」

「はあ。すまない、ヒッコリー。なんといえばいいのかよくわからないよ」

「おぼえておいてくれればいい。そのときが来るまで」

「おぼえておこう」

「このやりとりについては秘密にしておいてほしい。当面は」

「わかった」

「ありがとう、少佐」ヒッコリーはいったんディッコリーを見てから、またわたしに目をもどした。「われわれは過度に感情的になっているようだ。あなたさえよければ、インプラントを停止したいのだが」

「どうぞ」

ふたりのオービン族はそれぞれの首輪に手をのばして人格を切り離した。その顔から生気が消えて、空虚な知性がもどってきた。

「われわれは休むことにする」ヒッコリーはそういって相棒とともに立ち去り、わたしはがらんとした部屋に取り残された。

3

コロニー建設にはこんなやりかたもある。二、三百人の植民者を集め、好きなように物資を用意させて、その人びとが選んだ惑星に落っことし、「それじゃまた」といって立ち去ったあと、一年後にそこへもどり——そのころには、全員が無知と物資の欠乏による栄養失調で死んでいるか、同じ惑星をほしがったべつの種族によって一掃されている——残った骨をひろうというもの。

これはあまり成功率の高い植民方法とはいえない。ジェーンとわたしは、あまりにも短い準備期間を利用して、まさにこのようなやりかたで計画された無法コロニーの崩壊に関する報告書をたくさん読み、この顕著な事実をたしかめた。

だからといって、十万人の植民者をあらゆる文明の利器といっしょに新たなコロニーへ投下するわけにもいかない。コロニー連合には、その気になればそれだけのことを実行できる能力がある。だが、その気になることはありえない。惑星の重力場や外周や陸塊や大気や生物の化学的性質が、地球や、人類が過去に入植したほかの惑星とどれほど似かよっているとしても、そこはやはり地球ではなく、足を踏み入れる人間にとってどんなたちの悪いおどろきが待っているかを知るすべはない。地球だって、さまざまな新しい病気をひねりだしては不用心な人間たちを大量に殺戮してきた。しかも、そこはわたしたちの生まれた世界なのだ。これが新しい世界に踏みこむとなると、わたしたちは異物になる。生物が体内にはいった異物にどのような対応をするかは決まっている——できるだけすみやかに殺そうとするだけだ。

失敗したコロニーについては、こんなちょっとした知識も学んだ。無法コロニーをのぞくと、人類がコロニーを放棄する原因としていちばん多いのは、ほかの種族との領土争いではない。土着の微生物による植民者の大量死だ。ほかの知的種族なら戦って追い払うこともできる。そういう戦いならわかりやすい。植民者の命を狙う生態系そのものと戦うのは、それよりはるかにむずかしい。

十万人の植民者を惑星におろしても、治療する間もなく急激にひろがる土着の伝染病によって全員が死んでしまったら、優良植民者がむだになるだけだ。

だからといって領土争いを軽視できるわけでもない。人類のコロニーが攻撃を受ける可能性は、最初の二、三年間がそれ以外の時期よりもはるかに高くなっている。建設作業に集中していて防御がおろそかになっているからだ。コロニー防衛軍が新規コロニーに常駐するといっても、十年か二十年たってそのコロニーの軌道上に宇宙ステーションが建設されるまでは、ほんのわずかな兵力でしかない。しかも、だれかがその惑星に入植しているという事実そのものが、ほかの種族の関心を集める原因となる。なぜなら、その植民者たちが入植にともなう重労働をすべて片付けてくれるからだ。あとは植民者を地表からこそげ落として、惑星をわがものとするだけでいい。

十万人の植民者を惑星におろしても、あっさりこそげ落とされてしまったら、やはり優良植民者がむだになるだけだ。コロニー連合は原則として地球上の第三世界の国々から植民者を集めているが、新規コロニーが失敗に終わるたびに十万人の植民者を失っていたら、いずれは植民者が足りなくなってしまう。

幸いなことに、この二通りのシナリオのあいだには満足のいく折衷案《せっちゅう》がある。まず二千五百人ほどの植民者を早春の新世界へ投入して、当座の必要をまかなうための環境にやさしく耐久性のあるテクノロジーをあたえ、新世界での自給自足を実現させると同時に、二、三年後に新たに一万人ほどの植民者を受け入れるための準備を進めさせる。第二波の植民者たちは、それから五年後に新たな五万人の植民者を受け入れるための準備を手伝うことになる。これをくりかえすわけだ。

初期の正式な植民者は五段階に分かれて送りこまれ、それが完了するころには、コロニーの人口は理想的には百万人ほどにまで増加し、数多くの小さな街とひとつかふたつの大きめの都市にひろがる。第五波の植民者がおちついて、コロニーの基盤がかたまれば、全体に勢いがついて植民地はどんどん拡大する。人口が一千万人ほどに達したら、入植は打ち切られて、そのコロニーは連邦制度の範囲内で制限付きの自治を認められ、人類は冷酷な宇宙の手による種族絶滅に対抗するための新たな砦を手に入れる。すべては、最初の二千五百人が、敵意にあふれた生態系と、他種族の攻撃と、人類自体の組織上の欠陥と、どこにでもある単純な悪運というやつを生きのびられればの話だ。

二千五百名の植民者は、ひとつの世界を人類の世界に変えるプロセスを開始するのに充分な人数といえる。たとえ全滅してもたいした人数ではないので、コロニー連合はひとしきり涙を流してから先へ進むことができる。おまけに、涙を流す部分については必須ではない。星の世界へ人類が進出するためにきわめて重要な存在でありながら、しかも使い捨て可能というのはなかなか興味深い。ひっくるめて考えると、わたしはハックルベリーにとどまるほうが賢明だったかもしれない。

「うん、降参だ」わたしはファーディナンド・マジェラン号の貨物庫へはこびこまれてきた巨大なコンテナを指さした。「そいつがなんなのか教えてくれ」

貨物庫の主任をつとめるアルド・フェロが、PDAで積荷目録を確認した。「そこにはいっているのは、コロニーの下水処理プラント用の資材一式だ」といって、ならんだコンテナを指さす。「そっちは下水管と、汚水処理槽と、廃棄物運搬車だ」

「ロアノークに屋外便所はいらないな。みんな上品にうんちするんだから」

「品の問題じゃない。あんたが行くのはクラス6の惑星で、生態系に互換性がまったくない。手近にある肥料はすべて必要になる。その下水処理システムは、排泄物から死骸までありとあらゆる生物系廃棄物を集めて、農場で使う無菌の堆肥《たいひ》をつくりだす。たぶんこの目録でいちばん重要なものだろう。壊さないようにしろよ」

わたしはにっこりした。「きみは下水についてずいぶんくわしいようだな」

「まあな。というか、新しいコロニーへ出発するときの荷造りについてくわしいんだ。おれはこの貨物庫で働いて二十五年になるが、そのあいだずっと新規コロニーへの輸送を担当してきた。積荷目録を見れば、コロニーの建設地がどういう惑星で、どんな季節があって、重力がどれくらいで、はたして最初の一年を乗り切れるかどうかがわかる。なんであんたのコロニーの生態系に互換性がないとわかったか知りたいか？　下水プラントがあるからじゃないぜ。そいつはどのコロニーでも標準装備だからな」

「ぜひ知りたいね」

フェロはPDAのスクリーンをとんと叩いて、それをわたしに差しだした。積荷のリストが表示されている。「よし。まず第一に、食料のたくわえだな。たいていのコロニー船には、コロニーの全員に行き渡るだけの基本的な食料品が三カ月分、ほかに固形糧食が一カ月分積みこまれる。それで、狩りをして自力で食料生産をはじめるまでの期間をしのぐわけだ。ところが、あんたの船には六ヵ月分の食料品と二ヵ月分の固形糧食が積みこまれている。こいつは非互換生態系へはこぶ積荷だ。すぐには土地の収穫物を食べられないからな。ただ、それにしても分量が多い。ふつうは四ヵ月分の食料品と六週間分の固形糧食を積みこむのに」

「なぜふつうより多い食料をよこしたんだろう？」わたしはいった。じつは答を知っているのだが——なにしろ、わたしは問題のコロニーを運営することになっているのだ——フェロが本人が思っているほど頭がまわるのかどうかを知りたかった。

フェロはにやりとした。「謎を解く手がかりはあんたの目のまえにあるよ、ミスター・ペリー。土壌改良剤と肥料も通常の二倍あるだろ。つまり、現地の土がそのままじゃ人間の食べ物を育てるのに適さないってことだ。食料が多ければ、どこかのマヌケが土をきちんと調節できなくても時間を稼げるからな」

「そのとおりだ」

「ああ。最後にもうひとつ。毒物治療用の医療品もふつうより多くなっている。これも非互換生態系ではよくあることだ。獣医用の解毒剤もずいぶん多い。そういえば」フェロはPDAをわたしから取りもどし、べつの積荷のリストを表示させた。「家畜用の餌も二倍だな」

「きみは積荷目録を熟知しているんだな、フェロ。入植を考えたことはないのか？」

「とんでもない。おれは新しいコロニーの旅立ちをさんざん見送ってきたから、なかにはうまくいかないやつがあることも知ってる。荷物の積みおろしをして、手をふって別れを告げて、フェニックスにいる妻と猫のもとへ帰るだけで幸せだ。気を悪くしないでくれよ、ミスター・ペリー」

「気にしてないよ」わたしはフェロの積荷目録を顎でしめした。「ところで、積荷目録を見ればそのコロニーが成功するかどうかわかるといったね。わたしたちはどうかな？」

「あんたたちは準備万端ととのってる。きっとだいじょうぶだろう。しかし、妙な荷物がまじってるな。積荷目録に見たことがない品目が載ってる。時代遅れの道具を詰めこんだコンテナがいくつかあるんだ」フェロはまたわたしにPDAをよこした。「ほら、鍛冶屋で使われるような道具がそろってる。一八五〇年ごろの。こんなしろものが時代懐古フェア以外で残っているなんて思ってもみなかった」

わたしは積荷目録に目をやった。「植民者の一部がメノナイトだからね。彼らはできるだけ現代テクノロジーを廃した生活をこころがけている。そんなのはじゃまだと考えているんだ」

「植民者のどれくらいがそのなんとかいう連中なんだ？」

「二百人か、二百五十人くらいだな」わたしはPDAをフェロに返した。

「ふむ。だったら、まあ、なにもかもきちんと準備できているみたいだな。開拓時代へのタイムトラベルまでひっくるめて。たとえコロニーが失敗しても、物資方面に責任を押しつけることはできないぞ」

「じゃあ、ぜんぶわたしの責任になるのか」

「たぶんな」フェロはいった。


「このコロニーを失敗させたくないという点では、みんな同じ気持ちだろう」マンフレッド・トルヒーヨがいった。「実際にそんな危険があるとは思わない。だが、わたしはすでになされたいくつかの決定について心配している。そのせいで事態がよけいにむずかしくなると思うんだ」

会議用テーブルをかこんでいる人びとがうなずいた。わたしの右側では、サヴィトリがメモをとり、だれがうなずいたかを記録していた。テーブルの反対側の端では、ジェーンが無表情にすわっていたが、やはりうなずいた頭をかぞえているはずだった。彼女は諜報担当だ。それが仕事なのだ。

ロアノーク評議会の公式設立総会が終わりに近づいていた。メンバーは、コロニーのリーダーであるわたしとジェーンと、十の世界からひとりずつ選出された十名の植民者代表で、彼らはわたしたちの補佐役をつとめることになる。とにかく、名目上はそういうことだった。現実には、早くも主導権争いがはじまっていた。

マンフレッド・トルヒーヨはその一番手といえる。彼は数年まえからイアリ代表としてコロニー連合議会にはたらきかけ、各コロニー世界から新規コロニーへ植民者を送るのを認めさせようとしてきた。トルヒーヨがむっとしたことに、植民局はそのアイディアを受け入れながら、彼をリーダーに据えようとしなかった。さらにむっとしたことに、その新規コロニーのリーダーは、トルヒーヨの知らない、彼が影響力をおよぼすこともできないわたしたちに決まってしまった。それでも、利口なトルヒーヨは、いらだちをなんとか抑えつけ、この会議のほとんどの時間を、最高のほめ殺しというかたちでジェーンとわたしの足場を崩すことについやしていた。

「たとえば、この評議会だ」トルヒーヨはテーブルの面々を見まわした。「われわれはそれぞれの同胞の利益を代表している。各自がその任をまっとうすることを疑うつもりはない。しかし、この評議会はコロニーのリーダーたちの顧問機関だ——助言しかできないのだ。そんな立場で、われわれはコロニーのニーズをきちんと代弁できるだろうか」

まだ船がドックを出てもいないのに、この男はもう革命を語っている——と、わたしは思った。ブレインパルを装着していたころなら、その思いをまるごとジェーンに送りつけることができた。いまでも、ジェーンがわたしの視線をとらえれば、こちらの考えていることは充分に伝わった。

「新しいコロニーは植民局の規約にもとづいて運営されます」ジェーンがいった。「それによれば、コロニーのリーダーは単独で行政権および執行権を行使することがもとめられています。現地ではたくさんの混乱が生じますので、なにか決めようとするたびに評議会をひらくのは望ましいことではありません」

「きみたちふたりが仕事をしないといっているわけではない。ただ、われわれの意見は単なる象徴以上のものであるべきだ。われわれの多くは計画の初期段階からこのコロニーに関与してきた。われわれには豊富な経験があるのだ」

「いっぽう、わたしたちはたった二カ月しか関与していないと」わたしは相手のことばを代弁した。

「きみたちはこの計画に新しく組みこまれた貴重なパーツだよ」トルヒーヨはいった。ロがうまい。「われわれが意志決定プロセスに加わることで生まれるさまざまな利点を、きみたちにもわかってもらえるといいのだが」

「わざわざ規約が定められているのには理由があるんじゃないかと思う。植民局は何十という世界への入植を監督してきた。どうするべきかわかっているのかもしれない」

「そういう植民者は地球上の恵まれない国家からやってきた。われわれがもつ多くの利点が彼らには欠けているのだ」

わたしのとなりでサヴィトリが体をこわばらせた。コロニー連合が植民地建設を引き継ぐまえ、西側諸国によって設立された歴史あるコロニーの傲慢な態度は、いつも彼女を愕然とさせる。

「どのような利点があるというんです？」ジェーンがいった。「ジョンとわたしは〝そういう植民者〟とその子孫たちのなかで七年間暮らしてきました。ここにいるサヴィトリもそのひとりです。このテーブルについているみなさんに、彼らにまさるはっきりした利点があるとは思えないのですが」

「いいかたが悪かったかもしれないが」トルヒーヨが口をひらいた。またなだめるようなふりをして傷口をえぐるつもりだろう。

「そうかもしれないな」わたしはトルヒーヨのことばをさえぎった。「残念ながら、これは机上の空論でしかない。植民局の規約は、第一波のコロニーの運営についてわたしたちに自由裁量の余地をほとんどあたえていないし、植民者のもとの国籍もいっさい考慮に入れていない。わたしたちはすべての植民者を、その出身がどこであろうと、平等にあつかうことを義務づけられている。なかなか賢明な方針だと思わないか？」

トルヒーヨは急な問いかけに困惑し、一瞬ことばに詰まった。「ああ、もちろんだ」

「そういってもらえてよかった。となると、さしあたっては、いままでどおり規約に従うということになる。さて」わたしはトルヒーヨがまた暴れだすまえにつづけた。「ほかになにか？」

「うちの一部の植民者から船室の割り当てについて苦情が出ている」カートゥーム代表の

パウロ・グティエレスがいった。

「なにかまずいことでも？」

「カートゥームから来た仲間といっしょじゃないことが不満なんだ」

「宇宙船の全長はせいぜい数百メートルだ。寝台の情報ならPDA経由ですぐにアクセスできる。おたがいを見つけるのにはなんの問題もないはずだ」

「それはわかっている。ただ、同胞と同じ船室にはいれるものと期待していたから」

「だからこそ、そういうかたちにはしなかったんだ。いったんロアノークに足をおろしたら、カートゥーム出身とか、イアリ出身とか、キョート出身とかいったことはなんの関係もなくなる」わたしがハイラム・ヨーダーにうなずきかけると、彼もうなずきを返してきた。「全員がロアノーク出身になるんだ。ひとあし早くスタートしておくほうがいいだろう。たった二千五百人しかいないんだ。十の部族に分けるには少なすぎる」

「ご立派な考えね」ルース出身のマリー・ブラックがいった。「でも、植民者たちが自分の出身地をそう簡単に忘れるとは思えないわ」

「それはそうだろう。自分の出身地を忘れてほしいわけじゃない。いまいる場所に集中してほしいんだ。というか、もうじきたどり着く場所に」

「植民者はそれぞれの世界の代表としてここにいるんだよ」トルヒーヨがいった。

「いまのやりかたは理にかなっています」とジェーン。「少なくとも、現時点では。ロアノークに到着したら、あらためてこの件について話し合いましょう」

　各自が思いをめぐらすあいだ、いっとき沈黙がおりた。

ズォン・グオ代表のマータ・ピロが手をあげた。「オービン族がふたり、あたしたちといっしょにロアノークへむかっているという噂があるんだけど」

「それは噂じゃない」わたしはいった。「事実だ。ヒッコリーとディッコリーはわたしの家族の一員だ」

「ヒッコリーとディッコリー？」フランクリン代表のリー・チェンがいった。

「うちの娘のゾーイが、まだ幼いころに名付けたんでね」

「さしつかえなければ教えてほしいんだけど、なぜふたりのオービン族があなたの家族の一員になっているの？」ピロがたずねた。

「娘がペットにしているんです」とジェーン。

　おちつかない笑い声があがった。気にすることはない。一時間にわたってトルヒーヨの見え透いた攻撃にさらされてきたあとだけに、おそるべきエイリアンと同居できるような夫婦だと思われるのは悪いことではなかった。

「あのトルヒーヨとかいうやつはシャトルベイからほうりだすべきですよ」代表たちが部屋から出ていったあとで、サヴィトリがいった。

「おちつけ」わたしはいった。「責任者にならないと気がすまないやつはいるんだよ」

「グティエレスとブラックとトルヒーヨは徒党を組んでいるわ」とジェーン。「もちろん、トルヒーヨはクラニックのところへ走って今回の会議の詳細を伝えているはず。あのふたりはすごく打ち解けているから」

「しかし、それでわたしたちが困るわけじゃない」

「ええ。それ以外の代表たちはトルヒーヨとはあまり付き合いがないみたいだし、個々の植民者たちはまだ船に乗りこんでいる段階。トルヒーヨがイアリの出身者以外に名前を売る時間はなかったはず。たとえトルヒーヨが売り込みをしていようと、植民局があたしたちをリーダーの地位からおろすことはありえない。ベル長官は、おたがいに代議員だったころからずっとトルヒーヨをきらっている。トルヒーヨのアイディアを受け入れたのにあたしたちをコロニーのリーダーに指名したのも、彼にそのことを思い知らせるためだったわけだし」

「リビッキー将軍は、事態が政治的なものになっていると警告していた」

「リビッキー将軍は、あたしたちが知るべきことをぜんぶは話さないのがふつうだから」

「そうかもな。しかし、この点については将軍は完全に正しい。とにかく、いまは心配しすぎないようにしよう。やることはたくさんあるし、マジェラン号がフェニックス・ステーションを離れたあとはもっと忙しくなるんだ。そういえば、きょうはフェニックスへ連れていくとゾーイに約束したんだった。きみたちもいっしょに行くかい？　わたしと、ゾーイと、オービン族のコンビなんだが」

「わたしはパスします」とサヴィトリ。「いまだにヒッコリーとディッコリーには慣れないので」

「知り合ってからもう八年近くたつのになあ」

「ええ。八年近く、いちどに五分ずつくらいでしたが。すこしずつ時間をのばしていく必要があるんです」

「そうか」わたしはジェーンに顔をむけた。「きみはどうする？」

「シラード将軍と会うことになっているの」ジェーンが口にしたのは特殊部隊の指揮官の名だった。「おたがいの近況を話しあいたいらしくて」

「わかった。しかし残念だな」

「下でなにをするの？」

「ゾーイの両親のところへ行くんだ。もうひと組の」

わたしは墓石のまえに立った。そこにはゾーイの父と母、そしてゾーイ自身の名が記されていた。ゾーイの没年は、あるコロニーが襲撃されたときに死んだと思われて記されたもので、あきらかにまちがっていた。そこまであきらかではないものの、ゾーイの父の没年もまちがっていた。正しいのは母の生没年だけだ。ゾーイはしゃがんでそれらの名前をのぞきこんだ。ヒッコリーとディッコリーは、意識を接続してブーティンの墓標のまえにいるという恍惚を十秒間だけ味わってから、接続を切り、すこし離れたところで無表情にたたずんだ。

「このまえ来たときのことをおぼえてる」ゾーイがいった。彼女が持ってきた小さな花束が墓石の上に置かれていた。「あの日ジェーンにきかれたの。あなたとジェーンといっしょに暮らしたいかって」

「ああ。きみがわたしといっしょに暮らすことを決めたのは、わたしがきみたちふたりといっしょに暮らすことを決めるより早かった」

「あなたとジェーンは愛しあってるんだと思った。いっしょに暮らすつもりなんだって」

「ああ、そのつもりだったよ。でも、いろいろややこしくてね」

「あたしのささやかな家族はみんなややこしいわ。あなたは八十八歳だし。ジェーンはあたしよりひとつ年上なだけだし。あたしは裏切り者の娘だし」

「きみはオービン族の護衛を連れている宇宙でただひとりの女の子でもある」

「まだややこしいことがあった。昼はふつうのこどもだけど、夜はひとつのエイリアン種族全体から崇拝される」

「もっと悲惨な状況もあるんだよ」

「そうかも。ひとつのエイリアン種族全体から崇拝される存在になれば、ときどきは宿題をやらなくてすみそうな気がするじゃない。でも、そんなことはないのよね」

「きみが図に乗らないよう気を遣ったんだよ」

「ありがと」ゾーイは墓石を指さした。「これだってややこしいわ。あたしは生きてるし、ここに埋まってるのはとうさんのクローンであって、とうさん自身じゃない。ここにちゃんといるのはかあさんだけ。ほんとのかあさん。なにもかもすごくややこしい」

「すまないな」

ゾーイは肩をすくめた。「もう慣れちゃった。ふだんはつらいとは思わないの。それに、ものの見方がひろがるでしょ？ 学校で、アンジャリやチャドナが人生はややこしくてしかたがないって文句をいうのを聞くと、あたしはこんなふうに思うの。あんたたちは、ややこしいというのがどんなものかちっともわかってないって」

「きみが上手に対処してくれてよかった」

「努力してるのよ。あなたとジェーンから、とうさんについてほんとのことを教わったあの日は、すごく楽しい日とはいえなかったけどね」

「わたしたちにとっても楽しい日ではなかったよ。しかし、きみには真実を知る権利があると思ったんだ」

「わかってる」ゾーイは立ちあがった。「でもね、朝起きたときには、とうさんはただの科学者だと思っていたのに、夜ベッドにはいったときには、とうさんが人類を全滅させていたかもしれないと聞かされていたの。頭がごちゃごちゃになった」

「きみのとうさんは、きみにとってはいい人だった。ほかの面でどんな人だったとしても、ほかにどんなことをやったとしても、そこだけはちゃんとしていたんだ」

ゾーイは近づいてきてわたしを抱き締めた。「ここへ連れてきてくれてありがとう。あなたはすてきな人よ、九十歳のパパ」

「きみはすばらしいこどもだよ、十代の娘さん。もう行くかい？」

「ちょっと待って」ゾーイは墓石のそばへもどり、すばやく膝をついてキスした。それから、立ちあがって急に恥ずかしそうな顔になった。「まえに来たときもこうしたの。同じ気持ちになるかたしかめてみたくて」

「なった？」

「ええ」ゾーイはまだ照れていた。「さあ。行きましょ」

わたしたちは墓地のゲートへと歩きだした。わたしはＰＤＡを取りだしてタクシーを一台まわしてくれるよう信号を送った。

「マジェラン号は気に入ったかい？」わたしは歩きながらたずねた。

「おもしろいよ。宇宙船に乗るのはひさしぶり。どんなだったか忘れてた。こんどのは大きいし」

「二千五百人の植民者と船のスタッフ全員を乗せるんだからな」

「そうね。いま大きいといったけど、だんだん埋まりはじめてる。植民者が乗りこんできたから。何人かに会ったわ。同じくらいの歳の子に」

「気に入った子はいた？」

「ふたりかな。あたしと仲良くしたがってる女の子がいたよ。グレッチェン・トルヒーヨっていうの」

「トルヒーヨだって？」

ゾーイはうなずいた。「どうして？　知ってるの？」

「その子のおとうさんを知ってるかもしれない」

「世間は狭いわね」

「しかもますます狭くなろうとしている」

「いえてる」ゾーイはあたりを見まわした。「またここへ来ることがあるかなあ」

「きみは新しいコロニーへ行くんだよ。あの世じゃなくて」

ゾーイはにっこりした。「墓石をちゃんと見なかったのね。あたしはもうあの世へいったの。そこからもどってくるのはどうってことない。たいへんなのはこの世のほう」

「ジェーンは仮眠をとっています」サヴィトリが、船室へもどったゾーイとわたしに声をかけた。「気分がよくないそうです」

わたしは思わず眉をあげた。ジェーンはわたしの知るかぎりだれよりも健康だ。標準的な人間の肉体へ転送されたあともずっとそうだった。

「ええ、わかってます」サヴィトリはわたしの眉を見ていった。「わたしも妙だなと思いました。すぐによくなるけど、数時間はそっとしておいてくれとのことでした」

「わかった、ありがとう。どのみち、これからゾーイといっしょに娯楽デッキへ行くつもりだった。きみもいっしょに行くかい？」

「ジェーンが起きるまでに頼まれた仕事を片付けないと。またの機会にしておきます」

「きみはわたしよりもジェーンのために熱心に働くんだな」

「やる気を起こさせるリーダーシップの差ですね」

「それはそれは」

サヴィトリはシーッという身ぶりをした。「ジェーンが起きたらあなたのＰＤＡに連絡を入れます。さあ、行ってください。気が散りますので」

マジェラン号の娯楽デッキは小さな公園のようなつくりになっており、植民者とその家族が大勢詰めかけて、船が提供する気晴らしを体験していた。ステーションから充分に距離をとり、そこからロアノークへスキップするまで、わたしたちは船内で一週間をすごすことになるのだ。デッキに着くと、ゾーイが三人の十代の少女を見つけて手をふった。ひとりが手をふりかえし、身ぶりでゾーイを呼び寄せた。あれがグレッチェン・トルヒーヨだろうか。ゾーイはちらりとわたしをふりかえってバイバイと離れていった。わたしはデッキをぶらぶら歩き、ともに旅立つ植民者たちをながめた。もうしばらくしたら、わたしは植民者のほとんどからコロニーのリーダーとして認識されるだろう。だが、いまのところは、安全で幸せな無名のだれかさんでいられた。

はじめのうち、植民者たちは自由に動きまわっているように見えたが、一分かそこらたつと、一部の人びとがかたまってグループをつくり、まわりから距離を置いているのがわかってきた。英語はすべてのコロニーで共通語となっているが、それぞれの世界には、たいていは最初に入植した植民者の出身地にもとづいた第二言語がある。歩いているとそうしたさまざまな言語の断片が耳にはいってきた。スペイン語、中国語、ポルトガル語、ロシア語、ドイツ語。

「きみも聞いたようだな」

背後でだれかの声がした。ふりかえると、そこにトルヒーヨがいた。

「まさに言語のごった煮だ」トルヒーヨはにっこり笑った。「旧世界の残りかす――きみならそういうんだろう。ロアノークに着いても、彼らがそれぞれの言語で話すのをやめるとは思えないな」

「つまり、植民者たちはすぐに自分の国籍を捨ててまっさらなロアノーク人になったりはしないといいたいのか？」

「ただの感想だよ。それに、いずれは全員がなるはずだ……ロアノーク人に」トルヒーヨは最後のことばを、なにかとがったものでものみこむような調子で口にした。「時間はかかるだろうな。おそらく、きみがいま考えている以上に長く。なにしろ、われわれは過去に例のないことを試みている。歴史あるコロニー世界の住民で新しいコロニーを建設するだけではなく、十のことなる文化をひとつのコロニーに詰めこもうとしているんだ。正直にいえば不安はある。植民局はわたしの最初の提案を受け入れて、単一のコロニーから植民者を送りこむべきだったと思う」

「困ったお役所仕事というやつか。いつでも完璧な計画をぶち壊してくれる」

「まあ、そうだな」トルヒーヨは小さく手をふった。多言語植民者たちを、あるいはわたしを指し示すように。「知ってのとおり、この件にはわたしとベル長官との確執がからんでいる。彼女は最初からロアノークに反対していたが、各コロニーからの圧力が強すぎてその実現を阻止することはできなかった。そこで、とてつもなく非現実的なやりかたで計画を進めた。そこにはお人好しの初心者のカップルにコロニーの指揮権をあたえることも含まれる。そのカップルは、この状況のどこに地雷が埋まっていて、もしもコロニーが失敗したときにだれが都合のいいスケープゴートにされるかまったくわかっていない」

「わたしたちがカモにされているといいたいのか」

「きみと奥さんは頭がよく、有能だが、政治的には消耗品だ。コロニーが失敗に終わったら、きみたちがその責任をかぶることになるだろう。ベル長官ではなく」

「たとえわたしたちを選んだのがベル長官だとしても」

「そうか？　きみたちを推薦したのはリビッキー将軍だと聞いた。将軍は政治的な余波をくらうことはない。ＣＤＦの一員で、そもそも政治にかかわることを要求されていないからな。やはり、計画が失敗に終わった場合、その余波は丘を流れくだってきみと奥さんを直撃するだろう」

「きみはコロニーが失敗すると確信しているらしい。なのにここにいる」

「失敗する可能性があるとは思っている。それに、政敵にしっぺ返しをしてみずからの無能さを隠すためにロアノークにはぜひ失敗してほしいと思っている連中は――ベル長官も含めて――大勢いるはずだ。彼らは故意にコロニーを失敗させようとしている。それをふせぐものがあるとしたら、コロニーの存続を助ける意欲と経験がある人材だろう」

「たとえば、きみのような」

トルヒーヨは一歩わたしに近づいた。「ペリー、これを単なるわたしのエゴとみなすほうが楽なのはわかっている。むりもないことだ。しかし、ちょっと考えてみてほしい。この船に二千五百人の植民者が乗りこんでいるのは、六年まえにわたしがコロニー連合議会で立ちあがり、われわれにもコロニーを建設する権利があると主張したからだ。わたしは彼らがここにいることについて責任があるし、ベル長官とその取り巻きがこのコロニーを自滅へ追いやろうとするのを阻止できなかったために彼らを危険にさらしているという責任がある。きょうの午前中、われわれにもコロニーの運営に協力させてほしいと提案したのは、自分でものごとを動かしたいということだけが理由ではない。植民局がきみにあたえた仕事から考えて、きみにはできるかぎり多くの手助けが必要になるはずだし、あのときいっしょに部屋にいた面々は何年もまえからこの件にかかわってきているからだ。われわれがきみに協力しなかったら、コロニーはまちがいなく失敗に終わるだろう」

「リーダーとしてのわたしたちの能力を信頼してくれてうれしいね」

「どうも話が通じていないようだな。いいか、ペリー、わたしはきみを成功させたい。このコロニーを成功させたい。きみと奥さんのリーダーシップをゆるがすなんて絶対にありえない。そんなことをしたら、コロニーの住民すべての命を危険にさらすことになる。わたしはきみの敵ではない。きみがほんとうの敵と戦うのを手助けしたいんだ」

「植民局が二千五百人の植民者を危険な目にあわせようとしているというのか。きみに仕返しをするために」

「ちがう。わたしに仕返しをするためではない。コロニーの慣習をおびやかすものを阻止するため？　コロニー連合が各コロニーをそれぞれの場所にとどめておくのを手助けするため？　そういう目的のためなら、二千五百人の植民者は多すぎることはない。植民地建設についてすこしでも知識があるなら、二千五百人の植民者というのは種コロニーの標準的なサイズだと知っているだろう。種コロニーはときどき失われるものだ。われわれはその一部が失われることを予期している。そのことに慣れている。失われるのは二千五百名の人間ではなく、ひとつの種コロニーにすぎない。

だが、おもしろいのはここからだ。植民局のコロニー建設計画では、種コロニーをひとつ失うことは充分に想定内といえる。だが、その植民者たちを送りだしたのはコロニー連合に所属する十の世界で、いずれも今回はじめてコロニー建設にかかわっている。その十の世界すべてが、このコロニーの失敗を体感するのだ。それは民衆の精神に衝撃をあたえるだろう。そうなったら、植民局はくるりと方向転換して、だからあなたたちの入植を認めないのだと主張することができる。それはあなたたちを守るためなのだと。すべてのコロニーがその甘いことばをうのみにしてしまったら、われわれは現状へ逆戻りということになる」

「おもしろい仮説だね」

「ペリー、きみはコロニー防衛軍で何年もすごした。コロニー連合の政策がどんな結果をもたらすか知っているはずだ。さまざまな経験から考えて、いまわたしが描いたシナリオはまったく可能性のないことだと断言できるのか？」

わたしは黙っていた。トルヒーヨは冷たい笑みを浮かべた。

「考えてみてくれ、ペリー。きみと奥さんがつぎの評議会でわれわれを門前払いするまえに、ぜひ考えてほしい。わたしはきみがコロニーにとって最善と思われる道を選ぶと信じているよ」トルヒーヨはわたしの背後にあるなにかへちらりと目をやった。「きみの娘とうちの娘はもう知り合いになったようだ」

ふりかえると、ゾーイがさっき見かけた少女たちのひとりと熱心に話していた。ゾーイを手招きした少女だ。「そうらしいね」

「あのふたりはうまくやっているようだ。ロアノークのコロニーはあそこからはじまるんだろう。われわれも娘たちを手本にできるかもしれない」

「マンフレッド・トルヒーヨに私欲がないなんて信じられないわ」ジェーンはベッドの上で体を起こしていた。ババールはベッドの足もとでだらんと横たわり、尻尾を満足げにぱたぱたさせていた。

「同感だね」わたしはベッドのわきの椅子にすわっていた。「問題は、トルヒーヨの話をすっかり無視するわけにもいかないってことなんだ」

「なぜ?」ジェーンはベッドわきのテーブルにある水差しに手をのばそうとしたが、体勢がよくなかった。わたしは水差しとそのかたわらにあるコップを手にとり、水をそそぎはじめた。

「ヒッコリーが惑星ロアノークについて話したことをおぼえてるだろ」わたしはジェーン

にコップを渡した。

「ありがと」ジェーンはそういうと、ものの五秒でコップの水を飲みほした。

「うわ。ほんとに気分はよくなったのかい？」

「だいじょうぶ。喉が渇いているだけ」ジェーンはコップを突きだした。わたしがもういちど水をそそぐと、こんどは彼女もゆっくりと飲みはじめた。「惑星ロアノーク」といって、話のつづきをうながす。

「ヒッコリーは、ロアノークはまだオービン族の支配下にあるといっていた。植民局が本気でこのコロニーの失敗を願っているなら、そういうこともあるかもしれない」

「植民者たちが長くとどまることのない惑星を、わざわざ手に入れる必要はないと」

「そのとおり。ほかにもある。きょう、貨物庫で積荷目録に目をとおしていたら、そこの主任からこの船には時代遅れの機器が積みこまれていると指摘された」

「それはメノナイトたちと関係があるのかも」ジェーンはまた水をひと口飲んだ。

「わたしもそういった。でも、トルヒーヨと話したあとで、もういちど積荷目録をながめてみたんだ。貨物庫の主任のいうとおりだったよ。あれだけたくさんの時代遅れの機器は、メノナイトの存在だけでは説明がつかない」

「機器が不足しているということね」

「そこが問題なんだ。じつは機器は不足していない。たっぷりある時代遅れの機器は、最新の機器のかわりじゃなく、その追加として積みこまれているんだ」

ジェーンは考えこんだ。「どういうことだと思う?」

「意味があるのかどうかはわからない。補給ミスは珍しいことじゃない。CDFにいたころ、医薬品のかわりに正装用のソックスが送られてきたことがあった。これもそういうたぐいのミスかもしれない。すこしばかり規模がでかいだけで」

「リビッキー将軍にきいてみないと」

「将軍はステーションを離れてる。今朝、よりにもよってコーラルへ出かけたんだ。オフィスのほうで聞いた話によると、新しい惑星防衛グリッドの診断作業を監督しているらしい。一週間はもどってこないそうだ。コロニーの物資を調査してくれと頼んではおいたが、彼らにとってその作業の優先順位は高くない。コロニー建設にあきらかな問題が生じているわけじゃないからね。宇宙船の出発までにやるべきことはほかにたくさんあるんだ。でも、ひょっとしたらなにか見落としているのかも」

「なにか見落としているとしても、それを見つけるための時間は多くないわ」

「わかってる。トルヒーヨが権力に飢えたゴミ野郎だということを見きわめたいのは山々だけど、彼がコロニーのことを心から気にかけているという可能性についても検討しなくちゃならない。あれこれ考え合わせると、ほんとにいらいらさせられる」

「トルヒーヨは権力に飢えたゴミ野郎で、しかもコロニーのことを心から気にかけているという可能性もあるけど」

「きみはつねにものごとの明るい面を見るんだな」

「サヴィトリに積荷目録を見せて、なにか見落としはないかチェックさせましょう。彼女には最近の種コロニーについてくわしく調べさせているから。あたしたちがなにか見落としているなら、きっと見つけてくれるはず」

「サヴィトリにはずいぶんたくさんの仕事をさせてるんだな」

ジェーンは肩をすくめた。「あなたはサヴィトリを充分に活用していなかった。だからあたしが雇ったの。サヴィトリには、あなたがあたえたよりもずっと多くの仕事をこなす力があった。もっとも、それはあなただけのせいじゃない。あなたがかかえていたいちばん面倒な仕事は、あの困ったチェンゲルペット兄弟の相手だったものね」

「そんなことをいうのは、きみがあの兄弟の相手をしたことがないからだよ。いちどくらい試してみるべきだったな」

「あんな兄弟の相手は、いちどでもたくさん」

「きょうのシラード将軍との会見はどうだった？」わたしは、それ以上自分の適性に疑問を投げかけられるまえに話題を変えた。

「順調よ。じつをいうと、トルヒーヨがきょうあなたに話したようなことも聞かされた」

「植民局がこのコロニーを失敗させたがっているって？」

「ちがう。あたしたちの知らないところでいろいろな政治工作が進められているって」

「たとえば？」

「具体的な話は出なかった。あたしたちがものごとを処理する能力を信じているからだとシラード将軍はいってた。万一にそなえて昔の特殊部隊の体を取りもどしたいかときかれたわ」

「あの将軍はとんでもないジョークを口にするんだな」

「それがジョークじゃなかったの」ジェーンはわたしの混乱しきった目を見て、なだめるように手をあげた。「将軍があたしの昔の体を保管しているという意味じゃないわ。そういうことじゃないの。改造されていない人間の体であたしをこのコロニーへ行かせたくないみたい」

「なんか不安になってくるぞ」ふと見ると、ジェーンは汗をかきはじめていた。わたしは妻のひたいに手をあてた。「ほんとに熱があるみたいだな。はじめてじゃないか」

「改造されていない体だから。いずれはこうなることもあるはず」

「もうすこし水を持ってこよう」

「いいえ。喉は渇いてないの。でも、おなかがすいてるみたい」

「調理室になにか用意できないかきいてみよう。なにを食べたい？」

「なにがあるの？」

「ほぼあらゆるもの」

「じゃあ、あらゆるもののひとつを」

PDAを取りだして調理室と連絡をとった。「マジェラン号が通常の二倍の食料を積んでいてよかったな」

「いまの感じだと、二倍あっても長くはもたないかも」

「そうか。でも、古いことわざでは、熱には餌をやるなというよ」

「今回の場合」ジェーンはいった。「その古いことわざは完全にまちがってる」

4

「ニューイヤーズイヴのパーティみたいね」ゾーイがいった。

わたしたちは小さなステージにある座席から娯楽デッキを見渡し、お祭り騒ぎをくりひろげる植民者たちをながめていた。マジェラン号で旅をはじめて一週間、ロアノークへのスキップまであと五分をきっていた。

「まさしくニューイヤーズイヴのパーティだよ」わたしはいった。「船がスキップすると同時に、コロニーの時計が公式にスタートする。それがロアノーク時間で一年目の一日目の一分目の一秒目になる。一日は二十五時間八分、一年は三百五日だ」

「誕生日が早くめぐってくるね」

「ああ。しかも、その誕生日は長くつづく」

わたしとゾーイのかたわらでは、サヴィトリとジェーンが、サヴィトリがPDAで検索したなにかの情報について話し合っていた。よりにもよってこんなときに仕事をするかねとからかおうかと思ったが、やっぱりやめておいた。すこしもおどろくようなことではないが、このふたりはあっというまにコロニーを統率する組織の中心となっていた。こんなときになにかをしているとすれば、それは必要なことなんだろう。ジェーンとサヴィトリはチームの頭脳であり、わたしは広報担当者だった。この一週間は、十ある植民者グループのためにすこしずつ時間を割《さ》いて、さまざまな質問にこたえてきた。ロアノーク、わたし自身、ジェーン、そのほか彼らが知りたがることならなんでも。各グループにはそれぞれの癖や特徴があった。イアリ出身の植民者はちょっとよそよそしかった（話をしているあいだグループのうしろのほうにひかえていたトルヒーヨの意見を反映していたのかもしれない）が、わたしが道化役に徹してハイスクールで学んだ片言のスペイン語を披露すると雰囲気がやわらぎ、そこから、イアリで土着の植物や動物のために考えだされた〝新スペイン語〟の単語にまつわる討論へとつながっていった。

キョート出身のメノナイトは、それとは逆に、いきなりフルーツケーキが出てくるというなごやかな雰囲気ではじまった。そのなごやかさが消えたあと、わたしはコロニー運営のあらゆる面について容赦なく問いつめられ、ハイラム・ヨーダーはすっかりご満悦だった。「ぼくたちはシンプルな生活をしていますが、ぼくたち自身はシンプルではないんですよ」ヨーダーはあとでそんなふうにいっていた。カートゥーム出身の植民者は、あいかわらず船室の割り当てが惑星別ではないことに腹を立てていた。フランクリン出身の人びとは、コロニー連合からどのていどの支援を受けられるのか、ときどきは故郷の世界へもどれるのかどうかを知りたがった。アルビオン出身の植民者は、もしもロアノークが攻撃を受けたらどんな対抗策があるのかと悩んでいた。フェニックス出身の人たちは、植民地建設で忙しい一日が終わったあとでソフトボールのリーグ戦をはじめる時間があるかどうかを知りたがっていた。

規模も範囲も重要性もさまざまな質問と問題――そのすべてがわたしにむかって投げかけられる。わたしの仕事はそれらを果敢に受け止めて、相談者がたとえ回答に満足できなくても、少なくとも悩みを真剣に聞いてもらえたと満足できるよう手助けすることだ。このあたりについては、最近まで監査官をしていた経験がとても役に立った。答を見つけて問題を解決する経験を積んだだけではなく、相手の話を聞いてなんとかしようと励ます練習を何年もつづけていたのだ。マジェラン号ですごす一週間が終わるころには、植民者たちは酒場の賭け事の後始末やほんのささいな悩みごとまで持ちこんでくるようになっていた。まるで監査官時代にもどったようだった。

こうした質問と応答のセッションで植民者ひとりひとりの問題を処理するのは、わたしにとっても有益だった。ここにいるのがどんな人たちで、おたがいにどれくらい波長が合うかを把握しておく必要があったからだ。官僚の妨害工作にさらされた多国籍コロニーというトルヒーヨの見解をうのみにするつもりはなかったが、人の和についてあまり楽観的になるわけにもいかなかった。マジェラン号が出航したその日に、数名の十代の少年がよその世界から来た少年たちにケンカをふっかける事件が少なくとも一件は起きていた。グレッチェン・トルヒーヨとゾーイはその少年たちを嘲笑することでおとなしくさせ、十代の少女の嘲笑がもつ力はあなどれないと証明したが、ゾーイが夕食の席でその一件について話したときには、ジェーンもわたしも注意を引かれた。十代の若者たちは愚かでバカげた行動をとることがあるが、その十代の若者たちが手本にしているのはおとなたちから受け取ったシグナルなのだ。

その翌日、わたしたちは十代の若者を対象としたドッジボール・トーナメントの開催を宣言した。形式はいろいろあれど、ドッジボールならすべてのコロニーでひろくプレイされているからだ。各コロニーの代表たちには、できるだけ若者たちを参加させてほしいと伝えておいた。参加者はかなりの人数で——出航から一日しかたっていなくても、マジェラン号には若者たちの気晴らしになるものがさほど多くなかった——八人ずつ十チームつくることができたので、チーム分けはランダムにおこない、同じコロニーの仲間で集まろうとする試みはさりげなく阻止した。試合のスケジュールについては、最後の決勝戦がロアノークへのスキップの直前になるよう設定した。それにより、若者たちの注意を試合に引きつけ、同時に、出身コロニーを越えた交流を継続させることができた。

トーナメントの初日が終わるころには、おとなたちが試合を観戦していた——彼らにもあまりやることがなかったのだ。二日目が終わるころには、あるコロニー出身のおとなたちがべつのコロニー出身のおとなたちと、どのチームが優勝するかについておしゃべりしているのを見かけた。わたしたちは前進していた。

三日目が終わるころには、ジェーンは集まって賭けをしている連中を解散させなければならなかった。まあ、なにもかもが前進しているわけではないかもしれない。どうしようもないことではあるが。

もちろん、ジェーンもわたしもドッジボールで世界の調和を実現できるなどという幻想はいだいていなかった。よくはずむ赤いボールでプレイされるゲームには、すこしばかり荷が重すぎる。トルヒーヨの主張する妨害工作シナリオを、パンッという威勢のよい音ですっかり忘れようというのはむりだ。とはいえ、世界の調和は急ぐことはない。いまは人びとが顔を合わせておたがいになじむだけでいい。ささやかなドッジボール大会はその役割を充分に果たしてくれた。

ドッジボールの決勝戦と表彰式――とても勝ち目のなさそうだったドラゴンズが、それまで無敗だったスライム・モールズ（わたしは粘菌という名前だけでそのチームを気に入っていた）を相手に劇的な勝利をおさめた――が終わったあとも、大半の植民者は娯楽デッキにとどまり、もうじきおとずれるスキップの瞬間を待った。デッキにある複数の告知用モニターすべてが、マジェラン号の行く手にひろがる光景を流していた。いまは真っ黒だが、スキップが終わればすぐにロアノークの姿でいっぱいになるはずだ。植民者たちはすっかり興奮して浮かれていた。ニューイヤーズイヴのパーティみたいだというゾーイのことばは、まさに正鵠《せいこく》を射ていた。

「あとどれくらい？」ゾーイがたずねた。

わたしはPDAに目をやった。「おっと。あと一分二十秒だ」

「見せて」ゾーイはわたしのPDAをひったくった。それから、わたしがドラゴンズを祝福したときに使ったマイクを取りあげた。「みんな！」ゾーイの声は娯楽デッキ全体に響きわたった。「あと一分でスキップよ！」

植民者のあいだから歓声がわきあがり、ゾーイは勝手に五秒きざみのカウントダウンをはじめた。グレッチェン・トルヒーヨとふたりの少年がステージに駆け寄り、ゾーイのかたわらへよじのぼってきた。ひとりの少年がゾーイの腰に腕をまわした。

「おい」わたしはジェーンに声をかけて、ゾーイを指さした。「あれが見えるかい？」

ジェーンはそちらへ目をむけた。「エンゾでしょ」

「エンゾ。そんなやつがいるのか？」

「おちついて、九十歳のパパ」ジェーンはそういうと、かなり珍しいことに、わたしの腰に腕をまわしてきた。ふだんの彼女は、愛情をしめすのはプライベートタイムにかぎっていた。もっとも、熱が出てからはすこし態度が陽気になってもいた。

「こういうことをされるのは好きじゃないと知ってるだろう」わたしはいった。「権威に傷がついてしまう」

「黙って」ジェーンがいった。わたしはにやりと笑った。

スキップまであと十秒。ゾーイとその友人たちが声をそろえて一秒ごとのカウントダウンをはじめ、そこに植民者たちが加わった。全員でゼロと叫んだとたん、ふっと沈黙がおりて、人びとの目と頭がいっせいにモニタースクリーンをむいた。真っ黒な画面が永遠とも思える時間つづいたあと、世界があらわれた。大きな、緑色の、真新しい世界が。デッキにどっと歓声があふれた。人びとは抱きあってキスをかわし、ほかに適当な歌がなかったので〈ほたるのひかり〉をがなりはじめた。

わたしは妻に顔をむけてキスした。「新世界おめでとう」

「新世界おめでとう」

ジェーンがもういちどキスをしたとたん、わたしたちはあやうく押し倒されそうになった。ゾーイが飛びついてきてふたりいっぺんにキスしようとしたのだ。

数分後、やっとのことでゾーイとジェーンから身をほどくと、いちばん近くのモニターをじっとにらんでいるサヴィトリの姿が目にはいった。

「惑星はどこへもいかないよ」わたしは声をかけた。「そんなに緊張しなくていい」

わたしのことばがサヴィトリに届くまですこしかかった。

「はい？」サヴィトリはうるさそうにいった。

「だから──」わたしはいいかけたが、サヴィトリは気もそぞろでまたモニターへ目をむけていた。わたしは彼女のそばへ近づいた。

「どうした？」

サヴィトリはわたしに顔をもどすと、急にキスでもするように身を寄せてきた。そして、キスのかわりに耳もとへ唇を近づけてきた。「あれはロアノークではありません」静かだが切迫した声だった。

わたしはサヴィトリから一歩身を引き、はじめてモニター上の惑星をきちんと見てみた。ロアノークと同じ、緑と青の惑星だった。雲をとおしてその下の陸塊の輪郭がのぞいている。頭のなかでロアノークの地図を描いてみようとしたが、なにも思いだせなかった。わたしがじっくり見ていたのはコロニーの建設地となるデルタ地帯であって、大陸の地図ではなかった。

わたしはふたたびサヴィトリに身を寄せて、頭を近づけた。「たしかなのか」

「はい」

「絶対にたしかなのか」

「はい」

「じゃあ、あの惑星は？」

「知りません。まさにそこなんです。おそらくだれも知らないでしょう」

「どうして――」

ゾーイが人混みをかきわけてやってきて、サヴィトリにハグを要求した。サヴィトリはゾーイを抱き締めたが、目はわたしから離さなかった。

「ゾーイ」わたしはいった。「PDAを返してくれるかい？」

「うん」

ゾーイはPDAを差しだすついでに、わたしの頬にすばやくキスした。わたしがそれを受け取ったとき、メッセージの着信をしめす記号が点滅をはじめた。マジェラン号の船長、ケヴィン・ゼインからだった。

「登録簿には載っていない」ゼイン船長がいった。「大きさと質量から適合する惑星をさがしてみた。いちばん近いのはオマーだが、あれはあきらかにオマーではない。軌道上にコロニー連合の衛星がないからな。まだ軌道をひとまわりしたわけではないが、これまでのところ、人類であれほかのだれであれ知的生命の痕跡は見当たらない」

「ほかにこの惑星の正体を知る方法はないの？」ジェーンがたずねた。

わたしはできるだけ目立たないようにジェーンを祝賀会場から引っぱりだし、不在の理由をほかの人たちに説明するのはサヴィトリにまかせていた。

「いまは星のマッピングをおこなっている。まずは、星ぼしの相対位置を確認して、既知のどこかの空と一致するかどうかを調べる。それがうまくいかなかったら、つぎはスペクトル分析をおこなう。既知の星をふたつ発見できれば、三角測量で現在位置を知ることができる。だが、それには時間がかかるだろう。いま現在、われわれは迷子だ」

「バカみたいに聞こえるかもしれないけど」わたしはいった。「引き返すことはできないのかな？」

「通常なら可能だ。スキップするときには行き先を知っているわけだから、その情報をもとに逆方向のスキップをおこなえばよい。だが、われわれはロアノークの情報をプログラムした。そこに着いているべきなのに、実際にはそうではない」

「だれかが航行システムに侵入したのね」とジェーン。

「それだけではありません」マジェラン号の副長、ブリオン・ジャスティがいった。「スキップのあと、主エンジンの制御ができなくなりました。エンジンのモニターはできますが、このブリッジからでもエンジン室からでも、コマンドを送れないのです。宇宙船は惑星の近くへスキップすることはできますが、逆にそこからスキップするときには惑星の重力井戸から距離をとる必要があります。これでは動きがとれません」

「漂流しているのか？」わたしはこの方面の専門家ではないが、宇宙船はかならずしも安定した軌道へスキップするわけではないはずだ。

「姿勢制御エンジンがありますから、惑星へ墜落することはありません。しかし、姿勢制御エンジンではスキップが可能な距離まで早急に移動するのはむりです。たとえここがどこかわかったとしても、現時点では引き返す手段がないのです」

「この件はまだ公表したくない」ゼインがいった。「現在、ブリッジのクルーは惑星とエンジンのことを知っている。機関室のクルーが知っているのはエンジンのことだけだ。この二点について確認がとれたときに、きみたちにはすぐ連絡した。だが、現時点ではその範囲にとどまっているはずだ」

「もうひとり追加だ」わたしはいった。「わたしたちの助手が知っている」

「助手に話したんですか？」ジャスティがいった。

「彼女が惑星のことを教えてくれたのよ」ジェーンがぴしゃりといった。「あなたたちよりも早く」

「サヴィトリはだれにも話したりしないよ」わたしはいった。「とりあえず情報の封じこめはできている。しかし、いつまでも隠し通せるようなことじゃないぞ」

「それは承知している」とゼイン。「だが、エンジンを使えるようにして現在地を突き止めるための時間がほしい。そのまえに公表したらパニックになってしまうだろう」

「それはエンジンの制御をとりもどせればの話でしょう」とジェーン。「それに、あなたたちはもっと大きな問題を無視している。この船が妨害工作を受けたという問題を」

「無視しているわけではない。エンジンの制御をとりもどしたら、犯人がだれなのかもうすこし見当がつくはずだ」

「出航まえにコンピュータの診断プログラムを実行しなかったの？」「もちろん実行した」ゼインはつっけんどんにいった。「規定の手続きはすべておこなった。ここでいいたいのは、まさにそういうことなのだ。われわれはなにもかもチェックしていた。いまもチェックをおこなっている。技術士官に完全なシステム診断を実行させたが、すべて正常という結果がでた。コンピュータ上では、われわれはロアノークに到着していて、エンジンも完全に制御できているのだ」

わたしは考えこんだ。「航行システムと機関システムが異常を起こしているわけか。ほかのシステムはどうなんだろう？」

「いまのところ正常だ。しかし、犯人が航行システムと機関システムを奪っておきながらコンピュータになにも異常はないと思いこませることができるとしたら、どのシステムだって奪うことができるはずだ」

「システムを停止させればいい」とジェーン。「非常用システムは分散化されている。再起動するまではそれが制御を引き継ぐはず」

「パニックを起こしたくないことを考えると、あまり有効な手段とはいえません」とジャスティ。「それに、再起動したあとで制御をとりもどせるという保証もありません。コンピュータはなんの問題も起きていないと考えているんですよ。現在の状態へ復帰するだけでしょう」

「しかし、再起動をおこなわなかった場合、ふたつのシステムをいじった犯人が、生命維持や重力制御のシステムに手を出す危険がある」わたしはいった。

「犯人が生命維持や重力制御のシステムをいじろうと考えていたのなら、われわれはとっくに死んでいるのではないかと思う」ゼインがいった。「わたしの意見はこうだ。各システムは現状を維持しておき、そのあいだに、航行システムと機関システムが反応しない原因を突き止めてそれを解決する。わたしはマジェラン号の船長だ。それをやり遂げる義務がある。植民者に知らせるまえに事態を収拾するための時間がほしい」

わたしはジェーンに目をむけた。

ジェーンは肩をすくめた。「物資のコンテナを地上へおろすための準備には最低でも一日はかかるわ。植民者の大半が出発できるようになるまでさらに二日。コンテナの準備をはじめてはいけないという理由はどこにもない」

「となると、貨物庫のクルーには作業を進めさせないと」わたしはゼインにいった。

「彼らの知るかぎりでは、われわれは本来の目的地に着いているのだからな」

「じゃあ、あしたの朝から貨物庫のほうで作業をはじめてくれ。最初のコンテナを惑星へおろす準備ができるまでは、あなたに猶予をあげよう。それでも原因を突き止められなかったら、わたしたちは植民者に状況を説明する。いいかな?」

「いいだろう」

士官のひとりがゼインのそばへやってきた。ゼインはそちらへ注意を移した。わたしはジェーンに注意を移した。

「なにを考えているのか教えてくれ」わたしは小声でいった。

「トルヒーヨがあなたにいったことを考えているの」ジェーンも小声でこたえた。

「あいつは植民局がこのコロニーの妨害工作をしているといっていたが、さすがにこんなことまでは予想していなかったんじゃないかな」

「植民局は、コロニー建設は危険な仕事だと主張したかったのかも。そして、失敗させたいのに成功してしまうんじゃないかと不安になったのかも。こうすれば、消えたコロニーを簡単に用意できるわけだから」

「消えたコロニーか」わたしは手で両目をおおった。「なんてこった」

「どうしたの？」

「ロアノークだよ。地球にもロアノークというコロニーがあった。アメリカにできた最初のイギリス人植民地だ」

「だから？」

「それは消え失せたんだ。総督はイギリスへもどって支援と補給をもとめたんだが、ふたたびロアノークへ行ってみると植民者は全員姿を消していた。〃ロアノークの消えたコロニー〟といえば有名だよ」

「ちょっと見え見えすぎるんじゃないかしら」

「ああ。もしも植民局が本気でわたしたちを消すつもりだったら、そんなふうに手の内を明かすとは思えない」

「にもかかわらず、あたしたちはロアノークの植民者で、こうして迷子になっている」

「皮肉すぎるな」

「ペリー、セーガン」ゼインが声をかけてきた。「ちょっと来てくれ」

「どうした？」

「外にだれかいるんだ。暗号化タイトビームで、きみたちふたりと話をしたいと」

「それはいい知らせだな」

ゼインはあいまいなうめき声をあげると、ボタンを押して、呼びかけてきた相手の回線をインターコムにつないだ。

「こちらジョン・ペリー。ジェーン・セーガンもいっしょだ」

「やあ、ペリー少佐」声がいった。「それとセーガン中尉！　いやあ、あんたたちと話せるなんて光栄だよ。おれはストロス中尉、特殊部隊だ。これからどうすればいいかをあんたたちに伝える任を負っている」

「ここでなにが起きているか知っているのか？」

「ええっと、あんたたちはロアノークへスキップしたつもりだったのに、そこはまったくべつの惑星の軌道上で、いまは完全に迷子になってしまったと思っている。あと、ゼイン船長はエンジンが使えないことに気づいたはずだ。そんなところかな？」

「そうだ」

「すばらしい。さて、良い知らせと悪い知らせがある。良い知らせは、あんたたちが迷子になっていないってことだ。あんたたちがどこにいるかは正確にわかっている。悪い知らせは、すぐにはどこへも行けないってことだ。くわしいことは会ってから話そう。あんたたちふたりとゼイン船長とおれ。十五分後でどうかな？」

「どういう意味だ、会うというのは？」ゼインがいった。「この宙域にほかの船はいないはずだ。きみが何者なのか、われわれにはたしかめるすべがない」

「セーガン中尉がおれの身元を保証してくれるよ。どこにいるかという点については、外部カメラ14番からの映像に切り替えて、照明をつけてくれ」

ゼインはいらだちと当惑をあらわにしながらも、ブリッジにいる士官のひとりにうなずきかけた。頭上のモニターがぱっと点灯して、船体の右舷側の一部が映しだされた。はじめは暗かったが、すぐに投光器がついて円錐形の光をそこに投げかけた。

「船体しか見えないぞ」ゼインがいった。

なにかが動いたと思ったら、船体から三十センチほど離れたところに、いきなり亀に似た物体があらわれた。

「なんだあれは？」

亀が手をふった。

「くそっ」ジェーンがいった。

「あれがなにか知っているのか？」とゼイン。

ジェーンはうなずいた。「ガメランよ」といって、ゼインに顔をむける。「あれがストロス中尉。自分の正体についてはほんとうのことをいってるわ。あたしたちはムカつく世界へ足を踏み入れてしまったみたい」


「わお、空気だ」ストロス中尉はひろびろとしたシャトルベイで手をふりまわした。「こんなにたっぷり感じることはないなあ」

ストロスは、楽しげにかきまわしている空気のなかにだらんと浮かんでいた。もっぱら微少重力環境で暮らすストロスのために、ゼインがベイの重力を切っていたのだ。

エレベーターでシャトルベイへむかっていたときに、ジェーンがわたしとゼインに説明してくれた。ガメランは人間で――少なくとも、DNAは人間のものを基本としてそこにほかのものを追加してあった――空気のない宇宙でうまく生きていくために徹底的な改造をほどこされていた。真空と宇宙線から身を守る甲羅のような外殻、共生関係で酸素を供給してくれる遺伝子改造された藻をおさめた特別な臓器、光合成によって太陽エネルギーを取り入れるストライプ、四本ある外肢の先端についた四つの手。そして、彼らは特殊部隊の兵士だった。通常のCDF兵士たちのあいだでは、すっかり変貌した特殊部隊にまつわるさまざまな噂が流れていたが、それはただの噂ではなかったのだ。わたしはハリー・ウィルスンのことを思いだした。CDFに入隊したときに出会った友人で、この手の噂話を生きがいにしていた。こんど会ったら教えてやらないと。もういちど会うことがあればの話だが。

特殊部隊の兵士であるにもかかわらず、ストロスの言動はずいぶんくだけていた。声のわざとらしさ（ここでいう声は比喩的表現だ。宇宙空間では声帯は役に立たないので、ストロスにはそんなものはない。彼の〝声〟は、脳内にあるブレインパル・コンピュータで生成され、わたしたちのPDAへ送信されていた）から、あきらかに注意散漫な態度まで。そんなストロスをあらわすのにぴったりの表現があった。

足が地につかない《スペィシー》。

ゼインはあいさつで時間をむだにしたりせず、ただちに本題にはいった。「どうやってわたしの船の制御を奪ったのか教えてくれ」

「ブルーピルだよ」ストロスはまだ手をふりまわしていた。「船のハードウェア上に仮想マシンを構築するプログラムだ。船のソフトウェアはその上で走るから、ハードウェアと切り離されていることに気づかない。だからなにも異常を報告できないんだ」

「それをわたしのコンピュータから取りのぞきたまえ。そのあとで、わたしの船から出ていきたまえ」

ストロスは三つの手をひろげた。残りのひとつの手はまだ空気をかいていた。「おれがコンピュータ・プログラマーに見えるかい？　おれはプログラムの作り方は知らない。知っているのはそれを作動させる方法だけだ。それに、おれはあんたよりも地位の高い人物から命令を受けている。残念だったな、船長」

「どうやってここへ来たんだ？」わたしはたずねた。「きみが宇宙空間に適応しているのはよくわかる。しかし、その体にスキップドライヴがはいっているとは思えない」

「あんたたちの船にくっついてきたんだよ。この十日間、船体にすわってスキップのときを待っていた」ぽんと自分の外殻を叩く。「ナノテク・カモフラージュが組みこまれている。わりあい新しい技術だ。おれがあんたに見つかりたくないと思ったら、あんたはおれを見つけることはできない」

「十日間も船体に？」

「それほどきつくはない。博士号をとるための勉強で忙しかったからな。比較文学だ。退屈する暇なんかありゃしない。むろん、通信教育だけどな」

「よかったわね」とジェーン。「でも、いまはあたしたちの置かれた状況のほうに集中したいの」声はとげとげしく、ひややかで、ゼインの熱い怒りとは対照的だった。

「わかったよ。いま関連ファイルと命令書をあんたのPDAへ送ったから、都合のいいときにじっくり読んでくれ。ただし、これだけはいっておく。あんたたちがロアノークだと思っていた惑星はおとりだ。あんたたちがいまいる惑星がほんもののロアノークだ。ここで植民地を建設するんだよ」

「でも、この惑星のことはなにも知らないんだ」わたしはいった。

「なにもかもファイルにあるよ。もうひとつのやつと比べると、ほとんどの面でこっちのほうがいい惑星だ。生物の化学的性質は、おれたちの食料需要と合致している。いや、あんたたちの食料需要というべきだな。おれじゃなくて。この惑星ならすぐにでも放牧をはじめられるぞ」

「もうひとつの惑星はおとりだといったわね」とジェーン。「なんのためのおとり?」

「それはこみいった話でね」

「かまわないわ」

「いいだろう。まずはじめに、コンクラーベってなにか知ってるか?」

5

　ジェーンはひっぱたかれたような顔をした。

「え？　なんだって？　コンクラーベ？」わたしはたずねた。ゼインに目をやると、彼は申し訳なさそうに両手をひろげた。やはり知らないらしい。

「いよいよはじまったのね」一瞬おいて、ジェーンがいった。

「ああ、そういうことだ」とストロス。

「コンクラーべってなんだ？」わたしはもういちどいった。

「多数の種族からなる組織よ」ジェーンはまだストロスを見ていた。「その目的は、徒党を組んでこのあたりの宙域を制圧し、ほかの種族のコロニー建設を阻止すること」ようやくわたしに顔をむける。「最後に聞いたのは、あなたといっしょにハックルベリーへむかう直前だった」

「知っていたのにわたしには話さなかったのか」

「命令だったのよ」ジェーンはかみつくようにいった。「それも取引の一部だった。特殊部隊を退役するとき、コンクラーベについて聞いたことはすべて忘れるという条件をつけられたの。あなたに話したくても話せなかった。どのみち、話すほどのことはなかったしね。なにもかも準備段階だったし、あたしの知るかぎりでは、とても先があるようには思えなかった。しかも、それを教えてくれたのはチャールズ・ブーティンだった。星間政治の信頼できる観察者とはいえなかった」

ジェーンは本気で怒っているようだった。わたしに対してなのか、この状況に対してなのかはわからない。わたしはそれ以上の追及はやめてストロスに顔をむけた。「ところが、いまになってそのコンクラーベとやらが心配の種になってきたのか」

「そのとおり。ここ二年ほどのことだ。連中はまず最初に、コンクラーベに加盟していないすべての種族に対して、これ以上のコロニー建設は中止しろと警告した」

「さもないと？」ゼインがたずねた。

「さもないと、コンクラーベがその新しいコロニーを抹殺する。ここでびっくりの展開になったのはそれが原因だ。コロニー連合は、ある世界にコロニーを建設して植民者を送りこもうとしているとコンクラーベに信じこませた。そのうえで、植民者をまったくべつの世界へ送りだした。記録にもない、星図にもない世界で、知っているのはごく少数のきわめて地位の高い人びとだけ。おれも知ってるが、それはあんたたちにこのことを伝えるためだ。そしていま、あんたたちも知った。コンクラーベは、あんたたちが地上へおりるより早くロアノークのコロニーを攻撃する準備をととのえていた。だが、こうなっては攻撃はできない。植民者が見当たらないんだからな。おかげでコンクラーベは赤っ恥をかいた。コロニー連合のほうは株をあげた。おれが理解しているのはそんなところだな」

こんどはわたしが腹を立てる番だった。「じゃあ、コロニー連合はそのコンクラーベを相手に鬼ごっこをやっているのか。じつに楽しい話だな」

「たしかにな。もっとも、やつらに見つかったら、それほど楽しいことにはならないと思うが」

「いつまでつづくんだ？　コンクラーベがそんなに大きな打撃を受けたとしたら、きっとわたしたちを探しにくるはずだ」

「そのとおりだ。そして、もしも見つけだしたら、コンクラーベはあんたたちを抹殺するだろう。というわけで、これからはコロニーが見つからないようにするのがおれたちの仕事になる。たぶん、あんたたちにはうれしくないことになると思うが」

「第一のポイント」わたしは集まった代表たちに告げた。「いかなるかたちであれロアノークとコロニー連合の他世界との接触は許されない」

テーブルは大混乱におちいった。

ジェーンとわたしはテーブルの両端ですわったまま、騒ぎがおさまるのを待った。それには数分かかった。

「正気の沙汰じゃないわ」マリー・ブラックがいった。

「まったく同感だ。しかし、ロアノークとほかのコロニー世界との接触があるたびに、ここへつながる痕跡が残ることになる。宇宙船には数百名のクルーが乗りこんでいる。そのすべてが友人や配偶者に口をつぐんでくれると考えるのは現実的ではない。それに、きみたちにもわかるだろうが、人びとはわたしたちをさがすはずだ。もといた世界の政府や家族やマスコミが総出で、わたしたちの居場所を突き止める手がかりを持っている者をさがすんだ。ここを知っている者がひとりでもいたら、コンクラーベもわたしたちを見つけるだろう」

「マジェラン号はどうなんだ?」リー・チェンがいった。「帰還するはずだが」

「じつをいうと、マジェラン号も帰らない」

この知らせは低いあえぎ声によってむかえられた。ストロスから最初にこのちょっとした情報を伝えられたときゼイン船長の顔に浮かんだ激しい怒りを思いだす。ゼインが命令に従わないと凄むと、ストロスは、宇宙船のエンジンを制御できないことをお忘れなくといって、ゼインとそのクルーが植民者とともに惑星へおりなかったら生命維持システムも制御できなくなるだろうと告げた。あのときはかなり険悪な雰囲気になった。

さらにひどかったのが、ストロスがゼインに、マジェラン号は恒星へ突入させる予定になっていると話したときだった。

「マジェラン号のクルーはコロニー連合に家族がいるんですよ」ハイラム・ヨーダーがいった。「配偶者とか。こどもとか」

「そうだ」わたしはいった。「これがどんなにきついことかわかると思う」

「そんなゆとりがあるのか？」マンフレッド・トルヒーヨがいった。「彼らを拒否しようというんじゃない。ただ、コロニーの物資は二千五百名の植民者を想定している。そこにまた、ええと、二百名ほど加わるんだろう？」

「二百六名です」とジェーン。「問題はありません。本船に積まれている食料は、この規模のコロニーで通常用意される食料の一・五倍あります。しかも、この世界の動植物は人間が食べることができます。想定どおりであれば」

「この隔離状態はいつまでつづくの？」ブラックがたずねた。

「無期限に」わたしがいうと、またうめき声があがった。「コロニーが生きのびられるかどうかは、この状態を維持できるかどうかにかかっている。単純な話だ。しかし、そのおかげで楽になったこともある。通常の種コロニーでは、二、三年後にやってくる第二波の植民者のために準備をしなければならない。わたしたちはそのことは考えなくていい。自分たちにとって必要な作業に集中できる。だいぶちがうはずだ」

これには陰気な同意が返ってきた。いまのところ、それがせいいっぱいだろう。

「第二のポイント」わたしは口をひらき、激しい反発にそなえて身がまえた。「コロニーの存在を惑星外へ知らせる可能性があるテクノロジーの使用は許されない」

騒ぎがおさまるまでしばらくかかった。

「まったくバカげてる」パウロ・グティエレスがようやくいった。「無線通信機能をそなえているものはなんだって探知される可能性があるんだ。広周波数帯域の信号で走査するだけでいい。なにかあれば接続しようとして、発見したものを教えてくれる」

「それはわかっている」

「おれたちのテクノロジーはすべて無線式だ」グティエレスはPDAを差しあげた。「これを見ろ。ケーブルの入力端子はひとつもない。どうやってもケーブルをつなぐことはできないんだ。貨物庫にあるオートメーション化された機器はすべて無線式だ」

「機器はまだいい」リー・チェンがいった。「うちの植民者たちは全員がロケータを体内に埋めこんでいるんだ」

「うちもそうよ」マータ・ピロがいった。「しかも停止スイッチがない」

「では、体内から取りだすしかありませんね」とジェーン。

「外科手術になるわ」

「どこに埋めこんであるんですか？」

「植民者たちの肩に」ピロがいうと、チェンがうなずいた。彼の植民者たちも肩に埋めこんでいるらしい。「大手術ではないけれど、メスを入れることにかわりはない」

「それがいやなら、ほかのすべての植民者が発見されて殺される危険をおかすしかありません」ジェーンはきびきびといった。「あなたの同胞たちも同じ運命をたどることになるでしょうね」

ピロはなにかいいかけたが、すぐに考え直したようだった。

「たとえロケータを取り出せたとしても、ほかのあらゆる機器の問題は残る」グティエレスが会話の流れをもどした。「ぜんぶ無線式なんだぞ。農機具も。医療機器も。なにもかも。あんたのいうとおりにしたら、生きていくために必要なあらゆる機器が使えないということになる」

「貨物庫にあるすべての機器に無線通信機能があるわけではないでしょう」ハイラム・ヨーダーがいった。「ぼくたちはそういう機器は持ってきていません。どれも寡黙な機器ばかりです。人の手で操作するしかありません。ぼくたちはそれでもちゃんと使いこなしています」

「あんたたちにはその機器がある。おれたちにはない。ほかのだれにもないんだ」

「手持ちの機器はすべて共有するつもりですが」

「共有するかどうかの問題じゃない」グティエレスは吐き捨てるようにいってから、ひと息ついて気をしずめた。「あんたがみんなを助けようとしているのはわかる。だが、そういう機器はあんたたちが使うぶんしかない。全体の人数はその十倍なんだ」

「機器ならありますよ」ジェーンがいった。テーブルについている全員が彼女のほうへ目をむけた。「積荷目録のコピーをみなさんのところへ送りました。最新機器のほかに、きょうまでは時代遅れで使われるはずのなかった道具や備品が一式積みこまれています。この事実からわかることがふたつあります。コロニー連合はわれわれが独力でやっていくことを望んでいる。さらに、われわれが死ぬことを望んではいない」

「そういう見方もできるだろうが」トルヒーヨがいった。「べつの見方をすると、コロニー連合はわれわれがコンクラーベとやらに狙われることがわかっていながら、われわれに身を守る手段をあたえるかわりに、静かにして頭をさげていろ、そうすればコンクラーベに見つからずにすむといっているわけだ」

テーブルのまわりに同意のつぶやきがひろがった。

「いまは議論しているときじゃない」わたしはいった。「コロニー連合の意図がどうあれ、われわれは現実にここにいて、ほかに行き場所がないんだ。惑星におりてコロニーの整理がついたら、コロニー連合の戦略がなにを意味するのか議論してもいいだろう。だが、とりあえずは生きのびるために必要なことに集中しないと。というわけで、ハイラム」わたしは自分のPDAを彼に渡した。「ここにあるだけの物資でコロニーの需要を満たすことができるのかどうか、きみがいちばんよくわかるはずだ。わたしたちはこれでやっていけるかな?」

ハイラムはPDAを受け取り、積荷目録をスクロールさせてしばらくながめた。

「なんともいえませんね。実際にこの目で見てみないと。それに、機器を扱う人びとの問題もあります。ほかにもたくさんの要素がからんでいますし。でも、なんとかやっていけるんじゃないかと思います」ハイラムは顔をあげて、テーブルを見まわした。「ぼくにできることがあれば、なんでも協力するつもりです。この件について同胞全員の意見を代弁することはできませんが、過去の経験からいって、みんなが協力してくれるはずです。だいじょうぶ。きっとやれますよ」

「べつの選択肢もある」トルヒーヨがいうと、全員の視線が彼に集まった。「隠れなければいい。手持ちの機器を——手持ちの資源を——すべて使って生きのびるんだ。もしもコンクラーベとやらがやってきたら、われわれは無法コロニーだといえばいい。コロニー連合には加盟していないと。そいつらはコロニー連合と戦争をしているのであって、無法コロニーは関係ない」

「命令にそむくことになるわ」マリー・ブラックがいった。

「通信の途絶はおたがいさまだ。われわれが隔離されるなら、コロニー連合もこちらの状況をチェックすることはできない。それに、命令にそむいたからどうだというのだ? われわれはCDFに所属しているのか? 兵士たちがわれわれを撃つのか? われわれを攻撃するのか？　そもそも、このテーブルにいるみんなは、ほんとうにこんな命令が正当なものだと思っているのか？　コロニー連合はわれわれを見捨てたんだ。それどころか、最初からわれわれを見捨てる予定だったんだ。彼らはわれわれとの約束を破った。われわれも同じことをしてやればいい。無法コロニーになって」

「無法コロニーになるというのがどういうことかわかっていないようですね」ジェーンがトルヒーヨにいった。「あたしが最後に見た無法コロニーは、植民者全員が食料にするために虐殺されていました。山積みになったこどもたちの死体が、解体されるときを待っていました。甘い考えを持たないでください。無法コロニーになるというのは死刑の宣告なんです」

ジェーンの発言のあと、しばらくはだれも反論ができなかった。

「リスクはあるだろう」トルヒーヨが思いきって口をひらいた。「だが、われわれは孤立しているんだ。呼び名以外のあらゆる面で無法コロニーみたいなものだ。しかも、このコンクラーベとやらが、コロニー連合が主張しているほどおそろしい存在なのかどうかはわからない。コロニー連合はわれわれをずっとあざむいてきたんだ。信用なんかできるものか。彼らが真剣にわれわれのことを考えているとは思えない」

「では、コンクラーベがあたしたちに危害を加えるという証拠がほしいんですね」

「あればうれしいな」

ジェーンはわたしに顔をむけた。「見せてあげて」
「なにを見せるんだ？」とトルヒーヨ。
「これだよ」わたしは、もうじき使えなくなるPDAを操作して、大きな壁面モニターに
ビデオ映像を流した。丘か断崖のような場所に立つ生物の姿が映しだされた。そのむこう
に小さな街らしきものが見える。その街はまばゆい光にすっかりのみこまれていた。
「画面に見えている村はコロニーだ。コンクラーベが非加盟の種族はコロニー建設を中止
しろと警告したすこしあとに、ホエイド族が設置したものだ。コンクラーベはすこし早ま
ったんだ。なにしろ、当時の彼らはその布告を強制するすべを持っていなかった。それで
一部の非加盟種族のコロニー建設はつづいていた。だが、いまやコンクラーベは体勢をと
とのえつつある」
「あの光はどこから来ているんだ？」リー・チェンがたずねた。
「軌道上にいるコンクラーベの宇宙船からです」ジェーンがこたえた。「テロ戦術ですね。
敵を混乱させるための」
「上には相当な数の宇宙船がいるはずだが」
「そうです」
ホエイド族のコロニーを照らしていたビームがふっと消えた。
「くるぞ」わたしはいった。

その殺人ビームは最初はよく見えなかった。見せるためではなく破壊するためのものであり、エネルギーのほぼすべてがカメラではなく標的にむかっていたからだ。突然の熱でゆらいだ空気だけが、カメラが据えつけられていた遠方からでも見ることができた。ほんの一瞬で、コロニー全体が発火して爆発した。過熱した空気により、コロニーの建造物や車輛や住民が渦巻く破片や塵となって空高く噴きあげられ、ビームそのものの威力をあきらかにしていた。ちらちら光る破片のかたまりは、いまやみずからも天空へむかってのびる炎の姿とよく似ていた。

熱と塵の衝撃波がコロニーの黒焦げになった残骸からひろがった。ビームがまたふっと消えた。空の光のショーは終了し、あとには煙と炎が残った。破壊現場の周辺で、ときおり炎がぽっと立ちのぼっていた。

「あれはなんです?」ヨーダーがたずねた。

「一部の植民者はコロニーが破壊されたとき外にいたんだと思う」わたしはいった。「やつらがそれを一掃しているんだ」

「ひどすぎる」グティエレスがいった。「コロニーが破壊されれば、生き残った者もどのみち死ぬことになるだろうに」

「あえて念を押したんでしょう」ジェーンがいった。

わたしはビデオを止めた。部屋はしんと静まりかえった。

トルヒーヨがわたしのPDAを指さした。「どうやってそれを手に入れたんだ?」

「ビデオのことかな?」わたしがいうと、トルヒーヨはうなずいた。「コロニー連合の外務省と、コンクラーベに加盟していないすべての政府へじかに届けられたらしい。コンクラーベからの使者の手で」

「なぜコンクラーベがそんなことを? 自分たちのこんな……残虐行為をわざわざ見せつけるなんて」

「彼らが本気だということを疑う者がなくなるからだろう。この事実からわかるのは、コロニー連合にどれだけ不満があろうと、コンクラーベがわたしたちに対して理にかなった対応をするという前提で行動する余裕はないということだ。コロニー連合はコンクラーベをコケにしたんだから、むこうもそれを無視することはできないだろう。かならずわたしたちを探しにくるはずだ。わざわざ発見されるようなことはしたくはない」

さらに沈黙がつづいた。

「で、どうするの?」マータ・ピロがたずねた。

「多数決をとるべきだと思う」わたしはいった。

トルヒーヨが顔をあげた。信じられないという表情をしている。「失礼。いま多数決をとるべきだといったように聞こえたんだが」

「現時点で机上にあがっている計画は、たったいまあなたたちに説明したものだけだ。すなわち、ジェーンとわたしに対して提案された計画だ。あらゆる点から見て、わたしはこれが最善の道だと思う。とはいえ、この計画はあなたたち全員の同意がなければうまくいかない。あなたたちは植民者のところへもどって説明をしなければならない。彼らにこの計画を納得させなければならない。このコロニーを機能させるためには、全員がこの計画に賛成するしかない。その手始めがあなたたちだ」

わたしは立ちあがり、ジェーンもそれにならった。「この件はあなたたちだけで議論するべきだ。わたしたちは外で待っている」

わたしはジェーンといっしょに部屋を出た。

「なにか問題があるのか?」わたしは部屋の外でジェーンにたずねた。

「本気できいてるの?」ジェーンはぴしゃりといった。「見知らぬ宙域に置き去りにされ、コンクラーベに見つかって大地に焼きつけられるのを待っているというのに、あなたはなにか問題があるかなんていうわけ」

「わたしがきいたのは、きみになにか問題があるのかということだよ。会議中はだれかれかまわずかみついていたじゃないか。たしかに厳しい状況だけど、きみやわたしは混乱しないようにしないと。できるなら、如才なく対応して」

「如才なく対応するのはあなたの役目でしょ」

「それはいい。でも、きみの態度はわたしの助けになっていない」

ジェーンは頭のなかで十かぞえているようだった。それから口をひらいた。「ごめんなさい。あなたのいうとおりよ。悪かったわ」

「どういうことなのか教えてくれ」

「いまはだめ。もっとあとで。ふたりきりになってから」

「いまはふたりきりじゃないか」

「まわりを見て」

わたしはまわりを見た。サヴィトリがいた。顔をもどすと、ジェーンはすでにその場を離れていた。

「すべて順調ですか?」サヴィトリが、歩み去るジェーンを見ながらいった。

「わかってたらそういうよ」わたしはすばやい切り返しを待った。それがないということ自体が、サヴィトリの精神状態を物語っていた。「だれかこの惑星の問題に気づいた者はいるかな?」

「それはないと思います。たいていの人はあなたと同じで――失礼――この惑星がどんなふうに見えるか知りません。すでに、あなたの不在は気づかれています。あなただけでなく各コロニーの代表たち全員の不在が。でも、それを不吉なきざしとみなしている人はいないようです。なにしろ、あなたたちがコロニーのことで集まって話をするのは当然ですから。クラニックがあなたをさがしていますが、きょうの祝典とスキップに関してコメントをとりたがっているだけでしょう」

「そうか」

「なにがどうなっているのか教えてもらえると、それはそれでありがたいんですが」

思わず軽口を叩きそうになったが、サヴィトリの目を見て口をつぐんだ。「もうじきだ、サヴィトリ。約束する。いくつか解決しなければならないことがあってね」

「わかりました、ボス」サヴィトリはちょっと肩の力を抜いた。

「ひとつ頼みがある。ヒッコリーかディッコリーを見つけてくれ。話があるんだ」

「この件についてあのふたりがなにか知っていると思うんですか？」

「ふたりがなにか知っているのはまちがいない。ただ、どこまで知っているのかたしかめる必要がある。あとでわたしの船室へ来るよう伝えてくれ」

「わかりました。ゾーイを見つけますよ。あのふたりはつねにゾーイから半径三十メートル以内にいますので。そろそろゾーイも迷惑に思っているんじゃないでしょうか。あのふたりは彼女の新しいボーイフレンドをいらいらさせているようですから」

「あのエンゾとかいうやつか」

「そうです。いい子ですよ」

「地上へおりたら、ヒッコリーとディッコリーにはエンゾを長い散歩に連れだしてもらおうかと思ってるんだ」

「おもしろいですね。こんな危機のただなかにあっても、あなたは娘さんに言い寄る少年をどうやって追い払おうかと考えている。ひねくれたいいかたをすれば、いっそ感心するほどです」

わたしはにやりと笑った。サヴィトリからも、期待どおりの笑みが返ってきた。「ものごとには優先順位というやつがあるからな」

サヴィトリはやれやれという顔をして歩み去った。

数分後、ジェーンがカップをふたつ手にしてもどってきた。そしてひとつをわたしに差しだした。「紅茶よ。和平の贈り物」

「ありがとう」わたしはカップを受け取った。

ジェーンは、代表たちがいる部屋のドアを身ぶりでしめした。「なにか進展は？」

「なにもないな。盗み聞きさえしていない」

「彼らがあたしたちの計画をゴミ屑と判断した場合、どうするか考えているの？」

「質問してくれてよかった。じつはなにひとつ思いつかないんだ」

「よく先を読んでいるのね」ジェーンは紅茶をひと口飲んだ。

「批判はよしてくれ。それはサヴィトリの仕事だ」

「見て。クラニックよ」ジェーンは身ぶりで廊下の先をしめした。そこにあらわれたクラニックは、いつものようにビアタを従えていた。「なんなら、あなたのために彼を始末してあげてもいいけど」

「でも、それじゃビアタが未亡人になってしまう」

「ビアタが気にするとは思えないわ」

「とりあえずは生かしておこう」

「ペリー、セーガン」クラニックが呼びかけてきた。「なあ、きみたちがわたしを気に入っていないのはわかってるが、今回のスキップについてひとことかふたこともらえないかな？　きみをいい男に見せると約束するから」

会議室のドアがひらき、トルヒーヨが顔をのぞかせた。

「ちょっと待ってくれ、ヤン」わたしはクラニックにいった。「すこししたら話すことがあるから」

わたしはジェーンといっしょに会議室へもどった。ドアが閉まる直前に、クラニックが大きくため息をつくのが聞こえた。

わたしは植民者の代表たちに顔をむけた。「それで？」

「議論するようなことはあまりなかった」トルヒーヨがいった。「少なくとも現時点では、コロニー連合の提案に従おうということになった」

「そうか、よかった。ありがとう」

「われわれがいま知りたいのは、植民者たちにどう説明するかということだ」

「真実を伝えるんです」とジェーン。「なにもかも」

「きみはコロニー連合がわたしたちをあざむいていたことに文句をつけていたばかりじゃないか」わたしはトルヒーヨにいった。「同じ轍を踏まないようにしよう」

「なにもかも話せというのか」

「なにもかもだ。ちょっと待ってくれ」わたしはドアをあけて呼びかけた。クラニックがビアタを連れて部屋にはいってきた。「まずは彼からいこう」

代表たちはそろってクラニックに目をむけた。

「さてさて」クラニックがいった。「いったいどういうことです?」

「マジェラン号のクルーが最後におりることになる」わたしはジェーンにいった。

わたしはゼイン船長とストロスを相手に輸送関係の打ち合わせをしてきたところだった。ジェーンとサヴィトリは、この新しい状況に合わせてコロニーの物資の優先順位を再検討するので大忙しだった。だが、いまこの場にいるのは、わたしと、ジェーンと、犬らしく周囲のストレスには無縁なババールだけだった。

「クルーが全員おりたら、ストロスがマジェラン号を恒星めがけて発進させる。なんの混乱も騒ぎもなく、わたしたちの痕跡は残らない」

「ストロスはどうなるの?」ジェーンはわたしを見ていなかった。船室で腰をおろし、目のまえのテーブルをとんとんと叩いていた。

「〝ぶらぶらするつもりだ〟といってた」わたしがいうと、ジェーンはいぶかしげに目をあげた。わたしは肩をすくめた。「ストロスは宇宙空間での生活に適応している。だからそうするつもりなんだろう。だれかが迎えにくるまでは、博士号をとるための勉強で忙しくなるだろうといってた」

「ストロスはだれかが迎えにくると思っている。あなたにとっては楽観的な要素ね」

「だれかひとりでも楽観的なのはいいことだよ。もっとも、ストロスはそもそも悲観的なタイプには見えなかったけど」

「そうね」ジェーンのとんとんのリズムが変わった。「オービン族のふたりは？」

「ああ、うん」わたしはすこしまえのヒッコリーとディッコリーとのやりとりを思いだした。「そうだったな。あのふたりはコンクラーベのことをちゃんと知っているようだったが、その情報を口にすることは禁じられていた。なぜなら、わたしたちがコンクラーベのことをなにひとつ知らなかったから。基本的には、あえて名を秘すわたしの配偶者と似たようなものだな」

「その件についてあやまるつもりはないわ。あなたやゾーイといっしょになるための取引の一部だったんだから。あのときはいい取引に思えたのよ」

「あやまってくれといってるわけじゃない」わたしはできるだけやさしくいった。「なんだかくやしいだけだ。ストロスからもらったファイルによると、コンクラーベには数百の種族が加盟しているらしい。わたしの知るかぎり、宇宙史上、最大の組織だ。その設立は、数十年まえ、わたしがまだ地球にいたころまでさかのぼる。なのに、わたしはたったいまその存在を知ったんだ。どうしてそんなことがありえるのかわからない」

「あなたは知るべき立場になかったから」

「コンクラーベは既知の宇宙全域にひろがっている。こんなことを隠せるはずがない」

「とんでもない」ジェーンは急にテーブルを叩くのをやめた。「コロニー連合はずっと隠してきたのよ。コロニーがどんなふうに連絡をとりあっているか考えてみて。じかに話をすることはできない――おたがいの距離があまりにも遠いから。人びとは通信文をひとまとめにして、宇宙船でよそのコロニーへ送るしかない。コロニー連合は人類宙域におけるすべての宇宙旅行をコントロールしている。あらゆる情報はコロニー連合へ流れこむわけ。情報伝達をコントロールすれば、どんなことだって隠せるのよ」

「そんなことはないと思うなあ。遅かれ早かれ、どんな情報だって漏れる。地球にいたころは――」

ジェーンがいきなり鼻を鳴らした。

「なんだ?」わたしはたずねた。

「〝地球にいたころ〟とかいうけど、人類宙域でとてつもなく情報面で無知な場所があるとしたら、それは地球なのよ」ジェーンは手をふって船室をしめした。「地球にいたころ、あなたはこういうものについてどれくらい知っていた？　思いだしてみて。あなたもほかのＣＤＦの新兵たちも、こっちのことはなにひとつ知らないまま入隊したはず。軍がどうやってあなたたちを戦えるようにするのかさえ知らなかった。コロニー連合は地球をずっと隔離しているのよ、ジョン。地球は人類が住むほかの世界と連絡がとれない。情報の交換もできない。コロニー連合は地球から宇宙全体を隠しているだけじゃない。宇宙全体から地球を隠しているの」

「人類の故郷だからね。コロニー連合が地球を目立たないようにするのは当然だろう」

「かんべんして」ジェーンはいらだちをあらわにした。「あなたはそんなことを信じるほど愚かじゃないはず。コロニー連合が地球を隠しているのは、そこにセンチメンタルな価値があるからじゃない。重要な資源だから隠しているの。地球という工場が際限なく吐きだす植民者や兵士は、宇宙がどんなところかまったく知らない。なぜなら、彼らがそれを知ることはコロニー連合にとって有益ではないから。だから彼らは知らないの。だからあなたも知らなかったの。あなたはほかのみんなと同じように無知だっただけ。だから、こんなことを隠せるはずがないなんていわないで。おどろくべきなのは、コロニー連合がコンクラーベをあなたに隠していたことじゃない。ほんのすこしでもあなたに教えたことなのよ」

ジェーンはふたたびとんとんをはじめたかと思うと、手のひらを勢いよくテーブルに叩きつけた。「くそっ！」といって、すわったまま両手で頭をかかえた。あきらかに怒っている。

「ほんとにどんな問題があるのか教えてほしいんだけど」

「あなたのせいじゃない。自分に怒っているの」

「それはよかった。もっとも、無知で愚かだといわれたばかりだから、それについてもきみが真実を語っているのかどうか悩んでしまうのは理解してもらえるだろうね」

ジェーンはわたしにむかって手をのばした。「こっちへ来て」

わたしはテーブルに近づいた。ジェーンはわたしの手をそこにのせた。

「あなたにやってほしいことがあるの。できるだけ強くテーブルを叩いて」

「なぜ？」

「お願い。とにかく叩いて」

テーブルは一般的なカーボンファイバー製で、そこに木目を印刷した化粧板が貼られていた。安っぽくて、頑丈で、簡単には壊れない。わたしはこぶしを握ってテーブルに強く叩きつけた。こもったドンッという音がして、衝撃で前腕にすこし痛みが走った。テーブルはちょっとがたついたが、それ以外はなんともなかった。ベッドから、ババールがなにバカなことをしているんだという顔でわたしを見ていた。

「いてて」わたしはいった。

「あたしの力はあなたと同じくらい」ジェーンが抑揚のない声でいった。

「だろうね」わたしはテーブルからあとずさり、腕をこすった。「でも、きみはわたしよりも体を鍛えている。ちょっと強いかもしれないな」

「そうね」ジェーンはすわったまま片手をテーブルにふりおろした。テーブルはライフルの銃声みたいな音をたてて壊れた。割れた天板の半分が部屋のむこうへ吹っ飛び、ドアにぶつかってへこみをつけた。ババールがクンクン鳴いてベッドの上であとずさりした。

わたしはぽかんと妻を見つめた。ジェーンはテーブルの残骸を無表情にながめていた。

「あのくそったれのシラード」ジェーンが口にしたのは、特殊部隊の指揮官をつとめる男の名前だった。「あいつはコロニー連合のもくろみを知っていたのよ。ストロスも彼の部下だし。絶対に知っていたはず。あたしたちがどういう状況に置かれることになるか。それであたしに特殊部隊の体をあたえたのよ。こっちが望もうが望むまいが」

「どうやって？」

「シラードと昼食をいっしょにとったの。そのとき料理のなかにまぎれこませたのよ」

コロニー防衛軍の肉体はアップグレードが――あるていどは――可能で、その作業はしばしば、組織を修復して改良するナノロボットを注入することで実施される。ＣＤＦはナノロボットを使って通常の人間の肉体を修復することはなかったが、技術面の障壁はなにもなかった。肉体の改造をすることについても同じだ。

「ほんのわずかだったにちがいないわ。とりあえずあたしの体内へ送りこんで、そこからふやせばいい」

わたしはふとひらめいた。「熱があったな」

ジェーンはうなずいたが、やはりわたしを見ようとはしなかった。「あの熱ね。そのあいだずっと、あたしはおなかがへって脱水状態だった」

「いつ気づいたんだ?」

「きのうよ。いろいろと曲げたり壊したりして。ゾーイを抱き締めたときは、痛いといわれて途中でやめなくちゃいけなかった。サヴィトリの肩を叩いたときは、なぜ殴るのかといわれた。一日中ぎくしゃくしていた。それからストロスを見て」ジェーンは吐き捨てるようにその名前を口にした。「どういうことか気づいたの。ぎくしゃくしていたんじゃなくて、変化していたんだ。変化してかつての自分にもどっていたんだと。あなたに話さなかったのは、それが問題になるとは思わなかったから。でも、それはずっと頭のなかにいるの。追いだすことができないの。あたしは変わってしまった」

ジェーンはようやくわたしを見あげた。目がうるんでいた。「あたしはこんなこと望んでいない。ゾーイやあなたとすごす人生を選んだときに捨てたのに。自分で選んで捨てて、そのせいでつらい思いもした。知り合いをみんな捨てたのよ」側頭部をとんと叩いて、すでにないブレインパルをしめす。「ずっといっしょだった仲間たちの声を捨てた。生まれてはじめてひとりぼっちになった。この肉体の限界を学び、たくさんのことがもうできないと知るのはつらかった。でも、あたしはそれを選んだ。それを受け入れた。そこにある美点を見ようとした。そして、生まれてはじめて、自分の人生が目のまえにあるものだけじゃないと気づいたの。星の群れじゃなくて、星座を見ることを学んだ。あたしの人生はあなたの人生でありゾーイの人生でもある。あたしたちの人生。なにもかも。それにはたくさんのものを捨てただけの価値があった」

わたしはジェーンに近づいて抱き締めた。「だいじょうぶだよ」

「だいじょうぶじゃないわ」ジェーンは苦い声で小さく笑った。「シラードがなにを考えていたかはわかってる。あたしを助けるために――あたしたちを助けるために、あたしを人間以上のものに変えたのよ。ただ、シラードはあたしが知っていることを知らない。人間以上になるというのは、人間以下になることでもある。あたしはたくさんの時間をついやして人間になるすべを学んだ。シラードはよく考えもせずにそれを奪ったのよ」

「きみはいまでもきみだよ。それは変わらない」

「そうであってほしい」ジェーンはいった。「それで充分であってほしい」

6

「この惑星は腋臭《わきが》のにおいがします」サヴィトリがいった。

「おいおい」サヴィトリが近づいてきたとき、わたしはまだブーツを履いているところだった。やっとのことで足を押しこんで立ちあがる。

「なにかまちがってますか」サヴィトリは、起きあがってそばへ寄ってきたババールを軽くぽんと叩いてやった。

「まちがってるわけじゃない。ただ、まったく新しい世界にいるんだから、もうすこし畏怖の念があるかなと思っただけだ」

「テントで生活してバケツにおしっこをしているんです。しかも、そのバケツを手にはるばるキャンプを横切って、肥料用の尿素を抽出する処理槽まではこばなければなりません。一日のかなりの部分を自分の排泄物の運搬についやしていなければ、もうすこしこの惑星に対して畏怖の念をもてるかもしれないんですが」

「あまりおしっこをしないようにすればいい」

「ああ、すばらしい。あなたはその解決策によってゴルディオスの結び目を断ち切ってくれました。さすがはリーダーですね」

「どのみち、バケツを使うのは一時的なことだ」

「二週間まえにもそういってましたよ」

「すまないなあ、サヴィトリ。二週間あればコロニー全体が基礎づくりから過剰な怠惰まで充分に進歩できると気づくべきだったよ」

「バケツにおしっこをする必要がないのは怠惰とはちがいます。しっかりした壁と同じように、それは文明社会の証のひとつです。風呂にはいるのもそうですが、このところ、コロニーの人たちはあまりにもその回数が少なすぎます」

「これで惑星に腋臭のにおいがする理由がわかったわけだ」

「最初から腋臭のにおいがしていました。わたしたちはそこに悪臭を追加しただけです」

わたしは鼻から大きく息を吸いこんで、さわやかな空気を楽しんでいるような態度をとってみせた。いささか残念なことに、サヴィトリのいうことは正しかった。ロアノークにただようにおいは、たしかに腋臭のにおいとそっくりだったので、肺に空気を満たしたあとは、喉を詰まらせないようにするのがせいいっぱいだった。とはいえ、サヴィトリの顔に浮かぶ嫌悪の表情があんまり楽しかったので、悪臭で気が遠くなったと認める気にはなれなかった。

「ああ」わたしは息を吐きだした。なんとか咳《せ》きこまずにすんだ。

「窒息すればいいのに」

「そういえば」わたしはひょいと頭をさげてテントにもどり、自分の夜用バケツを取りだした。「わたしにも片付けなければいけない仕事があった。いっしょにこいつを捨てにいかないか？」

「やめておきます」

「すまん。質問みたいないいかたをしてしまったな。行くぞ」

サヴィトリはため息をつき、わたしといっしょにクロアタンと呼ばれる小さな村の通りを廃棄物処理槽へむかって歩きだした。ババールもうしろからついてきたが、ときどきわきへそれてこどもたちにあいさつをしていた。このコロニーで牧畜犬ではない犬はババールだけだ。友だちをつくる時間はたっぷりある。いまやすっかり人気者になって、ついでに肉づきもよくなった。

「マンフレッド・トルヒーヨからいわれたんですが、この小さな村は古代ローマ軍団のキャンプをもとにしているそうですね」サヴィトリが歩きながらいった。

「そのとおり。じつはトルヒーヨのアイディアなんだ」

それはよいアイディアだった。村のかたちは長方形で、三本の平行な通りが村を縦方向につらぬき、第四の通り、通称デア・アヴェニューがそれと交差している。中心部にあるのは、共同食堂（注意ぶかく管理された備蓄食料がシフト制で配給される）と、こどもたちでにぎわうささやかな広場と、村役場でもありわたしとジェーンとゾーイの住まいでもあるテントだ。

デア・アヴェニューの両側には、十名まで収容できるテントがずらりとならび、通常はふた組の家族に、詰め込めるだけの単身者あるいは夫婦者が暮らしている。たしかに不便だし、窮屈でもある。サヴィトリが寝起きするテントに同居しているのは三組の三人家族で、いずれも赤ん坊かよちよち歩きの幼児がいた。彼女が不機嫌なのは、ひと晩に三時間ほどしか眠れない日々がつづいているせいもあるのだ。ロアノークの一日は二十六時間六分あるので、これはなかなかしんどい。

サヴィトリが村のはずれを指さした。「古代ローマ軍団は貯蔵コンテナを外周部のフェンスにしたりはしなかったんでしょうね」

「たぶんね。しかし、それは彼らのミスだな」

貯蔵コンテナをフェンスがわりにするというのはジェーンのアイディアだった。古代ローマ軍団のキャンプでは、周囲に溝と柵をめぐらしてフン族や狼を締めだしていた。ここには（いまのところ）フン族やそれに相当するものはいなかったが、草原には大型動物がうろついているという報告があったので、こどもたち（あるいは、すでに存在を知られている一部の軽率なおとなたち）が村から一キロメートルほど離れた森へさまよいこむのは阻止しなければならなかった。貯蔵コンテナはこうした用途にはうってつけだ。背が高くて頑丈でしかも数が多い。キャンプの外側をぐるりと二周させてもだいじょうぶなほどで、そのふたつの列のあいだには適度な間隔があるため、島流しになって腹を立てている貨物庫クルーが必要に応じて荷物を取りだすこともできた。

サヴィトリとわたしはクロアタンの西のはずれにたどり着いた。この先には狭いけれど流れの急な川がある。そのため、いまのところ村のこのあたりにだけ水道の設備が用意されていた。北西の隅から川の水をパイプで濾過タンクへ取り入れ、そこで大量の飲料水を生産する。ここにはシャワー室もふたつあり、ひとりあたり一分（ひと家族につき三分）という制限時間は、列にならぶ人びとの圧力で厳格に守られていた。南西の隅には廃棄物処理槽——小型のやつで、フェロ主任が見せてくれたのとはちがう——があり、すべての植民者が各自の夜用バケツの中身をそこに捨てる。昼間は、処理槽のまわりにならぶ携帯用トイレが使われている。こちらにもたいていは列ができている。

わたしは処理槽に近づき、息を止めてバケツの中身をシュートへ流しこんだ。処理槽はバラの香りというわけにはいかない。わたしたちの排泄物は処理されて無菌の堆肥に変わり、回収されて保管される。同時にできるきれいな水は、その大半が川へ流される。処理した水をキャンプで再利用するかどうかについては議論があった。おおかたの意見は、ただでさえストレスが多いのだから、きれいであろうとなかろうと、このうえ自分たちの処理済み小便を飲んだりあびたりしなくてもいいのではないかというものだった。正しい意見だろう。それでも、一部の水は夜用バケツを洗うために保管された。まさに大都市の生活だ。

サヴィトリのそばへもどると、彼女は親指で西側の壁のほうをしめした。

「近々シャワーをあびる予定はありますか？　気を悪くしないでほしいんですが、あなたの腋臭っぽいにおいが一段と強くなっているので」

「きみはいつまでそんな態度でいるつもりなんだ？」

「屋内に水洗トイレができるまでですね。もっとも、それだけの設備をおさめられるだけの建物があることが前提ですが」

「ロアノークの夢だな」

「すべての植民者がこのテント・シティを出てそれぞれの農場へ引っ越すまでは、スターラインに立つことさえできませんよ」

「そういう指摘をしたのはきみがはじめてじゃないんだ」わたしがさらにことばを継ごうとしたとき、行く手にゾーイがあらわれた。

「いたいた」ゾーイはわたしにむかって片手を突きだした。なにかを握っている。「ほら。ペットを見つけたの」

わたしはゾーイの手のなかにあるものを見つめた。そいつもわたしを見返した。体をぐっと引きのばされた小さなネズミに似ている。よく目立つ特徴は、長円形の目が頭の両側にふたつずつ、合計四つあることと、これまでにロアノークで見かけたすべての脊椎動物がそうだったように、手に三本の指とむかいあった親指がついていることだ。そいつは指をうまく使ってゾーイの手の上でバランスをとっていた。

「かわいいでしょ？」

その生き物がゲップをしたらしく、ゾーイは餌をやらなければとポケットに入れてあったクラッカーを一枚あたえた。そいつは片手でクラッカーをつかみ、カリカリと食べはじめた。

「きみがそういうならかわいいんだろうな。どこで見つけたんだい？」

「食堂の外にたくさんいるわ」ゾーイはそいつをババールに見せた。ババールはそいつのにおいを嗅ぎ、うなり声をあげてあとずさった。「あたしたちが食べてると、それをじっと見てるの」

いわれて思い出した。そういえば一週間ほどまえからそんなのを見かけていた。

「おなかがすいてるんだと思う」ゾーイはつづけた。「グレッチェンといっしょに餌をやろうとしたら、みんな逃げちゃった。でも、この子だけはべつだった。まっすぐ近づいてきてクラッカーを受け取ったのよ。飼おうと思ってるの」

「それはやめたほうがいいな。どこにいたのかわからないんだから」

「もちろん知ってるわ。食堂のまわりにいたのよ」

「どうも話が通じていないようだが」

「ちゃんと通じてるわ、九十歳のパパ。でもね、この子が毒液を使ってあたしを食べるつもりだったら、とっくにそうしているはずでしょ」

ゾーイの手のなかの生き物は、クラッカーを食べ終えてもういちどゲップをすると、急にそこから飛びだして、貯蔵庫のバリケードがあるほうへちょこちょこと走り去った。

「待って！」ゾーイが叫んだ。

「子犬なみに忠実なやつだな」

「あの子がもどってきたら、パパがいったひどいことをみんな話しちゃうから。そのあとで、パパの頭にうんちをさせてやるの」

わたしは夜用バケツをぽんと叩いた。「だめだめ。これはそのためにあるんだから」

ゾーイはバケツを見て口をすぼめた。あまり好きではないらしい。「ゲーッ。思いださせてくれてありがとう」

「どういたしまして」そのとき突然、ゾーイが従えているはずのふたつの影が消えていることに気づいた。「ヒッコリーとディッコリーはどうした？」

「ママがなにか見せるものがあるって連れていった。じつは、それでパパをさがしにきたの。いっしょに見てほしいんだって。ママはバリケードのむこう側にいるわ。北ゲートのそば」

「わかった。きみはどうするんだ？」

「もちろん広場にいるわ。ほかに行くところがある？」

「すまないな。きみたち若者が退屈していることはわかってるんだ」

「ほんとよ。コロニー建設がたいへんな仕事だというのはみんな知ってたけど、こんなに退屈なものだなんてだれも教えてくれなかった」

「なにかすることをさがしているのなら、学校をはじめてもいいんだが」

「あたしたちが退屈しているからって学校を？　なに考えてるの？　それに、あたしたちのＰＤＡはぜんぶ没収されたんだからむりでしょ。教科書もないのに授業をするのはむずかしいわ」

「メノナイトたちは本を持っている。昔ながらの、ページや表紙があるやつだ」

「知ってる。それに、メノナイトだけは退屈で頭がおかしくなったりしないみたいね。ああ、ＰＤＡを取りもどしたいなあ」

「まさに運命のいたずらというやつだな」

「もう行くわ。このままだとパパに石を投げつけちゃいそう」

そんな脅しをしたわりには、ゾーイは立ち去るまえにわたしとサヴィトリをすばやく抱き締めていった。ババールがついていった。ゾーイのほうが楽しいのだろう。

「ゾーイの気持ちはわかりますよ」サヴィトリがふたたび歩きだしながらいった。

「きみもわたしに石を投げつけたいのか？」

「ときどきは。いまではありませんよ。そうじゃなくて、PDAを取りもどしたいということです。わたしも同じ気持ちですから。これを見てください」サヴィトリはズボンのうしろのポケットから、らせん綴じのメモ帳を取りだした。ハイラム・ヨーダーとメノナイトたちが彼女にひと束くれたのだ。「ここまで退化してしまったんです」

「野蛮人だな」

「好きなだけジョークをいっててください」サヴィトリはメモ帳をもどした。「PDAからメモ帳へ移るのはほんとにきついです」

それについて反論はしなかった。そのかわり、ふたりで村の北ゲートから外へ出てジェーンを見つけた。ヒッコリーとディッコリーと、ジェーンが副官に任命したマジェラン号の保安要員ふたりがいっしょだった。

「これを見て」ジェーンは外周部にならぶ貯蔵コンテナのひとつに近寄った。

「なにを見ればいいのかな？」わたしはたずねた。

「これよ」ジェーンはコンテナを指さした。てっぺんの近く、三メートルほどの高さのあたりを。

わたしは目をほそめた。「ひっかき傷だな」

「そう。ほかのコンテナにもついていた。しかもそれだけじゃないの」ジェーンはべつのふたつのコンテナに近づいた。「なにかがここに穴を掘ってる。コンテナの下を掘り抜こうとしたみたい」

「そりゃたいへんだ」わたしはいった。コンテナの横幅は二メートル以上ある。

「外周部の反対側でも長さ一メートル近い穴を見つけた。夜のあいだに何者かがキャンプにはいろうとしたのよ。コンテナを跳び越えることができなかったから、下をくぐろうとした。しかもそいつは単独じゃない。あたりの植物がひどく踏み荒らされているし、コンテナには大きさのことなる足跡がたくさんついている。何者であれ、そいつは群れをつくっているのよ」

「だれかが森で見かけたという大型動物かな?」

ジェーンは肩をすくめた。「そういう動物をそばで見た人はいないし、昼間はこのあたりへ近づくものはいない。ふつうなら赤外線カメラをコンテナのてっぺんに仕掛けるところだけど、ここではそうはいかない」理由は説明するまでもなかった。監視カメラは、わたしたちが所有するほぼすべてのテクノロジーと同様、無線で通信をおこなっており、機密保護の面でリスクがある。「何者であれ、そいつらは夜間の見張りには発見されていないのよ。もっとも、見張りも暗視スコープを使っていないんだけど」

「何者であれ、きみはそいつらが危険だと思っているんだな」

ジェーンはうなずいた。「草食動物がこんなに熱心に侵入を試みる理由は見当たらない。外にいるやつらは、あたしたちの姿を見て、においを嗅いで、どんなものかたしかめるためにキャンプへはいろうとしている。そいつらの正体と、どれくらいの数がいるのかを突き止めないと」

「もしもそいつらが捕食動物なら、個体数はかぎられているはずだ。捕食動物が多すぎると獲物が枯渇してしまうからな」

「ええ。それでも、どれくらいの数がいてどんな脅威があるかはわからない。わかっているのは、夜中にここへ来ていて、コンテナをもうすこしで跳び越えられるくらい大きくて、コンテナの下にトンネルを掘ろうとするくらい頭がいいということ。どんな脅威があるかわかるまでは、個々の農場への引っ越しを認めるわけにはいかないわ」

「植民者は武器を持っているけどね」持ちこまれた物資のなかには、大昔の単純なライフル銃とナノロボット式ではない弾薬があった。

「たしかに植民者は銃を持っているわ。でも、ほとんどの人はそれをどうやって使うのかまったくわからないはず。敵を撃つまえに自分を撃つのがおちよ。しかも、危険があるのは人間だけじゃない。むしろ家畜のほうが心配。あたしたちには捕食動物のせいでたくさんの家畜を失うような余裕はないの。こんなに早い段階で」

わたしは森のほうへ目をむけた。わたしとその木立とのあいだで、メノナイトの人びとがほかの植民者たちにむかって古風なトラクターの運転についてこまごまとした指示を出していた。そのむこうでは、ふたりの植民者が作物との適合性を調べるために土を集めていた。

「その意見はあまり賛同を得られないだろうなあ」わたしはジェーンにいった。「すでに村に閉じこめられていることに対する不満の声があがっているんだ」

「襲撃者の正体はじきにわかるはず。今夜、ヒッコリーとディッコリーといっしょにコンテナのてっぺんで見張りをするつもり。あのふたりの視覚は赤外線領域までカバーしているから、近づいてくる連中の姿が見えるかもしれない」

「きみは？」

ジェーンは肩をすくめた。まだマジェラン号にいたとき、彼女は肉体を改造されたことは告白していたが、自分にどれほどの能力があるのかについてほとんど説明していなかった。とはいえ、ほかの能力と同じように視力も向上していると考えるのは、むりな推測とはいえなかった。

「そいつらを見つけたらどうするんだ？」わたしはたずねた。

「今夜はなにもしないわ。とりあえずそいつらの正体と数を知る手がかりがほしい。どうするかを決めるのはそのあと。でも、それまでのあいだは、日没の一時間まえには全員を村の境界の内側にもどすようにしないと。日中も、境界の外に出る人には武装した護衛をつける」ジェーンは人間の副官たちにむかってうなずきかけた。「このふたりは武器の訓練を受けているし、マジェラン号のクルーのなかには同じように訓練を受けた者が何人かいる。まずはそこからね」

「で、この件がはっきりするまでは農場への引っ越しはなしと」

「そうよ」

「楽しい評議会になりそうだな」

「あたしがみんなに話すわ」

「いや。わたしがやるべきだ。きみはすでにおそろしい女という評価を得ている。悪い知らせをもたらすのがいつもきみだということにはしたくない」

「べつに気にしないけど」

「知ってるよ。だからといって、きみがいつもやるべきだということにはならない」

「わかった。みんなに伝えておいて。この生物が脅威となるかどうかについては早急に突き止めるつもりだと。それで納得してもらえるはず」

「だといいけどね」

「その生物についてなにか情報はないのか？」マンフレッド・トルヒーヨがいった。彼とゼイン船長は、わたしとならんで村の情報センターへむかっていた。

「ないな」わたしはいった。「まだどんな姿をしているのかさえわからない。ジェーンは今夜それを突き止めるつもりだ。いまのところ、多少なりともわかっていることがある生物といえば、例の食堂のまわりにいるネズミに似た連中だけだ」

「グログロか」ゼインがいった。

「なんだって?」

「グログロだよ。十代の若者たちはそう呼んでいる。姿がひどく醜いから」

「すごい名前だな。問題は、グログロを見ただけではここの生物圏についてきちんと理解したとはいえないってことだな」

「きみが慎重さを重んじる男だというのは知っている」トルヒーヨがいった。「だが、植民者たちはどんどんおちつきをなくしている。右も左もわからない世界へ連れてこられて、故郷の家族や友人たちと二度と話ができないといわれたあと、まる二週間もまったくすることがなかったんだ。これじゃ監獄にいるのと変わらない。みんなをつぎの段階へ進ませてやらなければ。さもないと、自分たちの知っていた暮らしは二度ともどってこないんじゃないかとくよくよ考えつづけることになってしまう」

「わかってるさ。ただ、みんなもよく知ってのとおり、わたしたちはこの世界についてなにひとつ知らないんだ。この惑星の調査とやらをおこなった連中は、せいぜい十分くらいしかここですごさなかったように思える。基本的な生化学についてはわかっているが、それがすべてみたいなものだ。植物相や動物相に関する情報はほぼ皆無だし、そもそも植物相と動物相に分けられるのかどうかさえわからない。ここの土でわたしたちの作物が育つのかどうかもわからない。どの生物を食べたり利用したりできるのかもわからない。植民局がふつうの新規コロニーに提供するあらゆる情報が、わたしたちにはないんだ。第一歩を踏みだすためにはまずこうした情報を自力で見つけなければならないわけだが、残念ながら、その点でわたしたちはかなり大きなハンディを背負わされている」

わたしたち三人は情報センターに着いた。貨物用コンテナを改造したものにしてはおおげさな名前だ。「お先にどうぞ」わたしはトルヒーヨとゼインのために第一のドアをあけた。全員がなかにはいると、背後でドアを密封し、ナノロボット製の網《メッシュ》がその表面を完全におおって黒いのっぺりしたものに変えるのを待ってから、第二のドアをあけた。このメッシュはあらゆる種類の電磁波を吸収して隠蔽するようプログラムされていて、コンテナの四方の壁と床と天井をおおっていた。よく考えるとなんとなく不安になってくる。まるで虚無のどまんなかにいるようなものだ。

このメッシュをプログラムした人物が、第二のドアの奥で待っていた。

「ペリー行政官」ジェリー・ベネットはいった。「それとゼイン船長にミスター・トルヒーヨ。ぼくの小さなブラックボックスへようこそ」

「メッシュの調子はどうだ？」わたしはたずねた。

「いいですよ」ベネットは天井を指さした。「電波はまったくはいってきませんし、出てもいきません。シュレーディンガーに嫉妬されてしまいますね。でも、もっとバッテリが必要です。メッシュが信じられないほどの電力を消費するので。このたくさんの機器はいうまでもないですし」

ベネットは情報センターにあるさまざまなテクノロジーを身ぶりでしめした。メッシュのおかげで、ロアノーク全土でここだけには、地球で二十世紀なかごろをすぎるまでは見ることができなかったテクノロジーが存在している。例外は化石燃料を使わない電力テクノロジーだけだ。

「できるだけのことはしよう」わたしはいった。「きみは奇跡の人だな、ベネット」

「とんでもない。ごくありきたりなオタクです。例の土に関する報告書がありますよ」

ベネットがPDAを差しだした。わたしは受け取ったPDAをいとおしくなでまわしてから、スクリーンに目をむけた。

「良い知らせとして、これまでに調べた土のサンプルは、一般的な意味では作物を育てるのに適しています。作物を枯らしたり成長を阻害したりする要素は、少なくとも化学的には存在しません。どのサンプルでも小さな生物はうごめいていました」

「それは悪いことなのか？」トルヒーヨがたずねた。

「どうでしょう。土壌管理にまつわるぼくの知識は、今回のサンプルの分析をしているあいだに読んで仕入れたていどなんです。妻はフェニックスですこしばかりガーデニングの経験があって、虫がいるほうが土の通気がよくなるといってます。真偽はわかりませんが、そうかもしれません」

「奥さんのいうとおりだよ」わたしはいった。「適度な生物の存在は土にとってはいいことだ」トルヒーヨが疑いの目でわたしを見た。「おいおい、わたしは農業をやっていたんだぞ。とはいえ、その生物がわたしたちの作物にどんな反応をしめすかはわからない。ひとつの生物圏に新しい種を持ちこむわけだからな」

「この問題についてはあなたのほうがくわしいようですので、先へ進みます」ベネットがいった。「手持ちの機器から無線機能だけをはずせないかという質問でしたね。長い回答と短い回答のどっちがいいですか？」

「まずは短い回答でいこうか」

「厳密にはむりです」

「なるほど。長い回答が必要だな」

ベネットは手をのばして、すでにこじあけてあったPDAをつかみ、ふたを取って、わたしに手渡した。「このPDAはコロニー連合のテクノロジーの標準形といえます。いろいろな部品が見えるでしょう。プロセッサ、モニター、データ保管庫、ほかのPDAやコンピュータと対話するための無線送信機。どれもほかの部品と物理的にはつながっていません。このPDAの部品はすべて、無線でおたがいにつながっているんです」

「なぜそんなふうにしたんだろう?」わたしはPDAを手のなかでひっくり返した。

「安価ですから。小さなデータ送信機はただ同然でつくれます。物理的な配線よりも安くあがるくらいです。配線だって安いものですが、全体としてみたらコストには明確な差が生じます。それで、ほぼすべてのメーカーがそういう構造にしているんです。まさに会計士の設計ですね。PDA内で物理的接続がなされているのは、バッテリーと個々の部品とのあいだの配線だけで、これもやっぱり、そのほうが安価ですむからです」

「その配線を利用してデータを送ることは可能なのか?」ゼインがいった。

「やりかたがわかりません。いいえ、物理的な配線でデータを送るのは問題ないんです。でも、それぞれの部品にもぐりこんで指令コアをあやつるのはぼくの手にあまります。プログラミング技術はともかくとして、各メーカーが指令コアへのアクセスを保護していますから。独占データなんですよ。それに、たとえそれができたとしても、ちゃんと作動するという保証はありません。なにしろ、すべてのデータがバッテリを経由することになるんです。いったいどうすればうまくいくのか」

「すると、たとえ無線送信機をすべて停止させたとしても、こういう部品のひとつひとつがやはり無線信号を漏らしているわけか」わたしはいった。

「ええ。ごく短距離——ほんの数センチ——とはいえ、そういうことになります。その気になってさがせば、探知することは可能ですよ」

「どこかの時点で、このすべてがむだになってしまうわけだ」とトルヒーヨ。「こんな微弱な無線信号に聞き耳を立てている連中がいるとしたら、惑星全体の光学的スキャンを同時におこなっている可能性が高い。きっとわれわれを見つけるだろうな」

「視認されるのをふせぐのはむずかしい」わたしはトルヒーヨにいった。「こっちはそれよりも簡単だ。まずは簡単なほうからとりかかろう」ベネットにむきなおり、PDAを手渡す。「べつの質問をさせてくれ。有線式のPDAを作れないかな？　無線式の部品や送信機をまったく使わないで」

「設計図は見つけられるはずです」ベネットはいった。「パブリックドメインのやつがいろいろありますから。でも、ぼくは物作りが得意というわけじゃありません。手持ちの材料をぜんぶ調べて、なにかでっちあげることはできます。無線式の部品は基本ですが、有線でつながれているものもまだありますから。でも、だれもがコンピュータをかかえて歩きまわるというレベルまでたどり着くのはむずかしいし、ほとんどの機器に搭載されているコンピュータを置き換えるなんてもっとむりです。正直なところ、このブラックボックスの外では、当分のあいだは二十世紀初期のレベルから抜けだせないでしょうね」

全員がしばしその意味をかみしめた。

「せめてこれを拡張できないか？」ゼインが身ぶりで周囲をしめしながらいった。

「そうするべきだと思います」ベネットはこたえた。「とくに、医療用ブラックボックスは設置しないと。ドクター・ザオのせいで仕事中に気が散ってしょうがないんです」

「彼女もここの設備をひんぱんに使っているのか」わたしはいった。

「いえ、あんまり美人なので。このままじゃ妻ともめることになります。それに、ここには彼女の診断機器は二台しか置いてありません。医学上の深刻な問題が起きたら、もっとたくさんの機器がほしくなるはずです」

わたしはうなずいた。すでに十代の若者がひとり、バリケード用のコンテナからすべり落ちて腕の骨を折っていた。首の骨を折らなかったのは幸いだった。「メッシュは足りるのかな？」

「ここにあるので在庫はほぼ終わりです。でも、自力で追加分をつくるようプログラムすることはできます。原料がもうすこしいりますが」

「フェロに調べさせよう」ゼインが貨物庫の主任の名前をあげた。「積荷目録になにかあるはずだ」

「彼は会うたびにひどく腹を立てているように見えますね」

「ここではなく家へ帰るつもりでいたせいかもしれないな」ゼインの口調はぶっきらぼうだった。「コロニー連合に誘拐されるのはあまりうれしくないんだろう」自分の船を破壊されたうえにクルーともども島流しになったゼインの態度を軟化させるには、二週間ではまだ足りないようだった。

「すみません」とベネット。

「そろそろ帰るとするか」とゼイン。

「あとふたつだけ」ベネットがわたしにいった。「ここへ来たときにあずかったデータファイルの印刷はほぼ終わったので、いつでも読めますよ。映像や音声のファイルは印刷できませんが、コンピュータで処理して文書化するつもりです」

「そうか、よかった」わたしはいった。「もうひとつは?」

「以前頼まれたとおり、モニターを持ってキャンプをひとまわりして無線信号をさがしてみました」ベネットがいうと、トルヒーヨが片方の眉をあげた。「モニターというのはソリッドステート式なんです」トルヒーヨにむかって説明する。「受信するだけで送信はしません。とにかく、キャンプに三台の無線装置が残っていることは伝えておかないと。どれもまだ送信をつづけていますよ」

「なんの話かさっぱりわからないな」ヤン・クラニックがいった。

これがはじめてではないが、わたしはクラニックのこめかみを殴りたいという衝動を抑えつけた。「痛い思いをする必要があるのか、ヤン? できれば、わたしたちは十二歳の少年ではなく、不毛な言い合いは必要ないというふりをしたいんだが」

「わたしはみんなと同じようにPDAを引き渡した」クラニックはそういって、背後のビアタを身ぶりでしめした。そのビアタは簡易ベッドに横になり、目の上に小さなタオルをのせていた。どうやら偏頭痛持ちらしい。「ビアタも自分のPDAとカメラ付きの帽子を提出した。なにもかもそっちにあるはずだ」

わたしはビアタに目をむけた。「どうなんだ、ビアタ？」

ビアタはタオルの端を持ちあげて、ひるんだような視線をむけてきた。それから、ため息をつき、またタオルをかぶった。「その人の下着を調べてみて」

「なんだって？」

「ビアタ」クラニックがいった。

「下着よ。少なくとも一枚はゴムのところにポケットがあって、そこに小型レコーダーを隠してある。アンブリアの旗のピンバッジが音声と映像の入力部になってるの。たぶんいまもつけてると思う」

「こんちくしょう」クラニックは無意識にピンバッジを手で隠した。「おまえはクビだ」

「笑えるわね」ビアタはタオルを両目に押しつけた。「文明世界のどこからも一千光年離れた場所にいて、アンブリアに帰れる可能性は皆無だというのに、あなたはけっして書くことのない本のために仰々しいコメントを下着にむかって読みあげ、あたしは仕事をクビになった。かんべんしてよ、ヤン」

クラニックは立ちあがり、芝居がかったしぐさで立ち去ろうとした。

「ヤン」わたしは呼びかけて、片手を差しだした。クラニックはピンバッジをむしりとり、わたしの手のひらに押しつけた。

「いますぐ下着もほしいか？」クラニックはあざけるようにいった。

「下着はいらないよ。レコーダーだけ渡してくれ」

「数年後、人びとはこのコロニーの物語を知りたがるだろう」クラニックはズボンの内側に手をつっこんで下着をさぐった。「だれもがそれを知りたがるのに、いざ調べようとしても、なにひとつ見つからない。なぜ見つからないかといえば、そのリーダーたちがコロニーでただひとりの記者の検閲をおこなったからなんだ」

「ビアタだって記者だろう」

「ビアタはカメラマンだ」クラニックはレコーダーをわたしの手に叩きつけた。「話がちがう」

「わたしは検閲をしているわけじゃない。きみがコロニーを危険にさらすのを許すわけにはいかないだけだ。このレコーダーはジェリー・ベネットに渡し、文書として印刷してもらう。活字はとても小さくなるけどね、紙をむだにしたくないから。ここに吹きこんだコメントはちゃんと残るわけだ。なんならサヴィトリのところへ行って、わたしがメモ帳を一冊きみに渡すよういっていたと伝えてもいい。一冊だぞ、ヤン。残りはサヴィトリがわたしたちの仕事で使うんだから。あとでもっと必要になったら、メノナイトからその件について意見を聞けばいい」

「メモ帳に記録しろというのか。手書きで」

「かのサミュエル・ピープスもそうしていたよ」

「ヤンが字を書けるというのが前提だけどね」ビアタが簡易ベッドでもごもごといった。

「やかましい」クラニックはそういって、テントから出ていった。

「波乱の結婚生活だわ」ビアタがそっけなくいった。

「そのようだね。離婚したいのか？」

「事と次第によってはね」ビアタはまたタオルを持ちあげた。「あなたの助手はデートしてくれると思う？」

「知り合ってずいぶんたつが、サヴィトリがだれかとデートするのは見たことがないな」

「返事は〝ノー〟なのね」

「〝知るかよ〟だな」

「うーん」ビアタはタオルをもどした。「誘惑だわ。でも、とりあえずは結婚生活をつづける。ヤンがいらいらするからね。こっちだって何年もいらいらさせられたんだから、お返しをしてあげないと」

「波乱の結婚生活だな」

「みたいね」ビアタはいった。

「拒否するしかない」ヒッコリーがいった。

わたしはヒッコリーとディッコリーといっしょにブラックボックスのなかにいた。ふたりのオービン族に無線式の意識インプラントを放棄してくれと伝えるときには、意識のある状態で聞いてもらうべきだと思ったのだ。

「これまでわたしの命令を拒否したことはなかったのに」わたしはいった。

「それらの命令が協定に違反しなかったからだ。オービン族とコロニー連合との協定により、われわれふたりはゾーイのそばにいることを許されている。さらに、その体験を記録してほかのオービン族と共有することも許されている。われわれに意識を放棄しろと命令するのはそれを妨害する行為だ。協定に違反することになる」

「きみたちが進んでインプラントを放棄してくれればいい。それで問題は解決する」

「そんなことはしない。ほかのオービン族に対する責任を放棄することになる」

「ゾーイにそれを放棄しろと命令させることもできるんだ。きみたちがゾーイの命令にそむけるとは思えないからな」

ヒッコリーとディッコリーはちょっと身を寄せあってから、また離れた。

「それは悲しい」ヒッコリーがいった。

そのことばが世界が終わりそうなほどの重みをもって語られるのを聞いたのは、これがはじめてのことだった。

「わたしだってこんなことはしたくない。だが、コロニー連合から受けた命令ははっきりしている。わたしたちがこの世界にいる証拠をやすやすと明かすわけにはいかない。さもないとコンクラーベに皆殺しにされてしまう。そのなかには、きみたちふたりとゾーイも含まれるんだ」

「その可能性については考えてみた。無視できるリスクだと信じている」

「それで思いだしたが、ちょっとしたビデオを見てもらえるかな」

「あのビデオなら見た。きみたちのところと同様、われわれの政府にも届いたのだ」

「あれを見ているくせにコンクラーベの脅威が見えないのか？」

「われわれはビデオを注意ぶかく見た。無視できるリスクだと信じている」

「それを決めるのはきみたちじゃない」

「いや、われわれだ。協定がある」

「わたしはこの惑星の法的権威だ」

「そのとおり。しかし、あなただって勝手な都合で協定を破棄することはできない」

「コロニー全体の虐殺を避けようとするのは勝手な都合ではないだろう」

「発見されないために無線装置をすべて排除するのは勝手な都合だ」

「きみはなぜしゃべらない？」わたしはディッコリーにいった。

「いまのところヒッコリーと同意見だからだ」とディッコリー。

いらいらしてきた。

「困ったな。きみたちにインプラントを放棄しろと強制することはできないが、それをつけたままうろつくのを許すこともできない。ひとつ質問だ。きみたちにこの部屋のなかにとどまることをもとめるのは協定違反になるのか？　定期的にゾーイがここを訪問するという条件つきで」

ヒッコリーは考えこんだ。「だめだ。われわれはそんなことはしたくない」

「わたしだってそんなことはしたくないさ。しかし、ほかに選択肢が見当たらない」

ヒッコリーとディッコリーはまたしばらく協議した。

「この部屋は電波吸収物質でおおわれている」とヒッコリー。「われわれにすこし分けてくれ。それを使ってわれわれの装置とわれわれ自身をおおうことができる」

「いまは余分なのがないんだ。もっと作らないといけないんだが、すこし時間がかかるかもしれない」

「この解決策に同意してもらえるなら、こちらも製造時間については受け入れよう。そのあいだ、われわれはこの部屋以外ではインプラントを使わないが、あなたのほうからゾーイにここをたずねてくれるよう頼んでほしい」

「わかった。ありがとう」

「どういたしまして。これが最善の道かもしれない。ここへ着いてからというもの、ゾーイがわれわれとすごす時間は少なくなっている」

「十代の若者だからな。新しい友だち。新しい惑星。新しいボーイフレンド」

「ああ。エンゾか。彼については非常に割り切れない思いをいだいている」

「同感だね」

「われわれのほうでエンゾを排除してもかまわないのだが」

「それはやめてくれ」

「もうすこしたってからのほうがいいか」

「ゾーイの未来の求婚者を殺すよりも、きみたちふたりにはジェーンが村のまわりをうろついている連中を見つけるのを手伝ってほしいな。感情面の満足度は低いだろうが、大局的な見地に立ってみれば、そのほうがずっと役に立つから」


ジェーンは評議会の会場の床にそれをどさっとおろした。大柄なコヨーテになんとなく似ている。四つの目に、ほかの指とむかいあった親指のある手を持つコヨーテがいればの話だが。

「ディッコリーがコンテナの下に掘られた穴で見つけました」ジェーンはいった。「ほかに二匹いましたが、そいつらは逃げたようです。ディッコリーはこいつが逃げようとしたので殺しました」

「撃ったの？」マータ・ピロがたずねた。

「ナイフで殺したんです」ジェーンがいうと、不安げなざわめきがひろがった。評議会の面々にしても植民者たちにしても、その大半はいまだにオービン族には強い警戒心をいだいていた。

「こいつがきみの心配していた捕食動物なのか？」マンフレッド・トルヒーヨがいった。

「そうかもしれません」

「はっきりしないのか」

「足の形は発見されていた痕跡と一致しています。しかし、わたしには小さく見えます」

「だが、小さかろうがなんだろうが、こういうやつがその痕跡を残していたわけだ」

「可能性はあります」

「もっと大きいやつはいなかったのか？」リー・チェンがいった。

「いいえ」ジェーンはわたしのほうへ目をむけた。「夜の見張りをはじめて三日になりますが、バリケード用のコンテナになにかが接近してきたのはゆうべがはじめてでした」

「ハイラム、きみは毎日のようにあのバリケードの外へ出ている」とトルヒーヨ。「こんなやつを見かけたことはないのか？」

「動物は何度か見かけています」ハイラムがいった。「しかし、わたしの見たかぎりではいずれも草食でした。こんな姿をした動物は見たことがありません。もっとも、わたしは夜はバリケードの外へ出ていませんし、こちらのセーガン行政官は夜行性だと考えているようですから」

「でも、セーガンもいちどしか見ていない」マリー・ブラックがいった。「あたしたちは幻におびえて入植をひかえているのよ」

「ひっかき傷や穴はまちがいなく現実だよ」わたしはいった。

「それは否定してないわ。でも、それは単独の事件だったのかもしれない。この動物の群れがたまたま数日まえにとおりかかって、バリケードに興味を引かれたんじゃないかしら。はいれなかったから、どこかへ行ってしまったのよ」

「可能性はあります」ジェーンがもういちどいった。口ぶりからすると、ブラックの意見はあまり相手にしていないようだ。

「いつまでこんなことで入植をひかえるんだ?」パウロ・グティエレスがいった。「おれたちがぐずぐずしているから、みんな待ちきれなくて頭がおかしくなりかけている。ここ数日はつまらないことでけんか騒ぎも起きている。しかも、時間が足りなくなってきたんじゃないか? ここはもう春だから、作物の植えつけや家畜の放牧地の準備をはじめなけりゃならない。すでに二週間分の食料を消費してしまった。すぐに入植をはじめなかったらえらいことになるぞ」

「ぐずぐずしていたわけじゃない」わたしはいった。「なにひとつ情報がない惑星にほうりだされたんだ。植民者が全滅するような危険がないかどうか、時間をかけてたしかめなければ」

「われわれはまだ死んでいない」トルヒーヨが口をはさんだ。「それは良いしるしだ。パウロ、すこし黙っていてくれ。ペリーはまちがいなく正しい。この世界へふらりと出ていって農場の建設をはじめるわけにはいかない。だが、パウロも正しいんだよ、ペリー。これ以上バリケードのうしろでじっとしているのはむりだ。セーガンは三日かけてこの生物にまつわる新たな証拠を見つけ、そいつらの一匹を殺した。たしかに、慎重にはなるべきだ。ロアノークについて調査をつづける必要もある。だが、入植もはじめなければいけないんだよ」

　評議会の全員がこちらを見つめて、わたしのことばを待っていた。ジェーンにちらりと目をやると、彼女はほんのかすかに肩をすくめた。外には脅威など存在しないとすっかり納得したわけではなかったが、はこんできた死骸をべつにすると、確実な根拠はなにもなかった。それにトルヒーヨの言い分は正しい。そろそろ入植をはじめるべきだ。

「それで決まりだな」わたしはいった。

「あなたはわざとトルヒーヨに会議の主導権を奪わせたのね」

ジェーンが低い声でそういったのは、ふたりでベッドにはいろうとしていたときだった。ゾーイはもう眠っていた。ヒッコリーとディッコリーは、村役場テントのなかにある間仕切りのむこうで無表情にたたずんでいた。ふたりが着ている全身用ボディスーツは、新たに製造されたナノロボット式メッシュの最初のひと巻きから作ったものだ。このスーツは無線信号を封じこめると同時に、ふたりのオービン族を歩く影に変えていた。やはり眠っているのかもしれないが、見ただけではなんともいえなかった。

「まあそういうことだ」わたしはいった。「トルヒーヨはプロの政治家だからね。ときどきああいう調子でやってもらおう。とくに彼が正しいときは。わたしたちは人びとをどんどん村から送りだす必要があるんだ」

「入植者の各グループについて、すこしでも武器をあつかえるよう訓練しておきたいの」

「いい考えだ。もっとも、メノナイトを説得するのはむずかしそうだが」

「それが心配なのよ」

「だったら、ずっと心配することになりそうだな」

「メノナイトはあたしたちの知識の基盤なの。自動化されていない機械を操作して、ボタンも押さずにものをつくることができる。あの人たちが食われたら困るわ」

「きみがメノナイトにとくに注意を払いたいというのなら、なにも問題はない。でも、彼らに生き方を変えさせようとしたら、きっとおどろくはめになる。それに、彼らがメノナイトだったおかげで、わたしたち全員が救われることになるんだ」

「宗教はよくわからないわ」

「なかから見ると納得がいくんだよ。いずれにせよ、かならずしも理解する必要はないんだ。敬意を払えばそれでいい」

「敬意なら払ってる。ただし、この惑星が想像もつかない方法で人びとを殺せるという事実にも敬意を払ってる。ほかの人たちはそのことが気にならないのかしら」

「それを知る方法がひとつあるよ」

「あたしたちの農作業をどうするのか、まだなにも話し合っていなかったわね」

「それは賢い時間の使い方とはいえないと思う。わたしたちはいまやコロニーの行政官だし、ここには使用可能な自動装置はひとつもない。きっと忙しくなる。クロアタンが多少すいてきたら、すてきな小さな家を建てよう。なにか育てたいのなら庭付きにすればいい。いずれにしても庭は用意するべきだな。自分たちの食べる果物や野菜をつくるために。ゾーイを責任者にしてもいい。あの子にもなにかすることをあたえないと」

「花も育てたいわ。バラを」

「へえ。きみはいままできれいなものにはあまり関心がなかったのに」

「そうじゃないの」ジェーンはいった。「この惑星は腋臭みたいなにおいがするから」

7

ロアノークは恒星のまわりを三百二十三日でめぐる。わたしたちは一年を十一ヵ月に分けて、そのうちの七ヵ月を二十九日、四ヵ月を三十日にした。それぞれの月には植民者の出身コロニーの名前をつけて、残りのひとつはマジェランと呼ぶことになった。わたしたちがロアノークの軌道上に到着した日が一年の最初の日で、その最初の月がマジェランとなる。マジェラン号のクルーが感動してくれたのはよかったが、わたしたちが月に名前をつけたときには、すでにマジェランの二十九日になっていた。この月はほとんど終わりかけていたのだ。その点についてはクルーにも不満が残ったようだった。

植民者の入植をはじめるという決定をくだしたすぐあとに、ハイラム・ヨーダーがやってきてふたりだけで話したいといった。大半の植民者に農作業をおこなう能力が欠けているのはあきらかです、とヨーダーはいった。彼らは最新の耕作機器を使う訓練は受けていても、メノナイトたちが慣れているもっと大きな労働力を要する耕作機器はうまくあつかえない。ここに保管してある、遺伝子改良された急速に成長する種なら、二ヵ月以内に農作物の収穫をはじめられる――だが、それはやるべきことがわかっている場合だけだ。いまのままでは飢饉の可能性を考えなければならない。

ヨーダーは、メノナイトにコロニー全体の耕作作業をまかせてほしいと提案した。そうすれば植民者が三ヵ月後に飢餓で苦しむようなことはなくなる。ほかの植民者は見習いとして実地訓練を受ければいい。わたしは即座に賛成した。アルビオン月の第二週には、メノナイトがわたしたちの土壌調査の結果を受けて、農場に小麦とトウモロコシとさまざまな野菜の種をまいた。休眠中のミツバチを起こして授粉ダンスをさせ、家畜を放牧し、ほかの九つの世界(と一隻の宇宙船)の植民者たちに、集約と混植の利点や、カーボン&カロリー農業や、最小の空間で最大の収穫をあげる秘訣などを教えた。わたしはすこしリラックスしてきた。〝人肉〟についてジョークをとばしていたサヴィトリも、べつのことをネタにするようになった。

アンブリア月にはいると、グログロたちが急速に成長するジャガイモの味をおぼえ、わずか三日で数エーカーぶんを食い荒らした。はじめての害虫も発生した。医療機器をブラックボックスにおさめた診療所も完成した。ドクター・ザオは、その数時間後に、ある植民者が納屋の棟《むね》上げのときに帯のこでうっかり切り落としてしまった指をナノロボットで接合できたのでおおよろこびだった。

ズォン・グオ月の最初の週末に、わたしははじめての結婚式を取り仕切った。フランクリン出身のキャサリン・チャオとルース出身のケヴィン・ジョーンズだ。祝宴はよろこびにあふれていた。二週間後にはロアノークで最初の離婚を取り仕切ったが、幸い、その夫婦はチャオとジョーンズではなかった。ビアタがとうとうヤン・クラニックをいらだたせるのにあきて、彼を放免してやったのだ。祝宴はよろこびにあふれていた。

イアリ月の十日に、はじめての大掛かりな収穫作業が完了した。わたしはその日を植民者の祝日と定め、感謝祭とした。人びとはお祝いにメノナイトのための集会場を建て、このときはメノナイト自身からはほとんど助言を受けずにすんだ。一週間もたたないうちに、農作物の第二陣の種が大地にまかれた。

カートゥーム月に、パトリック・カズミが友だちとクロアタンの西壁のむこうを流れる川へ遊びにいった。流れに沿って走っていたとき、彼は足をすべらせ、頭を岩にぶつけて溺死した。八歳だった。葬儀には植民者のほとんどが参列した。同じ月の最後の日に、パトリックの母であるアンナ・カズミが、友人から厚手のコートを盗み、ポケットに石を詰めこんで、息子を追うために流れへ踏みこんだ。自殺は成功した。

キョート月になると、五日に四日は大雨がふって、作物を腐らせ、コロニーの二回目の収穫に悪影響をおよぼした。ゾーイとエンゾはややドラマチックな破局をむかえた。初恋の相手が結局はおたがいの神経にさわるようになるというありがちなパターンだった。ヒッコリーとディッコリーは、ゾーイの苦悩に刺激を受けすぎて、エンゾの問題をどう解決するかおおっぴらに語りあいはじめた。ゾーイはさすがにがまんできなくなり、ふたりにもうやめてちょうだいと命じた。

エリュシオン月に、ヨーテたち——例のバリケードのそばで見つけたコヨーテに似た捕食動物——がもどってきて、コロニーで育てている羊たちを手軽な食料として狩り立てようとした。植民者たちはお返しにこの捕食動物を狩り立てはじめた。サヴィトリは三ヵ月かけて態度をやわらげ、ビアタとデートした。翌日、サヴィトリはその夜のことを〝興味深い失敗〟と表現して、それ以上はなにも話そうとしなかった。

ロアノークは秋真っ盛りとなり、クロアタンでも壁の外の農場でも、残っていた住宅用仮設テントが撤去されて、質素で居心地のよい家に置き換わった。植民者の半数はまだクロアタンで暮らし、メノナイトからさまざまな手仕事のやりかたを教わっていた。ほかの半数はそれぞれの農場を開墾し、新年になって自分の畑に種をまいて作物を育てるときがくるのを心待ちにしていた。

サヴィトリの誕生日——ハックルベリーでの日付をロアノークの日付に変換した——は、エリュシオン月の二十三日にやってきた。わたしは彼女のちっぽけな小屋に置く屋内用トイレをプレゼントし、小型で排水の楽な汚水処理槽にそれをつないだ。サヴィトリはほんとうに目をうるませた。

ルース月の十三日に、アンリ・アーリエンが妻のテレーズを殴った。彼女がもとテント仲間と浮気したと思いこんだのだ。テレーズは分厚いフライパンで殴り返し、夫の顎を砕いて歯を三本折った。アンリとテレーズはそろってドクター・ザオのもとへ治療におとずれた。その後、アンリはもとは家畜の檻だった即席の拘置所に収容された。テレーズは離婚を要求し、もとテント仲間の家に引っ越した。本人の弁によれば、それまで浮気などしていなかったが、こうなってみるとそれもいい考えに思えたとのことだった。

そのテント仲間は、ジョセフ・ローンという名の男だった。フェニックス月の二十日に、ローンは行方不明になった。

「順番にいこう」わたしはジェーンにいった。テレーズ・アーリエンがやってきて、ローンの失踪について報告したところだった。「最近、アンリ・アーリエンはどこに？」

「昼間は労働仮釈放に出ているわ」ジェーンがいった。「ひとりきりになれるのはトイレに行くときだけ。夜は拘置所の仕切部屋にもどるの」

「あの仕切部屋は絶対に脱走不可能というわけじゃない」もともとは馬がはいっていたところだ。

「そうね。でも、家畜小屋そのものは脱走できない。ドアがひとつ、錠前もひとつ、それは外側についている。夜はどこへも行けないわ」

「友人をローンのところへ行かせることはできただろう」

「アーリエンに友人がいるとは思えないわ。チャドとアリが近所の人たちから供述をとったの。ほぼ全員が、アンリがテレーズにフライパンで殴られたのは自業自得だといっていた。チャドに調べさせるつもりだけど、そっちのほうで成果があるとは思えない」

「じゃあ、きみはどう思うんだ?」

「ローンの農場は森に接しているの。テレーズの話だと、ふたりでよく散歩に行ったらしいわ。デッパラたちがあのへんをうろついていて、ローンはそれを近くで見たがっていたそうよ」

デッパラというのは、この世界におりたばかりのころに一部の植民者が森のはずれで見かけた、のそのそと歩く鈍重な動物のことだ。餌をもとめて渡りをするらしい。わたしたちが着いたときには、ちょうどこの地域から立ち去ろうとしていたのだが、いまはまだやってきたばかりだ。なんとなく象に似ているような気がしたのだが、わたしが好もうが好むまいが、その名前は定着してしまっていた。

「すると、ローンはデッパラを見物に出かけて迷ったのかな」

「あるいは踏みつぶされたのかも。デッパラは大きな動物だから」

「それなら捜索隊を出そう。ローンが迷子になっただけで、すこしでも常識をもちあわせているなら、じっと動かずに発見されるのを待つはずだ」

「すこしでも常識をもちあわせているなら、そもそもデッパラなんか追いかけないはず」

「きみはサファリが好きになれそうにないな」
「わざわざ異星の生物を追ったりするなというのは経験から学んだことよ。たいていの場合、逆に追いかけられるはめになるんだから。一時間以内に捜索隊を結成する。あなたもいっしょに来て」

捜索隊は正午のすこしまえに捜索を開始した。志願者は総勢百五十人。アンリ・アーリエンはあまり人気がなかったかもしれないが、テレーズとローンには大勢の友人がいたのだ。テレーズも捜索隊に加わりたいとやってきたが、わたしは彼女を友人ふたりと帰宅させた。テレーズがローンの遺体に出くわすリスクはおかしたくなかった。ジェーンは捜索エリアをブロックに分けて、それぞれに小人数のグループを割り当て、各グループがおたがいの声が聞こえる範囲にとどまるよう指示した。デートで興味深い失敗をしたにもかかわらず友人になったサヴィトリとビアタは、わたしと同行することになった。サヴィトリは、しばらくまえにメノナイトを相手に物々交換で手に入れた旧式のコンパスをしっかりと握りしめていた。多少はこの森に通じているジェーンには、ゾーイとヒッコリーとディッコリーが同行した。わたしとしては、ゾーイが捜索隊に加わるのはあまりうれしくなかったが、ジェーンとオービン族がいっしょなら、クロアタンの村よりも森のなかにいるほうがむしろ安全かもしれなかった。

捜索開始から三時間後、ヒッコリーがナノメッシュのボディスーツを着た影のような姿でひょいひょいと近づいてきた。

「セーガン中尉があなたに会いたがっている」ヒッコリーがいった。

「わかった」わたしはサヴィトリとビアタにいっしょに来るよう合図した。

「ちがう。あなただけだ」

「どういうことだ？」

「それはいえない。頼む、少佐。すぐにいっしょに来てくれ」

「じゃあ、わたしたちはこの薄気味悪い森に残らなければならないんですね」サヴィトリがわたしにいった。

「先へ進んでもかまわないぞ。ただし、両側のグループに間隔をせばめるよう伝えて」そういってから、わたしはずんずん先を行くヒッコリーのあとを小走りに追った。

数分後、わたしたちはジェーンのいるところにたどり着いた。そばにはマータ・ピロとほかのふたりの植民者がいて、三人とも呆然としたような顔をしていた。背後にはデッパラの巨大な死骸があって、ちっぽけな羽虫がわんわん飛びかい、そのむこうにはずっと小さな死体がころがっていた。ジェーンがわたしの姿を見つけて、ピロたちになにかいった。三人はわたしのほうをちらりと見て、ジェーンのことばにうなずくと、村をめざして引き返しはじめた。

「ゾーイはどこだ？」わたしはいった。

「ディッコリーに村へ連れ帰らせたわ」とジェーン。「あの子にはこれを見せたくなかったから。マータのグループがあるものを見つけたの」

わたしは小さいほうの死体を身ぶりでしめした。「ジョセフ・ローンみたいだが」

「それだけじゃないの。こっちへ来て」

わたしたちはローンの死体のそばへ近づいた。それは血まみれの残骸だった。

「どう見えるかいってみて」とジェーン。

わたしは上体をかがめ、つとめて感情を抑えながら死体をしげしげとながめた。「食われてるな」

「マータたちにもそういったの。いまはそう信じていてほしいから。あなたにはもっとよく見てもらわないと」

わたしは眉をひそめ、もういちど死体をじっくり見て、なにを見逃したのか突き止めようとした。ふいに思い当たることがあった。

「なんてこった」ぞっとして、わたしはローンからあとずさった。

ジェーンはわたしをじっと見つめた。「わかったようね。ローンは食われたんじゃないわ。解体されたのよ」

評議会の面々は、ドクター・ザオといっしょに窮屈な診療所に集まっていた。

「あまりうれしくないものだろうが」わたしはそう警告してから、シートをはいでジョセフ・ローンの遺体をあらわにした。リー・チェンとマータ・ピロだけがいまにも吐きそうな顔になった。予想よりも少ない。

「ひどいな。なにかに食われたのか」パウロ・グティエレスがいった。

「ちがいますね」ハイラム・ヨーダーが遺体に近づき、指さした。「ほら。組織は裂けたのではなく切られています。ここも、ここもここも」ちらりとジェーンを見る。「だからぼくたちに見せたんですね」

ジェーンはうなずいた。

「なぜだ？」とグティエレス。「わからないな。いったいなにをいいたいんだ？」

「この人は解体されたんです」ヨーダーがいった。「犯人はなんらかの刃物を使って彼の肉を切り取ったんでしょう。ひょっとしたら、ナイフか斧で」

「なぜそんなことがわかる？」グティエレスがヨーダーにいった。

「ぼくはたくさんの動物を解体してきました。切り口がどんなふうになるかは知っています」ヨーダーはジェーンとわたしに目をむけた。「ここにいる行政官たちも、戦争でたくさんの暴力を見ていますから、これがどのような種類の暴力かわかるはずです」

「でも、絶対とはいえないでしょ」マリー・ブラックがいった。

ジェーンはドクター・ザオに目をむけてうなずいた。

「この骨についている何本かのすじは、切断用具によってつけられたものと考えていいと思う」ドクター・ザオがいった。「位置がぴったりだから。動物にかじられた骨はこんなふうにはならない。なにかではなく、だれかがやったのよ」

「コロニーに殺人犯がいるということか」マンフレッド・トルヒーヨがいった。

「殺人犯？」とグティエレス。「それどころじゃない。人食い野郎がうろうろしているんだぞ」

「ちがいますね」ジェーンがいった。

「なんだって？ あんたが自分でいったんじゃないか。この男は家畜みたいに切り分けられたんだと。植民者のだれかがやったに決まっている」

ジェーンがわたしに目をむけた。

「よし」わたしは口をひらいた。「これについては正式なかたちをとらざるをえない。コロニー世界ロアノークにおけるコロニー連合行政官として、わたしはここに宣言する。この部屋にいる者は全員、国家機密法による制約を受けることになる」

「同意します」ジェーンがいった。

「つまり、ここでの言動について部屋の外にいる者に漏らしたら、反逆罪に問われる可能性があるということだ」

「冗談はよしたまえ」トルヒーヨがいった。

「冗談じゃない。わたしは本気だ。ジェーンとわたしが話していいと判断するまで、この件についてはいっさい口外してはならない。さもないとたいへんなことになる」

「たいへんなこと、というのを説明しろ」とグティエレス。

「あたしが射殺します」ジェーンがいった。

グティエレスはあいまいな笑みを浮かべ、ジェーンがそれはジョークだというのを待った。ずっと待ちつづけた。

「いいだろう」トルヒーヨがいった。「よくわかった。口外はしない」

「ありがとう。集まってもらった理由はふたつある。ひとつはこれを見せるため」わたしはローンの遺体を指さした。それはドクター・ザオがかけたシートでふたたびおおわれていた。「もうひとつはこれを見せるためだ」テーブルに手をのばし、タオルの下に隠れていたものを取りだしてトルヒーヨに渡した。

トルヒーヨはそれをじっくりながめた。「槍の穂に似ているな」

「まさにそのものだよ。ローンの遺体を見つけた場所で、デッパラの死骸のそばに落ちていた。デッパラめがけて投げつけられたのを、デッパラがなんとか引き抜いてへし折ったか、あるいは、へし折ってから引き抜いたんじゃないかと思う」

トルヒーヨは、槍の穂をリー・チェンにまわそうとしたところで手を止め、もういちどそれをじっくりと見た。「なにをいいたいのかわかったような気がするが、まさか本気でそんなことを考えているんじゃないだろうな」

「解体されたのはローンだけではありません」ジェーンがいった。「デッパラも同じように処理されていたんです。ローンのまわりにあった足跡は、マータとその捜索隊とあたしとジョンのものでした。足跡はデッパラのまわりにもありました。それはあたしたちのものではありませんでした」

「デッパラはヨーテたちに襲われたのよ」マリー・ブラックがいった。「ヨーテは群れで行動するでしょ。ありえることだと思う」

「話をちゃんと聞いてください。デッパラは解体されていたんです。デッパラを解体した何者かが、ほぼまちがいなくローンも解体したんです。そして、デッパラを解体した何者かは人間ではなかったんです」

「つまり、このロアノークに知的種族の先住民がいるといいたいんだな」とトルヒーヨ。

「そうだ」わたしはいった。

「どのていどの知能があるんだろう?」

「それを作れるくらいの知能だな」わたしは槍の穂を指さした。「単純なものだが槍にはちがいない。それに、解体用のナイフを作れるだけの知能もある」

「われわれがここに来て、ロアノーク年でまる一年近くたつんだぞ」リー・チェンがいった。「そんなものがいたのなら、どうしていままで出くわしたことがなかったんだ？」

「じつは出くわしていたんだと思います」ジェーンがいった。「正体がなんであれ、そいつらこそ、われわれがここに来てしばらくたったころにクロアタンに潜入しようとした連中だったんでしょう。バリケードを乗り越えられなかったので、下に穴を掘ろうとしたんです」

「あれはヨーテがやったのかと思っていた」

「穴のひとつでヨーテを殺しました。だからといって、ヨーテがその穴を掘ったことにはなりません」

「あの穴が掘られたのは、はじめてデッパラが目撃されたのと同じころだった」わたしはいった。「いま、デッパラがふたたびやってきた。そいつらは群れを追っているのかもしれない。デッパラがいない時期は、ロアノークの原始人もいない」ローンを指さす。「おそらく、そいつらはデッパラ狩りをしていたんだろう。一頭を仕留めて解体作業をしていたところへ、ローンがふらふらとあらわれた。恐怖のあまりローンを殺して、そのあとで解体したのかもしれない」

「いい獲物だと思ったんだ」とグティエレス。

「それはわからない」

「おいおい」グティエレスはローンのほうへ手をふった。「そのクソどもはローンをステーキにしちまったんだぞ」

「そうだ。しかし、ローンが狩り立てられたのかどうかはわからない。いまはどんな結論にも飛びつかないほうがいい。そいつらの正体や意図を推測してパニックを起こすべきではないと思う。わかっているかぎりでは、彼らにはどんな意図も見られない。これは偶然の遭遇でしかないのかもしれない」

「ジョーが殺されて食われたのを、なかったことにするわけにはいかないわ」マータ・ピロがいった。「そんなの不可能よ。ジュンとエヴァンは知ってる。遺体を見つけたときにあたしといっしょにいたから。ジェーンに黙っていろといわれたから、いままではそうしてきた。でも、いつまでも隠せるようなことじゃないもの」

「そこのところを隠す必要はありません」とジェーン。「ここを出たら、人びとにはそのとおりに話せばいいんです。どんな生物が殺したかという点については黙っていなければいけません」

「たまたま動物に襲われただけだなんて嘘をつくことはできない」とグティエレス。

「嘘をつけとはいってない」わたしはいった。「人びとには真実を話せばいい。デッパラの群れを追っている捕食動物がいて危険だから、追って知らせがあるまでは、森のなかを散歩したり、特別な用事もないのにクロアタンの外へひとりで出かけたりするのはひかえてくれと伝えればいい。とりあえず、それ以上のことを話す必要はない」

「なぜだ？　こいつらはほんとに危険な存在だろう。すでにおれたちの仲間をひとり殺した。しかも食ったんだぞ。人びとには心構えをさせるべきだ」

「なぜかというと、知能のある何物かに狩り立てられていると思ったら、人びとは不合理な行動をとってしまうからです」ジェーンがいった。「いまのあなたのように」

グティエレスはジェーンをにらみつけた。「おれが不合理な行動をとっているというほのめかしは気に入らないな」

「では、不合理な行動をとるのはやめてください。それは重大な結果をもたらすことになります。いまあなたは国家機密法による制約を受けていることをお忘れなく」

グティエレスは引き下がったが、納得してはいなかった。

「聞いてくれ」わたしはいった。「もしもこの連中に知能があるとしたら、なによりもまず、わたしたちは彼らに対して責任があることになり、誤解によって皆殺しにするようなことは避けなければならない。そして、もしも知能があるとしたら、わたしたちのそばに近づかないのがいちばんいいと伝える方法を見つけられるかもしれない」手を差しだして、槍の穂をトルヒーヨから受け取る。「彼らが使っているのはこんなものだ」――と、槍の穂をふり――「わたしたちもここでは原始的な銃しか使えないが、それでも彼らを百回は皆殺しにできるだろう。だが、なるべくならそんなことはしたくない」

「ちょっといいかたを変えてみよう」トルヒーヨがいった。「きみはわれわれに、きわめて重大な情報を人びとから隠せといっている。わたしとしては――ここにいるパウロも同感だと思うが――そうやって情報を隠すことで人びとがより危険になるのではないかと心配になる。なにしろ、人びとは自分たちがどんなものを相手にしているかよくわかっていないのだ。いまのわれわれの姿を見るがいい。電波をとおさない布でおおわれた窮屈な貨物用コンテナに全員で身をひそめている。それは政府がわれわれから重要な情報を隠したせいだ。コロニー連合政府がわれわれをコケにしたせいで、われわれはこんな生活を強いられているのだ。気を悪くしないでくれよ」

最後のことばはハイラム・ヨーダーにむけられていた。

「気にしてませんよ」とヨーダー。

「要するに、政府は秘密によってわれわれを苦しめた。なぜわれわれが仲間たちに同じことをしなければならないんだ？」

「べつに永遠に秘密にしておきたいわけじゃない」わたしはいった。「ただ、いまはこの連中がほんとうに危険なのかどうかという点について情報が欠けている。ロアノークのネアンデルタール人が森のなかをうろついているという恐怖から、人びとがすこしばかりバカなことをするような状況になるのは避けたいんだ」

「きみは人びとがバカなことをすると決めつけているんだな」

「まちがいだと証明されればうれしいよ。だが、とりあえずは慎重すぎるほうで失敗をおかしたいね」

「われわれに選択の余地はないのだから、いっしょに失敗するしかないな」

「いいかげんにして」ジェーンがいった。彼女にしては珍しい口調――激怒だ。「トルヒーヨ、グティエレス、その腐った頭をすこしははたらかせなさい。そもそもあなたたちに、い、い、い、い、い、い、この件を伝える必要はなかったのよ。マータはローンを見つけたけど、なにが起きたのかわかっていなかった。あなたたちのなかで状況を把握できたのはヨーダーだけで、それもここで遺体を見たからでしかなかった。あたしたちがここで話さなければ、あなたたちはなにも知ることはなかったのよ。あたしが本気で隠蔽すれば、あなたたちにはそれを暴くことはできない。でも、あたしたちはそうしたくなかった。あなたたちみんなに話すべきだとわかっていた。あなたたちを信頼して、そもそも共有する必要のない情報を共有した。そのあたしたちが植民者に伝えるまえに時間がほしいといってるんだから信用して。そんなにむりな要求じゃないはずよ」

「わたしがこれから話すことは国家機密法によって保護されている」わたしはいった。

「国家なんてありましたっけ?」ジェリー・ベネットがいった。

「ジェリー」

「すいません。なにがあったんです?」

わたしはベネットに、例の生物と前夜の評議会の内容について説明した。

「ぶっとんでますね」ベネットはいった。「ぼくはなにをすればいいんですか？」

「この惑星に関する手持ちのファイルをすっかり調べてくれ。コロニー連合がこの連中についてなにか知っていたという事実を示唆する情報があったらなんでも教えてほしい。なんでもだぞ」

「直接の言及はありませんよ。そこまではわかってます。あなたのためにファイルを印刷したとき、中身にも目をとおしましたから」

「直接の言及をさがしているわけじゃない。この連中の存在を示唆する情報がファイルにないかということだ」

「この惑星に知的種族が存在しているという事実をコロニー連合が削除したと思ってるんですか？　なぜ連合がそんなことをするんです？」

「わからない。まったく筋がとおらないんだ。とはいえ、本来の目的地とはちがう惑星へわたしたちを送りこんでおきながら、そのあとで完全に接触を断つというのもまったく筋がとおらないだろう？」

「いやあ、それはいえてますね」ベネットはちょっと考えこんだ。「どのていどまで深く調べればいいんです？」

「できるだけ深くだよ。なぜ？」

ベネットは作業台からPDAを取りあげて、ひとつのファイルを呼びだした。「コロニー連合のドキュメントはすべて標準のファイル形式で作成されています。文書も、画像も、音声も、ぜんぶ同じ種類のファイルに流しこまれるんです。このファイル形式だと、編集して変えた部分をさかのぼって調べることができます。あなたが原稿を書いて、それを上司に送ったあと、上司がそこに修正を加えて、あなたのところへ送り返してきたら、あなたにはどこがどんなふうに変わったかわかるわけです。これは何度変更しても追跡できます――削除された部分がメタデータのなかに保管されていますから。改版履歴を参照しないかぎりおもてには出てきませんが」

「すると、編集内容はすべてドキュメントのなかに残っているのか」

「可能性はあります。コロニー連合の規則で、最終ドキュメントからはメタデータを削除することになっています。でも、指示をあたえるのと、実行者がそれをおぼえているというのはべつですから」

「じゃあやってくれ。なにもかも見てみたい。手間をとらせて申し訳ないが」

「なあに。バッチコマンドで楽勝ですよ。あとは適切な検索パラメータを設定できるかどうかの問題です。これがぼくの仕事ですから」

「ひとつ借りができたな、ジェリー」

「そうですか？　本気でそういってるなら、助手をひとりつけてくださいよ。コロニー全体でたったひとりの技術担当者だと仕事が多すぎて。それに、一日中この箱にこもっているんですから。仲間がいれば楽しくなります」

「なんとかしよう。きみはこっちを頼む」

「まかせてください」ベネットは手をふってわたしをブラックボックスから追いだした。

外へ出ると、ジェーンとハイラム・ヨーダーが近づいてきた。

「問題が起きたの」ジェーンがいった。「でかいやつ」

「どうした？」

ジェーンはヨーダーにうなずきかけた。

「きょう、パウロ・グティエレスと四人の男たちがぼくの農場のそばをとおりかかったんです」ヨーダーはいった。「ライフルを手にして森のほうへむかっていました。なにをしているのかとたずねたら、仲間といっしょに狩りに出かけるという返事がかえってきました。なにを狩るつもりだとたずねると、グティエレスがそれはあんたもよくわかってるはずだといいました。そしていっしょに来るかといいました。ぼくは宗教で知的生物の命を奪うことを禁じられているとこたえて、考え直してくれないかと頼みました。彼があなたの希望に反して、例の生物を殺そうとたくらんでいたからです。グティエレスは声をあげて笑い、木立のほうへ歩み去りました。いまごろは森にはいっているはずです。ペリー行政官、彼らはあの生物を見つけしだいかたっぱしから殺すつもりだと思います」

ヨーダーは男たちが森へはいったあたりへわたしたちを案内し、自分はここで待つといった。ジェーンとわたしは森へ踏みこみ、男たちの痕跡をさがしはじめた。

「あった」ジェーンが森のなかの地面に残るブーツの跡を指さした。パウロとその仲間たちは、まったく身を隠そうとしていないか、たとえ隠そうとしているとしても、ひどくへたくそだった。「バカなやつら」ジェーンは男たちのあとを追って歩きだしたが、無意識のうちに、新しく改良された肉体だけになしえるスピードになっていた。わたしは走って追いかけたが、とてもそんなに速く静かにはむりだった。

一キロメートルほど走ったらようやくジェーンに追いついた。「二度とやらないでくれ。いまにも肺が破裂しそうだ」

「静かに」ジェーンがいった。

わたしは口をつぐんだ。ジェーンの聴力はそのスピードと同様に向上しているにちがいない。わたしはできるだけ静かに肺へ酸素を取りこもうとした。ジェーンが西へ歩きだしたとたん、一発の銃声が聞こえた。さらに三発。ジェーンはふたたび走りだし、その銃声の方角をめざした。わたしはせいいっぱい急いでそのあとを追った。

さらに一キロメートルほど走ったらひらけた場所に出た。膝をついたジェーンのまえにだれかが倒れていて、その体の下は血だまりができていた。べつの男がそのかたわらで切り株のようなものの上にすわりこんでいる。わたしはジェーンのそばへ走った。倒れた男の体の前面には血しぶきが飛んでいた。ジェーンはちらりとも顔をあげなかった。

「もう死んでるわ。肋骨と胸骨とのあいだを撃たれてる。心臓を貫通して背中へ抜けたのね。地面に倒れるまえに死んでいたかも」

　わたしは男の顔を見た。だれなのかわかるまでしばらくかかった。マルコ・フローレス。グティエレスと同じカートゥーム出身の植民者だ。わたしはフローレスをジェーンにまかせて、もうひとりの男のそばへ行った。ぼんやりと前方を見つめている。やはりカートゥーム出身の植民者、ゲイレン・デリーオンだ。

「ゲイレン」わたしはしゃがみこんで彼と目の高さを合わせた。こちらのことばは聞こえなかったようだ。指を二度ぱちんと鳴らして注意を引いてみる。「ゲイレン」わたしはもういちど呼びかけた。「なにがあったのか教えてくれ」

「マルコを撃っちまった」デリーオンは、抑揚のない、淡々とした声でいった。わたしの背後へぼんやりと視線をむけている。「そんなつもりはなかった。やつらがどこからともなくあらわれて、ひとりを撃とうとしたら、マルコがあいだに割りこんできた。おれはマルコを撃った。マルコは倒れた」デリーオンは両手をひたいに当てて、髪の毛をぎゅっとつかんだ。「そんなつもりはなかった。やつらがいきなりそこにいたんだ」

「ゲイレン。きみはパウロ・グティエレスやほかの植民者といっしょにここへ来たはずだ。

「彼らはどこへ行った？」

デリーオンは漠然と西のほうへ手をふった。「やつらは逃げていった。パウロとフワンとディートがあとを追った。おれはここにとどまった。マルコを救えるかどうかたしかめるために。マルコを……」

声はふたたび途切れた。わたしは立ちあがった。

「撃つつもりはなかった」デリーオンはあいかわらず抑揚のない声でつづけた。「やつらはいきなりそこにいた。しかも動きがすごく速かった。あんたも連中を見てるはずだ。もしも見たことがあれば、おれがなぜ発砲するしかなかったのかわかるだろう。あの姿を見たことがあれば」

「どんな姿だったんだ？」

デリーオンは凄惨な笑みを浮かべて、はじめてわたしに目をむけた。「狼男みたいだった」彼は目を閉じて、ふたたび頭を両手にうずめた。

わたしはジェーンのところへ引き返した。「デリーオンはショック状態だ。わたしたちのどちらかが連れて帰らないと」

「なにがあったか話してくれた？」

「敵がどこからともなくあらわれて、むこうへ走り去ったといってる」わたしは西を指さした。「グティエレスたちはそのあとを追ったらしい」そこでふと思いついた。「待ち伏せされている場所へ飛びこむことになるな」

「来て」ジェーンはフローレスのライフルを指さした。「それを持って」

ジェーンは走りだした。わたしはフローレスのライフルを手にとり、装弾されていることをたしかめてから、妻のあとを追った。

またライフルの銃声がして、男たちの叫び声があとにつづいた。わたしが全速力で小高い場所へ駆けあがると、ジェーンが立ちならぶロアノークの木々のあいだで、男たちのひとりの背中に膝をついていた。男は苦痛に悲鳴をあげていた。パウロ・グティエレスが自分のライフルをジェーンにむけて、倒れた男から離れろと叫んでいた。ジェーンは動こうとしなかった。三人目の男がそのかたわらに立ち、いまにもパンツに漏らしそうな顔をしていた。

わたしはグティエレスにむかってライフルをかまえた。「銃を捨てろ、パウロ。さもないと腕ずくで捨ててもらうことになるぞ」

「あんたの妻にディートから離れろといえ」

「だめだ。さあ、その銃を捨てるんだ」

「その女はディートの腕を折ろうとしてるんだぞ！」

「ジェーンがその男の腕を折るつもりなら、とっくに折ってる。それに、きみたちをひとり残らず殺すつもりなら、とっくに殺してる。パウロ、二度はいわないぞ。そのライフルを捨てろ」

パウロがライフルを捨てた。わたしはフワンと思われる三人目の男に目をむけた。その男も銃を捨てた。

「伏せろ」わたしはふたりの男にむかっていった。「地面に四つんばいになるんだ」

ふたりはいわれたとおりにした。

「ジェーン」わたしは呼びかけた。

「この男があたしを狙い撃ちしたの」

「あんただとは気づかなかったんだ！」ディートがいった。

「黙って」ジェーンがいうと、ディートは口をつぐんだ。

わたしはフワンとグティエレスのライフルのところへ近づき、それを取りあげた。「パウロ、ほかの仲間たちはどこだ？」

「後方のどこかにいる」グティエレスがこたえた。「あれがどこからともなくあらわれて、こっちのほうへ逃げだしたから、おれたちもあとを追ったんだ。マルコとゲイレンはべつの方向へむかったんだろう」

「マルコは死んだよ」

「あんちくしょうどもが殺したんだ」とディート。

「ちがう」わたしはいった。「ゲイレンがマルコを撃ったんだ。きみがあやうくジェーンを撃ちそうになったように」

「なんてこった」とグティエレス。「マルコが」

「まさにこのために、わたしはこの件を伏せておきたかったんだ」わたしはグティエレスにいった。「どこかのバカがこういうことをしないように。きみたちぼんくらどもは、自分たちがなにをやっているかまるでわかっていない。そしていま、ひとりが死んで、ひとりはその男を殺した張本人で、残りの者は待ち伏せされている場所へ駆けこもうとしている」

「なんてこった」グティエレスは四つんばいの姿勢から上体を起こそうとしたが、バランスを崩し、がっくりとその場に倒れこんだ。

「ここから脱出するぞ、全員で」わたしはグティエレスに近づいた。「やってきたルートを引き返し、途中でゲイレンとマルコをひろう。パウロ、気の毒だが――」

目の隅に動くものがあった。ジェーンだ。静かにしろと合図している。なにかに耳をすましているらしい。わたしは彼女に目をむけた。どうした？ と、口を動かす。

ジェーンはディートを見おろした。「あなたたちが追いかけていた相手は、どっちの方角へ走っていったの？」

ディートは西を指さした。「あっちだ。追いかけていたら、やつらがいきなり消え失せて、あんたが走ってきたんだ」

「消え失せたというのはどういう意味？」

「いままで見ていたと思ったのに、つぎの瞬間には消えていた。やたら速いんだ」

ジェーンはディートの上からおりた。「立って。さあ」といってから、彼女はわたしに目をむけた。「この人たちは待ち伏せされている場所へ駆けこもうとしていたわけじゃないわ。ここが待ち伏せ場所なのよ」

そのとき、ジェーンが聞いていた音がわたしにも聞こえてきた。カチカチというやわらかな無数の音が、木々のなかから聞こえていた。わたしたちの真上から。

「ああ、くそっ」わたしはいった。

「ありゃなんだ？」グティエレスが顔をあげて喉をむきだしにしたとき、一本の槍がふってきて、その先端が胸骨の上のやわらかな部分にすべりこみ、まっすぐ内臓をつらぬいた。わたしはさっと身を投げて自分を狙った槍をかわし、同時に頭上を見あげた。

狼男たちがふりそそいできた。

二匹はわたしとグティエレスのそばにおりたった。グティエレスはまだ息があり、なんとか槍を抜こうとしていた。一匹がその槍の端をつかんで、グティエレスの胸の奥へぐいと押しこみ、荒っぽくゆさぶった。グティエレスは血を吐いて絶命した。もう一匹がわたしを狙って鉤爪をふるってきたので、ごろりと身をかわすと、ジャケットは裂けたが体は切られずにすんだ。わたしは片手で握っていたライフルを持ちあげた。狼男は前足か鉤爪か手かよくわからないもので銃身をつかみ、わたしの手からもぎとろうとした。先端から銃弾が飛びだすことは知らないらしい。わたしはその事実を教えてやった。グティエレスを惨殺した生物は、恐怖のあまり——だといいのだが——カチッと鋭い音をたてて東へ駆けだし、助走をつけて一本の木に飛びあがると、そこからさらに身を投げてべつの木にとりついた。そして木の葉のあいだに姿を消した。

わたしはあたりを見まわした。やつらは消えていた。一匹残らず消えていた。なにかが動いた。わたしはそちらへさっとライフルをむけた。ジェーンだ。一匹の狼男からナイフを引き抜いている。近くにもべつの狼男が倒れていた。フワンとディートをさがすと、ふたりとも地面に横たわっていた。息はない。

「だいじょうぶ?」ジェーンがいった。

わたしがうなずくと、ジェーンはわき腹を押さえながら立ちあがった。指のあいだから血がにじみだしている。

「怪我をしているぞ」

「たいしたことないわ。見た目はひどいけど」

遠くで人間のものとしか思えない叫び声があがった。

「デリーオンが」ジェーンはそういうと、わき腹を押さえたまま走りだした。わたしはあとを追った。

デリーオンの大半は消えていた。一部はその場に残っていた。あとの部分がどこにあるにせよ、それはまだ生きて悲鳴をあげていた。ひとすじの血痕が、デリーオンがすわっていた場所から一本の木までつづいていた。また悲鳴が聞こえた。

「北へはこんでいるようだ」わたしはいった。「行こう」

「だめよ」ジェーンは東のほうを指さした。木立のあいだに動くものがある。「やつらはデリーオンを餌にしてあたしたちをおびきだそうとしているの。本隊は東へむかっているわ。コロニーのほうへ」

「デリーオンを置き去りにはできない。まだ生きているのに」

「あたしが助けにいく。あなたはこのまま引き返して。慎重にね。木と地面をよく見るのよ」ジェーンは走り去った。

十五分後、ようやく木立を抜けてコロニーの敷地までもどると、四匹の狼男が半円を描くようにならび、その中心にハイラム・ヨーダーが静かにたたずんでいた。わたしはさっと地面に身を伏せた。

狼男たちはわたしに気づいていなかった。ヨーダーだけに意識を集中している。そのヨーダーはぴくりとも動かなかった。二匹の狼男は槍をかまえて、相手が動いたらそれを突き立てようとしていた。ヨーダーは動かなかった。狼男はそろってカチカチ、シッシッと音をたてていて、シッシッのほうはわたしの耳の可聴域の境目を上下していた。だからジェーンだけがほかの者よりも先にその音を耳にしたのだ。

一匹の狼男が、シッシッ、カチカチと音をたてながらヨーダーに近づいた。ずんぐりした筋肉質の体つきは、背が高くほっそりしているヨーダーとは対照的だ。片手に素朴な石のナイフをつかんでいる。そいつが鉤爪をのばしてヨーダーの胸をどんと突いた。ヨーダーはそのまま静かにたたずんでいる。狼男はヨーダーの右腕をつかんでにおいを嗅ぎ、しげしげとながめはじめた。ヨーダーはあらがうそぶりを見せなかった。メノナイトは無抵抗主義者なのだ。

狼男がいきなりヨーダーの腕を殴りつけた。おそらく反応を試したのだろう。ヨーダーはちょっとよろめいたがその場に踏みとどまった。その狼男がすばやくさえずると、ほかの連中もそれに呼応した。笑っているのかもしれない。

狼男は鉤爪でヨーダーの顔をさっと払った。ざくっという音がして右の頬が裂けた。血が顔を流れ落ちていく。ヨーダーは思わず手で傷口を押さえた。狼男はクーと鳴いてヨーダーを見つめた。四つの目がまばたきひとつせずに相手の反応をうかがっている。

ヨーダーは傷ついた顔から手をおろし、狼男をまっこうから見据えた。ゆっくりと頭をまわして、反対側の頬を差しだす。

狼男はヨーダーのそばを離れて、さえずりながら仲間のそばへもどった。槍をかまえていた二匹が、わずかに穂先をさげた。わたしはほっとため息をついて視線を落とし、自分が冷や汗をかいていたことに気づいた。ヨーダーは抵抗しないことで生きのびた。正体がなんであれ、あの生き物には彼が脅威ではないと見抜くだけの知能があるのだ。

ふたたび顔をあげると、一匹の狼男がまっすぐわたしを見つめていた。

そいつは歌うような叫び声をあげた。ヨーダーのいちばん近くにいた狼男が、ちらりとこちらへ目をやり、ひと声うなって石のナイフをヨーダーに突き立てた。ヨーダーが身をかたくした。わたしはライフルをかまえてその狼男の頭を撃ち抜いた。そいつがばったり倒れると、ほかの狼男たちは大急ぎで森のなかへ逃げこんでいった。

わたしはヨーダーのもとへ駆け寄った。彼は地面にくずおれ、石のナイフを手でそっとさぐっていた。

「それにさわるな」わたしはいった。もしも大血管が傷ついていたら、ナイフを抜いたとたんに大量に出血することになりかねない。

「痛い」ヨーダーはいった。歯をしっかりと食いしばったまま、わたしを見あげて笑みを浮かべる。「やれやれ、もうすこしでうまくいったんですが」

「うまくいったよ。すまない、ハイラム。わたしが姿を見せなければこんなことにはならなかったのに」

「あなたのせいではありません。あなたが伏せて身を隠すのが見えました。ぼくにチャンスをくれたのが見えました。あなたは正しいことをしたんです」ヨーダーは狼男の死体にむかって手をのばし、だらんとのびた脚にふれた。「あなたがこいつを撃たずにすめばよかったんですが」

「すまない」わたしはもういちどいった。ハイラム・ヨーダーはそれ以上なにもいうことはなかった。

「ハイラム・ヨーダー。パウロ・グティエレス。フワン・エスコベード。マルコ・フローレス。ディーター・グルーバー。ゲイレン・デリーオン」マンフレッド・トルヒーヨがいった。「六人死んだ」

「そうだ」わたしはいった。

わたしは自宅のキッチンでテーブルについていた。ゾーイはトルヒーヨの家でグレッチェンとともに夜をすごしていた。ヒッコリーとディッコリーもいっしょだ。ジェーンは診療所だった。彼女は、わき腹の深い切り傷に加えて、デリーオンを追ったときにかなりのひっかき傷をこしらえていた。ババールはわたしの膝に頭をのせていた。わたしはぼんやりとその頭をなでていた。

「遺体はひとつ」トルヒーヨがつづけた。わたしは目をあげた。「百名からなる捜索隊が、きみに教わったあたりの森へはいった。血痕はあったが、遺体はひとつも見つからなかった。やつらが持ち去ったのだろう」

「ゲイレンは？」わたしはたずねた。

ジェーンから聞いた話によれば、デリーオンを追っているときに彼の痕跡が点々と残っていたとのことだった。彼女が追うのをやめたのは、デリーオンの悲鳴が聞こえなくなったうえに、自分の傷のせいでそれ以上先へ進めなくなったからだった。

「いくつか見つけたものはあった」トルヒーヨがこたえた。「死体といえるほどのものではなかったが」

「まいったな。ほんとにまいった」

「気分はどうだ？」

「おいおい。どんな気分だと思ってるんだ？　きょうだけで六人も死んだ。よりによってハイラム・ヨーダーまで。彼がいなければわたしたちはみんな死んでいたはずだ。ヨーダーはコロニーを救ったんだぞ、メノナイトの人びとといっしょに。それなのに、わたしのせいで死んでしまった」

「今回の自警団を組織したのはパウロだ。彼はきみの命令にそむき、ほかの五人の命をむだにした。そしてきみとジェーンを危険にさらした。責めを負う者がいるとしたら、それはパウロだろう」

「パウロを責めるつもりはないよ」

「わかっている。だからわたしがかわりにいってるんだ。パウロはわたしの友人で、ここでは最良の仲間といえた。だが、パウロは愚かなことをして、あの男たちを死なせてしまった。きみのいうことを聞くべきだったのに」

「そうだな。あの生き物のことを国家機密にしたのは、まさにこういう事件が起きるのをふせぐためだった。だからそうしたんだ」

「秘密というのはつねに抜け道を見つけるものだ。きみもわかっているだろう。わかっているはずだ」

「みんなにこのことを知らせておくべきだったな」

「そうかもしれない。きみはやむをえず決定をくだしたが、正直いって、きみがそうするだろうとわたしが考えていたものとはことなっていた。あれはきみらしくなかった。気を悪くしないでほしいのだが、きみはあまり秘密をもつのが得意ではないな。ここの人びともきみが秘密をもつことに慣れていないのだ」

わたしは同意のうめきをもらし、ババールをぽんと叩いた。トルヒーヨは椅子の上で居心地が悪そうにしばらくもぞもぞやっていた。

「これからどうするつもりだ？」トルヒーヨはたずねた。

「わかるもんか。いまほんとにやりたいのは、壁にこぶしを叩きこむことだ」

「それはやめたほうがいいな。きみが原則としてわたしの助言に従うのが好きではないのはわかっている。それでも、この助言はさせてもらうよ」

わたしは思わず笑みを浮かべた。ドアのほうへ顎をしゃくる。「みんなは？」

「死ぬほどおびえている。きのうひとり死んで、きょうさらに六人が死んで、そのうちの五人は遺体も見つからない。みんなつぎは自分ではないかと心配しているんだ。これから数日は、ほとんどの住民が村のなかで眠るのではないかと思う。ところで、あの生物に知能があるという件についてはすっかりばれているぞ。グティエレスが、自警団のための勧誘をしていたときに大勢に話してしまったんだ」

「べつのグループがいまだに狼男をさがしに出かけていないのはおどろきだな」

「きみはあいつらを狼男と呼んでいるのか？」

「ハイラムを殺したやつを見ただろう。見た目とはちがうものであればいいんだが」

「頼むからその呼び名を使うのはやめてくれ。それでなくてもみんなおびえているんだ」

「わかった」

「それと、森へ出かけて仇討ちをしたいといってるグループがあった。バカなこどもたちだ。きみの娘さんのボーイフレンドのエンゾもまじっていた」

「もとボーイフレンドだよ。きみがバカなことはよせと説得してやめさせたのか？」

「五人のおとなの男が狩りに出かけてひとりも帰ってこなかったと指摘したんだ。それですこしはおちついたようだった」

「よかった」

「今夜、きみは集会場に顔を出すべきだな。みんなあそこに集まるだろう。きみの姿を見せる必要がある」

「人前に出られるような状態じゃないんだが」

「しかたあるまい。きみはコロニーのリーダーだ。みんな嘆き悲しんでいるんだよ、ジョン。今回の事件で生きのびたのはきみたち夫婦だけで、奥さんのほうは診療所にはいっている。きみがひと晩じゅうここに隠れていたら、やつらが相手ではみんな助からないと宣言するようなものだ。しかも、きみはみんなに隠しごとをしていた。その埋め合わせをはじめないと」

「きみが心理学者だったとは知らなかったな」

「ちがう。わたしは政治家だ。認めたくないかもしれないが、きみだってそうだ。これはコロニーのリーダーのつとめなんだ」

「正直にいってしまうと、もしもきみがリーダーになりたいというのなら、わたしとしてはこの地位を明け渡してもかまわない。いまはそういう気持ちになっている。きみは自分がリーダーになるべきだと思っているはずだ。それでいい。この地位はきみのものだ。どうする？」

トルヒーヨはちょっと考えこんだ。「たしかに、わたしは自分がこのコロニーのリーダーになるべきだと思っていた。いまでもときどきそう思う。いつかはそうなる日がくるかもしれない。だが、いまのところ、それはわたしの仕事ではない。きみの仕事だ。わたしの仕事はきみの忠実な対立相手でいることだ。そして、その忠実な対立相手はこう考えている——あなたの民がおびえています、ジョン。あなたは彼らのリーダーです。どうかしっかりと導いてあげてください」

「きみがわたしに敬語を使ったのはこれがはじめてだな」わたしは長い間をおいていった。

トルヒーヨはにやりと笑った。「特別なときのためにとっておいたんだよ」

「じゃあ、そういうことで。お疲れさん。ほんとうに」

「わかった。トルヒーヨは立ちあがった。「では、今夜また会うとしよう」

「わかった。みんなを元気づけられるよう努力するよ。ありがとう」

トルヒーヨがよしてくれというように手をふって出ていったとき、だれかがポーチに近づいてきた。ジェリー・ベネットだ。

わたしは手をふって彼を招き入れた。「なにか見つかったか？」

「例の生物についてはなにも」ベネットはいった。「ありとあらゆる検索パラメータを試したんですが、なにひとつ出てきませんでした。これ以上はどうしようもないですね。コロニー連合はこの惑星をちゃんと調査しなかったんでしょう」

「わたしが知らないことをいってくれ」

「わかりました。コンクラーベがコロニーを吹っ飛ばすところを映したビデオファイルのことは知ってますよね？」

「ああ。それがこの惑星となにか関係があるのか？」

「ありません。まえにいったとおり、バッチコマンドを使って、編集されているすべてのデータファイルをさがしたんです。そうしたら、ほかのといっしょにあのビデオファイルがひっかかってきました」

「あのファイルがどうかしたのか？」

「じつは、あれはべつのビデオファイルの一部なんです。メタデータにはオリジナルのビデオファイルのタイムコードが記録されています。おかげで、あのビデオはほかのビデオの最後の部分でしかないことがわかりました。ビデオはもっと長いんですよ」

「どれくらい？」

「すごく長いです」

「それを復元できるか？」

ベネットはにやりと笑った。「もうやりました」


六時間後、植民者たちとの緊張する対話を終えて、わたしはようやくブラックボックスにはいった。ベネットが問題のビデオファイルを転送したPDAが、約束どおり机の上に置いてあった。わたしはそれを取りあげた。ビデオはすぐに再生できる状態で一時停止になっていた。最初の画像は、二体の生物が丘の上から川を見おろしている場面だった。その丘と片方の生物には見覚えがあった。まえに見たビデオにも登場していたのだ。もう片方の生物は見たことがなかった。わたしはよく見ようと目をほそめて、自分の愚かさをののしり、画像を拡大した。その生物の姿が明確になった。

ホエイド族だ。

「やあ」わたしは呼びかけた。「いったいなにをしているんだ？　きみのコロニーを抹殺した相手とおしゃべりなんかして」

それを知るために、わたしはビデオの再生をはじめた。

8

ふたりは川を見おろす断崖のへり近くに立ち、遠い草原に沈む太陽を見つめていた。

「ここの日没はじつに美しい」ターセム・ガウ将軍がチャン・オレンゼンにいった。

「ありがとう」とオレンゼン。「火山のおかげだよ」

ガウは愉快そうな目をオレンゼンにむけた。ゆるやかにうねる草原に見えるものといえば、一本の川と、その断崖と、そこから川へむかってくだった先にある小さなコロニーだけだ。

「ここではない」オレンゼンが、ガウが口に出さない思いを読みとっていった。彼はたったいま太陽が沈んだ西の地平線を指さした。「惑星を半分行った先だ。地殻変動が多くてね。西の海全体を火山がぐるりと取り巻いている。秋の終わりにそのうちのひとつが噴火した。大気中にまだ塵が残っている」

「厳しい冬になりそうだな」

オレンゼンはそんなことはないという身ぶりをした。「きれいな日没を生みだすていどには大きな噴火だったが、気候に変化をもたらすほど大きくはなかった。おだやかな冬になるだろう。それもあってここに居留地をつくったんだ。夏は暑いが、作物はよく成長する。土壌も豊かだ。水もたっぷりある」

「しかも火山はない」

「火山はない。ここは構造プレートのどまんなかだから地震もない。とんでもない雷雨はあるがね。昨年の夏には、竜巻であなたの頭ほどもある雹《ひょう》がふりそそいだ。作物をだいぶやられた。だが、完璧な土地なんてどこにもない。結局のところ、ここはコロニーを建設して、わが民の新世界の礎《いしずえ》とするには良い場所だ」

「まったくだ。そして、わしにいえるかぎりでは、きみはこのコロニーのリーダーとしてすばらしい仕事ぶりをみせている」

オレンゼンはかすかに頭をさげた。「ありがとう、将軍。あなたのことばだけに、たいへんな称賛といえるな」

ふたりは夕焼けの空に注意をもどした。周囲では薄闇がだんだんと深みを増していた。

「チャン」ガウがいった。「わかっていると思うが、きみにこのコロニーをつづけさせるわけにはいかんのだ」

「おや」オレンゼンは夕焼けを見つめたままにっこり笑った。「社交上の訪問のふりをするのはここまでかな」

「そうでないことはわかっているはずだ」

「わかっている。あなたがわたしの通信衛星を撃ち落としたのが最初のヒントだった」オレンゼンは斜面の下のほうを指さした。ガウの兵士たちがずらりとならび、オレンゼンについてきた農夫たちがそれを油断なく見張っていた。「あれが第二のヒントだった」

「あの兵士たちはただの威嚇だ。撃たれたりして気を散らされることなく、きみと話をする必要があったからな」

「衛星を撃ち落としたのは？　あれは威嚇じゃないと思うが」

「あれは必要なことだった。きみたちのために」

「それはどうかな」

「あの衛星を残しておいたら、きみか、コロニーにいるだれかが、スキップドローンを送りだして、きみたちの政府にここが攻撃を受けていると知らせるかもしれない。だが、わしがここへ来たのは攻撃するためではない」

「たったいま、わたしがこのコロニーをつづけることはできないといったのに」

「そのとおり。だが、それは攻撃を受けているのと同じことではない」

「わたしにはちがいがわからないよ、将軍。なにしろ、とても高価な衛星があなたの砲撃によって粉砕され、あなたの兵士たちがわたしの土地に踏みこんできているのだから」

「われわれが知り合ってどれくらいたつかね、チャン？　友として、敵として、ずいぶん長いこと付き合ってきた。きみはわしのやり口をすぐそばで見てきたはずだ。わしがあることを口にして、じつはちがう意味だったということがいちどでもあったか？」

オレンゼンはちょっと黙りこんだ。「ないな。あなたは傲慢なクソ野郎になることもあるが、口にしたことはつねにそのとおりの意味だった」

「では、もういちどだけ信じてくれ。なによりも、わしはこれを平和に終わらせたいと願っている。だからこそ、ほかのだれでもなく、わしがここへ来たのだ。きみとわしがここでやることに、惑星やコロニーを超越した重要性があるからだ。きみのコロニーを存続させることはできない。それはわかるだろう。だからといって、きみやきみの民がそのために被害をこうむることにはならない」

オレンゼンはまた黙りこんでからいった。「たしかに、あの宇宙船に乗っていたのがあなただったのにはおどろいた。コンクラーベがやってくる危険性があることは承知していた。あれだけの時間と手間をかけてあれだけの種族をまとめあげ、コロニー建設の中止を宣言しておきながら、あっさりわれわれを見逃すというのは考えにくい。われわれはこの可能性を計算していたのだ。しかし、その場合でも、どこかの下級将校が指揮をとる宇宙船がやってくると予想していた。ところが、実際にやってきたのはコンクラーベの指導者だった」

「われわれは友人どうしだ。礼儀を忘れることはできない」

「ご親切なことだな、将軍。しかし、友人であろうとなかろうと、それは過剰対応だ」ガウは笑みを浮かべた。「まあ、その可能性はあるな。もっとも、過剰対応になるだろうというほうが正確かもしれないが。とにかく、きみのコロニーはきみが考えている以上に重要な存在なのだ」

「わからないな。わたしはこのコロニーが好きだ。ここには善良な人びとがいる。しかし、われわれは種コロニーだ。住民は二千人そこそこしかいない。自給自足でやっと暮らしている段階だ。われわれがやっていることといえば、自分たちで食べる作物を育てて、つぎにやってくる植民者たちのために準備をすることだけ。そして、つぎの植民者たちがやることといえば、そのあとの植民者たちのための準備だけだ。どこにも重要なところなどありはしない」

「こんどはきみのほうが遠回しな話し方をしているな。きみもよく知っているように、ここで育てられたり作られたりしているものがどうこうということが重要なのではない。コンクラーベ協定に違反してコロニーが存在しているという事実そのものが重要なのだ。これから先、コンクラーベの許可なく新しいコロニーが建設されることはない。きみたちが協定を無視しているという事実は、コンクラーベの正当性に対するあからさまな挑戦となるのだ」

「協定を無視しているわけではない」オレンゼンの声にいらだちがにじみはじめた。「それがわれわれには適用されないというだけの話だ。われわれはコンクラーベ協定には調印しなかったのだよ、将軍。われわれも、ほかの二百ほどの種族も。われわれは自由にコロニーを建設することができる。ここでもそのとおりのことをしただけだ。あなたにはそれに異議をとなえる権利はない。われわれは独立した民なのだ」

「口調があらたまってきたな。よくおぼえているぞ、それが腹を立てているしるしだということは」

「過度のなれ合いは期待しないでくれ、将軍。われわれはたしかに友人だった。いまでもそうかもしれない。だが、わたしの忠誠心がどこにむいているかについては疑問の余地はない。大半の種族をコンクラーベに誘いこんだからといって、あなたに立派な道徳的権威があるということにはならない。コンクラーベ以前には、あなたがわたしのコロニーを攻撃すれば、それは単なる土地の争奪戦にすぎなかった。あなたのだいじなコンクラーベがあるいまだって、それはやっぱり単なる土地の争奪戦にすぎないのだ」

「きみもかつては、コンクラーベが良いアイディアだと考えていたではないか。きみがホエイド族のほかの外交官たちを相手にそう主張していたのをおぼえているぞ。きみがあの外交官たちを説得し、彼らがきみたちのアタフエイを説得して、ホエイド族をコンクラーベに加盟させようとしたんだ」

「あのアタフエイは暗殺された。知っているだろう。彼の息子は父親とはまったくちがう意見の持ち主だった」

「そうだったな。あのとき父親が暗殺されたのは、あの息子にとっては妙に都合のいいできごとだった」

「その件についてはコメントできない。新しいアタフエイが王座についたあとは、わたしは彼の意向にさからえる立場ではなくなった」

「あのアタフエイの息子は愚か者だし、きみもそれはわかっているはずだ」

「そうかもしれない。だが、さっきもいったとおり、わたしの忠誠心がどこにむいているかについては疑問の余地はない」

「それを疑うつもりはないさ。いちどだって疑ったことはない。きみの忠誠心はホエイドの民にむいている。だからこそ、きみはコンクラーべのために尽力した。ホエイド族がコンクラーべに加盟していれば、きみはこの惑星にコロニーを建設できたはずだ。四百を超える他種族の承認を受けて」

「われわれにはここにいる権利がある。われわれがこの惑星を手中におさめているんだ」

「これから失うことになる」

「それに、コンクラーべに加盟していたら、われわれはけっしてこの惑星を手に入れることはなかったはずだ」オレンゼンはガウのことばにひとつひとつ反論していった。「なぜなら、惑星はホエイド族の領土ではなくコンクラーべの領土になってしまうからだ。われわれはただの小作人となり、ほかのコンクラーベ加盟種族とともに惑星を共有することになる。それだってコンクラーベ精神の一環なんだろう？　ひとつの世界に暮らす複数の種族というのが？　種族ではなくコンクラーベに対する忠誠心をもとにした、惑星単位のアイデンティティを構築し、恒久の平和を実現する。とにかく、あなたたちはそう信じているようだ」

「かつてのきみは、それも良いアイディアだと考えていたではないか」

「人生は予想がつかない。ものごとは変化するんだよ」

「そのようだな。わしがなぜコンクラーベに賛同するようになったかおぼえているかな」

「アミンの戦い――ということになっているようだな。あなたたちがキーズ族からあの惑星を奪還したときのことだ」

「まったく必要のない戦いだった。彼らは水生種族だ。あの惑星を共有できない合理的な理由はひとつもなかった。だが、われわれは共有するつもりはなかった。彼らも共有するつもりはなかった。そして、どちらも勝ちとった以上のものを失うことになった。あの戦いに参加する以前のわしは、きみのいまいましいアタフエイと同じように、エイリアンをひどくきらっていた。いまのきみもそんなふりをしているようだがな。戦いのあと、わしは惑星を奪還するためにそこをひどく汚染してしまったことが恥ずかしくなった。恥ずかしくなったんだよ、チャン。そして、これは永遠に終わることはないと気づいた。わしが終わらせないかぎり。わしがものごとを変えないかぎり」

「そして、あなたは偉大なコンクラーベとともにここへやってきた。この宙域に平和をもたらすとかいうお題目のもとに」オレンゼンはあざけるようにいった。「しかし、現実には、わたしとわたしのコロニーをこの惑星から引き剝がそうとしているだけだ。結局、なにも終わってなんかいない。ものごとは変わってなんかいないんだ」

「ああ、そのとおりだ」ガウは認めた。「いまのところはな。しかし、徐々に実現に近づいてはいる」

「わたしのコロニーがそんなに重要な理由を、まだ聞かせてもらっていないんだが」

「コンクラーベ協定によれば、コンクラーベに加盟している種族は新しい世界を独占することはできない。発見した世界への入植はできるが、ほかの種族もそこに入植することになる。さらに、協定の成立以降に非加盟種族が入植した惑星が発見された場合、その惑星はコンクラーベのものとなる。何者もコンクラーベの許可なくコロニーを建設することはできない。このことはコンクラーベに加盟していない種族にも警告した」

「おぼえているさ。わたしがこのコロニーのリーダーに選ばれたのは、その警告を受け取ったすこしあとのことだった」

「それなのにきみは入植を強行した」

「コンクラーベは確実なものではなかった。あなたがどんな運命を感じていようと、失敗する可能性はあったんだ」

「それはそうだ。だが、わしは失敗しなかった。コンクラーベが存在しているいま、われわれは協定を執行しなければならない。協定が成立したあとも数十のコロニーが建設された。ここもそのひとつだ」

「なるほど。わたしたちはコンクラーベの栄光を守るための連続した征服作戦の第一弾というわけか」

「ちがう。征服ではない。何度もいっているではないか。わしはまったくべつのことを期待しているのだ」

「べつのことというのは？」

「きみたちがみずからここを離れることを」

オレンゼンはガウをまじまじと見つめた。「あなたは完全に正気を失っている」

「いいかね、チャン」ガウは熱心にいった。「ここではじまるのには理由があるんだ。わしはきみを知っている。きみの忠誠心がどこにむいているかを知っている――それはきみの民であって、アタフエイや、種族の自殺につながるそのポリシーではない。コンクラーベはホエイド族のコロニー建設を認めない。単純なことだ。きみたちは協定が成立するまえに保持していた惑星にとどまる。それ以上はなしだ。そのわずかな惑星から、きみたちは残りの宇宙が自分たち以外の種族で埋めつくされるのを見ることになる。すっかり隔離されて、ほかのどんな世界が相手でも交易や旅行はできない。きみたちは封じこめられるのだ、わが友よ。封じこめられたまま、衰退して死滅する。きみにはわかるはずだ。コンクラーべにはそれだけの力がある。わしにはそれだけの力がある」

オレンゼンは無言だった。ガウは話をつづけた。

「わしにはアタフエイの信条を変えることはできない。だが、きみの協力があれば、コンクラーべは平和に事態を収拾することを望んでいるとほかの人びとにしめすことができる。きみのコロニーはあきらめてくれ。そこを離れるよう植民者たちを説得するんだ。故郷の世界へもどってもいい。道中の安全は約束しよう」

「それが無意味な提案だということはわかってるはずだ。コロニーを捨てたら、われわれは裏切り者の烙印を押される。われわれ全員が」

「そうしたらコンクラーべに加わればいいのだ、チャン。ホエイド族ではなく、きみ自身が。きみときみの植民者たちが。コンクラーべの最初のコロニー世界で入植者の受け入れがはじまろうとしている。きみの植民者たちもそこに加わることができる。新世界へ最初に足を踏み入れることができるのだ。植民者でいられるのだ」

「そしてあなたは、コロニーひとつぶんの人びとを虐殺したりはしなかったと大々的に宣伝できるわけだ」

「もちろん。それもひとつの目的だからな。ここできみたちを寛大にあつかうのを見せておけば、ほかのコロニーを説得して世界を放棄させるのが楽になる。ここで流血を避けることができれば、ほかの世界でも流血を避けるのに役立つわけだ。きみは自分の植民者だけでなく、もっと多くの命を救うことになる」

「ひとつの目的といったな。べつの目的があるのか？」

「きみに死んでほしくない」

「わたしを殺したくないということか」

「そのとおり」

「だが、殺すつもりなんだな。わたしとほかの植民者をひとり残らず」

「そうだ」

「たまにはあなたのことばに裏があってもいいのにと思うよ」

「わしにはどうしようもないのだ」

「変わることはないだろう。それもあなたの魅力とされているものの一部なのだから」

ガウは返事をせず、暗くなってきた空にぽつぽつとあらわれた星ぼしに目をむけた。

オレンゼンもその視線を追った。「宇宙船をさがしているのか？」

「見つけた」ガウは空を指さした。「ジェントル・スター号だ。おぼえているだろう」

「ああ。はじめてあなたと会ったときも小さくて古かった。まだあの船から指揮をとっているとはおどろきだな」

「宇宙を運営する醍醐味のひとつは、きざなふるまいが許されることにある」

オレンゼンはガウの兵士たちを身ぶりでしめした。「わたしの記憶が正しければ、ジェントル・スター号にはごく小規模の部隊を乗せるだけのスペースしかなかったはずだ。ここで任務を遂行するのにそれで不足するということはないだろう。だが、声明を発表するつもりでいるとしたら、いささか貧相な陣容に見えるな」

「さっきは過剰対応だといったのに、こんどは貧相か」

「あなたがここに来たことが過剰対応なのだ。いま話しているのはあなたの兵士たちのことだ」

「兵士たちはひとりも使わずにすめばいいと願っていた。きみが道理に耳を貸してくれることを願っていたのだ。それなら、これ以上の兵士たちを連れてくる必要はなくなる」

「もしもわたしが〝道理〟に耳を貸さなかったら？　あの兵士たちでこのコロニーを制圧することは可能だろう。しかし、われわれもただでは引き下がらない。ここの植民者にはもと兵士もまじっている。みんなタフな連中だ。きみの兵士たちの一部はわれわれといっしょに埋葬されることになるぞ」

「わかっている。だが、そもそも兵士たちを使う予定はないのだ。きみが道理に——あるいは古い友人の懇願に——耳を貸さなかった場合は、べつの計画がある」

「どんな計画だ？」

「見せてやろう」

ガウは兵士たちのほうへ目をむけた。ひとりの兵士が進みでてきた。ガウがうなずくと、その兵士が敬礼をし、通信機にむかって指示をだしはじめた。ガウはオレンゼンに注意をもどした。

「きみもかつては、自分の政府にコンクラーベに加盟するようはたらきかけ、そしてきみの責任ではないとはいえ失敗したのだから、そもそもコンクラーベが存在していること自体が奇跡にほかならないということは理解できるだろう。コンクラーベに加盟している四百十二の種族には、それぞれに独自の計画や目標があり、設立にあたってはそのすべてを考慮に入れなければならなかった。コンクラーベはいまでも脆弱な存在なのだ。内部には派閥や同盟がいくつもある。とりあえず加盟しておいて、時期がきたらコンクラーベを支配しようと考えている種族もある。加盟すれば労せずしてコロニー建設ができて、ほかにはなんの義務も生じないと考えている種族もある。わしはそういう連中に理解させなければならない。コンクラーベは、すべての加盟種族にとっての安全保障を意味し、すべての加盟種族に責任を果たすことをもとめていると。コンクラーベに加盟していない種族は知る必要がある――コンクラーベがやっていることを、その加盟種族すべてがやっていることを」

「つまり、あなたはコンクラーベの全種族の代表としてここへ来ていると」

「そういうことをいっているのではない」

「またわからなくなったよ、将軍」

「ほら」ガウはふたたび宇宙船を指さした。「ジェントル・スター号が見えるだろう?」

「ああ」

「ほかになにが見えるか教えてくれ」

「星が見える。ほかになにが見えるはずなんだ?」

「見ていたまえ」

一瞬おいて、ジェントル・スター号の近くの空にぽつんと光の点があらわれた。もうひとつ、さらにもうひとつ。

「宇宙船が増えている」

「そうだ」

「何隻あるんだ?」

「見ていたまえ」

宇宙船は、まずひとつずつ、それから二つ三つ同時に、さらにはひとかたまりの群れとなってどんどん出現した。

「とても多いな」オレンゼンはしばらくしていった。

「見ていたまえ」

オレンゼンは、もうこれ以上宇宙船は増えないと確信できるまで待ってから、ガウに顔をもどした。将軍はまだ空を見あげていた。

「ここの上空には四百十二隻の宇宙船が集結している」ガウがいった。「コンクラーベの全加盟種族から一隻ずつだ。この船団が、協定の成立後に許可なくコロニー建設がおこなわれたすべての世界を訪問することになっている」

ガウが兵士たちのほうへ目をもどすと、彼の副官の姿は暗闇に沈みかけていた。ガウはもういちどうなずきかけた。兵士はふたたび通信機にむかって指示をだした。

上空にいるそれぞれの宇宙船から、コヒーレント光のビームが川岸にあるコロニーにふりそそぎ、全体を真っ白な光でつつみこんだ。オレンゼンが苦悶の叫びをあげた。

「スポットライトだよ、チャン。ただのスポットライトだ」

オレンゼンが返事をできるようになるまですこし間があった。「スポットライトか。しかし、いまだけのことなんだろう?」

「わしが命令すれば、船団のすべての宇宙船がビームの焦点を定め直す。きみのコロニーは破壊され、コンクラーベの全加盟種族がそれに関与することになる。こういうかたちをとらなければいけないのだ。全種族の安全のために、全種族に責任をあたえる。これなら、どの種族もそれにともなう犠牲に同意しなかったとはいえまい」

「最初にここで会ったときに、あなたを殺しておけばよかった。ふたりでここに立って夕焼けの話をしていたときも、あなたはこんなことをたくらんでいたのか。あなたと、あなたのいまいましいコンクラーベは」

ガウは両腕をひろげて体をさらした。「殺すがいい、チャン。それではコロニーは救われない。コンクラーベが止まることもない。きみがなにをしようと、コンクラーベがこの惑星を奪うのを止めることはできない。そのつぎの惑星も、さらにそのつぎの惑星も。コンクラーベは四百十二の種族からなっている。それにさからおうとする種族は、孤独な戦いを強いられる。ホエイド、ララエィ、フラン、ヒューマン。協定の成立後にコロニー建設をはじめた種族はみんな同じだ。ほかのことはともかく、数だけはちがう。われわれは数が多い。ひとつの種族を相手に戦うのと、四百十二の種族を相手に戦うのとはまったくべつのことだ。必要なのは時間だけだ」

オレンゼンはガウから目をそらし、光につつまれたコロニーへむきなおった。「ひとつ教えてあげよう。あなたには皮肉な話かもしれない。このコロニーのリーダーに選ばれたとき、わたしはアタフエイにあなたがここを奪いにくると警告した。あなたとコンクラーベが。アタフエイはわたしに、コンクラーベは実現するはずがなく、そんなものをめざすあなたは愚か者で、あなたのことばに耳を貸すわたしも愚か者だといった。参加種族が多すぎてなにひとつまとまるはずはないし、まして大同盟などありえないと。しかも、コンクラーベの敵がそれを失敗させるために熱心に動いている。ほかの種族がだめでも、ヒューマンがあなたを阻止するだろうと。アタフエイは彼らの能力を高く評価していたのだ——みずからは関与することなく仲間割れを引き起こす能力を」

「それほど的はずれでもないな。しかし、ヒューマンは手をひろげすぎた。彼らはいつでもそうなのだ。彼らがコンクラーベに対抗するために創設した同盟は崩壊した。そこに参加していた種族のほとんどは、いまではわれわれのことよりもヒューマンのことを心配している。コンクラーベがヒューマンのもとへ到達するころには、彼らはあまりたくさんは残っていないかもしれないな」

「まず最初にヒューマンを狙うこともできただろう」

「ゆくゆくはな」

「いいかたを変えようか。あなたは最初にここへくる必要はなかったはずだ」

「きみがここにいた。きみはコンクラーベと縁が深い。きみはわしと縁が深い。ほかの世界だったら、これはまちがいなく破壊からはじまることになっただろう。ここなら、きみとわしにはべつのなにかを実現するチャンスがある。この瞬間やこのコロニーを超越した重要性をもつなにかを」

「あなたはわたしに多くのものを背負わせている。わたしの民にも」

「そのとおりだ。すまない、古き友よ。ほかの手段が見当たらなかったのだ。コンクラーベが平和を望んでいることをひろくしめすチャンスを、みすみす見逃すわけにはいかなかった。きみには重すぎる要求だろう。だが、わしは本気で頼んでいるのだ、チャン。ぜひ協力してくれ。わしがきみの民を破壊するのではなく救う手助けをしてくれ。この宙域に平和をもたらす手助けをしてくれ。たのむ」

「たのむ？」オレンゼンは声を張りあげ、ガウにずいと詰め寄った。「四百十二隻の戦艦でわたしのコロニーに武器の狙いをつけておきながら、平和をもたらす手助けをしてくれとたのむ？　はっ。古き友よ、あなたのことばにはなんの意味もない。ここへ来て、友情をちらつかせて、その見返りにわたしのコロニーを、わたしの忠誠心を、わたしのアイデンティティを差しだせという。わたしの持つすべてを。銃を突きつけながら。あなたが平和の幻想をもたらす手助けをするために。あなたがここでやっているのはありきたりな侵略とはちがうという幻想にすぎない。あなたは植民者たちの命をわたしのまえにぶらさげて、彼らを裏切り者にするか全員殺すかを選べといっている。そして、自分には思いやりがあるとほのめかしている。地獄へ落ちるがいい、将軍」

オレンゼンはきびすを返してどすどすと歩き、自分とガウとのあいだに距離を置いた。

「では、それがきみの決断なのだな」ガウはしばらくしていった。

「ちがう」オレンゼンはまだ将軍から顔をそむけていた。「これはわたしがひとりで決められることではない。わたしの民と話をする時間がほしい。彼らにどんな選択肢があるかを伝えておきたい」

「どれくらいの時間があればいい？」

「ここの夜は長いからな。ひと晩でいい」

「よかろう」

オレンゼンはうなずいて歩きだした。

「チャン」ガウが呼びかけて、ホエイド族のほうへ歩きだした。

オレンゼンは立ち止まり、大きな前足をあげて将軍のことばをさえぎった。それからむきを変えて両方の前足を差しのべた。ガウがそれをとった。

「あなたと会ったときのことをおぼえている」オレンゼンはいった。「老アタフエイがあなたからの招待を受けて、ほかのたくさんの種族とともに、あなたがおおげさにも中立地帯と呼んだあの冷たい岩の衛星に集まったときのことだ。あなたは演壇に立ち、そのしゃがれ声で出せるすべての言語で歓迎のことばを述べ、コンクラーベの概念をはじめてわれわれに披露してみせた。わたしはアタフエイに顔をむけてこういったよ──あいつはどうしようもなく頭のいかれた変人にちがいありませんと」

ガウは声をあげて笑った。

「そのあと、あなたはわたしたちと顔を合わせた。そこにいた大使たちのなかであなたのことばに耳を貸す者すべてと顔を合わせた。あなたはコンクラーベこそわたしたちが参加すべき組織なのだと説得しようとした。わたしはそれで口説き落とされた」

「わしが実際には頭のいかれた変人ではなかったから」

「いやいや、将軍、あなたはいかれていた。どうしようもなく。だが同時に、あなたは正しかった。わたしはこんなふうに思ったんだ。もしもこのいかれた将軍がほんとうにやり遂げたら？　そして想像してみた――この宙域に平和がもたらされる光景を。だがむりだった。目のまえに白い石壁があって視界がさえぎられているかのようだった。そのときわたしはコンクラーベのために尽力しようと決心した。それがもたらす平和は見えなかった。想像すらできなかった。ただ、自分がそれを望んでいることだけはわかった。もしもそれを実現できる者がいるとしたら、それはこのいかれた将軍だろうということも。わたしはそれを信じたんだ」オレンゼンは将軍の両手を放した。「もうずっとまえのことだ」

「わが古き友よ」ガウがいった。

「古き友よ」オレンゼンもこたえた。「たしかに古いな。もう行かなければ。再会できてうれしかったよ、ターセム。心からそう思う。むろん、こんな状況でなければもっとよかったのだが」

「まったくだ」

「とはいえ、ものごとはそういうものだ。人生は予想がつかない」オレンゼンはふたたびきびすを返して歩きだした。

「きみたちの決定をどうやって知ればいい？」ガウはたずねた。

「いやでもわかるよ」オレンゼンはふりかえらずにいった。

「どうやって?」

「聞こえるから」オレンゼンはそういって、将軍をふりかえった。「それだけは約束できる」彼はむきを変えて輸送車までもどり、護衛の運転で走り去った。

ガウの副官が将軍に近づいてきた。「返事が聞こえるというのは、どういう意味だったんでしょうか?」

「ホエイド族は歌うんだ」ガウはまだスポットライトに照らされているコロニーを指さした。「彼らのもっともすぐれた芸術は儀式的詠唱だ。祝いの歌、追悼の歌、祈りの歌。チャンは、植民者との話し合いが終わったら歌で返事を伝えるといったのだ」

「ここからでも聞こえるんですか?」

ガウはにっこりした。「ホエイド族の歌をいちどでも聞いたことがあれば、きみもそんな質問はしないだろうよ」

夜は長く、ガウは耳をすましてじっと待ちつづけた。寝ずの番が中断するのは、副官やそのほかの兵士たちが目覚ましのあたたかい飲み物をはこんでくるときだけだった。コロニーの太陽が東の空に顔を出したときになってようやく、それがガウの耳に届いた。

「あれはなんですか?」副官がたずねた。

「静かに」ガウはいらいらと手をふった。副官は引き下がった。「詠唱がはじまった」ガウは一瞬おいていった。「いま聞こえているのは朝の到来を歓迎する歌だ」

「どういう意味でしょう?」

「朝の到来を歓迎するという意味だ。あれは儀式なんだぞ。毎日歌っているんだ」

朝の祈りは、音の量と強さをさまざまに変化させながら、将軍にとっては腹立たしいほど長々とつづいた。やがてそれは、ふぞろいな、ためらいがちな終わりを迎えた。朝の祈りの後半はずっとうろうろと歩きまわっていたガウも、ぴたりと足を止めた。

コロニーから、新しい詠唱が、新しいリズムで流れだし、だんだんと大きさを増していった。ガウはしばらくじっと耳をすましていたあと、急に疲れが出たように、がっくりとくずおれた。

副官がすぐさまそばへ寄ってきた。ガウは手をふって副官を追い払った。「気にするな。だいじょうぶだ」

「いまはなにを歌っているんですか、将軍?」

「聖歌だ。ホエイド族の国歌だよ」ガウは立ちあがった。「ここを立ち去るつもりはないといっているのだ。コンクラーべのもとで生きるよりも、ホエイド族として死ぬほうがいいと。あのコロニーにいるすべての男が、女が、こどもが」

「正気とは思えませんね」

「彼らは愛国者なのだ」ガウは副官に顔をむけた。「そして、みずからが信じる道を選んだのだ。その選択を軽んじるようなことはいうな」

「申し訳ありません、将軍。ただ、その選択が理解できないのです」

「わしには理解できる。べつの選択をしてくれないかと期待はしていたがな。通信機をもってこい」

副官はせかせかと走り去った。ガウはコロニーへ注意をもどし、植民者たちの毅然とした歌声に耳をかたむけた。

「きみはいつでも頑固者だったな、古き友よ」ガウはいった。

副官が通信機をかかえてもどってきた。ガウはそれを受け取り、自分の暗証を打ちこんでから共通回線をひらいた。

「ターセム・ガウ将軍だ。全船、ビーム兵器の再調整をおこない、発射の合図を待て」

朝の光のなかでもまだ見えていたスポットライトがふっと消えた。各宇宙船の兵装クルーがそれぞれのビームの再調整をおこなったのだ。

詠唱が止まった。

ガウはあやうく通信機を落としかけた。立ちあがり、口をぽかんとあけて、コロニーを凝視した。断崖のへりにむかってゆっくりと歩きながら、なにごとかそっとつぶやいている。そばに立っている副官も、一心に耳をすました。

ターセム・ガウ将軍は祈っていた。

時が止まったようなひとときがすぎて、植民者たちが聖歌の詠唱を再開した。

ガウ将軍は断崖のへりに立って川を見おろした。口をつぐみ、目を閉じて。聖歌に耳をすましている時間は永遠にも思えた。

将軍は通信機を持ちあげた。

「発射」

9

ジェーンは診療所を出て、わたしたちのバンガローのポーチで待っていた。目は空をむいている。

「なにかさがしているのかい?」わたしはたずねた。

「星のパターンを。ここへ来てずいぶんたつのに、まだだれも星座をつくっていないでしょ。試してみようかと思って」

「調子はどう?」

「最低」ジェーンはわたしに目をむけた。「ハックルベリーでも星座を見つけるのにものすごく時間がかかった。もうそこにあったのに。新しい星座をつくるのはもっとたいへん。星の群れしか見えないわ」

「明るいやつだけに注目するんだよ」

「それが問題なの。いまのあたしは、あなたよりもずっとよく目が見える。ほかのだれよりも。星はみんな明るく見えるのよ。ハックルベリーに行くまで星座を見たことがなかったのはそのせいかも。情報が多すぎて。星座を見るには人間の目が必要なのよ。これもあたしが失った人間らしさのひとつというわけ」ジェーンはまた空を見あげた。

「気分はどう?」わたしはジェーンを見つめながらたずねた。

「上々よ」ジェーンはシャツの裾を持ちあげた。わき腹の切り傷は薄暗がりのなかでも青黒く見えたが、以前に見たときよりはずっと心配がなさそうに思えた。「ドクター・ザオがつぎはぎしてくれたんだけど、処置をはじめたときにはもう治りはじめていた。ドクターは感染症を調べるために血液のサンプルをとりたがったけど、気にしなくていいといったの。だって、いまはみんなスマートブラッドになってるんだから。そのことは話さなかったけど」ジェーンは裾をおろした。

「でも、肌は緑色じゃないんだな」

「そうね。猫の目でもないし。ブレインパルもない。だからといって能力が向上していないわけじゃないわ。ただ目立たないだけ。それはそれでありがたいし。あなたはどこへ行ってたの?」

「ホエイド族のコロニーが壊滅するビデオのディレクターズカット版を見ていた」わたしがいうと、ジェーンはたずねるような視線をむけてきた。わたしはビデオの内容についてくわしく説明した。

「それを信じるの?」

「信じるって、なにを？」

「ガウ将軍がそのコロニーを破壊せずにすませたがっていたこと」

「わからない。ふたりは正直に話し合っているように見えた。もしもガウがあのコロニーを破壊したがっていたのなら、降伏を勧めようとする寸劇なんか演じずに、さっさと片付けてもよかったはずだ」

「テロ戦術だったのかもしれない。植民者の意志をくじき、降伏させておいて、結局は破壊する。ほかの種族には戦意を喪失させる証拠を送りつけて」

「たしかに。ホエイド族の征服をもくろんでいるならそれでも筋がとおる。でも、コンクラーベはそういう組織じゃないように思えた。種族連合という感じなんだよ、帝国じゃなくて」

「あたしだったら、一本のビデオから安易な推測はしないけど」

「わかってる。でもひっかかるんだ。コロニー連合がよこしたビデオには、コンクラーベがホエイド族のコロニーをあっさりと破壊する映像しかなかった。わたしたちはコンクラーベを脅威とみなすよう仕向けられている。でも、さっきのビデオだと、それほど単純な話じゃないように見えた」

「だから編集で削除されていたのよ」

「いろいろな解釈ができるから？」

「混乱を招くから。コロニー連合はあたしたちをここへ送りこんで明確な指示をあたえた。その指示の裏付けとなる情報を提供し、それを疑う原因となる情報は排除した」

「きみはそれが問題だとは思っていないようだね」

「抜け目ないとは思う」

「でも、わたしたちはコンクラーベが差し迫ったおそるべき脅威であるという前提で行動している。その前提が崩れてしまうんだよ」

「また、充分な情報がないのに推測をしているわよ」

「きみはコンクラーベのことを知っていた。大量虐殺をするコンクラーベというのは、きみが知っている情報と合致するのかい？」

「いいえ。ただ、まえにもいったとおり、コンクラーベに関するあたしの知識はチャールズ・ブーティンから教わったものなの。あの男はコロニー連合に対して熱心に反逆をもくろんでいた。信用できないわ」

「やっぱりひっかかるな。これだけの情報が隠されていたというのが気に入らない」

「コロニー連合は情報を管理しているのよ。そうやって各コロニーを支配しているの。まえにも話したでしょう。いまさら目新しい話とはいえないわ」

「ほかにどんなことが隠されているのか気になるな。その理由も」

「わかるわけがないわ。ここにあるコンクラーベの情報は、コロニー連合から提供されたものでしかない。あとは、あたしのささやかな知識と、このビデオの追加部分。それでぜんぶなんだから」

わたしはしばらく考えこんだ。「いや。もうひとつあるな」

「きみたちは嘘をつけるのか？」わたしはヒッコリーにたずねた。

ヒッコリーとディッコリーはバンガローの居間でわたしのまえに立っていた。わたしはデスクの椅子に腰かけていた。ジェーンはわたしの横に立っていた。眠っていたところを起こされたゾーイは、カウチであくびをしていた。

「われわれはまだあなたに嘘をついたことはない」とヒッコリー。

「だが、はぐらかすことはできるはずだ。いまだってそんなことをきいたわけじゃないし」

「われわれは嘘をつける。それは意識のもつ利点だ」

「わたしなら利点とはいわないぞ」

「そのおかげで、コミュニケーションにおいて無数の興味深い可能性がひらけるのだ」

「なるほど。いまはどの可能性にも興味はないが」わたしはゾーイに顔をむけた。「ゾーイ、このふたりにわたしの質問にはすべて正直にこたえるよう命令してくれないか。嘘やはぐらかしは抜きで」

「どうして？　なにが起きてるの？」

「頼むからやってくれ、ゾーイ」

ゾーイはいわれたとおりにした。

「ありがとう」わたしはいった。「もうベッドにもどってかまわないよ」

「なにが起きているのか教えてよ」

「きみが心配するようなことじゃないから」

「このふたりに正直に話すよう命令させたくせに、あたしが心配するようなことじゃないと信じろっていうの？」

「ゾーイ」ジェーンがいった。

「それに、あたしがいなくなったら、ふたりが嘘をつかないという保証はなくなるわ」ゾーイは、ジェーンがなにかいうまえにすばやくことばを継いだ。彼女はわたしとは交渉が可能だと知っていた。ジェーンのほうがはるかに強硬なのだ。「ふたりは気持ちの面ではあなたに嘘をつけるのよ。がっかりさせてもかまわないと思ってるから。でも、あたしをがっかりさせるのはいやなの」

わたしはヒッコリーに顔をもどした。「いまのはほんとうか？」

「われわれは必要だと思えばあなたに嘘をつく。ゾーイには嘘をつかない」

「ほらね」とゾーイ。

「ここでの話をだれかにひとことでも漏らしたら、きみはこれから一年間ずっと馬小屋ですごすことになるんだよ」

「秘密はちゃんと守るわ」

「待って」ジェーンがゾーイに近づいた。「あなたはしっかりと理解しなくちゃいけない。ここで聞いたことはほかのだれにも話してはいけないの。グレッチェンにも。ほかの友だちにも。だれにも。これはゲームじゃないし、楽しい秘密でもない。これはとても深刻なことなのよ、ゾーイ。それだけの心構えができていないのなら、いますぐこの部屋から出ていきなさい。ヒッコリーとディッコリーはあたしたちに嘘をつくかもしれないけど、そのリスクはおかすしかない。さあ、ここでの話をだれにも教えない、だれにも教えてはいけないということはちゃんと理解できたかしら？　はいかいいえでこたえて」

「はい」ゾーイはジェーンを見あげたままいった。「わかったわ、ジェーン。絶対しゃべらない」

「ありがとう、ゾーイ」ジェーンは上体をかがめてゾーイの頭のてっぺんにキスしてから、わたしにむかっていった。「つづけて」

「ヒッコリー、以前、わたしがきみたちふたりに意識インプラントを引き渡してくれと話したときのことをおぼえているな？」

「おぼえている」とヒッコリー。

「あのときわたしたちはコンクラーベの話をした。そしてきみは、コンクラーベはこのコロニーにとって脅威ではないといっていた」

「無視できる脅威と判断したといったのだ」

「なぜそう思った？」

「コンクラーベは、コロニーを破壊するより植民者を退去させることを好むからだ」

「どうやってそのことを知った？」

「われわれの政府から提供された、コンクラーベに関する独自の情報によって」

「いままでその情報をわたしたちに話さなかったのは？」

「話すなといわれたのだ」

「だれから？」

「われわれの政府から」

「なぜきみたちの政府はそんなことをいったんだろう？」

「政府からの指示により、われわれはあなたたちが充分な情報を得ていない事柄については情報を共有することができない。これはあなたたちの政府に対する礼儀であり、そのために、多くの事柄について機密保持とわれわれ自身の政府からの信任が必要となる。ディッコリーとわたしは、あなたに嘘をついたことはないが、進んで情報をあたえることも許されていない。思いだしてほしいのだが、ハックルベリーを離れるまえに、われわれはこの宙域の状況を知っているかとあなたに質問した」

「そうだったな」

「あれは、われわれの情報をどのていどまであなたに伝えることが許されるか、たしかめようとしたのだ。残念ながら、あなたは多くは知らないようだった。そのため、われわれは多くを伝えることができなかった」

「いまは伝えているな」

「質問されているからだ。それに、ゾーイから嘘をつくなといわれた」

「わたしたちが受け取った、コンクラーベがホエイド族のコロニーを破壊したときのビデオは見たか？」

「見た。あなたが植民者全員にそれを見せたときに」

「きみたちが手に入れたビデオと同じだったか？」

「いや。われわれのはずっと長かった」

「なぜわたしたちのやつはそんなに短いんだろう？」

「あなたたちの政府がおこなったことをなぜおこなったかを推測することはできない」

わたしはこれを聞いて口をつぐんだ。その構文にはいくらでも解釈の余地があった。

ジェーンが話に割りこんできた。「あなたはいま、コンクラーベはコロニーを破壊するより植民者を退去させることを好むといったわね。それはあのビデオを見たせい？　それともほかに情報があるの？」

「われわれにはほかに情報がある」とヒッコリー。「あのビデオに映されているのは、コンクラーベがはじめてコロニーを排除したときの光景だけだ」

「ほかにどれくらい排除されたの？」

「わからない。われわれの政府との通信はロアノーク年でまる一年近く途絶えている。それ以前までなら、コンクラーベは十七のコロニーを排除していた」

「そのうち破壊されたのは？」

「三つだ。残りは植民者が退去した。十のコロニーでは、植民者は同胞のもとへ送還された。四つのコロニーでは、植民者はコンクラーベに加わることを選んだ」

「きみたちはその証拠を持っているんだな」わたしはいった。

「コンクラーベは各コロニーの排除を詳細に記録し、それを非加盟のすべての政府に届けている。われわれはロアノークに到着するまでにおこなわれたすべての排除に関する情報を持っている」

「なぜ？」とジェーン。「その情報があなたたちふたりにどんな関係があるの？」

「われわれの政府は、このコロニーがコンクラーベの警告を無視して設立されたことを認識していた。さらに、確実ではなかったが、コロニー連合がここをコンクラーベから隠そうとすることも予想していた。コンクラーベがここを発見した場合、われわれはこの情報をあなたたちに提供することになっていた」

「なんのために？」

「コロニーを放棄するよう説得するためだ。破壊されるのを許すことはできない」

「ゾーイがいるから」わたしはいった。

「そうだ」

「わお」ゾーイがいった。

「静かにしなさい」わたしがいうと、ゾーイはおとなしく口をつぐんだ。わたしはヒッコリーをしげしげとながめた。「もしもジェーンとわたしがコロニーを放棄しないと決めたらどうなる？　もしもコロニーが破壊される道を選んでしまったら？」

「それはいいたくない」とヒッコリー。

「はぐらかさないで、質問にこたえてくれ」

「あなたとセーガン中尉を殺すことになる。それと、コロニーの破壊を容認する植民者のリーダー全員を」

「わたしたちを殺すのか？」

「簡単なことではないだろう。意識インプラントは起動させずに実行しなければならないし、おそらく、ディッコリーもわたしも二度とそれを起動することはないだろう。そのときの感情は耐えがたいものになるはずだ。しかも、セーガン中尉は遺伝子改造されて特殊部隊の機能レベルにもどっている。従って、彼女を殺すのはいっそうむずかしくなる」

「どうやってそのことを知ったの？」ジェーンがびっくりしてたずねた。

「われわれは観察している。あなたがそれを隠そうとしているのはわかっているが、ちょっとしたことで露見するのだ。野菜を切るスピードがあまりにも速すぎる」

「なんの話をしているの？」ゾーイがジェーンにたずねた。

「あとにして、ゾーイ」ジェーンはそういって、ヒッコリーに注意をもどした。「いまはどうなの？　やっぱりあたしとジョンを殺すつもり？」

「あなたたちがコロニーを放棄しないと決めたらそうなるだろう」

「そんなのだめよ」ゾーイが憤然として立ちあがった。「どんな状況でも、そんなことはしちゃだめ」

ヒッコリーとディッコリーは感情の過負荷に体をふるわせた。ゾーイの怒りを処理しようとしているのだろう。

「その命令にだけは従うことができない」ヒッコリーはゾーイにいった。「あなたは重要すぎるのだ。われわれにとって、すべてのオービン族にとって」

ゾーイは怒りで真っ赤になっていた。「あたしはもう、オービン族のせいでひとりの親をなくしてるのよ」

「みんなおちついてくれ」わたしはいった。「だれも殺されたりなんかしない。そうだろう？　大騒ぎするようなことじゃない。ゾーイ、ヒッコリーとディッコリーはわたしたちを殺さないよ。わたしたちはコロニーを破壊させたりしないからな。単純なことだ。それに、きみの身になにかが起こることもありえない。ヒッコリーもディッコリーもわたしも、きみが重要すぎるという点で意見が一致しているんだから」

ゾーイはひゅっと息を吸いこんで泣きだした。ジェーンがゾーイの体を引き寄せてカウチにすわらせた。わたしはふたりのオービン族に注意をもどした。

「きみたちふたりにはっきりいっておきたい。どのような状況であろうと、ゾーイを守ってくれ」

「そうしよう」とヒッコリー。「いかなるときも」

「よし。その過程でわたしやジェーンを殺さないよう努力してくれ」

「努力しよう」

「よし。これで一件落着だ。話をつづけよう」わたしはしばらく口をつぐんで、なんの話をしていたのか思いださなければならなかった。自分が暗殺の標的になっていることを伝えられ、そのあとでゾーイが当然のごとく泣き崩れてしまったことで、頭がすっかり混乱していた。「きみの知るかぎりでは十七のコロニーが排除されたんだな」

「そうだ」とヒッコリー。

「十四のコロニーでは植民者が生きのび、そのうちの四つはコンクラーべに加わった。それは植民者が加わったということか？　それとも種族全体が加わったのか？」

「植民者が加わったのだ」

「じゃあ、コロニーを排除された種族はどれもコンクラーベには加盟していないのか」

「そうだ。これはコンクラーベにとって懸案事項のひとつとなっている。彼らの予想では、少なくともいくつかの種族はコンクラーベに加盟するだろうと思われていた。排除はかえって相手の態度を硬化させているようだ」

「種族全体がコンクラーベに強制的に加盟させられることはないのね」ジェーンがカウチからいった。

「そうだ。単に勢力の拡大を禁じられているだけだ」

「どうしてそんなことができるんだろう」わたしはいった。「宇宙はひろいのに」

「たしかにひろい。だが、どの種族も自分たちのコロニーをまったく管理しないということはありえない。コロニーを発見する方法はなにかしらあるものだ」

「例外はここだけか。それでわたしたちを隠したんだな。人類にとっては、コロニーを管理するよりも宇宙で生きのびることのほうが重要だからな」

「そうかもしれない」

「あなたが持っているファイルを見てみたいわ、ヒッコリー」ジェーンはそういってから、わたしに顔をむけた。「それとあたしたちのビデオの長時間バージョンも」

「テクノロジー研究室へ行って転送しなければ」とヒッコリー。

「いますぐやろう」わたしはいった。

ジェーンとわたしはゾーイにおやすみのキスをして、ブラックボックスへむかうために外へ出た。ヒッコリーとディッコリーが先導した。

「なぜあんなことをいったの？」ジェーンが歩きながらいった。

「あんなことって？」わたしはたずねた。

「わたしたちはコロニーを破壊させたりしない、といったでしょ」

「第一に、わたしたちの娘はヒッコリーとディッコリーがナイフでわたしたちを刺し殺すことを考えてノイローゼになりかけていた。第二に、降伏しないかぎり、コロニーにいるすべての男女とこどもが灰に変えられてしまうとしたら、自分がどちらを選ぶかはわかりきっている」

「あなたはまたかぎられた情報で推測をしているわ。どんな決定をくだすにせよ、まずは問題のビデオを見てみないと。それまではどんな選択肢も排除するべきじゃない」

「この件については、これから何度も同じような会話をすることになりそうだな」わたしは星空を見あげた。ジェーンも顔をあげた。「ハックルベリーはあのなかのどれをめぐっているんだろう。みんなあそこにとどまっているべきだったのかもしれない。そうすればこんな問題はほかの人が対処してくれた。少なくとも、しばらくのあいだは」

「ジョン」

わたしはジェーンに顔をむけた。ジェーンはわたしの数歩うしろで足を止め、まだ夜空を見あげていた。

「どうした？」わたしはもういちど夜空を見あげた。「星座ができた？」

「さっきまでなかった星があるの」ジェーンは指さした。「あそこ」

わたしは目をほそめたが、そんなことをしても無意味だと気づいた。どの星がもとからあったのかまったくわからないのだ。そのとき、問題の星が見えた。明るい。しかも動いている。

「嘘だろ」わたしはいった。

ジェーンが悲鳴をあげ、頭をかかえて地面に倒れた。わたしは彼女のもとへ走った。体がけいれんしている。押さえつけようとしたら、ジェーンが腕をばたつかせた。手のひらで側頭部を叩かれて、わたしは勢いよく地面に倒れこんだ。真っ白な光がひらめき、それからしばらくは、吐き気を抑えるのにせいいっぱいで動くこともできなかった。

ヒッコリーとディッコリーが左右の腕をつかんでわたしを引き起こした。わたしはふらふらしながらジェーンの姿をさがした。ジェーンはもう倒れていなかった。憤然としてあたりを歩きまわり、正気をなくしたようになにやらつぶやいている。それから立ち止まり、背中を弓なりにのけぞらせると、バンシーのように絶叫した。わたしもびっくりして思わず叫んでしまった。

ようやく、ジェーンがわたしのそばへやってきた。「やつらの出迎えはあなたひとりでやって。あたしがいま出ていったらひとり残らず殺してしまうから」

「なんの話をしているんだ？」

「くそいまいましいコロニー連合よ」ジェーンは空へむかって指を突きあげた。「やつらがおりてこようとしているの。ここへ」

「なぜわかるんだ？」

ジェーンは顔をそむけて不気味な含み笑いをもらした。ジェーンのそんな笑い声はいままで聞いたことがなく、正直なところ二度と聞きたくなかった。

「そうね。うん。すこしまえにあたしの新しい能力について話したとき、ブレインパルはないといってたのをおぼえてる？」

「ああ」

「どうやら、あたしがまちがってたみたい」

「じつをいうと、わたしに会えたらきみはよろこんでくれると思っていた」リビッキー将軍がいった。「ほかのみんなはそのように見えるのだが」彼は窓の外へ手をふった。ロアノークの人びとが早朝の通りにあふれだし、隔離がついに終わりを迎えたよろこびに大騒ぎをくりひろげていた。「セーガンはどこだ？」

「まずはちゃんとクソな事情を説明するべきだろう、将軍」わたしはいった。

リビッキーはわたしに顔をもどした。「なんだって？　わたしはもはやきみの指揮官ではないが、いまでも目上の人間であることに変わりはない。もうすこし敬意を払ってもいいのではないかな」

「クソくらえだよ。あなたにはうんざりしてるんだ。あなたはわたしたちを勧誘してから、このコロニーについてなにひとつほんとうのことをいってないじゃないか」

「できるかぎり正直に話してきたつもりだが」

「できるかぎり正直に」わたしの声には聞き逃しようのない疑いがこもっていた。

「ことばを変えよう。わたしに許されるかぎり正直に話してきた」

「あなたはわたしとジェーンとコロニーいっぱいの人びとに嘘をついた。わたしたちを宇宙のどんづまりへほうりだし、わたしたちが存在すら知らなかった組織による大量虐殺の話で脅しをかけた。植民者を最新の機器で訓練しておきながら、使い方さえわからない大昔の機械でコロニーを建設することを強要した。もしも植民者のなかに偶然メノナイトがまじっていなかったら、あなたがここで見つけるのは骨だけになっていただろう。さらに、あなたがこの惑星をきちんと調査してやっかいな知的生物がいることを突き止めていなかったために、この三日間で七人の植民者が命を落とすことになった。失礼ながらいわせていただくとだね、将軍、クソくらえだよ。ジェーンがここにいないのは、そんなことをしたらあなたがとっくに死んでいるはずだからだ。わたしだってこれ以上あなたに寛大な態度をとる気にはなれない」

「やむをえないだろうな」リビッキーはけわしい顔でいった。

「さあ。返事は」

「大量虐殺の話が出たということは、きみはコンクラーベについて知っているわけだ。どのていどのことを知っているのかね？」

「そっちから送られてきた情報だけだ」わたしはこたえた。もっといろいろと知っていることは伏せておいた。

「それなら、コンクラーベが新設のコロニーをせっせとさがしだしてそれを排除していることは知っているだろう。当然のことながら、そうした行為は自分のコロニーを破壊された種族にとってはおもしろくない。コロニー連合は率先してコンクラーベに対抗しようとしていて、このコロニーはそこで重要な役割を果たしているのだ」

「どうやって？」

「隠れつづけることで。いいかね、ペリー、きみたちがここに来てもう一年近くたっているのだ。コンクラーベは死にものぐるいできみたちをさがしている。そうして発見できない日々が積みかさなるにつれて、コンクラーベはうわべだけの威容を削ぎとられ、本来の姿に近づいていく――すなわち、宇宙最大のマルチ商法だ。これは、いくつかの強大な種族が、だまされやすい多くの弱小種族を利用して、居住可能な惑星をかたっぱしから手に入れるためのシステムなのだ。われわれはこのコロニーをてこにして、カモにされている種族の一部を引き剝がそうとしてきた。コンクラーベが臨界量に達してわれわれやほかのみんなを押しつぶしてしまうまえに、その基盤をゆるがそうとしているのだ」

「そのためにみんなをだます必要があったというのか。マジェラン号のクルーも含めて」

「残念ながらそのとおりだ。いいかね。この事実を知る人びとの数は必要最小限にとどめなければならなかった。わたしと、特殊部隊のシラード将軍と、彼がみずから選んだ数名の兵士たち。わたしは積荷の準備を監督し、一部の植民者の選定を操作した。ここにメノナイトがまじっていたのは偶然ではないのだよ、ペリー。同様に、きみたちが生きのびるために必要な大昔の機械がそろっていたのも偶然ではない。きみに話せなかったのは残念だし、ほかのやりかたを見つけられなかったのは申し訳ないと思う。しかし、この計画そのものについて謝罪するつもりはない。なぜなら、効果が〝あった〟からだ」

「故郷にはどう伝わっているんだ？　ここの植民者たちの故郷の惑星の人びとは、自分たちの友人や家族の命がもてあそばれたことをどう思っているんだ？」

「彼らはなにも知らない。コンクラーベの存在は国家機密だ。個別のコロニーには伝えていない。いまのところ彼らが心配するようなことではないからだ」

「この宙域で数百の他種族が連邦を結成しているというのは、たいていの人びとが知りたがることじゃないのか」

「彼らが知りたがるのは当然だ。ここだけの話だが、もしもわたしの思いどおりにできていたら、人びとはすでにそのことを知っていただろう。だが、決めるのはわたしではない。きみでもないし、われわれのだれでもない」

「じゃあ、いまでもわたしたちは行方不明になったと思われているのか」

「そのとおり。〝ロアノークの消えたコロニー〟第二弾だ。きみたちは有名だよ」

「だが、あなたはその秘密をばらしてしまった。ここに来たわけだからな。あなたが帰ったら、人びとはわたしたちがここにいることを知る。そして、ここの植民者たちはコンクラーベのことを知っている」

「なぜ知っているのだ？」

「わたしたちが話したからだよ」わたしは信じられない思いでいった。「本気でいっているのか？　機械式コンバインよりも進歩したテクノロジーはいっさい使えないと人びとに伝えるのに、理由を説明しなかったらどうなる？　わたしがこの惑星で最初に死ぬことになっていたはずだ。だから彼らは知っている。彼らが知っていれば、コロニー連合にいる彼らの知り合いもみんな知ることになる。あなたがわたしたちをこのまま島流しにするつもりならべつだが。その場合、窓の外でおおよろこびで跳びはねている人びとが、あなたの親指をくって吊るしてくれるだろう」

「いや、きみたちは穴の奥へもどることはない。とはいえ、すっかり穴から出るわけでもない。われわれがここへ来た目的はふたつある。ひとつはマジェラン号のクルーを連れもどすこと」

「それについては、クルーたちは果てしなく感謝するにちがいない。もっとも、ゼイン船長は自分の船を返してくれというだろうが」

「もうひとつは、いままで使えなかった機器をこれからはすべて使ってかまわないときみたちに伝えることだ。第二千年紀よさようなら。現代へようこそ。ただし、まだコロニー連合へメッセージを送ることはできない。いくつか片付けなければならない問題があるからな」

「現代の機器を使ったら居所がばれてしまうぞ」

「そのとおり」

「頭が痛くなってきた。コンクラーベを弱体化させるために一年間ずっと隠れてきたのに、いまになって居所をばらせという。わたしが混乱しているだけかもしれないが、わたしたちがコンクラーベに虐殺されることがどうしてコロニー連合のためになるのかよくわからない」

「きみは虐殺されることを前提にしているのだな」

「ほかに選択肢があるのか？　ていねいにおねがいしたら、コンクラーベはわたしたちが荷物をまとめて出ていくのを許してくれるのか？」

「そんなことをいっているのではない。コロニー連合がきみたちを隠してきたのは、隠しておく必要があったからだ。いまはコンクラーベにきみたちの居所を知らせる必要がでてきた。じつはある計画を立てている。このちょっとしたサプライズのあとは、きみたちやコンクラーベの存在を隠しておく意味はなくなる。なぜなら、コンクラーベはいずれ崩壊し、きみたちはその鍵となるからだ」

「どうやるのか説明してもらわないと」

「いいだろう」リビッキーはこたえ、説明した。

「気分はどうだい？」わたしはブラックボックスのなかでジェーンにたずねた。

「まだナイフでやつらを刺し殺したいかという意味なら、それはなくなったわ」ジェーンはひたいをとんと叩いて、その奥におさまっているブレインパルをしめした。「これはやっぱりうれしくないけど」

「どうしていままでわからなかったんだ？」

「ブレインパルは遠隔操作で起動されるの。あたしが自分でスイッチを入れることはできなかった。リビッキーの宇宙船が探索信号を送ってきて、その信号がブレインパルを目ざめさせたわけ。いまは稼働中。じつはね、ヒッコリーからもらったファイルにすっかり目をとおしてみたの」

「ぜんぶ？」

「そう。体をすっかりつくりなおされてブレインパルも手に入れたから。特殊部隊なみの処理速度にもどれるのよ」

「それで？」

「裏付けがとれたわ。ヒッコリーが持っているのはコンクラーベから出たビデオとドキュメントで、これはあやしいと思う。でも、それぞれに補完する資料があって、それはオービン族や、コロニーを排除された各種族や、コロニー連合から出たものなの」

「ぜんぶ捏造《ねつぞう》されたのかもしれない。とてつもない規模のいかさまということも」

「いいえ。コロニー連合の各ファイルは、メタデータのなかに照合用のハッシュ値を含んでいるの。それをブレインパルでチェックしてみた。ほんものだったわ」

「われらがヒッコリーの価値をあらためて実感させられるな」

「ほんとに。彼がゾーイの付き添いにただのオービン族が送りこまれたりはしないといっていたのは嘘じゃなかった。もっとも、このファイルを見るかぎりでは、ふたりのなかで上位にいるのはディッコリーらしいけど」

「やれやれ。やっと彼のことがわかってきたと思ったとたんに。いや、彼女かな。というか、そもそも性別があいまいな生物なんだよな」

「あいまいなわけじゃないわ。両方なのよ」

「このガウ将軍のことだけど、そのファイルにはなにか情報があった？」

「すこしだけ。ごく基本的なことよ。彼はヴレン族で、あの長時間バージョンのビデオで語っていたことは事実らしいわ。キーズ族との戦闘のあと、ガウはコンクラーベの創設を主張しはじめたの。はじめは受け入れられず、政治的煽動の罪で刑務所にほうりこまれてしまった。でも、そのときヴレン族の君主が不幸な死を遂げて、将軍はつぎの政権のもとで釈放されたの」

わたしは片方の眉をあげた。「暗殺か？」

「いいえ。慢性睡眠障害。食事中に眠りこんでディナーナイフに顔から倒れこんだの。ナイフは脳を貫通したわ。即死だった。将軍はヴレン族を支配することもできたのかもしれないけど、コンクラーベのために尽力する道を選んだ。いまも彼はヴレン族を支配してはいない。この種族はコンクラーベの創設メンバーに含まれてもいなかったの」

「リビッキーと話をしていたとき、コンクラーベはマルチ商法だといわれた。トップにいる一部の種族だけが利益を得て、底辺にいる種族は搾取されると」

「そうかもしれない。ファイルを見たかぎりでは、コンクラーベが開放した最初のコロニー世界には、わりあいに少数の種族しか住んでいなかった。でも、それが一部の種族が利益を得ていることを意味するのか、惑星に適応する種族が少なかったことを意味するのかは、あたしにはわからない。たとえ前者だとしても、それはここで起きていることとなにも変わりがない。このコロニーには、コロニー連合が創設されるまえから存在していた最初期のコロニーの出身者しかいないわ。人種面でも経済面でも、彼らはほかのコロニーとは一線を画している」

「きみはコンクラーベがわたしたちにとって脅威となると思うか？」

「もちろん。このファイルを見れば、コンクラーベが降伏しないコロニーを破壊しているのはあきらかだもの。やり口はいつも同じ。空を宇宙船で埋めつくして、そのすべてにコロニーめがけて攻撃させる。大都市だって生きのびられないんだから、小さなコロニーなんてひとたまりもない。ロアノークなら一瞬で蒸発するでしょうね」

「だが、コンクラーベがそうすると思うか？」

「わからない。以前よりはデータが集まっているけど、それでもまだ不完全なの。ほぼ一年ぶんの情報が抜けているし、これ以上の情報が手にはいるとは思えない。とにかく、コロニー連合からは。じつをいうと、あたしにはヒッコリーからもらったコロニー連合のファイルを見る権限がないの。いずれにせよ、あたしは戦いもせずにコロニーを放棄するつもりはないわ。あなたはこっちが知っていることをリビッキーに教えたの？」

「いや。将軍には教えるべきじゃないと思うんだ。少なくともいまは」

「リビッキーを信用していないのね」

「不安があるというべきかな。リビッキーだって、きかれてもいない情報をあかそうとはしなかった。コンクラーベはわたしたちがこの惑星から出ていくのを許してくれるだろうかと質問したとき、彼はそれはないと暗にほのめかしたんだ」

「あなたに嘘をついたのね」

「真っ正直な人が口にするのとはちがう返答を選んだんだ。それを嘘といえるかどうかはわからないな」

「あなたはそれが問題だとは思っていないみたいね」

「抜け目ないとは思う」わたしがいうと、ジェーンは以前の会話があべこべになったことに笑みを浮かべた。「だが、それを考えるとリビッキーのことばはうのみにできないかもしれない。わたしたちは以前にもあやつられた。またあやつられているような気がしてならないんだ」

「トルヒーヨみたいないいぐさね」

「トルヒーヨみたいになれたらと思うよ。彼は最初のうち、すべての原因は彼と植民局の長官との政治的こぜりあいにあると考えていた。いまじゃ、それはほれぼれするほどピントはずれに思える。わたしたちの置かれた状況はパズルボックスみたいなものだ。謎が解けたと思うたびに、突然、またべつの複雑な一面があらわれる。とにかくこいつを解き明かしてしまいたいよ」

「解き明かせるだけの情報がないのよ。ヒッコリーからもらったデータはぜんぶチェックしてみたけど、どれも古いから、コンクラーベの方針に変化があったのかどうか、彼らが権力を強固なものとしているのか崩壊しかけているのか、そういったことがなにもわからない。コロニー連合はあたしたちに対してあまり率直ではないけれど、そこに悪意があるのか、それとも、あたしたちが仕事に集中できるように情報の取捨選択をおこなっているのかはわからない。コンクラーベにもコロニー連合にもそれぞれの思惑がある。でも、どちらの思惑も、いまあるデータからではあきらかにならないし、あたしたちはそのはざまで身動きがとれなくなっている」

「それにぴったりのことばがある──チェスのポーンだ」

「だれのポーンなのかということが問題なのよ」

「わたしにはわかるぞ。ついさっき思いついた謎解きを話してあげようか」

「それがまちがっているという根拠を一ダースほど思いついたわ」わたしの話を聞いたあとで、ジェーンがいった。

「こっちも同じだよ」わたしはいった。「賭けてもいいけど、それぞれの一ダースはひとつもかさなっていないと思う」

10

ロアノーク上空に到着した一週間後、CUSサカジャウェア号は、マジェラン号のもとクルー百九十名を乗せて、フェニックスへともどっていった。コロニーに残ったクルーは十四人。ふたりはすでに植民者と結婚していた。もうひとりは妊娠していて、フェニックスにいる夫と顔を合わせたくなかった。もうひとりはフェニックスにもどったら逮捕状が待っている疑いがあった。あとの十人は単にここにとどまることを望んだ。コロニーに残ったクルーはほかにふたりいた。どちらもすでに亡くなっていて、ひとりは心臓発作、もうひとりは酔っぱらって農場の機械で不運な事故にあったのが原因だった。ゼイン船長は、あとに残るクルーたちに別れを告げ、未払いの給料を支給させる方法をかならず見つけると約束し、そそくさと去っていった。ゼインはいい男だが、彼がコロニー連合の宙域へもどりたがるのを責める気にはなれなかった。

サカジャウェア号がフェニックスに帰還しても、マジェラン号のクルーは自宅へもどることを許されない。ロアノークは大半が未踏の世界だった。植物も動物も病気も未知のものばかりで、はじめて接触する者には致命的な影響をおよぼす可能性がある。クルーは全員が、フェニックス・ステーションにあるCDFの医療施設で一標準月のあいだ隔離されることになっていた。当然のことながら、マジェラン号のクルーはこの知らせにあやうく暴動を起こしかけた。そしてつぎのような妥協にいたった。マジェラン号のクルーは隔離されるが、ごく少数のたいせつな人たちとの面会は許される。ただし、その面会者たちは、ロアノークの消えたコロニーが発見されたことをコロニー連合が正式に発表するまでのあいだ、クルーの帰還についてはけっして口外してはならない。クルーも、その家族も、だれもがこの条件によろこんで同意した。

いうまでもなく、マジェラン号のクルーが帰還したという噂はあっというまに漏れてしまった。もっと情報を得ようとしたマスコミや各コロニーの政府は、コロニー連合政府からの正式な否定と、そのニュースを報道したらたいへんに不幸な結果がもたらされるとの非公式な警告を受け取った。こうして記事は公式には封印された。だが、噂のほうは、マジェラン号のクルーの家族たちから、彼らの友人や同僚に、さらにはほかの民間および軍用宇宙船のクルーへとひろがった。そして、サカジャウェア号のクルーによってひそかに確認がとられた。彼らはロアノークに着陸して、全員がマジェラン号のクルーと接触していたにもかかわらず、だれも隔離されていなかった。

既知の宇宙にいるコロニー連合の同盟種族は、さほど多くはないが、皆無というわけでもない。ほどなく、そうした同盟種族の宇宙船のクルーが、マジェラン号のクルーが帰還したという噂を聞きつけた。彼らはそれぞれの宇宙船に乗りこみ、よその宇宙港へ旅をしている。そうした宇宙港のなかには、コロニー連合にあまり好意的でないところもあれば、コンクラーベの加盟種族の支配下にあるところもある。まさにそのような宇宙港のひとつで、クルーの何人かが、マジェラン号が帰還したという情報を売って現金に変えた。コンクラーベがロアノークの消えたコロニーをさがしていることは秘密ではなかった。同様に、コンクラーベが信頼できる情報のためならよろこんで金を払うということも秘密ではなかった。

情報を進んで提供した者たちの一部は、言語に絶する額の富というかたちでコンクラーベに焚きつけられて、これだけの長期間マジェラン号のクルーが宇宙のどこにいたのかを突き止めようとした。この情報は手に入れるのがむずかしく、だからこそ報酬はとてつもなく高額だった。ところが、サカジャウェア号がフェニックス・ステーションへ帰還したすこしあとに、その副航宙士が勤務中に泥酔した咎《とが》で解雇された。彼はいまやブラックリストに載っており、二度と星の世界を旅することができなかった。貧困への恐怖とケチくさい復讐の願望により、このもと副航宙士は、自分はほかの人びとの興味を引く情報を持っていて、コロニー連合の民間宇宙船団から受けた不当なあつかいを埋め合わせるだけの金額が提示されるなら、よろこんでその情報を提供するつもりだと吹聴した。彼はそれだけの金額を手に入れ、ロアノークのコロニーの座標を売り渡した。

こうして、ロアノークのコロニーが二年目にはいった三日後に、一隻の宇宙船がわたしたちの頭上にあらわれた。ガウ将軍の乗るジェントル・スター号だ。将軍はコロニーのリーダーであるわたしにあいさつのことばを送り、きみたちの世界の未来について話し合いたいと呼びかけてきた。マジェラン月の三日だった。例の〝漏洩〟がはじまるまえからおこなわれていたコロニー防衛軍の情報見積もりによれば、ガウ将軍の到来はきっかり時間どおりだった。


「ここの日没はじつに美しい」ガウ将軍はひもでぶらさげた翻訳機をとおしていった。太陽は数分まえに沈んでいた。

「どこかで聞いたことがある台詞《せりふ》だな」わたしはいった。

わたしはひとりで面会に来て、ジェーンには不安でいっぱいのクロアタンの植民者たちの相手をまかせていた。ガウ将軍のシャトルは、村から一キロメートルほど離れた、川の対岸に着陸していた。このあたりにはまだ農場は設置されていなかった。シャトルのそばをとおりすぎたときには、一団の兵士たちにまじまじと見つめられた。彼らの態度からすると、わたしは将軍にとってたいした脅威にはならないと思われたようだった。その判断は正しかった。わたしは将軍に危害をくわえるつもりはなかった。ただ、ビデオで見た将軍の姿をどのていどそこに見いだすことができるのかを知りたかった。

ガウはわたしのことばに優雅な身ぶりで応じた。「申し訳ない。べつに口先だけの賛辞ではないのだ。ここの日没はほんとうに美しい」

「ありがとう。それはわたしの手柄とはいえない。自分でこの世界をつくったわけじゃないからな。それでも、誉めてもらえるのはうれしい」

「どういたしまして。それに、きみたちの政府がわれわれのコロニー排除活動に関する情報をきちんと伝えていることがわかってよかった。いささか心配していたのでね」

「そうなのか」

「そうとも。コロニー連合は情報の流れを厳しくコントロールしている。われわれがここに着いたとき、きみたちがわれわれのことをなにも知らない――あるいは、不完全なことしか知らない――のではないかと心配していた。情報が欠けていたら、きみたちは不合理な行動をとりかねない」

「コロニーを放棄しないとか」

「そうだ。われわれの考えでは、コロニーの放棄は最善の道だ。きみは軍隊にいたことはあるのかね、ペリー行政官？」

「あるよ。コロニー防衛軍だ」

ガウはわたしの体をながめた。

「緑色ではないな」

「いまはちがうんだ」

「部隊の指揮をとったことがあるのだな」

「ああ」

「それなら、降伏するのはすこしも恥ではないと知っているはずだ——自分の部隊が兵力でも武力でも劣り、直面している相手が名誉ある敵ならば。われわれは、部下に対するきみの指揮権を尊重し、立場が逆になったときにこちらが期待するようなやりかたできみたちをあつかうつもりだ」

「残念ながら、CDFにいたときの経験からいうと、わたしたちの降伏を受け入れてくれそうな敵はごくわずかだったよ」

「なるほど。そのような結果をもたらした原因は、きみ自身のポリシーにある。いや、きみが従わざるをえなかったCDFのポリシーか。きみたち人間はほかの種族の降伏を受け入れるのがあまり得意ではないからな」

「あなたが降伏するならよろこんで受け入れるつもりだよ」

「ありがとう、ペリー行政官」翻訳機をとおしていても、ガウがおもしろがっているのは感じとれた。「そんな必要があるとは思えないがね」

「あなたが考えを変えてくれるといいんだが」

「わしはきみが降伏するのではないかと期待していたのだよ。コンクラーベが過去におこなってきた排除活動に関する情報を見たのなら、コロニーが降伏すれば、われわれがその犠牲にきちんと報いることは知っているはずだ。きみたちの民に危害がくわえられることはない」

「あなたがどんなやりかたをしてきたかは知っている――コロニーを吹き飛ばさなかった場合の話だけどね。ただ、わたしたちは特別な事例だと聞いている。コンクラーベは、わたしたちがどこへ入植するかという点についてコロニー連合にあざむかれた。わたしたちはコンクラーベをコケにしたんだ」

「ああ、消えたコロニーだな。われわれはきみたちを待ち伏せていた。きみたちの宇宙船がいつスキップするか知っていたのだ。きみたちは数隻の宇宙船の出迎えを受けることになっていて、そこにはわしの宇宙船も含まれていた。きみたちは船をおりることさえできないはずだった」

「マジェラン号を破壊するつもりだったのか」

「いや。そちらが攻撃をしかけたりコロニー建設を強行したりしないかぎりは、破壊するつもりはなかった。単にマジェラン号をスキップ可能な距離まで送り届けて、フェニックスへ返すつもりだったのだ。ところが、きみのいうとおり、われわれはみごとにあざむかれて、きみたちを見つけるまでこんなに長くかかってしまった。きみはコンクラーベをコケにしたというかもしれない。われわれには、コロニー連合が必死になっているようにしか見えなかった。こうしてきみたちを発見したわけだしな」

「わずか一年で」

「さらに一年かかっていたかもしれない。さもなければ、あした見つけていたかもしれない。いつ見つけるかの問題でしかなかったのだよ、ペリー行政官。見つけられるかどうかではなく。きみにぜひ考えてもらいたいことがある。コロニー連合はきみの命と、きみのコロニーのすべての人びとの命を危険にさらして、われわれに反抗するために実体のない影絵芝居を演じた。これは不毛な植民だ。遅かれ早かれ、われわれはきみたちを見つけるはずだった。実際に見つけだした。そしてわれわれがここにいるわけだ」

「いらついているように見えるよ、将軍」

ガウ将軍は口をなにかのかたちに動かした。どうやら笑ったらしい。「たしかにいらついている。きみたちのコロニーを発見するために、コンクラーベ構築のためにもっと有効に使えるはずだった時間と資源をむだにした。しかも、コロニー連合の不遜な態度に腹を立てたコンクラーベのメンバーたちからの政治的牽制を払いのけなければならない。無視できない数のメンバーが、きみたちの政府を罰するために人類の中心地を攻撃するべきだと主張している——すなわち、フェニックスの直接攻撃だ」

わたしは不安と安堵が同時にわきあがるのを感じた。ガウが〝人類の中心地を攻撃〟といったとき、それは地球を意味しているのかと思った。フェニックスの名が出てきたことで、地球を人類の中心地とみなしているのはそこで生まれた者だけなのだと再確認できた。宇宙にいるほかの種族にとっては、フェニックスこそが人類の母星なのだ。

「あなたがいうほどコンクラーベが強力なものなら、フェニックスを攻撃できるだろう」

「できるとも。破壊することもできる。人類のコロニーをすべて一掃することだってできるし、率直にいえば、コンクラーベに加盟していようがいまいが、それに異議をとなえる種族はそれほど多くないだろう。だが、きみたちを抹殺しようと主張する種族にむかってわしはこういった。コンクラーベは征服するための組織ではない、と」

「あなたがそういうなら」

「これは事実だ。コンクラーベの内部でも外部でも、このことを人びとに理解させるのがいちばんむずかしい。征服によって生まれた帝国は長続きしない。支配者の強欲や果てしない戦争への渇望によって内部から崩れていく。コンクラーベは帝国ではないし、わしは人類を絶滅させたくはない。人類にもコンクラーベに加わってほしいのだ。それがだめなら、コンクラーベ以前からきみたちが所有している世界で、そこだけで、勝手にすごしてもらうつもりだ。だが、ほんとうはきみたちを仲間に加えたい。人類はたくましく、信じがたいほど機知に富んでいる。わずかな期間にとてつもない成功をおさめた。きみたちの時間で何千年もまえから星の世界へ進出していながら、きみたちのように多くの成果をあげたりうまく植民を進めたりすることができない種族は、いくらでもあるのだ」

「それについてはふしぎに思っていた。たくさんの種族がずっとまえからコロニー建設をつづけてきたのに、わたしたちは星の世界へ進出するまで、あなたたちと出会うことがなかった」

「その答ならわかっている。だが、まちがいなくきみは気に入らないだろうな」

「とにかく話してみては」

「われわれが探索よりも戦いに多くの投資をしていたからだ」

「かなり単純化した答だね、将軍」

「われわれの文明を見てみたまえ。どれも似たような規模なのは、戦争によっておたがいに歯止めをかけているからだ。テクノロジーのレベルがどれも同じなのは、おたがいのあいだで売り買いをしたり盗んだりしているからだ。どれもが同じ宙域にかたまっているのは、そこがわれわれの発祥地であり、そこにあるコロニーを自分たちで管理して勝手に発展させないようにしているからだ。われわれは同じ惑星をめぐって戦い、ごくまれに探索によって新しい惑星が発見されても、みながそこに殺到して奪いあいをくりひろげるだけだ——死骸をめぐって争う腐肉喰らいの動物のように。われわれの文明は平衡状態に達しているのだよ、ペリー行政官。すべての種族をエントロピーへむかって押し流す人工的な平衡状態だ。これは人類がこの宙域に進出するまえから起きていたことだ。きみたちの登場で、その平衡状態がいっとき乱れた。だが、いまはきみたちもそのパターンにおちつき、われわれと同じように盗んだり争ったりをくりひろげている」

「それについてはわからないな」

「そうなのだよ。ひとつ質問させてくれ。人類の惑星のうち新たに発見したものはいくつある？　ほかの種族から奪っただけの惑星はいくつある？　ほかの種族に奪われた惑星はいくつある？」

そういえば、偽のロアノークの軌道上に到着したときに、記者たちがこの惑星はだれから奪ったのかと質問していた。あの記者たちは、惑星は奪ったものだと決めつけて、新たに発見されたのかという質問は思いつきもしなかった。

「この惑星は新しいよ」わたしはいった。

「だがそれは、コロニー連合がきみたちを隠そうとしていたからだ。きみたちほど活気にあふれた種族でも、探索をするのはそうやって必死になったときくらいだ。きみたちもわれわれと同じ停滞パターンにとらわれている。きみたちの文明もわれわれの世界と同じようにゆっくりと衰退していくのだ」

「そして、あなたはコンクラーベでそれが変わると考えている」

「どんなシステムでも、そこには成長を制限する要素が存在する。われわれの文明はひとつのシステムであり、その制限要素は戦争だ。その要素を取りのぞけばシステムは成長する。われわれは協力することに集中できる。戦争ではなく探索をおこなえる。はじめからコンクラーベがあれば、きみたちが進出してきてわれわれに出会うまえに、われわれのほうがきみたちを見つけていたかもしれない。これからだって探索をして新しい種族を見つけられるだろう」

「そして見つけた種族をどうするんだ？　この惑星には知的種族がいる。わたしたち以外に、ということだ。出会いがちょっと不幸なかたちだったため、仲間が何人か死ぬことになった。見つけしだいそいつらを殺したりしないよう植民者たちを説得するのは、なかなかたいへんだった。あなたはどうするんだ、将軍、コンクラーベのために見つけた惑星で新しい種族と出会ったら？」

「わからん」

「なんだって？」

「いや、わからんのだよ。まだそういうことは起きていないからな。われわれは既知の種族とすでに探索された世界で足場をかためるので大忙しだった。時間がなくて探索をしていないから、そういう問題が起きていないのだ」

「困ったな。そんな答を期待していたわけじゃないんだが」

「われわれはきみの植民者たちの未来に関してきわめて重大な決定をくだそうとしている。嘘をついて事態を不必要にややこしくするつもりはない。とりわけ、われわれがいま置かれている状況に比べたら取るに足りない仮定の話については」

「少なくとも、わたしはそれを信じたいよ」

「では、それが第一歩だ」ガウはわたしを上から下までながめた。「きみはコロニー防衛軍にいたといっていた。人間に関するわしの知識によれば、きみはコロニー連合ではなく地球の出身ということになる。そのとおりかな？」

「そのとおり」

「人間というやつはじつに興味ぶかい。母星を変えた種族はきみたちだけだ。みずから進んで、ということだがね。ひとつの世界からのみ新兵を勧誘している種族はきみたちだけではないが、母星ではないところからそれをおこなっている種族はきみたちだけだ。われわれには地球とフェニックスとの関係、それとほかのコロニーとの関係はよく理解できない。ほかの種族にとっては筋がとおらないように思えるのだ。いつの日か、きみにそれを説明してもらえるかもしれないな」

「そうかもしれない」わたしは慎重にこたえた。

ガウはわたしの口調からなにかを読みとったようだった。「だが、きょうではないと」

「それはないな」

「残念だ。せっかく興味ぶかい対話になっているのに。われわれは排除活動を三十六回おこなってきた。これが最後だ。しかし、今回と初回をのぞけば、コロニーのリーダーたちとはあまり話すことがなかった」

「こういう状況でのんきにおしゃべりするのはむずかしいさ。相手は要求をのまなければこっちを蒸発させるつもりでいるんだから」

「たしかにそうだ。しかし、リーダーシップとは、少なくとも一部は個性によってもたらされる。こういうコロニーのリーダーたちの多くはそれが欠けているように見えた。本気でコロニーを建設するつもりだったのか、それとも、われわれが植民の禁止をほんとうに強制するのかどうか確認したかっただけなのか、よくわからなくなる。もっとも、わしを暗殺しようとしたリーダーもひとりいた」

「成功はしなかったようだな」

「ああ、大失敗だったよ」ガウは兵士たちを身ぶりでしめした。警戒はしているが、礼儀をわきまえて距離を置いている。「その女はわたしを刺そうとして兵士のひとりに撃たれた。それもあって、こうした話し合いは屋外でおこなうことにしている」

「じゃあ、夕焼けのためだけじゃないのか」

「残念なことにね。想像はつくかもしれないが、コロニーのリーダーを殺してしまったので、その副官との交渉はたいへん緊迫したものになった。もっとも、そのコロニーは最終的に退去した。コロニーのリーダーをのぞけば、流血はいっさいなかった」

「しかし、あなたは流血を否定しているわけじゃない。もしもわたしが退去を拒否したら、あなたはためらうことなくコロニーを破壊するはずだ」

「そうだ」

「それに、わたしの理解しているところでは、あなたにコロニーを排除された——暴力でもほかの手段でも——種族は、ひとつとしてコンクラーベに加盟していない」

「そのとおり」

「あなたは実際には心と精神を射止めていないわけだ」

「きみたちのそのことばにはなじみがない。それでもいいたいことはよくわかる。たしかに、それらの種族はコンクラーベに加わらなかった。しかしそのような想定は現実的とはいえまい。われわれは彼らのコロニーを排除したばかりで、彼らはそれを阻止できなかったのだ。それほどの屈辱をあたえておきながら、急に自分と同じ意見になってくれることを期待するのはむりがある」

「加盟しなければ、その種族は脅威となる可能性がある」

「きみのコロニー連合がそれを現実にしようとしているのは知っている。いまでは、そのことも含めて、われわれの耳に届かないことはほとんどないのだよ、ペリー行政官。だが、コロニー連合は以前にも同じことを試みていた。コンクラーベが実現への道を歩んでいたときに、〝反コンクラーベ〟とやらの創設に協力していたのだ。当時はうまくいかなかった。今回だってうまくいくとは思えないな」

「どうなるかはわからないさ」

「たしかに。いずれはっきりすることだ。しかし、それまでのあいだ、わしは現実とむきあうしかない。ペリー行政官、きみにコロニーを明け渡すことを要求する。きみがこの要求を受け入れるなら、われわれはきみの植民者がそれぞれの世界へぶじに帰れるよう協力する。あるいは、きみたちは政府から独立してコンクラーベに加わることもできる。さもなければ、これを拒否して破壊されることもできる」

「わたしから対案を提示したい。このコロニーのことはほうっておいてくれ。あなたの船団はスキップ可能な地点で襲撃の準備をととのえているはずだ。ドローンを送って、そのまま待機するよう伝えてくれ。あなたはそこにいる兵士たちを集めて宇宙船へもどり、ここから立ち去るんだ。わたしたちを発見できなかったふりをして。わたしたちにはかまわずに」

「それにはもはや手遅れなのだ」

「そうだろうと思っていた。しかし、わたしがこの提案をしたことは忘れないでくれ」

ガウ将軍は長いあいだ無言でわたしを見つめていた。「きみがわしの提案にどんな返事をするかはわかったよ、ペリー行政官。それを口にするまえに、どうかもういちど考え直してほしい。きみには選択肢が、偽りのない選択肢がある。コロニー連合から命令を受けているのはわかるが、きみには良心に従って行動する自由があるのだ。コロニー連合は人類の政府だが、コロニー連合よりも人類のほうがたいせつだ。きみはむりじいされてなにかをするような人間には見えない。相手がわしだろうと、コロニー連合だろうと、ほかのだれだろうと」

「わたしのことをタフだと思うなら、あなたはわたしの妻に会ってみるべきだな」

「ぜひそうしたいものだ。とても楽しいひとときになると思う」

「あなたの見立てどおりだといいたいよ。わたしはむりじいされてなにかをすることはありえないといいたい。だが、そうなるかもしれない。というか、抵抗できないことを受け入れてしまうかもしれない。いまがまさにそういうときなんだ。いま、わたしには選択肢がない。ただし、あなたには提示するべきではない選択肢がひとつある。それは、あなたが船団を呼ばずに、すぐさまここを立ち去り、ロアノークを行方不明のままにしておくことだ。たのむから考えてみてほしい」

「それはむりだ。申し訳ないが」

「わたしはこのコロニーを放棄することはできない。好きにするがいい、将軍」

ガウは兵士のひとりをふりかえり、合図を送った。

「どれくらいかかるんだ？」わたしはたずねた。

「長くはない」

そのとおりだった。数分後、最初の宇宙船が到着し、空に新しい星があらわれた。十分とたたないうちに、すべての宇宙船が到着した。

「あんなにたくさん」わたしはいった。目に涙が浮かんだ。

ガウ将軍がそれに気づいた。「きみにコロニーへもどる時間をあげよう、ペリー行政官。あっというまで苦痛もないことを約束する。同胞のために心を強く持ちたまえ」

「わたしは同胞のために泣いているわけじゃないんだよ、将軍」

ガウ将軍はわたしをまじまじと見つめた。彼が空を見あげたちょうどそのとき、船団の最初の一隻が爆発した。


時間と意志さえあれば、どんなことでも可能になる。

コロニー連合にはコンクラーベの船団を破壊する意志があった。船団の存在は容認しがたい脅威だった。コロニー連合はその存在を知るやいなや破壊を決意した。直接戦うのではとても勝ち目はなかった。四百十二隻の戦艦に相当する戦力となると、CDFの戦艦すべてを合わせたよりも強力なのだ。コンクラーベの船団が集結するのはコロニーを排除するときだけなので、宇宙船を個別に襲撃することはできる。しかし、それも同じくらい無益な行為だ。船団の宇宙船はそれぞれの政府によってすぐに補充されるし、コロニー連合はコンクラーベに加盟した四百を超える種族のひとつひとつにケンカをふっかけることになってしまう。それらの種族の多くが、コロニー連合にとって現実的な脅威とはなっていないにもかかわらず。

だが、コロニー連合はコンクラーベの船団を破壊する以上のことをしたかった。コンクラーベに屈辱をあたえてその基盤をゆるがしたかった。その存在理由とその威信のどまんなかに一撃を加えたかった。コンクラーベの威信は、その規模と、コロニー建設を禁ずる協定を執行できるだけの力に拠っていた。コロニー連合による攻撃は、コンクラーベの数的優位を無効にし、その協定をコケにするものでなければならなかった。攻撃をしかけるタイミングも、コンクラーベがその力を見せつけようとする瞬間でなければならなかった。すなわち、コンクラーベがコロニーを排除しようとする瞬間だ。それもわたしたちのコロニーを。

しかし、コロニー連合にはコンクラーベの脅威にさらされている新しいコロニーがなかった。もっとも新しいコロニーであるエヴェレストは、コンクラーベの協定が成立する数週間まえにすべりこんでいた。そこは脅威にさらされていなかった。べつのコロニーを創設する必要があった。

ここでマンフレッド・トルヒーヨとそのコロニー改革運動が登場する。植民局は何年もトルヒーヨの主張を無視していたが、それは長官が彼を毛嫌いしていたことだけが原因ではなかった。ずっと以前からいわれているとおり、惑星を維持するもっとも良い方法とは、住民をどんどん増やして、そのすべてを効率よく殺すのが不可能な状態にまでもっていくことだ。コロニーの住民が必要なのは、植民者を増やすためであって、コロニーを増やすためではない。そちらへは地球の余剰人口をまわせばいいのだ。コンクラーベが出現しなければ、トルヒーヨは植民を実現するためのキャンペーンをずっとつづけていただろう――地中に埋葬されてそれ以上どこへも行けなくなるまで。

だが、ここでトルヒーヨのキャンペーンが役立つことになった。コロニー連合は、ほかの多くの情報と同じように、コンクラーベに関する情報を各コロニーに伝えていなかった。だが、遅かれ早かれ、その存在を教えないわけにはいかなかった。コンクラーベは無視するにはあまりにも巨大だったのだ。コロニー連合はコンクラーベを問答無用で敵と決めつけてしまいたかった。そして、各コロニーにはコンクラーベとの戦いへの協力をもとめたかった。

コロニー防衛軍に入隊するのは地球出身の人びとだったし、コロニー連合は各コロニーに連合レベルの問題よりもそれぞれの世界の政治に集中するよう奨励していたので、植民者たちは自分の惑星と関係のない問題についてはなにも考えないのがふつうだった。しかし、もっとも人口の多い十の惑星から植民者を送りこめば、ロアノークはコロニー連合の全住民の半数以上に直接かかわりのある存在となり、コンクラーベとの戦いも同じように関心を集めることになる。全体として、これはいくつもの問題に対する巧妙な解決策となりそうだった。

トルヒーヨのもとに、彼の構想が承認されたとの連絡がはいった。その後、主導権はトルヒーヨから取りあげられてしまった。これについては、たしかにベル長官が彼を毛嫌いしていたことが原因だった。だが、そのおかげでトルヒーヨを指揮系統からはずすことができた。トルヒーヨは頭が良すぎて、追跡できるかたちで断片がころがっていればそれをひろい集めずにはいられないのだ。さらに、彼がはずれたことでひとつの政治的期待感が生まれ、参加コロニーのあいだでリーダーの地位をめぐる競争が起きた。これはコロニー連合がロアノークを使ってもくろんでいる真の計画から注意をそらしてくれた。

最後の最後に、事情にうといコロニーのリーダーふたりが投入されて、ロアノークの指揮系統にいる者がコロニー連合の計画をだいなしにするおそれはなくなった。その計画とは、コンクラーベの船団を撃破するための時間とチャンスを手に入れること。時間はロアノークを隠すことでつくりだされた。

時間はきわめて重要だった。コロニー連合がこの計画を立てたときには、まだまだ実行には時期尚早だった。たとえコロニー連合がコンクラーベに反旗をひるがえしても、手持ちのコロニーをおびやかされている他種族があとにつづくとは思えなかった。コロニー連合には支持基盤をひろげるための時間が必要だった。そのためには、まず他種族にコロニーを失わせるのがいちばんだということになった。コロニーを奪われた種族は、ロアノークが隠れたままでいるのを見て、強大なコンクラーベでも裏をかかれることがあるのだと知るだろう。それは各種族のあいだでコロニー連合の地位を向上させ、いざというときに味方についてくれる可能性のある種族を増やすことになる。

ロアノークをひとつのシンボルとみなしているのは、コンクラーベのメンバーでありながら不満をかかえる一部の種族にしても同じだった。彼らは遠大な構想の重荷を背負わされているのに、期待していたような直接の利益を手に入れていなかった。人類がコンクラーベにさからってぶじでいられるのなら、そもそもコンクラーベに加わることにどんな得がある？　ロアノークが隠れつづければつづけるほど、こうした弱小種族は自分たちが主権を明け渡した組織に対する不満をつのらせていくことになる。

しかし、コロニー連合が時間を必要とするいちばんの理由は、まったくべつのところにあった。必要なのは、コンクラーベの船団を構成している四百十二隻の宇宙船すべてを特定するための時間だった。必要なのは、船団が作戦行動中でないときにそれらの宇宙船がどこにいるのかを突き止めるための時間だった。必要なのは、それぞれの宇宙船の近辺にストロス中尉のようなガメランの特殊部隊員を配置するための時間だった。ストロスと同じように、これらの特殊部隊員は過酷な宇宙空間に適応していた。ストロスと同じように、彼らはナノ・カモフラージュを内蔵していたので、宇宙船に接近するだけでなく、数日でも数週間でも発見されることなく船体に取りついていることができた。ストロスとはちがって、この特殊部隊員たちは小型だが強力な爆弾をたずさえており、その内部では十グラムほどの微粒子化された反物質が真空中に浮かんでいた。

サカジャウェア号がマジェラン号のクルーを乗せて帰還したとき、ガメランたちは任務遂行のための準備をととのえていた。彼らは音もたてず姿も見せずに標的の宇宙船の表面に身をひそめた。それぞれの宇宙船は、既定の合流地点へと集結し、またもやおびえた植民者たちでいっぱいの世界の上空へ威圧的な登場をするための準備にはいった。ジェントル・スター号のスキップドローンが宇宙空間に出現すると、ガメランたちは手持ちの爆弾をそれぞれの宇宙船の表面にそっと据えつけて、宇宙船がスキップするまえにふわふわと船体を離れた。爆弾が起動するときにそばにいたくはなかった。

そんな必要はなかった。爆弾を遠隔操作で起動するのはストロス中尉の役目だった。ストロスは船団から充分に離れたところで配置につき、すべての爆弾がそろって準備ができていることをたしかめてから、自分で決めたもっとも美的な衝撃をもたらす順番でそれらを爆発させた。ストロスはちょっと変わったやつだった。

起動した爆弾は、反物質を船体めがけてショットガンのように撃ちだした。反物質を広範囲にばらまくことで、物質と反物質との対消滅《ついしょうめつ》がもっとも効率よく発生するようにしたのだ。それは美しくもおそろしい効果をもたらした。

こうした詳細の多くを、わたしはずいぶんたってから、ことなった状況のもとで知ることになった。だが、ガウ将軍といっしょにいたときでも、これだけのことはわかっていた。ロアノークは最初から通常の意味でいうコロニーではなかった。その目的は、人類に新しい家をあたえることでもなければ、宇宙における人類の勢力範囲をひろげることでもなかった。それは抵抗のシンボルであり、時間稼ぎのための道具であり、宇宙を変えることを夢見た存在を誘いこみ、その眼前で夢を打ち砕くための罠でもあった。

最初にいったように、時間と意志さえあれば、どんなことでも可能になる。わたしたちには時間があった。わたしたちには意志があった。


ガウ将軍は、コンクラーベの船団が音もなく、けれど華々しく爆発するのをじっと見あげていた。わたしたちの背後で、将軍の配下の兵士たちがおそろしげな悲鳴をあげた。目のまえで起きていることに混乱し、おびえているのだ。

「きみは知っていたんだな」ガウはささやき声でいった。まだ空を見あげている。

「知っていた」わたしはこたえた。「そしてあなたに警告した。船団を呼ぶなと」

「そうだった。よく上の連中が許してくれたものだな」

「許しは得ていないよ」

ガウはわたしに顔をむけた。表情を読みとることはできなかったが、そこにあらわれているのは、激しい恐怖と、こんなときでも消えない好奇心のように思われた。「きみはみずからの意志でわしに警告したのか」

「そうだ」

「なぜそんなことを？」

「よくわからないな。あなたはなぜ植民者を殺さずに退去させようとしたんだ？」

「それが道義的責任というものだ」

「わたしもそうだったのかな」空を見あげると、そこではまだ華々しい爆発がつづいていた。「あるいは、あれだけの人びとの血をこの手で受け止めたくなかったのかも」

「決定したのはきみではなさそうだな。それだけは信じよう」

「ああ。でも、そんなことは問題じゃない」

ようやく爆発がおさまった。

「あなたの宇宙船は容赦されたよ、ガウ将軍」

「容赦された？　なぜだ？」

「そういう計画だからだ。あなたの宇宙船と、あなたたちだけは。ロアノークからスキップ可能な地点へ移動してそちらの領土へもどるまでは危険はないが、いますぐ出発してもらわなければならない。安全な脱出を保証できるのはあと一時間だけだ。すまないが、あなたたちの時間でどれだけになるのかはわからない。急いだほうがいいということだけはたしかだ」

ガウはふりかえって兵士たちに吠えたが、聞いていないのがあきらかだったので、もういちど吠えた。ひとりの兵士が近づいてきた。ガウは翻訳機を手でふさぎ、自分の言語でなにやら伝えた。兵士は大声で叫びながら仲間のところへ駆けもどっていった。

ガウはわたしに顔をもどした。「やっかいなことになるぞ」

「おことばを返すようだが、まさにそれが狙いだと思う」

「ちがう。きみはわかっていない。さっきもいったとおり、コンクラーベには人類の根絶を主張している連中がいる。きみたちがわしの船団を全滅させたように、きみたちを全滅させようというのだ。これで彼らを抑えるのがいっそうむずかしくなった。彼らはコンクラーベの一員だ。しかし、それぞれに宇宙船も政府もある。これからなにが起こるかわからない。彼らをコントロールできるかどうかわからない。もはや彼らがわしのことばに耳を貸すかどうかわからないのだ」

一団の兵士たちが将軍を連れもどそうと近づいてきた。そのうちのふたりはわたしにむかって武器をかまえていた。将軍がなにか吠えると、武器は下へおろされた。ガウがわたしにむかって一歩踏みだした。わたしは一歩さがりたいという衝動をこらえて、その場に踏みとどまった。

「きみのコロニーを見るがいい、ペリー行政官。ここはもはや秘密の場所ではない。いまから先、ここは悪名高きコロニーとなる。だれもがここで起きたことに対して報復をもとめるだろう。コロニー連合全体がその標的となる。だが、すべてがはじまったのはここ《ヽヽ》なのだ」

「あなたも報復するつもりなのか、将軍?」

「いや。わしの指揮下にあるコンクラーベの宇宙船と部隊がここへもどることはない。それだけは約束しよう。これはきみとの約束だ、ペリー行政官。きみはわしに警告しようとしてくれた。その厚意について、きみには借りがある。だが、わしがコントロールできるのは配下の宇宙船と部隊だけだ」ガウは兵士たちを身ぶりでしめした。「いま現在は、これがわしの配下にある部隊だ。指揮権のある宇宙船も一隻しかない。なにをいっているのかわかってもらえるといいのだが」

「わかるよ」

「ではお別れだ、ペリー行政官。コロニーに目をくばれ。なんとしても守るのだ。きみのためにも、わしが考えているほどやっかいなことにならないよう祈っている」

ガウはきびすを返し、惑星を離れるために駆け足でシャトルへもどっていった。わたしはその後ろ姿を見送りながら、リビッキー将軍から聞かされた話を思いだした。

「計画は単純だ。われわれはコンクラーベの船団をすべて破壊するが、ガウの宇宙船だけは残しておく。彼はコンクラーベにもどって、分裂する組織をなんとかまとめようとするだろう。だからこそ生かしておくのだ。これだけの損害を受けても、一部の種族はそのままガウに従うはずだ。加盟種族どうしによる内戦でコンクラーベは崩壊していく。ガウ将軍が死んでコンクラーベがあっさり解散するよりも、内戦のほうがはるかに効果的にコンクラーベの戦闘力を弱体化させるだろう。一年もたてばコンクラーベはすっかりばらばらになるから、あとはコロニー連合がその大きな破片をひろい集めるだけだ」

わたしはガウ将軍のシャトルが離陸し、夜空へ吸いこまれていくのを見送った。

リビッキー将軍のことばが正しければいいのだが。

とてもそうは思えなかった。

11

コロニー連合がロアノークの軌道上に設置した防衛衛星からのデータによれば、コロニーを襲ったミサイルクラスタは、惑星の大気圏の最外縁にいきなり出現して、搭載していた五基のミサイルをほぼ瞬時に展開した。五基のミサイルはただちにエンジンを始動して、徐々に濃さを増す大気のなかへ突入した。

二基のミサイルの熱シールドは突入時に故障し、白熱する大気の弾頭波に屈して崩壊した。これらのミサイルは爆発したが、弾頭を搭載していたらそれどころではすまなかったはずだ。任務に失敗したミサイルは大気圏上層部でぶじに燃えつきた。

防衛衛星は残りの三基のミサイルを追跡し、コロニーへ空襲警報を送った。新たに再起動されたコロニー内のPDAすべてがこのメッセージを受け取り、襲撃が迫っているとの警告を流しはじめた。植民者たちは夕食の皿をほうりだし、こどもたちをかかえて、村の共同シェルターか農場の家族用シェルターへ走った。メノナイトの各農場に最近になって設置されたサイレンが、敷地のはずれでやかましく鳴り響いた。

村の近くでは、ジェーンが遠隔操作によりコロニーの防衛網を起動した。ロアノークが最新機器の使用を認められてからおおあわてで設置されたもので、内容を考えると〝防衛網〟というのはいささかおおげさだった。ここでいう防衛とは、連動する一連の自動式ランドガンとクロアタンの村の両端に置かれた二基のビーム砲だ。このビーム砲は、わたしたちめがけて飛来するミサイルを理論上は撃破できるが、それは必要なエネルギーを供給できればの話だ。現実はそうはいかない。コロニーのエネルギーグリッドは太陽熱を動力源としている。日々のエネルギー消費をまかなうには充分だが、ビーム兵器に必要な強力なパワーを供給するには悲しいほど力不足だ。ビーム砲に内蔵されたバッテリでは、高出力で五秒間、低出力で十五秒間の使用が可能となっている。低出力のビームではミサイルを完全に破壊することはできないかもしれないが、航行システムを焼き払って進路をそらすくらいはできる。

ジェーンはランドガンの電源を落とした。これは必要がない。それから、防衛衛星とじかにリンクして、ブレインパルにフルスピードでデータを落としこみ、ビーム砲でなにをしなければならないかをもっとよく理解しようとした。

ジェーンが防衛網を起動しているあいだに、防衛衛星はどのミサイルがコロニーにとってもっとも差し迫った脅威であるかを突き止め、内蔵されたエネルギービームでそれを攻撃した。ビームはミサイルを直撃して穴をあけた。空力性能が急激にダウンして、ミサイルは分解した。衛星は残ったミサイルの片割れに狙いを定めて、こんどはそのエンジンを撃ち抜いた。ミサイルは空中で激しく進路を変え、航行システムでもその狂いを補正することはできなかった。ミサイルは最終的にどこかへ墜落したが、コロニーから遠く離れていたので、わたしたちがそれ以上心配することはなかった。

防衛衛星はここでバッテリを使い果たしたので、最後のミサイルを攻撃することはできなかった。そのかわりにスピードと軌道のデータを地上へ送り、ジェーンはそのデータをただちにビーム砲へ中継した。ビーム砲はオンライン状態となり、ミサイルの追尾を開始した。

緊密に集束したビームでも、距離が遠ければエネルギーを消耗する。ジェーンはビーム砲の効果を最大限に発揮するため、攻撃するまえにミサイルをできるだけ近くまで引きつけた。そして、両方のビーム砲を高出力で発射した。それは正しい判断だった。ミサイルは信じがたいほど頑丈だったのだ。両方のビーム砲を使っても、ミサイルの頭脳を破壊して、その武器とエンジンと航行システムを沈黙させるのがやっとだった。ミサイルはコロニーのすぐ上空で機能を停止したが、惰性でそのまま直進してすさまじいスピードで落下した。

死んだミサイルは村から一キロメートルほど離れた地点に墜落して、休閑中の畑にとてつもなく深い穴をうがち、噴きだした推進剤は空中で発火した。爆発によって生みだされた衝撃波は、ミサイルに弾頭が搭載されていた場合と比べたらほんのささやかなものではあったが、それでも、一キロメートル離れたところにいたわたしにしりもちをつかせ、それから一時間近く聴力を奪った。ミサイルの破片はあらゆる方向へ飛び散り、推進剤の燃焼エネルギーによっていっそう運動量を増大させた。破片は森につっこんで、ロアノークの木々を引き裂き、木の葉のなかに炎をまきちらした。べつの破片は近くの農場で建物に穴をあけ、家や納屋をつぶして家畜たちを地面にひろがる血のしみに変えた。

ミサイルのエンジンカバーの一部は、高々と空中へ舞いあがり、弧を描いて地面に落下した。その下には最近になってつくられたグジーノ家のシェルターがあった。衝撃でシェルター上の土は崩落し、エンジンカバーもろともシェルターの内部へ落下した。そこにはグジーノ家が全員顔をそろえていた。ブルーノとナタリー・グジーノ、六歳の双子のマリアとキャサリーナ、それと十七歳になる息子のエンゾ。彼は最近になってふたたびゾーイを口説きはじめ、以前よりもいくらか成果をあげていた。

家族のだれひとりとしてシェルターから出てはこなかった。

ひとつの家族が一瞬で消え失せた。それは言語に絶するできごとだった。

はるかに悲惨な結果になっていたかもしれないのだ。

その攻撃のあと、わたしは一時間かけてコロニー周辺の損害状況に関する報告を集めてから、サヴィトリを連れてグジーノ家の農場へ出かけた。グジーノ家のポーチにはゾーイがいて、吹き飛んだ窓ガラスの破片のなかで力なくすわりこんでいた。ヒッコリーがそのかたわらにたたずんでいた。ディッコリーはジェーンとともにシェルターの残骸のほうへ行っていた。シェルターのそばにいるのはそのふたりだけだった。一団の男たちがすこし離れたところに立ち、ジェーンの指示を待っていた。

わたしはゾーイのそばへ行って、その体をしっかりと抱き締めた。ゾーイはおとなしく抱かれたが、抱き返してはこなかった。

「ああ、ゾーイ。かわいそうに」

「あたしはへいきよ、パパ」ゾーイの口調は、それが偽りであることを語っていた。

「わかってる」わたしはゾーイにまわした腕をといた。「それでも気の毒だと思う。つらいだろう。いまここにいるのはあまりよくないような気がするんだが」

「帰りたくない」

「むりに帰ることはないよ。ただ、きみがこれを見るのはどうなんだろうと思って」

「ここにいなくちゃいけないの。自分の目で見なくちゃいけないのよ」

「わかった」

「今夜ここへ来るはずだったの」ゾーイは背後の家を身ぶりでしめした。「エンゾに夕食に誘われてね。あたしは来るといったんだけど、グレッチェンといっしょにいたら時間がすぎるのを忘れちゃって。ごめんなさいっていって連絡を入れようと思ったときに警報が鳴ったの。ほんとはここにいるはずだったのよ」

「ゾーイ、そのことで自分を責める必要はないよ」

「そのことで自分を責めてるわけじゃないの。あたしはここにいなくてよかったと思ってる。それでいやな気持ちになってるの」

わたしは思わず乱れた笑い声をあげて、もういちどゾーイを抱き締めた。「ああ、ゾーイ。きみが今夜ここにいなくてほんとうによかった。わたしはそのことでいやな気持ちにはならない。エンゾとその家族は気の毒だと思う。でも、きみがわたしたちと同じようにぶじでよかった。生きていることを悪く思ったりする必要はないんだよ」そしてゾーイの頭のてっぺんにキスした。

「ありがと、パパ」ゾーイはすっかり納得してはいないようだった。

「わたしがきみのママと話をしにいくあいだ、サヴィトリにそばについていてもらうようにするから。いいね？」

ゾーイはちょっと笑った。「なによ、ヒッコリーだけじゃなぐさめにならないと思ってるわけ？」

「そんなことはないさ。ただ、しばらくヒッコリーを借りたいんだ。かまわないかな？」

「もちろん」

サヴィトリがゾーイのそばに行って、いっしょに階段に腰をおろし、そっと彼女を抱き寄せた。わたしはヒッコリーを手招きした。ならんで歩きだすと、ヒッコリーもわたしに歩調を合わせた。

「いまは意識インプラントをつけているのか？」

「いや。ゾーイの悲しみが大きくなりすぎた」

「じゃあ起動してくれないか。それがあるほうが話しやすい」

「いいだろう」ヒッコリーはインプラントのスイッチを入れた。そして、その場にがっくりとへたりこんだ。

「どうした？」わたしは立ち止まった。

「すまない」ヒッコリーは弁解した。「いまもいったとおり、ゾーイの感情がとてつもなく強いのだ。わたしはまだそれに対応しきれていない。ゾーイからはいちども感じたことのない新しい感情だ。新しい感情は処理するのがむずかしい」

「だいじょうぶなのか？」

「だいじょうぶだ」ヒッコリーは立ちあがった。「申し訳なかった」

「気にしなくていい。ところで、ほかのオービン族とはもう連絡がとれたのか？」

「ああ。あなたたちの衛星のデータフィードを経由して、間接的に。連絡を再開して、去年あったできごとをざっと伝えただけだ。完全な報告はあげていない」

「なぜだ？」わたしたちはまた歩きだした。

「あなたたちのデータフィードは安全ではない」

「上司にあれこれ報告をするので、コロニー連合には聞かれたくないと」

「そうだ」

「あれこれというのは？」

「観察したこと。それと提案だ」

「いつだったか、きみはわたしにこういった。わたしたちが手助けを必要としているなら、オービン族はよろこんで手を貸すと。あの申し出はいまも有効か？」

「わたしの知るかぎりでは。われわれに手助けをもとめているのか、ペリー少佐？」

「まだだ。どんな選択肢があるのか知っておきたくてね」

ジェーンが近づいていくわたしたちを見あげた。「ゾーイをここへ連れてきたくない」

「そんなにひどいのか」

「もっとひどいわ。あたしの提案をいわせてもらうと、このエンジンカバーを引きずりだして、シェルターをすっかり土で埋めて、その上に墓石を置くほうがいい。よそへ埋葬できるだけのものを見つけようとするのはむだな努力だと思う」

「やれやれ」わたしはエンジンカバーにむかって顎をしゃくった。「これについてはなにかわかったかい？」

ジェーンは近くに立っているディッコリーを身ぶりでしめした。「ディッコリーの話だと、付いているマークから見てノウリ製だろうって」

「そんな種族は知らないな」

「コロニー連合とはほとんど接触がないから。でも、これを送りこんできたのはたぶんノウリ族じゃないわ。彼らは単一の惑星に住んでいて植民をしない。あたしたちを攻撃する理由がないもの」

「コンクラーベには加盟しているのか？」

「いや」ディッコリーが近づいてきた。「しかし、ノウリ族は武器をコンクラーベの一部の種族に売っている」

「じゃあこれはコンクラーベの攻撃かもしれない」

「可能性はある」

「ガウ将軍はあたしたちを攻撃しないといったのに」とジェーン。

「しかし、ほかの者が攻撃するのは止められないともいっていた」とわたし。

「これは攻撃じゃないと思うわ」

わたしはエンジンカバーの残骸を身ぶりでしめした。まだ熱をはなっている。「攻撃のように見えるけどね」

「これが攻撃だったらあたしたちは全員死んでるはず。コロニーに対する純粋な攻撃にしては小規模すぎるし、やりかたがあまりにも稚拙よ。敵はミサイルをコロニーの真上に投下した。そんなところじゃ、こちらの防衛衛星がすぐに発見して、撃ちもらしたミサイルを仕留めるよう地上に情報を送ることができる。コロニーを攻撃するためだとしたら愚かすぎる。こちらの防衛力を試すためならそれほど愚かでもない」

「じゃあ、もしもコロニーを破壊できていたら、それはただのボーナスだったのか」

「そういうこと。これで、敵はあたしたちがどんな防衛兵器を使っていて、どれほどの性能があるのかを知った。そして、あたしたちは敵のことをなにひとつ知らない。わかっているのは、こちらの防衛手段を知りもせずに攻撃をしかけてくるほど愚かな相手ではないということ」

「となると、つぎの攻撃はミサイル五基じゃすまないな」

「おそらくね」

わたしは残骸をじっくりながめた。「これじゃいいカモだな。こんなものは撃ち落としようがなかったし、仲間はやっぱり何人か死んだ。もっとましな防衛手段が必要だ。コロニー連合はわたしたちの胸に的を置いたんだから、人びとが撃たれるのをふせぐ手助けをしてもらわないと」

「強い口調の手紙でなにかちがいが生まれるとは思えないんだけど」

「そうだな。サン・ホアキン号が二日後にやってきて補給品をおろしていくことになっている。わたしたちのどちらかがそれに乗ってフェニックス・ステーションへもどるべきだ。

じかに戸口に立っていれば、ずっと無視しにくくなるはずだ」

「あなたはなんとかなると思ってるみたいね」

「そこでうまくいかなかったとしても、ほかに選択肢があるかもしれない」

わたしはヒッコリーに目をむけた。話をつづけようとしたとき、サヴィトリとゾーイが近づいてくるのが見えた。ジェーンがゾーイをあまり近づけたくないといっていたのを思いだして、わたしはふたりのほうへむかった。

サヴィトリが自分のPDAを差しだした。「メールが何本かはいってます」

「おいおい、サヴィトリ。いまはそんなときじゃないだろう。ヤンのほうへ転送しておいてくれ」

ロアノークが公式に再発見されてからというもの、人類の知るありとあらゆる報道発信源がジェーンとわたしに接触してきて、懇願したりなだめすかしたりしてインタビューをとろうとしていた。ロアノークに届いた最初の公式スキップドローンのデータパケットには、そうした依頼が五百件も詰まっていた。ジェーンやわたしにはそんなものに応じる時間も意欲もなかったが、その両方をもっている人物がいることはわかっていた。こうして、ヤン・クラニックが正式にロアノークの報道担当官になった。

「マスコミの依頼であなたをわずらわせたりはしません」とサヴィトリ。「植民局からです。〝極秘〟と〝緊急〟のマークがついています」

「どんな用件だ？」

「わかりません。わたしではひらけないので」

サヴィトリはわたしにPDAを手渡し、彼女のアクセスがブロックされているのを見せた。わたしはサヴィトリのアカウントをログオフさせ、あらためて自分のアカウントでログインした。PDAなしで一年近くすごしたせいで、わたしは以前の自分がどれほどこれに依存していたかを痛感し、いまはまったく頼ろうとは思わなくなっていた。いまでも自分のPDAは持ち歩いておらず、業務連絡についてはサヴィトリにまかせていた。

PDAがわたしの生体認証とパスワードを受け付けて、メールをひらいた。

「こいつはすごい」わたしは一分後にいった。

「すべて順調ですか？」

「とんでもない。ジェーンにここの仕事はできるだけ早く終わらせて、すぐに管理棟へ来るよう伝えてくれ。そのあと、マンフレッド・トルヒーヨとヤン・クラニックを見つけて、やっぱり管理棟へ来るよう伝えるんだ」

「わかりました。なにがあったんです？　教えてもらえませんか？」

わたしはサヴィトリにPDAを返した。「コロニーのリーダーを解任された。フェニックス・ステーションへの出頭を命じられたよ」

「まあ、きみが任を解かれたのは一時的なことであって、それは明るい材料だ」

マンフレッド・トルヒーヨがそういって、メールの表示されたＰＤＡをヤン・クラニックに渡した。そのふたりと、ジェーンと、サヴィトリと、クラニックといっしょにいたビアタが、わたしの狭いオフィスに集まって、そこに全員を収容する能力があるかどうか挑戦していた。

「一時的ということは、コロニー連合はまだきみをリンチするかどうか決めていないということだ。決定するまえに、まずは話をしてみたいのだろう」

「結局、きみがわたしの仕事を引き継ぐことになりそうだな、マンフレッド」わたしはデスクのうしろからいった。

トルヒーヨはデスクのわきに立っているジェーンにちらりと目をむけた。「そのまえに彼女を追い落とさなければならないわけだが、はたしてそういうことになるかな」

「あたしはジョン抜きでこの仕事をつづけるつもりはないわ」

「きみには充分にこの仕事をこなす能力がある。だれも反対はしないはずだ」

「自分の能力を疑問視しているわけじゃないの。とにかくその気はないから」

トルヒーヨはうなずいた。「いずれにせよ、コロニー連合がきみを完全に解任するつもりなのかどうかはわからない」いまはビアタの手のなかにあるＰＤＡを指さす。「きみは審問の場に引きだされる。もと立法府議員としていわせてもらうと、たいていの場合、審問の目的はだれかのために言い訳を用意することであって、なにかを本気で調べることではない。もと立法府議員としてもうひとついわせてもらうと、植民局には言い訳を用意しなければならないことがたくさんあるはずだ」

「とはいっても、あんたが責任を問われるようなことをしていなければ呼びだしはなかったはずだ」クラニックがいった。

「すばらしいわ、ヤン」とビアタ。「あなたはいつでも頼りになる味方ね」

「実際にまずいことをやったとはいってない」クラニックはぴしゃりといった。コロニーの報道担当官になってから、彼はビアタを助手として雇い直していたが、ふたりの個人的な関係は離婚後からさほど改善されてはいないようだった。「やつらがジョンに責任をかぶせる口実になるようなことをやったといってるんだ。ジョンを審問の場に引っぱりだせるようなことを」

「たしかにやったわけだろう？」トルヒーヨがわたしにたずねた。「ガウ将軍とふたりでいたとき、きみは彼に逃げ道を用意した。船団を呼ぶなといった。そんなことをするはずではなかったのに」

「ああ、そのとおりだ」

「それについてはわたしもいささか困惑させられた」

「申し出をしたといえるようにしておきたかった。自分の良心のために」

「モラルの問題はさておき、だれかがその件で騒ぎたてようとした場合、彼らはきみを反逆罪で告発できる。コロニー連合の計画ではコンクラーべの船団がここに到着する必要があった。きみは意図的にその戦略を危険にさらしたのだ」

わたしはクラニックに顔をむけた。「きみはほかの記者たちと話をしている。この件でなにか聞いているか?」

「あんたが裏切り者とみなされているという話か? それはないな。いまでもあんたとジェーンに取材をしたがっている記者は大勢いるが、彼らが聞きたいのはコンクラーべの船団が撃破された夜のことや、われわれがここでどうやって生きのびてきたかということだ。わたしはそういう記者たちの多くをマンフレッドやそのほかの評議会メンバーへまわしてきた。そっちでなにか話が出ているかもしれない」

わたしはトルヒーヨに顔をむけた。「どうだった?」

「この件についてはなんの話も出ていない。ただ、きみもよく知っているとおり、コロニー連合が計画したり考えたりしていることはけっして外部には出てこないからな」

「では、コロニー連合があなたを裏切り者呼ばわりしようとしているのは、あなたが二十万の知的生物をおおよろこびで殺さなかったせいなんですか」とサヴィトリ。「わたしがコロニー連合の権力構造を好きになれない理由が急にわかったような気がします」

「それだけじゃないかも」ジェーンがいった。「ジョンがスケープゴートにされている可能性はあるけど、それが事実だとしたら、なんのために彼をスケープゴートにするのかという疑問が出てくる。逆に考えると、ジョンがガウ将軍に対してとった行動が問題になるということは、ジョンの行動がどんなふうに事態に影響をおよぼしたかをコロニー連合が調べているということになる」

「なにかが計画どおりに進んでいないということか」わたしはジェーンにいった。

「計画がなんの問題もなく進行していたら、スケープゴートをさがしたりはしないと思う。もしも今夜の攻撃の背後にコンクラーベがいるとしたら、コロニー連合の予想よりもずっと早く組織の再建が進んでいるのかもしれない」

わたしがクラニックに目をやると、彼はすぐにその視線の意味を察した。

「見た範囲ではコンクラーベに関する報道はないな。肯定的なものも否定的なものも」クラニックはいった。

「それじゃ筋がとおらない」わたしはいった。リビッキー将軍の話では、今回の計画にはコンクラーベが大敗北を喫した瞬間を各コロニーに伝えることも含まれていた。敗北の瞬間はやってきた。マスコミにはその記事があふれているはずなのだ。「コンクラーベの記事はひとつもないのか?」

「とにかく名前は出ていない」とクラニック。「わたしが見た記事では、コロニーが無数のエイリアン種族の脅威にさらされていることがわかったから、コロニー連合が策略をめぐらせたことになっていた。ここでの戦闘のことも出ていたな。しかし、コンクラーベのことをコンクラーベとして記事にしていたものはなかった」

「でも、わたしたちはコンクラーベのことを知っています」サヴィトリがいった。「ここにいる全員がコンクラーベのことを知っているんです。植民者が手紙やビデオを家族や友人に送るときには、その話をするでしょう。いつまでも秘密にはしておけません。とりわけ、今夜から先は」

「コロニー連合がその気になれば、情報を操作する方法はいくらでもあるわ」ビアタがサヴィトリにいった。「今夜だれが攻撃してきたのかはわからない。たくさんある種族のどれでもありうるし、種族同盟の存在をうかがわせる要素はどこにもない。コロニー連合がコンクラーベの問題を矮小化したいと思ったら、コロニーを守るために住民には意図的に悪い情報を流したのだとマスコミに伝えればいい。全宇宙が襲いかかってくると思っているほうが、住民も身を守るために熱心になるからといって」

サヴィトリがわたしを指さした。「ジョンがガウ将軍と対面したのも、妄想だったことにするんですか？」

「ジョンは罷免《ひめん》されているのよ。今回の審問では、あの一件の記憶を書きかえるよう命じられるかもしれない」

「あなたがこんなに謀略説に取り憑かれているとは知りませんでした」

「あたしの世界へようこそ」

「記者やそのほかの連中がコンクラーベのことを知っている可能性はある」クラニックがいった。「正式には報道されていないというだけだ。コロニー連合が記者たちにその話はするなと圧力をかけているとしたら、記者たちもその件についてわれわれと話をしたがらないだろう——」

「——なぜなら、すべての通信はスキップドローンを経由しているから」ジェーンがあとを引き取った。「つまり、コロニー連合に監視されているということ」

「そのとおり」

わたしはヒッコリーがほかのオービン族との通信をコロニー連合に聞かれているのではないかと心配していたことを思いだした。コロニー連合を疑っていたのはヒッコリーだけではなかったらしい。

「暗号かなにかないのか？」わたしはクラニックにたずねた。「たとえ監視されているときでも、ほかの記者たちに情報を伝える方法とか？」

「〝鷹は真夜中に飛ぶか？〟とでも書けというのか？　いや、暗号なんかないし、たとえあっても、そんな危険をおかすやつはいない。コロニー連合が特異な文章や電子透かしをさがさないと思ってるのか？」クラニックはジェーンを指さした。「ジェーンはＣＤＦで諜報部にいたことがあるそうじゃないか。彼女にきいてみればいい」

「じゃあ、わたしたちはコロニー連合がなにを知っているかを知らないだけじゃなく、それを知る手段さえないんですか」とサヴィトリ。「行方不明のままのほうがよかったかもしれませんね」

「いや」わたしはいった。「知ることはできる。ここではむりだというだけだ」

「そうか」トルヒーヨがいった。「きみはフェニックス・ステーションへ行く。むこうでならもっと情報を仕入れられると思っているんだな」

「そのとおり」

「審問だけで大忙しだよ。ゴシップに追いつく暇さえほとんどないと思う」

「きみはいまでもコロニー連合の政府に知り合いがいるんだろう」

「クーデターが起きていなければな。まだ一年しかたっていないんだ。何人か紹介することはできる」

「きみもいっしょに来てくれ。たしかに、わたしは審問で忙しくなるだろう。それに、きみの知り合いだって、わたしよりきみが相手のほうが率直に話してくれるはずだ。とくに、きみが最後にその人たちと話したときに、きみがわたしのことをどう思っていたかを考えると」わたしはクラニックに目をむけた。「きみもだ、ヤン。まだマスコミに知り合いがいるだろう」

ビアタが鼻を鳴らした。「ヤンが知ってるのはキャスターだけよ。あたしを連れていくといいわ。プロデューサーやエディターを知ってる——彼のような人がしゃべる中身を用意している人たち」

「ふたりとも来てくれ」わたしはクラニックがビアタに反論するまえにいった。「できるだけいろいろな情報源から、できるだけ多くの情報を集める必要がある。マンフレッドは政府。きみたちふたりはマスコミ。ジェーンは特殊部隊」

「だめよ」ジェーンがいった。「あたしはここに残る」

わたしはびっくりして口をつぐんだ。「コンクラーベの船団への攻撃を遂行したのは特殊部隊だ。その余波についてだれよりもくわしく知っているかもしれない。きみにそれを突き止めてほしいんだよ、ジェーン」

「だめよ」

「ジョン」サヴィトリがいった。「わたしたちは攻撃を受けているんです。あなたがいないあいだ、だれかがコロニーを仕切らなければいけません。ジェーンにはここにいてもらわないと」

それだけではないはずだったが、ジェーンの目つきは淡々として表情がなかった。どんな事情があるにせよ、いまここで教えてもらえるとは思えなかった。それに、サヴィトリのいうとおりでもあった。

「いいだろう」わたしはいった「わたしでもまだ話を聞ける相手はいるからな。独房へほうりこまれなければの話だが」

「三人もいっしょに出かけたら、あやしまれるんじゃないか」とトルヒーヨ。

「それはないと思う。コロニーは攻撃を受けているんだからな。わたしは審問に出席する。マンフレッドはいろいろな人を訪問して、コロニーの防衛力を向上させるようコロニー連合にはたらきかけなければならない。ビアタはコロニーの文部大臣として出かける。情報源と話をするだけじゃなく、娯楽番組や教育番組を放送する許可を得られるようはたらきかけるんだ。もうコロニーにはそれだけの能力があるんだから。ヤンは報道担当官として、ロアノークの最初の一年についてたくさんの取材を受けることになる。みんなそれぞれに出向く理由はあるわけだ。筋がとおってないか？」

「とおってるな」トルヒーヨが認めた。クラニックとビアタもうなずいた。

「よし。迎えの宇宙船は二日後に到着するからな」

わたしは立ちあがって会議を終わらせた。ジェーンをつかまえようとしたが、彼女は真っ先にドアから出ていってしまった。

「ゾーイはどこだ？」わたしは家に帰ってからジェーンにたずねた。

「トルヒーヨの家よ」ジェーンはポーチで椅子にすわり、ババールをなでていた。「グレッチェンや友だちといっしょに、エンゾのお悔やみにいってる。今夜はむこうで泊まるかもしれない」

「どんな様子だった？」

「大好きだった人が死んだのよ。だれだってきついわ。あの子はまえにも愛する人たちを失っている。でも、今回は同年代だから。友だちだったんだもの」

「初恋の相手だしな。それで話がややこしくなってる」

「そうね。いまはなにもかもややこしくなってる」

「ややこしいといえば、さっきのあれがどういうことなのかききたいんだが。フェニックス・ステーションへ行くのをことわっただろう」

「サヴィトリがいったとおりよ。審問であなたがいなくなるだけでもきついのに、トルヒーヨまで連れていくんでしょ。だれかがここに残らないと」

「でも、それだけじゃないだろう。きみのことはよく知ってるから、なにか隠しているときにはわかるんだ」

「コロニーを危険にさらしたという責任を負いたくないのよ」

「どうしてそうなるんだ？」

「第一に、こんどシラード将軍に会ったら、あたしはきっとあのゴミ野郎の首をへし折ってしまう。そのあとで仕事をつづけられるとは思えない。このコロニーの指揮どころじゃなくなってしまう」

「きみはいつでも現実的な人だったのに」

「いまでもそうよ。キャシーから受け継いだのかも」

「そうかもしれないな」

ジェーンがキャシーのことを口にするのは珍しかった。夫を相手に最初の妻の話をするのはむずかしい。とりわけ、自分がその妻のDNAからつくられたとしたら。ジェーンがキャシーの話をするのは、なにかほかのことを考えているしるしだ。わたしはじっと口をつぐみ、ジェーンが思いを口に出す準備ができるのを待った。

「ときどき彼女のことを夢に見るの」ジェーンはようやくいった。「キャシーのことを」

「どんな夢だ？」

「ふたりで話をしているの。キャシーは自分といっしょだったときのあなたのことを話して、あたしはいまのあなたのことを話して。それから、家族のことや生活のことやおたがいのことを語りあうの。目がさめると、どんな話をしたか思いだせなくなってる。おぼえているのは話をしたことだけ」

「いらいらするだろうな」

「いいえ。そうじゃないわ。あたしは話をできるのがうれしいの。キャシーとのつながりを感じられるのがうれしいの。彼女はあたしの一部。母で、姉で、自分自身。そのぜんぶなの。キャシーが来てくれるのがうれしい。ただの夢だとわかってるんだけど。それでも楽しい」

「そうだろうな」わたしはキャシーのことを思いだした。ジェーンはキャシーとよく似ていたが、それと同じくらいジェーン自身でもあった。

「いつかあたしもキャシーのところへ行きたい」

「どうすればそんなことができるのかわからないよ。キャシーはずっとまえに亡くなっているのに」

「ちがうの。行きたいのはいまキャシーがいるところ。彼女が埋葬されているところ」

「やっぱり、どうすればそんなことができるのかわからないな。いったん地球を離れたら、二度ともどることは許されないんだ」

「あたしが地球を離れたわけじゃないわ」ジェーンはババールを見おろした。のんびりと、幸せそうに尻尾をぱたぱたさせている。「あたしのDNAだけ」

「コロニー連合がそれを区別するとは思えないなあ」わたしは珍しいジェーンのジョークに笑みを浮かべた。

「わかってるわ」ジェーンの口調に苦みがまじった。「地球は貴重な人材工場だから、外の宇宙の悪影響を受ける危険はおかせないのよね」わたしに目をむける。「帰りたいと思ったことはないの？　あなたは人生の大半をそこですごしたんだから」

「あったよ。でも、地球を離れたのは、そこにわたしを引き止めるものがなにもなかったからだ。妻は死んだし、こどもたちは成長した。別れを告げるのはそれほどむずかしくなかった。いまわたしが気にかけているのはここだよ。ここがわたしの世界なんだ」

「ほんとに？」ジェーンは星空を見あげた。「ハックルベリーで道に立って、新しい世界が自分の家になるかどうか考えていたときのことを思いだすわ。ここが自分の世界になるかどうか」

「なりそう？」

「まだね。この世界はあらゆることが流動的だから。あたしたちがここへやってきた理由は半分しか真実じゃなかった。あたしはロアノークのことを気にかけている。ここに住む人たちのことも気にかけている。彼らのために戦うし、必要とあらばロアノークを守るためにできるだけのことをする。でも、ここはあたしの世界じゃない。信頼できないの。あなたはどう？」

「わからないな。でも、こんどの審問でロアノークを取りあげられてしまうんじゃないかと心配しているのはたしかだ」

「コロニー連合がだれにこのコロニーを指揮させようと、ここの人たちはいまさら気にするかしら？」

「気にしないかもしれないな。それでもつらいのは同じだよ」

「ふーん」ジェーンはしばらく考えこんだ。「やっぱり、いつかキャシーに会いにいきたい」

「なにができるか考えてみよう」

「本気じゃないなら、そんなこといわないで」

「本気だよ」いささかおどろいたことに、わたしはたしかに本気だった。「きみにキャシーと会ってほしい。もっとまえに会えていたらよかったんだけど」

「あたしも同感」

「じゃあ、話は決まりだ。あとは、コロニー連合に宇宙船を撃ち落とされずに地球へたどり着く方法を見つけないとな。なんとか考えてみるよ」

「がんばって。でも、そのまえに」

ジェーンが立ちあがって片手を差しだした。わたしはその手をとった。そしていっしょに家にはいった。

12

「遅れて申し訳ありません、ペリー行政官」植民局コロニー法務部のジャスティン・ブッチャー事務次官補がいった。「お気づきでしょうが、最近はたいへんあわただしいことになっていまして」

もちろん気づいていた。トルヒーヨ、クラニック、ビアタといっしょに、輸送船からフェニックス・ステーションへわたしたちをはこんできたシャトルをおりたとたん、ステーション全体のざわめきが三倍になったように思えたのだ。わたしたちのだれひとりとして、ここがこんなにCDFの兵士たちとコロニー連合の職員たちでいっぱいになっているのを見たことはなかった。なにが起きているにせよ、よほどでかいことらしい。わたしたちは意味ありげに視線をかわした。それがなんであれ、ほぼまちがいなくわたしたちとロアノークにかかわりのあることだからだ。わたしたちは無言で解散し、それぞれの任務にとりかかった。

「もちろん」わたしはいった。「この混雑には原因があるんですね?」

「いろいろなことがいっぺんに起きているんです」ブッチャーがいった。「どれもあなたがいま気にするようなことではありません」

「なるほど。それはけっこう」

ブッチャーはうなずき、テーブルについているほかのふたりの人物に合図をした。わたしはそのテーブルのまえに立っていた。

「この審問では、あなたがコンクラーベのターセム・ガウ将軍とかわした会話について質問します」ブッチャーがいった。「これは正式な審問です。すなわち、あなたはすべての質問に対して、できるかぎり正直に、率直に、完全にこたえなければなりません。しかし、これは裁判ではありません。あなたは犯罪で告発されているわけではありません。これから先、あなたが犯罪で告発されることがあるとしたら、植民局のコロニー裁判所で審理されます。わかりましたか?」

「わかりました」

植民局のコロニー裁判は、裁判官のみで執りおこなわれ、コロニーのリーダーとそこで任命された裁判官が迅速な決定をくだして、植民者たちがコロニー建設をとどこおりなく進められる仕組みになっている。コロニー裁判所の裁定には法的効力があるが、それは個別の案件のみに限定される。コロニー裁判所の裁判官、または裁判官代理をつとめるコロニーのリーダーは、植民局の規則や規約を無視することはできないが、植民局のほうも各コロニーの置かれた広範な状況は一律に取り締まれるようなものではないと理解しているので、そうした規則や規約の数はおどろくほど少ない。さらに、コロニー裁判所はすべてが同列の組織だ。その裁定に対して上訴をおこなうことはできない。基本的には、裁判官は自分の好きなように審理を進められる。被告人にとってはあまり有利な法的状況とはいえなかった。

「けっこう」ブッチャーはPDAに目をやった。「ではははじめましょう。ガウ将軍と話をしたとき、あなたはまず彼に降伏を勧め、その後、彼がロアノークの宙域を離れることを認めようと提案しました——彼または彼の船団に危害をおよぼすことなく」彼女はPDA越しにわたしを見あげた。「これは事実ですか、行政官?」

「事実です」

「リビッキー将軍については、すでに召喚済みですが」——これは初耳で、わたしはふいに、リビッキーはわたしをコロニーの行政官の地位につけるよう進言したことを後悔しているだろうと確信した——「その証言によりますと、あなたにあたえられた命令は、ガウとあたりさわりのない会話をしておき、船団が破壊された時点で、攻撃を生きのびたのは彼の宇宙船だけだと伝えるというものでした」

「そうです」

「けっこう。では、まずはじめに、ガウの降伏を受け入れると提案し、そのあと、彼の船団を無傷で逃がすと提案したときに、あなたはなにを考えていたのか説明してください」

「流血を避けたかったんだと思います」

「それを決めるのはきみではない」ブライアン・バークリー大佐がいった。彼はコロニー防衛軍の代表として審問に出席していた。

「同意できません。わたしのコロニーはつねに攻撃を受ける危険性を秘めていました。わたしはコロニーのリーダーです。わたしの仕事はコロニーの安全を守ることです」

「あの攻撃でコンクラーベの船団は一掃された。きみのコロニーが危険にさらされたことなどいちどもなかったのだ」

「攻撃は失敗する可能性もありました。CDFや特殊部隊を悪くいっているのではありませんよ、大佐。しかし計画されたすべての攻撃が成功するわけではありません。わたしはコーラルにいたんです。あそこではCDFの計画がみじめな失敗に終わり、十万人の人びとが亡くなりました」

「われわれの失敗を予期していたというのか？」

「計画は計画でしかないという事実をよく理解しているといってるんです。それに、自分のコロニーに対する義務がありました」

「きみはガウ将軍が降伏すると予想していたのか？」第三の審問員がいった。だれなのかわかるまで一瞬かかった。ローレンス・シラード将軍、CDF特殊部隊の指揮官だ。

シラードが審問団のなかにいると思ったらひどく緊張した。よりにもよってシラードがここにいなければならない理由はどこにもなかった。官僚制度における地位はブッチャーやバークリーより数段上だろう。彼を審問団のなかにそっとすわらせておく――しかも議長ですらない――のは、保育園の責任者にハーヴァード大学の学部長を据えるようなものだ。まったく筋がとおらない。もしもシラードが、特殊部隊が指揮した任務をだいなしにしかけたわたしを叩きつぶす必要があると思っていたら、ほかのふたりの審問員がどう考えようがたいした問題ではなくなる。わたしはもうおしまいだ。そう思ったら不安でおちつかなくなった。

とはいえ、わたしはこの男におおいに興味をいだいてもいた。この将軍は、わたしの妻が首をへし折りたいと思っている相手だ。本人の許可なくジェーンを特殊部隊の兵士の肉体にもどし、しかも、悪いことをしたと思っている気配もない。わたしは頭の隅で、妻のために騎士道精神でこの男の首をへし折るべきではないかと考えた。とはいえ、特殊部隊の一員であるシラードが相手では、たとえわたしが遺伝子改造された兵士だったときでもやすやすと叩きのめされたはずなので、ふつうの人間にもどったいまではたいした抵抗ができるとは思えなかった。こっちが首をへし折られたりしたら、ジェーンには感謝してもらえないだろう。

シラードはおだやかな顔でわたしの返事を待っていた。

「ガウ将軍が降伏すると考える理由はありませんでした」わたしはいった。

「だが、それでもきみは提案した」とシラード。「自分のコロニーが生きのびるためといううふりをして。おもしろいのは、コロニーを助けてくれと懇願したのではなく、相手に降伏をもとめたことだ。コロニーとその植民者の命を救いたいと思っていたのなら、懇願するほうが賢明だったのではないか？　コロニー連合がきみにあたえた情報を見れば、ガウ将軍が降伏すると考える理由はなかったはずだ」

慎重になれ――と、頭の隅でささやく声がした。この話しぶりからすると、シラードはわたしがべつのところから情報を得ていたのではないかと疑っているようだ。それは事実だが、シラードが知っていることはありえないように思えた。もしも彼が知っているのに嘘をついてしまったら、わたしはひどくやっかいな立場に追いこまれる。どうする、どうする。

「わたしは味方の攻撃計画を知っていました。そのせいで自信過剰になったのかもしれません」

「すると、きみがガウ将軍にいったことが、われわれの攻撃が迫っているのを示唆する可能性があったことは認めるのだな」バークリーがいった。

「ガウ将軍が、あれを同胞を救おうとしているリーダーの強がり以上のものと考えたとは思えません」

「とはいえ、コロニー連合の視点から見れば、あなたのとった行動によって作戦が失敗に終わり、あなたのコロニーだけでなく、コロニー連合全体の安全がおびやかされる可能性があったのですよ」とブッチャー。

「わたしの行動についてはいろいろな解釈ができるでしょう。しかし、わたしが正しいといえるのはわたし自身の解釈だけです。すなわち、自分のコロニーと植民者たちを守るために必要と思われることをしたということです」

「ガウ将軍との対話のなかで、きみは将軍に船団を撤退させるよう勧めるべきではないと自覚している」とバークリー。「きみは自分の申し出がわれわれの要請と相反するものだと知っていた。それはすなわち、われわれがその要請をきみにきちんと伝えていたことを意味する。もしもガウ将軍にきみの思考の流れを追う冷静さがあったら、攻撃があることは明白だったはずだ」

わたしは黙りこんだ。だんだんおかしなことになってきた。この審問が強引なものになるとは予想していたが、ここまでおおざっぱな展開になるとは思っていなかった。そういえば、ブッチャーは最近はいろいろなことがあわただしくなっていると認めていた。わたしの審問だけが例外になる理由はどこにもない。「その思考の流れについてはどういえばいいのかわかりません。わたしは自分が正しいと思ったことをしただけです」

ブッチャーとバークリーが横目ですばやく視線をかわした。この審問で必要なものは手に入れたらしい。彼らにとって、もはや審問は終了しているのだ。わたしは自分の靴をじっと見つめた。

「ガウ将軍のことをどう思う？」

わたしはおどろいて顔をあげた。シラード将軍がまたもやおだやかな顔でわたしの返事を待っていた。ブッチャーとバークリーもおどろいたようだった。シラードがなにをもくろんでいるにせよ、筋書きにはなかったらしい。

「質問がよく理解できません」わたしはいった。

「わかっているはずだ。きみはガウ将軍とかなりの時間をすごしたのだから、彼がどういう人物であるかについていろいろと考える暇があったはずだ。コンクラーベの船団が破壊されるまえにも、そのあとにも。きみの知るかぎりで、彼のことをどう思う？」

ああくそっ。シラードはまちがいなく知っている。わたしがガウ将軍とコンクラーベについてコロニー連合から教わった以上のことを知っているのを。彼がどうやって知ったのかを考えるのはあとまわしだ。問題はこの質問にどうこたえるかだ。

どのみちおしまいだな——と、わたしは思った。ブッチャーとバークリーはあきらかにわたしをコロニー裁判所へ蹴りこもうと考えている。どういう告発をされるにせよ（おそらくは無能の罪で、職務怠慢もありえなくはないが、それだけならどちらも反逆罪ではない）、審理はごく短時間で、とりたてて楽しいものにはなるまい。はじめは、シラードがここにいるのは望みの結果を確実に手に入れるため――彼はわたしが作戦をぶち壊しかけたことをよろこんでいるはずがない――だと思っていたが、いまとなってはそれほど確信がもてなかった。突然、シラードがこの審問でなにを狙っているのかまったく見えなくなってきたのだ。わかっているのは、ここでなにをいおうと、わたしはもうおしまいだということだけ。

まあ、これは正式な審問だ。ということはコロニー連合の記録に残ることになる。あとは野となれだ。

「ガウ将軍は高潔な人物だと思います」

「なんだと？」バークリーがいった。

「ガウ将軍は高潔な人物だと思う、といったんです。第一に、彼はロアノークを単に破壊しようとはしませんでした。降伏するかコンクラーベに加わるかの選択肢をわたしたちに提示しました。コロニー連合から受け取った情報では、そんな選択肢があるとはわかりませんでした。わたしが得た――わたしを通じてロアノークのすべての植民者が得た――情報では、ガウ将軍とコンクラーベは発見したコロニーを壊滅させているだけでした。だから、わたしたちはまる一年ものあいだ身をひそめていたのです」

「降伏を受け入れるといったからといって、そのとおりにするとはかぎらない」バークリーはいった。「きみもCDFの兵士だったのだから、敵に偽情報を流すことがどれだけ有益かわかっているはずだ」

「ロアノークのコロニーが敵といえるとは思えません。こちらは三千人にも満たず、相手は四百十二隻の主力艦をそろえていたのです。わたしたちには身を守るすべもなかったのですから、破壊を目的としていたのであれば、降伏を保証したところでなんの軍事的メリットもありません。とてつもなく残酷な行為というだけです」

「きみは戦闘において残酷さが敵の心理にどれほどの影響をおよぼすかわかっていないのかね？」

「それはわかっています。ただ、コロニー連合から受け取った情報では、ガウ将軍の心理特性や軍事戦略にそのようなものが含まれているとはわかりませんでした」

「ガウ将軍についてきみが知らないことはたくさんあるのだ」

「そのとおりです。ですから、ガウ将軍の性格については自分の直感に従うことにしたのです。そういえば、将軍はロアノークに来るまえに三十六のコロニーで排除活動をおこなってきたと話していました。将軍がそれらのコロニーにおいてどのようなふるまいをしたかという情報があれば、彼の高潔さや残虐行為に対する姿勢を知るうえで有益なものとなるはずです。そのような情報はないのですか？」

「情報はあります」とブッチャー。「しかし、あなたは一時的に行政官の任を解かれていますから、それを見せることはできません」

「なるほど。その情報はわたしが行政官の地位を剝奪されるまえからあったのですか？」

「コロニー連合が情報を隠したとほのめかしているのかね？」とバークリー。

「なにもほのめかしてはいません。質問をしているだけです。要するに、コロニー連合から提供された情報が不足しているので、自分の判断を頼りにしてそれをおぎなうしかないのです」わたしはシラードをまっすぐ見つめた。「わたしの知るかぎり、ガウ将軍は高潔な人物です」

シラードは考えこんだ。「ペリー行政官、ガウ将軍がコロニーの上空にあらわれたのが、もしもコロニー連合が攻撃準備をととのえるまえだったら、きみはいったいどうしていたのかね？」

「コロニーを放棄していたか、という質問ですか？」

「きみがどうしていたかをきいているのだ」

「ガウ将軍の申し出をうまく利用して、彼にロアノークの植民者をコロニー連合へ連れ帰ってもらったと思います」

「では、あなたはコロニーを放棄していたということですね」ブッチャーがいった。

「ちがいます。わたしはロアノークを守るために残ったでしょう。おそらくは妻もいっしょに。ほかにもいっしょにとどまることを望む人がいれば」

ただしゾーイだけはべつだ——と、わたしは思った。もっとも、ゾーイが足をばたつかせ悲鳴をあげながらヒッコリーとディッコリーに輸送船まで引きずられていくのを見るのは気が進まなかった。

「そんなことをしてもなにも変わるまい」バークリーがいった。「植民者抜きではコロニーは成立しない」

「そのとおりです。しかし、コロニーが成立するにはひとりの植民者で充分ですし、コロニー連合のために死ぬのもひとりの植民者で充分です。わたしが責任を負うのはコロニーとその植民者に対してです。わたしはロアノークを放棄することは拒否します。それと同時に、植民者の命を救うためには全力を尽くします。現実的に考えれば、植民者がひとりだろうが二千五百人だろうが、戦艦の群れに立ち向かうことはできません。コロニー連合の意志をあきらかにするためなら、わたしひとりが死ねば充分でしょう。コロニーの破壊という謎の会計処理を遂行するために、わたしがロアノークの植民者全員に死を強制すると思っているのだとしたら、バークリー大佐、あなたはとんでもない愚か者だということになりますよ」

バークリーはいまにもテーブル越しにつかみかかってきそうだった。シラードは審問のあいだずっと変わることなく、いまいましい謎めいた表情を浮かべていた。

「さて」ブッチャーが審問をもとの流れに引きもどそうとした。「これで必要なお話はすべて聞かせていただいたと思います、ペリー行政官。ここを出て審問の結果が届くのを待ってください。それまではフェニックス・ステーションを離れることはできません。わかりましたか？」

「わかりました。どこか泊まる場所を見つけたほうがいいですか？」

「それほど長くはかからないと思います」


「いっておくが、わたしが聞いたことはすべてオフレコだ」トルヒーヨがいった。

「この状況だと、公表可能な情報は信じる気になれるかどうか」わたしはこたえた。

トルヒーヨはうなずいた。「そのとおりだな」

「なにを聞いたんだ？」

「ひどいことだ。それもどんどん悪化している」

わたしはトルヒーヨ、クラニック、ビアタといっしょに、フェニックス・ステーションでいちばんお気に入りの販売部に集合していた。ものすごくうまいハンバーガーを出してくれる販売部だ。全員がそれを注文をしていたが、なるべく人けのない隅の席で話をしているうちに、ハンバーガーは手つかずのまま冷えてしまっていた。

「どう〝ひどい〟のかな」わたしはいった。

「すこしまえの晩に、フェニックスはミサイル攻撃を受けた」

「それはひどいというより愚かしいな。フェニックスは人類の惑星のなかでもっとも高度な惑星防衛グリッドをそなえている。ビー玉より大きなミサイルはそこを突破できない」

「そのとおり。だれでも知っていることだ。もう百年以上、フェニックスはどんな規模の攻撃も受けたことがなかった。今回の攻撃は成功を目的としたものではない。人類の惑星はすべて報復の対象になるのだというメッセージを送ることを目的としている。なかなか派手な宣告だ」

わたしは考えこみながらハンバーガーをかじった。「攻撃を受けたのはフェニックスだけじゃないかもしれないな」

「ああ。わたしの知り合いの話では、すべてのコロニーが攻撃を受けたらしい」

あやうく喉が詰まりそうになった。「すべてか」

「すべてだ。歴史あるコロニーには危険はなかった——惑星防衛グリッドが攻撃を阻止したからな。いくつかの小さなコロニーは損害を受けた。セドーナでは入植地がひとつ、そっくり地図から消えた。死者は一万人だ」

「それはたしかなのか」

「また聞きだよ。だが、情報源は信頼できる人物で、セドーナの代表とじかに話をしていた。わたしは自分の情報源をこのうえなく信頼している」

わたしはクラニックとビアタに顔をむけた。「これはきみたちが聞いた話と合致しているか？」

話も同じだ」

「してるね」とクラニック。「マンフレッドの情報源とはべつなんだが、わたしが聞いた
ビアタもうなずいた。

「だが、こういう情報はニュースフィードにはまったく出ていない」わたしはテーブルに置いたPDAを見おろした。ひらいたままにして、審問の結果を待っているのだ。

「ないな」とトルヒーヨ。「コロニー連合は一連の攻撃について全面的に情報を差し止めている。国家機密法を利用しているんだ。きみもおぼえているだろう」

「ああ」わたしは狼男とグティエレスのことを思いだしてたじろいだ。「わたしのときはあまりいいことがなかった。コロニー連合だって似たようなものだと思うが」

「フェニックス・ステーションのこうした混乱はその攻撃のせいだろう。CDFからはなんの情報もはいらなかった——彼らは貝のように口を閉ざしたままだ——が、どのコロニーの代表もCDFによる直接の保護をもとめて大騒ぎしている。宇宙船が呼びもどされて再配置が進められているが、すべてのコロニーに行き渡るだけはない。わたしが聞いたところでは、CDFは優先順位をつけているらしい。どのコロニーを守ってどのコロニーを見捨てるかを決めているんだ」

「ロアノークは優先順位でどのあたりに位置しているのかな?」

トルヒーヨは肩をすくめた。「いざそのときがきたら、だれもが優先的に守ってもらい

たがるだろうな。知り合いの議員たちにロアノークの防衛を強化してもらえないか打診してみたんだ。みんなよろこんでそうしようといってくれたよ――自分の惑星のほうの手配がすんでから」

「もうだれもロアノークの話なんかしていないわ」ビアタがいった。「みんな自分の故郷で起きていることに目を奪われっぱなし。報道はできなくても、まちがいなくいまの状況を追いかけてはいるわね」

そのあと、わたしたちはハンバーガーに集中し、それぞれの思いにふけった。わたしはじっと考えこんでいたので、だれかが背後に立ったときも、トルヒーヨが顔をあげて口をもぐもぐさせるのをやめるまで気づかなかった。

「ペリー」トルヒーヨがそういって、わたしの背後へ意味ありげな視線を送ってきた。

ふりかえると、そこにシラード将軍がいた。

「わたしもここのハンバーガーは大好きだ」シラードはいった。「同席したいところだが、きみの妻がああいうことになったいま、きみはわたしと同じテーブルで食事をする気にはなれないだろうな」

「いわれて思いだしたが、その件についてはあなたのいうとおりだよ」

「では、ちょっと歩かないか、ペリー行政官。話すことはたくさんあるし、時間はわずかしかない」

「わかった」わたしはトレイを取りあげて、ランチ仲間にちらりと目をむけた。だれもが注意ぶかく表情を消していた。わたしはトレイの上に残ったものを手近のゴミ入れに捨てて、将軍にむきなおった。「どこへ行くんだ？」

「こっちだ」シラードはいった。「ひと乗りしに行こう」

「どうだ」シラード将軍がいった。彼の専用シャトルは宇宙空間に浮かび、右舷側にフェニックス、左舷側にフェニックス・ステーションを見ていた。シラードは手をふってその両方をしめした。「いいながめだろう？」

「すごいな」わたしはそういいながら、シラードがわたしをここへ連れてきた理由について考えていた。シャトルのハッチをぽんとあけてわたしを宇宙へほうりだすのではないかという妄想じみた疑いもなくはなかったが、シラードは宇宙服を着ていなかったので、それはありそうもなかった。とはいえ、彼は特殊部隊だ。そもそも宇宙服なんかいらないのかもしれない。

「きみを殺すつもりはない」シラードがいった。

わたしは思わず笑みを浮かべた。「あなたは心が読めるらしいな」

「きみの心はむりだ。しかし、きみがなにを考えているかは見当がつく。おちつきたまえ。きみを殺すつもりはない。そんなことをしたらわたしがセーガンに追いつめられて殺されてしまう――それだけでも理由としては充分だろう」

「あなたはとっくにジェーンのブラックリストに載ってるよ」

「そうだろうな。しかし、あれは必要なことだった。わたしはあの件について謝罪するつもりはない」

「将軍、なぜここへ来たんだ？」

「ここへ来たのは、このながめが気に入っているからでもあり、きみと率直に話をしたいからでもあり、このシャトルならきみになにを話しても絶対に盗聴されることがないからでもある」

シラード将軍はシャトルの制御盤に手をのばしてボタンを押した。フェニックスとフェニックス・ステーションの姿が消えて、かわりに底知れぬ暗闇がひろがった。

「ナノメッシュか」

「そのとおり。信号の出入りはいっさいない。きみも知ってのとおり、特殊部隊員は接続を絶たれるとおそろしい閉所恐怖に襲われる。おたがいにブレインパル経由でつねに接触していることに慣れているので、信号が途絶えるというのは五感のうちのどれか三つを失うようなものなのだ」

「それは知ってる」

わたしはジェーンから、彼女が特殊部隊の仲間といっしょにチャールズ・ブーティンを追跡したときのことをくわしく聞いていた。ブーティンは特殊部隊のブレインパルの信号を切断する方法を考案して、彼らの大半を殺し、生きのびた一部の者を完全な狂気へと追いやったのだ。

シラードはうなずいた。「それなら、わたしにとってさえ、この状況がたいへん厳しいものだということは理解してもらえるだろう。正直いって、セーガンがきみと結婚したときにどうしてブレインパルを捨てることができたのか見当もつかない」

「人とつながりを持つ方法はほかにもあるんだよ」

「そうなんだろうな。わたしがみずからこのような状況に身を置くということは、これから話すことの重大さをきみに伝えているはずだ」

「いいだろう。話してくれ」

「ロアノークは深刻な問題をかかえている。われわれみんながそうなのだ。コロニー連合は、コンクラーベの船団を破壊すれば、コンクラーベ全体を内戦状態に追い込めると予想していた。そこまでは正しかった。現在、コンクラーベはみずから崩壊しかけている。ガウ将軍に忠実な種族が、アリス族のナーブロス・エサーをリーダーとするべつの党派とにらみあいをつづけているのだ。目下のところ、これらふたつの党派がおたがいを壊滅させるのをくいとめているものはたったひとつしかない」

「それは?」

「コロニー連合が予期していなかったことだ。そのせいで、コンクラーベのすべての種族が、いまやコロニー連合の抹殺を決意している。ガウ将軍はコロニー連合を封じこめるだけで満足していた。彼らはコロニー連合を完全に根絶やしにしようとしている」

「わたしたちがあの船団を壊滅させたせいか」

「それが直接の原因だ。コロニー連合は忘れていたが、あの船団を襲撃することで、われわれはコンクラーベだけでなく、コンクラーベのすべてのメンバーに攻撃をしかけたのだ。船団に加わっていた宇宙船の多くは、それぞれの種族の旗艦だった。われわれは船団を破壊しただけでなく、各種族のシンボルを破壊した。コンクラーベのすべての種族のケツを思いきり蹴飛ばしてしまったんだよ。彼らはけっしてそのことを許さないだろう。それだけでなく、われわれはコンクラーベの船団の壊滅を、ほかの非加盟種族の集結のきっかけにしようとしている。彼らをわれわれの味方につけようとしている。そして、コンクラーベのメンバーたちは、それらの種族の参加をふせぐ最良の方法は、見せしめとしてコロニー連合を叩くことだと考えている。そのすべてを」

「おどろいていないような口ぶりだな」

「おどろいてはいない。コンクラーベの船団を壊滅させることがはじめて検討されたとき、わたしは特殊部隊の諜報部に命じて、その行為がもたらす結果をモデル化させてみた。いまの状況は、つねにもっとも可能性の高い結果だった」

「なぜコロニー連合は耳を貸さなかったんだ？」

「CDFのほうのモデルが、コロニー連合が聞きたかったとおりのことを語っていたからだ。そして、最終的には、コロニー連合がほんものの人間による分析結果をより重視するからだ——彼らがよごれ仕事をさせるために創造したフランケンシュタインの怪物による分析結果よりも」

「たとえば、コンクラーベの船団を破壊するような仕事か」わたしはストロス中尉のことを思いだした。

「そうだ」

「こういう結果になると信じていたのなら、あなたは実行を拒否するべきだった。部下の兵士たちに船団を破壊させるべきじゃなかった」

シラードは首を横にふった。「そんな単純なことではない。もしも拒否していたら、わたしは特殊部隊の指揮官の地位を追われていただろう。特殊部隊の兵士にだって、ほかのあらゆる種類の人間と同じように野望や打算があるのだよ、ペリー。愚かな命令に従うというささやかな代償と引き換えによろこんでわたしの地位を引き継ぐ将軍は、わたしの配下に三人はいるだろう」

「でも、あなただって愚かな命令に従った」

「そうだ。しかし、わたしはそれを実行するにあたって条件を付けた。そのひとつがきみとセーガンをロアノークのコロニーのリーダーに据えることだった」

「あなたがわたしを選んだのか」これは初耳だった。

「まあ、実際にはセーガンを選んだのだ。きみはおまけのようなものだった。きみなら計画をぶち壊すことはなさそうだったので許容範囲だった」

「高く評価されるのはうれしいね」

「きみのおかげでセーガンを推薦するのが楽になった。きみがリビッキー将軍と古い付き合いだということはわかっていたからな。全体として見て、きみはなかなか役に立ったよ。だが、実際には、きみもセーガンも方程式を解く鍵ではなかった。ほんとうに重要だったのはきみの娘なのだ、ペリー行政官。きみの娘こそが、わたしがきみたちふたりにロアノークの指揮をまかせた理由だったのだ」

わたしはこの謎を解こうとした。「オービン族のことがあるから？」

「オービン族のことがあるからだ。オービン族がきみの娘のことを生ける神にもひとしい存在とみなしているからだ。彼女の真の父親であるブーティンへの強い愛着と、ブーティンがオービン族にあたえた、意識というメリットが疑わしい恩恵のおかげで」

「悪いが、オービン族がどう関係してくるのかわからない」といったものの、それは嘘だった。ほんとうはよくわかっていたが、シラードの口から聞きたかった。

シラードは期待にこたえてくれた。「ロアノークはオービン族抜きでは破滅するからだ。

ロアノークはコンクラーベの船団を呼び寄せる餌という第一の役目を果たした。いま、コロニー連合は全体が攻撃を受けていて、その防衛戦力をどのように分配するべきかを決めなければならない」

「ロアノークの優先順位が低いのはわかっている。きょう、わたしもスタッフたちもその事実をいやというほど思い知らされた」

「いやいや。状況はもっと悲惨だ」

「どうすればこれ以上悲惨になるんだ？」

「こういうことだ――コロニー連合にとって、ロアノークは生きているよりも死んでいるほうが価値がある。きみは理解しなければならないのだ、ペリー。コロニー連合は既知の大半の種族を相手に命懸けの戦いをはじめようとしている。よぼよぼの地球人を育てて兵士にするというなかなか巧妙なシステムはもはや機能しない。今後はコロニー連合の各世界から迅速に兵士を調達する必要がある。そこでロアノークの登場だ。生きていたら、ロアノークはごくふつうのコロニーだ。死んだら、そこに植民者を送りこんだ十の世界にとっても、コロニー連合に所属するそれ以外の世界にとってもひとつのシンボルとなる。ロアノークが滅びたら、コロニー連合の市民たちは自分たちも戦いに参加させてくれと要求するだろう。そしてコロニー連合はその要求を受け入れる」

「確実にそうなるとわかっているんだな。とっくに検討済みなんだろう」

「もちろん検討などしていない。今後もしないだろう。だが、かならずそうなるのだ。コロニー連合は、ロアノークがコンクラーベの各種族にとってもシンボルだと、最初に打ち倒すべき場所だと知っている。ロアノークが倒れれば報復の動きは避けられない。コロニー連合は、ロアノークを守らないことで、遅かれ早かれその報復行動がはじまると知っている。それが早ければ早いほど好都合なのだ」

「わからないな。あなたはコンクラーベと戦うために、コロニー連合がその市民を兵士にする必要があるという。市民に志願する動機をあたえるために、ロアノークは破壊されなければならないという。そして、そのくせ、ジェーンとわたしをロアノークのリーダーにしたのは、オービン族がわたしの娘を崇拝していてコロニーが破壊されるのを許さないからだという」

「それほど単純な話ではないのだ。オービン族はきみの娘が死ぬことを許さない。そこまでは正しい。彼らがきみのコロニーを守るかどうかはわからない。だが、オービン族はきみにべつの強みを提供した――知識だ」

「またわからなくなった」

「にぶいふりをするのはやめろ、ペリー。それは侮辱だぞ。きみがガウ将軍とコンクラーベについて、きょうの審問で見せかけていたよりも多くの情報を持っているのはわかっている。なぜなら、きみのためにガウ将軍とコンクラーベに関する一件書類を用意したのは特殊部隊だからだ。膨大な量のメタデータを無頓着に残してきみが発見できるようにしておいたやつだ。それに、きみの娘を守っているオービン族は、コンクラーベについて、われわれがあの一件書類できみに明かしたよりも多くのことを知っていた。だからきみはガウ将軍のことばが信用できると知っていたのだ。だからきみは船団を呼ぶなとガウ将軍を説得しようとしたのだ。船団が破壊されて彼の立場があやうくなると知っていたから」

「わたしがあのメタデータを見るとはわからなかったはずだ。あなたはわたしの好奇心に多くのものを賭けていたんだな」

「そうでもない。いいかね、きみが選ばれたのは多分に偶然によるものだった。わたしはあの情報をセーガンに見つけさせるために残しておいた。彼女は何年も諜報士官をつとめていた。当然ファイルのなかのメタデータを調べるはずだった。きみが最初にあの情報を見つけたという事実はささいなことでしかない。どのみち発見されていたはずだ。偶然にまかせていては話にならないからな」

「だが、あの情報はいまとなってはなんの役にも立たない。ロアノークが標的になっているという事実は変わらないし、わたしにはそれをどうすることもできない。あなただって審問の場にいた。わたしはどこの刑務所で腐っているかジェーンに伝えられたらラッキーというところじゃないか」

シラードは手をふってわたしのことばを打ち消した。「あの審問で、きみが責任ある行動をとり、義務を果たしたことは明確になった。わたしとの話が終わったら、きみはいつでもロアノークへもどってかまわない」

「いまのことばを取り消そう。あなたは同じ審問の場にいなかったらしい」

「ブッチャーとバークリーがきみのことを不適格者とみなしたのは事実だ。ふたりともはじめはきみをコロニー裁判所へ送ることを支持していた。そうなったら、きみは五分ほどで有罪判決を受けていただろう。しかし、わたしが説得して意見を変えさせたのだ」

「どうやってそんなことを？」

「他人に知られたくないことがあるというのは割に合わないということだよ」

「ふたりを脅迫したわけか」

「どんな行動にも結果がともなうと教えただけだ。ふたりはじっくり考えたうえで、きみをここにとどめたときに起こることより、ロアノークへもどることを許したときに起こることのほうがましだと判断した。結局のところ、彼らにとってはどちらでも同じことなのだ。彼らはロアノークへもどればきみは死ぬと思っているのだから」

「そう考えるのもむりはないような気がする」

「きみが死ぬ可能性はとても高いだろう。だが、さっきもいったように、きみにはたしかな強みがある。ひとつはオービン族とのつながり。もうひとつはきみの妻だ。そのふたつがあれば、ロアノークをなんとか生きのびさせることができるかもしれない。きみ自身もいっしょに」

「しかし、そもそもの問題は解決しない。あなたの話だと、コロニー連合はロアノークが滅びることを望んでいる。わたしがロアノークを救う手助けをすれば、あなたはコロニー連合に反抗することになる。反逆者になるということだ」

「それはわたしの問題であって、きみの問題ではない。わたしは反逆者の烙印を押されることは心配していない。ロアノークが滅びたときに起こることを心配しているのだ」

「もしもロアノークが壊滅したら、コロニー連合は兵士を手に入れる」

「そして、この宙域にいるほとんどの種族を相手に戦争に突入する。その戦いに勝ち目はない。敗北すれば、人類は一掃されてしまうだろう。ロアノークからはじまって、すべてのコロニーが。地球すら滅びてしまうのだよ、ペリー。地球に住む数十億の人びとは、なぜ自分たちが死ぬのかさっぱりわからないまま全滅するだろう。だれひとり見逃されることはない。人類は集団虐殺の危機に瀕している。われわれがみずからに押しつけた集団虐殺だ。きみがそれを阻止しないかぎり。きみがロアノークを救わないかぎり」

「わたしにそんなことができるとは思えないな。ここへ来る直前に、ロアノークは攻撃を受けた。たった五基のミサイルだったが、コロニーの壊滅を阻止するにはあらゆる手立てを使わなければならなかった。コンクラーベの全種族がわたしたちを叩きつぶしたいと思っているとしたら、どうやってくいとめればいいのか見当もつかない」

「きみが方法を見つけるのだ」

「あなたは将軍だ。あなたがやればいい」

「やっているさ。きみに責任をあたえることで。これ以上なにかやろうとしたら、わたしはコロニー連合の階級組織のなかで自分の地位を失ってしまうだろう。そうなったらわたしは無力だ。コンクラーベを攻撃するという非常識な計画が立てられたときから、わたしはできるだけのことをやってきた。きみに伝えることなく、できるだけ長くきみを利用してきたが、もはやそんな段階はすぎている。これできみにはすべてを伝えた。人類を救うのはきみの役目なんだよ、ペリー」

「プレッシャーはかけないでくれ」

「きみは何年もそうしてきたではないか。コロニー防衛軍のつとめを教えられたことを忘れたのか？　〝星の世界で人類の居場所を確保する〟きみはあのころもそうしていた。いまだって同じことだ」

「あのころはわたしだけでなくCDFのすべてのメンバーが責任を負っていた。いまは責任がすこしばかり集中しすぎている」

「ではわたしが手を貸そう。最後にもういちどだけ。諜報部からの報告によれば、ガウ将軍は、みずからの顧問団のひとりによって暗殺されそうになっているらしい。彼が信頼するだれか、というか、彼が寵愛しているだれかだ。暗殺は一カ月以内に実行される。ほかに情報はない。ガウ将軍に暗殺計画のことを知らせる方法はないし、たとえ方法があったとしても、将軍がそれを正しい情報だと信じる可能性はかぎりなく低い。もしもガウ将軍が死んだら、全コンクラーベが、コロニー連合の壊滅をもくろんでいるナーブロス・エサーを中心として再編成されることになる。ナーブロス・エサーが権力を握ったら、すべて終わりだ。コロニー連合は崩壊し、人類は滅亡する」

「この情報をどうしろというんだ？」

「それを活用する方法を見つけたまえ。早急に。そして、その後に起こるあらゆる事態にそなえるんだ。あともうひとつ。セーガンに伝えてほしい――彼女の能力を向上させたことを謝罪するつもりはないが、そうしなければならなかったのは残念だと。それと、セーガンはまだ自分の能力を最大限に活用していないはずだ。彼女のブレインパルには全種類の指揮機能がそなわっていると伝えてくれ。このとおりに伝えるんだぞ」

「〝全種類の指揮機能〟というのはどういう意味だ？」

「その気になればセーガンが説明してくれるだろう」

シラードは制御盤に手をのばしてボタンを押した。窓の外にフェニックスとフェニックス・ステーションがふたたびあらわれた。

「さて」シラードはいった。「そろそろきみをロアノークへ返すとしようか、ペリー行政官。きみは長くあそこを離れすぎていたし、やるべきことはたくさんある。仕事にとりかかりたまえ」

13

ロアノークをべつにすると、エヴェレストはもっとも新しい人類のコロニーで、コンクラーベが他種族に対してこれ以上のコロニー建設をおこなうなと警告する直前に設立されていた。ロアノークと同様、エヴェレストの防衛力はつつましかった。ひと組の防衛衛星と、ふたつある居留地のそれぞれに三基ずつ、合計六基のビーム砲と、交代で配置につくCDFの巡洋艦。エヴェレストが攻撃されたとき、居留地の上空にいたのはデモイン号だった。船もクルーも優秀ではあったが、大胆なまでの正確さでエヴェレストの宙域へスキップしてきて、到着と同時にデモイン号と防衛衛星めがけてミサイルを発射したアリス族の六隻の宇宙船に対抗するには力不足だった。デモイン号は大破し、エヴェレストの地表へむかって長い墜落をはじめた。防衛衛星は浮かぶガラクタと化した。

惑星の防衛網が崩壊したので、アリス族の宇宙船は軌道上からじっくりとエヴェレストの居留地を焼き払い、最後には部隊を送りこんで抵抗をつづける残党を始末した。エヴェレストの五千八百人の植民者は全滅した。アリス族は惑星上に植民者も駐屯部隊も残さず、所有権も主張しなかった。ただそこにいた人間を根絶やしにしたのだ。

イアリはエヴェレストとはちがった。ここはもっとも古くもっとも人口の多い人類世界のひとつで、惑星防衛グリッドもありCDFも常駐していたので、異常なほど野望にあふれた種族でなければちょっかいを出そうとは思わないはずだった。だが、惑星防衛グリッドでも、重力井戸へ落下してくる氷や岩のかたまりをひとつひとつ追跡することはできない。見かけはそんなかたまりが数十個、イアリの首都であるニュー・コークの上空で大気圏へ落下した。その途中、大気との摩擦によって生じた熱が誘導されて蓄積され、岩のなかに隠れていた小型化学レーザー砲を駆動させた。

何本かのビームはCDFの兵器システムに関係のあるニュー・コークの軍需製造企業に命中した。さらに何本かはランダムに発射されたらしく、家屋や学校や市場を切り裂いて数百人の命を奪った。エネルギーを使い果たすと、レーザー砲は大気中で燃えつきたので、だれがなんの目的で投下したかの手がかりはいっさい残らなかった。

この事件が起きたのは、わたしがトルヒーヨ、ビアタ、クラニックといっしょにロアノークへ帰ろうとしていたときだった。もちろん、そのときはわからなかった。コロニー連合周辺で起きている個別の攻撃についてはなにもわからなかった。それは情報が隠されていたせいでもあり、自分たちが生きのびることに集中していたせいでもあった。

「以前、きみはオービン族による保護を申し出てくれたことがあった」ロアノークへもどった数時間後、わたしはヒッコリーに告げた。「わたしたちはその申し出を受けたいと思っている」

「事態は複雑になっている」

わたしはジェーンにちらりと目をやり、またヒッコリーにもどした。「まあ、それはそうだろうな。複雑なことがなかったらおもしろくない」

「皮肉を感じるのだが」ヒッコリーはユーモアのかけらもない口調でいった。

「悪かった、ヒッコリー。きつい一週間だし、状況はすこしも好転しない。その複雑なことがなんなのか教えてくれ」

「あなたが出発したあとで、オビヌルからスキップドローンが到着して、ようやくわれわれの政府と連絡がとれた。マジェラン号の失踪後、コロニー連合から正式な要請があったそうだ——おおやけにであれ内密にであれ、オービン族はロアノークのコロニーに干渉するなと」

「ロアノークと明記されていたのね」とジェーン。

「そうだ」

「なぜだ?」わたしはたずねた。

「コロニー連合は説明しなかった。いまになってみると、オービン族がこの惑星の位置を突き止めようとしたら、コロニー連合によるコンクラーベ船団への攻撃がだいなしになった可能性があるからではないかと思う。われわれの政府は、干渉しないことには同意したが、ゾーイの身に危害がおよぶようなことがあったらたいへん遺憾であると伝えた。コロニー連合はわれわれの政府に、ゾーイは常識的な範囲で安全だと保証した。今までと同じように」

「コロニー連合によるコンクラーベ船団への攻撃は終わったぞ」

「その協定には、いつになったら干渉可能になるかの明記はなかった」ヒッコリーはまたもやユーモアのかけらもなくいった。「われわれはいまもそれに縛られている」

「じゃあ、あたしたちのためにはなにもできないのね」とジェーン。

「われわれにはゾーイを保護する責任がある。しかし、〝保護〟の範囲は個人レベルまでだと念を押されている」

「ゾーイがきみたちにコロニーを守れと命じたらどうなる？」

「ゾーイはディッコリーとわたしに好きなことを命令できる。だが、たとえゾーイの仲立ちがあっても充分とはいえないと思う」

わたしはデスクから立ちあがり、窓のそばへ寄って夜空を見あげた。「オービン族はコロニー連合が攻撃を受けていることを知っているのか？」

「知っている。コンクラーベの船団が撃破されて以来、数多くの攻撃があった」

「だったら、コロニー連合がどのコロニーを守り、どのコロニーを犠牲にするかを決めなければならないことも知っているだろう。ロアノークはほぼまちがいなく第二のカテゴリーにはいることも」

「知っている」

「それでも、わたしたちを助けるためになにもしないのか」

「ロアノークがコロニー連合の一部であるかぎりは」

わたしが口をひらくより先に、ジェーンがこれに反応した。「説明して」

「独立したロアノークなら、われわれも新たな対応をもとめられる。もしもロアノークがコロニー連合からの独立を宣言したら、オービン族は暫定措置として支持と援助を提供する義務を感じるだろう。コロニー連合が惑星をふたたび獲得するか、その離脱を認めるまでのあいだは」

「でも、オービン族とコロニー連合との関係が悪化するかもしれない」とジェーン。

「現在、コロニー連合には優先しなければならないことが無数にある。独立したロアノークの支援をすることで生じる悪影響は、長い目で見ればささいなものだと思う」

「じゃあ、ほんとうに助けてくれるのか」わたしはいった。「まずわたしたちがコロニー連合からの独立を宣言すれば」

「われわれはあなたに離脱しろとも残れとも助言しない。離脱すれば、あなたたちを守る手助けをするといっているだけだ」

わたしはジェーンに顔をむけた。「きみはどう思う?」

「このコロニーの人たちが、あたしたちに独立を宣言させてくれるとは思えない」

「そうしなければ死ぬとしたら?」

「裏切り者になるよりは死を選ぶ人もいると思う。あるいは、ほかの人類世界から永遠に切り離されてしまうよりは」

「よし、みんなにきいてみよう」


ウォバッシュのコロニーへの攻撃は、とても攻撃とはいえないものだった。数基のミサイルがいくつかの行政ビルとおもだった建造物を破壊し、数百名のバーブ族兵士からなる小規模な侵略部隊が銃撃をあびせかけた。だが、ウォバッシュは標的ではなかった。標的はそのコロニーを守るためにスキップしてきた三隻のCDF巡洋艦だった。CDFにこの攻撃を通報したスキップドローンは、バーブ族の巡洋艦一隻と小型砲艦三隻の存在を報告しており、それだけならCDFの巡洋艦三隻で簡単に対処できるはずだった。スキップドローンが報告できなかったのは、それがウォバッシュ宙域からスキップした直後に、さらに六隻のバーブ族の巡洋艦がスキップしてきて、スキップドローンを送りだした衛星を破壊し、待ち伏せ攻撃の準備をととのえたことだった。

三隻のＣＤＦ巡洋艦は慎重にウォバッシュ宙域へ進入した――いまやコロニー連合全体が攻撃を受けていることは明白だったし、ＣＤＦ艦船の指揮官たちは愚かでもなければ軽率でもなかった。しかし、ウォバッシュ宙域に到着した瞬間から、ＣＤＦは分が悪かった。巡洋艦オーガスタ号、サヴァンナ号、ポートランド号は、バーブ族の巡洋艦三隻と小型砲艦すべてを撃破したものの、結局は数にまさる敵に圧倒されて破壊され、金属片と空気とクルーを惑星上の宇宙空間にまきちらした。こうして、ＣＤＦがコロニー連合を守るために使える巡洋艦は三隻減ってしまった。それはまた、今後事件が起こるたびに、ＣＤＦが圧倒的な兵力に遭遇せざるをえないということを意味しており、ＣＤＦが同時に守れるコロニーの数はさらに減少することになった。新たなかたちの戦争に合わせて変更されていた優先順位はさらに変更され、それはコロニー連合にとってもロアノークにとっても望ましい成り行きではなかった。

「正気の沙汰じゃないわ」マリー・ブラックがいった。「あたしたちはコンクラーベから攻撃を受けていて、全滅させられるかもしれないというのに、その問題の解決策が、独立して人類からの支援をいっさい受けないようにすることだなんて。どうかしてる」

評議会のテーブルを見渡してみると、ジェーンが予想したとおり、この意見に賛成なのはジェーンとわたしだけのようだった。マンフレッド・トルヒーヨさえ、だれよりも状況をよくわかっているのに、コロニーの独立というわたしたちの提案に仰天していた。そもそもが頑固な連中の集まりなのだ。

「孤立するわけじゃない」わたしはいった。「わたしたちが独立したら、オービン族が助けてくれる」

「それは心強いわねえ」ブラックがあざけるようにいった。「エイリアンがあたしたちみんなを殺そうとしているけど、心配はいらない、ここにいるペットのエイリアンがあたしたちの身を守ってくれる。彼らがほかのエイリアンと手を組もうと決めるまでは」

「それはオービン族に対する的確な評価とはいえないな」

「しかし、あのオービン族がおもに気にかけているのはわれわれのコロニーじゃない」リー・チェンがいった。「きみの娘さんだ。神さまに頼んで彼女の身になにも起こらないようにしてもらわないとな。もしもなにかあったら、われわれはどうすればいい？　オービン族にはわれわれを助ける理由がなくなる。こっちはコロニー連合から見捨てられてしまっているというのに」

「わたしたちはとっくにコロニー連合から見捨てられているんだ。いたるところで連合の惑星が攻撃を受けている。ＣＤＦはおおあわてでそれに対応中だ。わたしたちは優先事項ではない。これからもずっとそうだ。もう役目を果たしてしまったんだから」

「きみがそういっているだけじゃないか。いまはニュースもはいってきているし、ＰＤＡ

だって使える。そんな報道はまったく見当たらないぞ」

「その件についてはわたしが保証しよう」トルヒーヨがいった。「わたしもまだ独立に賛成する気にはなれないが、ペリーは嘘はついていない。いま、コロニー連合には優先事項というものがあって、われわれはまちがいなくそこに含まれていないのだ」

「きみたちを信じられないといってるわけじゃない。しかし、きみたちがわれわれになにを頼んでいるか考えてくれ。きみたちのことばだけですべてを——すべてを——失う危険をおかせといっているんだぞ」

「わたしたちが独立に賛成したとして、それでどうなるのです？」ハイラム・ヨーダーにかわって評議会に出席しているロル・ガーバーがいった。「コロニーは孤立します。もしもコロニー連合が生きのびたら、反乱を起こした件について彼らと話をつけなければなりません。もしもコロニー連合が滅びたら、わたしたちは人類の唯一の生き残りとなり、べつの種族の情けにすがって生きることになります。すべての知的種族がわたしたちの死を願っているという状況で、いつまでオービン族からの保護を期待できるでしょう？　良心にかえりみて、わたしたちが生きのびるためにオービン族に自身の生存を危険にさらすよう頼めるものでしょうか？　コロニー連合こそが人類です。よかれあしかれ、わたしたちはそこに属しているのです」

「全人類というわけじゃない」わたしはいった。「まだ地球がある」

「地球はコロニー連合によって片隅へ追いやられてきたわ」ブラックがいった。「いまはあたしたちにとってなんの助けにもならない」

わたしはため息をついた。「結果は見えているような気がするな。評議会に票決を要請する。わたしもジェーンもその結果には従う。だが、頼むからよく考えてくれ。オービン族に対する偏見や」ちらりとマリー・ブラックを見る。「過剰な愛国心によって事実から目をそむけないでほしい。わたしたちは戦争をしていて、その最前線にいる——しかも祖国からの支援はない。わたしたちは独力でやるしかないんだ。生きのびるためにどうするべきかは自分で考えるしかない。ほかのだれも面倒を見てはくれないんだから」

「あなたがこんなに厳しい態度をとるのははじめてね、ペリー」マータ・ピロがいった。

「こんなに厳しい状況になったのははじめてだからな。よし。投票だ」

わたしはコロニー連合からの離脱に投票した。ジェーンは棄権した。ふたりで一票だけにするのが恒例なのだ。評議会のほかのメンバーは全員がコロニー連合にとどまるほうに投票した。

厳密にいえば、ここで有効なのはわたしの一票だけだ。もちろん、厳密にいえば、コロニー連合からの離脱に投票したことで、わたしは反逆に賛成票を投じたことになる。ひょっとしたら、ほかのみんなはわたしを反逆者にしたくなかったのかもしれない。

「わたしたちはコロニーだ」わたしはいった。「いまも変わらず」

テーブルのまわりに笑顔があふれた。
「で、これからどうするの？」マリー・ブラックがたずねた。
「いま考えている」わたしはいった。「嘘じゃない、いま考えているんだ」

ボニータはその名前にふさわしい惑星だった。とても美しい世界で、人間が消費するのにぴったりな遺伝子成分をもつ野生生物があふれていた。ボニータへの入植がおこなわれたのは十五年まえ。まだまだ若いコロニーだが、すでに独自の個性を確立していた。ボニータを襲撃したドルーツ族は、頭脳よりも野心のほうが大きな種族だった。この遭遇はあきらかにコロニー連合の側に有利なものであり、ボニータの軌道上に配置された三隻のCDF巡洋艦は、ドルーツ族の侵略軍をさっさと片付けることができた。へたくそな設計の敵宇宙船を、はじめは第一波の攻撃を受けたときに、その後はもっとのんびりしたやりかたで――ドルーツ族の宇宙船がスキップ可能な距離に到達するまえにCDFのレールガン投射物で狙い撃ちする――撃破したのだ。このときのドルーツ族の努力はまったくむくわれなかった。

ドルーツ族の襲撃が注目に値するのは、それがまったく力不足だったことではなく、彼らがコンクラーベの加盟種族ではなかったということだ。コロニー連合と同様に、ドルーツ族もはみだし者で、やはりコロニーの建設を禁じられていた。それでも彼らは攻撃をしかけてきた。ドルーツ族は——そういう種族はどんどん増えていたが——コロニー連合がコンクラーベの構成種族との戦いで身動きがとれなくなっていることを知っていた。それはすなわち、CDFがよそに気をとられている隙に、人類の小規模なコロニーをつまみ食いできるかもしれないということだ。コロニー連合は水中で傷ついて血を流しており、小魚たちが味見をしようと深みからのぼってきていた。

「あなたの娘を引き取りにきた」ヒッコリーがわたしにいった。

「なんだって？」こんな状況にもかかわらず、わたしはにやりと笑いたいという衝動をこらえきれなかった。

「われわれの政府が、ロアノークが攻撃を受けて破壊されるのは避けられないと判断したのだ」

「そいつはすばらしい」

「ディッコリーもわたしも、この結末については残念に思っている」ヒッコリーは上体をわずかにまえへ倒してそのことばを強調した。「このような事態を避けるためにあなたを充分に補佐できなかったことについても」

「ふん、ありがとう」わたしはいった。あまり不誠実に聞こえないといいのだが。

そうは聞こえなかったらしく、ヒッコリーは話をつづけた。「われわれは干渉や支援は許されていないが、ゾーイを危険から遠ざけることは容認できると判断した。ゾーイとわれわれのために輸送船を要請した。いまこちらへむかっている。この計画のことをあなたに伝えておきたかったのは、ゾーイがあなたの娘であり、希望があればあなたとセーガン中尉を同時に輸送する許可を得ているからだ」

「すると、わたしたち三人はこの混乱から脱出できるのか」わたしがいうと、ヒッコリーはうなずいた。「ほかのみんなはどうなる？」

「ほかの人びとを収容することは許可されていない」

「しかし、許可がないからといって収容できないということにはならないだろう？　もしもゾーイが親友のグレッチェンをいっしょに連れていきたいといったら、きみはそれを拒否するのか？　それに、ジェーンとわたしが残ることになったら、ゾーイがここを離れると思うか？」

「残るつもりなのか？」

「もちろん残る」

「死ぬことになる」

「そうかもしれないな。なんとかしてそれを避けようとしているんだが。どうなるにせよ、ロアノークはわたしたちのいるべき場所だ。わたしたちは離れる気はないし、ゾーイを説得してわたしたちや友だち抜きでよそへ連れていくのはかなりむずかしいと思う」

「あなたが行けといえば従うはずだ」

わたしはにっこり笑い、デスクに手をのばしてPDAのキーを叩き、すぐにわたしのオフィスへきてくれとゾーイにメッセージを送った。ゾーイは数分後にやってきた。

「ヒッコリーとディッコリーが、きみにロアノークを離れてもらいたがっているんだ」

「パパとママもいっしょ？」

「ちがう」

「じゃあ、絶対にいや」ゾーイはそういいながらヒッコリーをまっすぐ見つめていた。

わたしは嘆願するようにヒッコリーにむかって両手をひろげた。「いっただろ」

「あなたはゾーイにわれわれと行けといわなかった」とヒッコリー。

「行くんだ、ゾーイ」

「クソくらえよ、九十歳のパパ」ゾーイは笑顔でいったが、このうえなく真剣でもあった。

彼女はオービン族に顔をもどした。「あんたたちふたりもクソくらえ。ついでにいうけど、オービン族にとってあたしがどんな存在だろうとクソくらえ。あたしを守りたいんだったら、あたしの大事な人たちを守って。このコロニーを守ってよ」

「それはできない」とヒッコリー。「禁じられているのだ」

「じゃあ困ったわね」ゾーイはいった。笑顔は消え、目がぎらぎらしている。「だってあたしはどこへも行かないから。あなたやほかの人がなにをしようと、それは絶対に変わらない」

ゾーイは憤然として歩み去った。

「ほぼわたしが予想したとおりの展開だったな」わたしはいった。

「あなたはゾーイを説得するために最大限の努力をしなかった」とヒッコリー。

わたしは横目でヒッコリーを見た。「わたしが不誠実だったといいたいのか」

「そうだ」

ヒッコリーの表情はふだんにも増して読みとりにくかったが、こういう会話をするのが楽ではないというのは想像がついた。感情的な返答をすれば、ヒッコリーはすぐにインプラントを停止してしまうだろう。

「きみのいうとおり。わたしは不誠実だった」

「しかしなぜ？」ヒッコリーはたずね、わたしはその声にある悲しみにおどろきをおぼえた。ヒッコリーはいまや体をふるわせていた。「あなたは自分のこどもを殺したのだ。チャールズ・ブーティンのこどもを」

「ゾーイはまだ死んでないぞ。わたしたちだってそうだ。このコロニーも」

「われわれがゾーイに危害がおよぶのを許容できないことはわかっているはずだ」ディッコリーが沈黙を破って口をひらいた。わたしはふたりのオービン族のなかで彼のほうが上位にいることを思いだした。

「ゾーイを守るためにわたしとジェーンを殺すという計画にもどるつもりか？」

「そうはならないことを期待している」とディッコリー。

「すばらしくあいまいな返答だな」

「あいまいではない」ヒッコリーがいった。「われわれの立場はわかっているだろう。やらなければいけないことも」

「ついでにわたしの立場も思いだしてもらえないかな。どのような状況であろうとゾーイを守ってくれといったはずだ。その立場はいまも変わっていない」

「だが、あなたはそれをずっと困難にしている。不可能にしているといってもいい」

「わたしはそうは思わない。ひとつ提案をさせてくれ。きみたちの宇宙船はもうじき到着する。ゾーイがきみたちといっしょにその船に乗ることを約束しよう。だが、わたしがゾーイに行ってくれと頼むところへあの子を連れていくと約束してくれ」

「どこへ連れていくのだ？」とヒッコリー。

「それはまだいえない」

「それでは同意するのがむずかしくなる」

「いちかばちかだな。ただ、きみたちがゾーイを連れていく場所がここよりも安全だということだけは保証しよう。さあ。同意すれば、わたしはゾーイがきみたちに同行することを約束する。同意しなければ、きみたちはここでゾーイを守る方法を見つけるか、わたしとジェーンを殺してゾーイを連れ去るしかない。選ぶのはきみたちだ」

ヒッコリーとディッコリーは身を寄せあい、しばらく話し合った。ふたりがこんなに長く話すのはいちども見たことがなかった。

「あなたの条件を受け入れることにする」ヒッコリーがいった。

「よし。あとはゾーイを説得するだけだな。ジェーンはいうまでもないが」

「われわれがゾーイをどこへ連れていくことになるのか、もう話してもらえないか？」

「メッセージを届けるんだよ」

クリスティーナ・マリー号がカートゥーム・ステーションにドッキングした直後、そのエンジン室が崩壊して、交易船のうしろ四分の一を吹き飛ばし、残った四分の三をカートゥーム・ステーションへまっすぐつっこませた。ステーションの外殻がゆがんで亀裂がはいり、空気と人びとがそこから噴きだした。衝突エリア全体で気密隔壁がすばやく閉じたが、同じように空気とクルーを吐きだしながら侵入してきたクリスティーナ・マリー号の慣性質量により、係留装置と受け口から引きちぎられただけに終わった。船体が動きを止めたときには、爆発と衝突でカートゥーム・ステーションは活動不能におちいっており、ステーションの五百六十六名と、クリスティーナ・マリー号の六名をのぞいた全クルーが命を落とした。六名のうちの二名は、負傷によりまもなく死んだ。

クリスティーナ・マリー号の爆発は、その交易船とカートゥーム・ステーションの大半を破壊しただけではなかった。事故があったのはカートゥーム原産の主要輸出品である豚フルーツという珍味の収穫期でもあった。豚フルーツは熟成すると短期間で腐ってしまうので（名前の由来は、カートゥームの植民者が熟しすぎたこのフルーツを飼っている豚にあたえていたことからきている。そうなってしまうと豚しか食べないのだ）、カートゥームは莫大な投資をして、熟成から数日以内に収穫をすませてカートゥーム・ステーション経由で出荷できる態勢をととのえていた。クリスティーナ・マリー号は、カートゥームの軌道上でフルーツの積みこみを待っていたコロニー連合の百隻もの交易船の一隻にすぎなかった。

カートゥーム・ステーションが活動を止めると、豚フルーツ用の最新式の配送システムがまともに動かなくなった。交易船は自前のシャトルをカートゥームへ送りこみ、フルーツの箱をできるだけたくさん積みこもうとしたが、そのせいで現場は大混乱になった。どの豚フルーツ生産者に品物を船積みする優先権があり、どの交易船にそれを受け取る優先権があるのかわからないのだ。フルーツは貨物コンテナからおろしてシャトルへ積み直さなければならないのに、その仕事を受け持つ作業員の数がまったく足りなかった。豚フルーツの大半はコンテナのなかで腐ってしまい、カートゥームの経済は大打撃を受けた。ほかの輸出品にとっても経済的な命綱であるカートゥーム・ステーションの再建と、さらなる攻撃にそなえたカートゥーム防衛網の強化が必要なので、経済状況は長期的にはさらに悪化するはずだった。

クリスティーナ・マリー号は、ステーションにドッキングするまえに、通常のセキュリティ的〝握手〟の一環として、識別番号と、積荷目録と、最近の行動予定表を送信していた。その記録によれば、クリスティーナ・マリー号の二カ所まえの交易地は、コロニー連合の数少ない同盟種族であるクイ族の母星、クイアだった。そのつぎのドッキング相手はイラン族の宇宙船で、そのイラン族はコンクラーベの一員だった。爆発の法医学的分析により、それがエンジンの破損事故ではなく意図的に引き起こされたものであることに疑いの余地はなくなった。フェニックスからの命令により、過去一年間に非人類世界をおとずれた交易船は、完全なスキャンと点検を実施しないかぎり宇宙ステーションへ接近できないことになった。宇宙空間に浮かんだ数百隻の交易船は、積荷をほどかれ、クルーを（大昔のベネチアで使われていたとおりの意味合いで）隔離されたまま、ちがう種類の疫病が根絶されるのを待った。

クリスティーナ・マリー号は、破壊工作をほどこされたまま、その爆発が――死者の多さだけでなくコロニー連合の経済活動を麻痺させるという意味で――最大限の衝撃をもたらす可能性がある場所へと送りだされた。それはみごとに成功した。

ロアノーク評議会は、わたしがガウ将軍にメッセージを届けるためにゾーイを送りだしたことを伝えると、あまり良い反応をしめさなかった。

「きみの反逆の問題について話し合わなければならないな」マンフレッド・トルヒーヨがわたしにいった。

「反逆はなにも問題はないよ。いつでもやめられるしね」そういって、わたしはテーブルについた評議会の面々を見まわした。ささやかなジョークはうけなかった。

「おいおい、ペリー」リー・チェンは見たこともないほど怒りをあらわにしていた。「コンクラーベはわれわれを殺そうとしているのに、きみはそのリーダーへメモを届けているというのか？」

「しかも、あなたはそのために娘さんを使った」マリー・ブラックが嫌悪をにじませた声でいった。「ひとりきりの子を敵のもとへ送りこんだのよ」

ジェーンとサヴィトリにちらりと目をやると、ふたりはそろってうなずいた。わたしたちはこういう話が出ることを予期していた。どんな対処をするのがいちばんいいかということも話し合っていた。

「いや、それはちがう。わたしたちにはたくさんの敵がいるが、ガウ将軍はそのひとりじゃない」わたしは特殊部隊のシラード将軍とのやりとりと、ガウの暗殺計画について警告されたことを説明した。「ガウはロアノークを攻撃しないと約束した。もしも彼が死んだに、わたしたちを殺そうとする連中を止める者はいなくなる」

「いまはたしかにそういう連中はいない」リー・チェンがいった。「だが、二週間まえにあった攻撃のことを忘れたのか？」

「忘れてはいない。ガウがすこしでもコンクラーベをコントロールしていなかったら、あれはもっときついことになっていたんじゃないかと思う。この暗殺計画を知れば、ガウはそれを利用してコンクラーベ全体に対する支配力を取りもどせる。そうなればわたしたちは安全だ。少なくとも、いまよりは安全になる。わたしは彼に知らせる危険をおかすだけの価値があると判断したんだ」

「票決を取らなかったわね」マータ・ピロがいった。

「必要がなかった。わたしはいまでもコロニーのリーダーだ。ジェーンとわたしはこれが最善の道だと判断した。どのみち、きみたちが賛成するとは思えなかったし」

「だが、これは反逆だ」トルヒーヨがくりかえした。「今回はほんものだぞ、ジョン。これは将軍に船団を呼ぶなとそっと伝えるのとはわけがちがう。きみはコンクラーベの内政に干渉している。コロニー連合がそんな行為を許すわけがない。ましてや、きみはいちど審問の場に呼びだされているんだからな」

「自分の行動の責任はとるつもりだ」

「それはいいけど、残念なことに、あたしたち全員があなたの行動の責任をとらなくちゃいけないのよ」マリー・ブラックがいった。「なにもかもあなたがひとりでやったことだと、コロニー連合が納得してくれれば話はべつだけど」

わたしはマリー・ブラックに目をむけた。「これは好奇心できくんだが、きみはコロニー連合がいったいなにをすると思っているんだ？　CDFの部隊を送りこんできてわたしとジェーンを逮捕するとでも？　わたしとしてはそのほうがありがたい。コロニーが攻撃を受けたときに、少なくとも軍隊がここにいるわけだからな。ほかに考えられることといえば、わたしたちが見捨てられてしまうということだが、知ってるか？　それはとっくに起きていることなんだ」

わたしはテーブルを見まわした。「ここで見逃されている重要な事実を、もういちどはっきりさせておく必要があると思う。わたしたちはすっかり、ひたすら、とことん、孤立しているんだ。コロニー連合にとって、いまのわたしたちは全滅したときにだけ価値がある。そうなれば、ほかのコロニーがみずからの市民と資産をたずさえて戦闘に参加してくれるからだ。わたしとしては、コロニー連合のシンボルにされるのはいっこうにかまわないが、そんな特典のために死ぬのはごめんだ。きみたちにもそんな特典のために死んでほしくはない」

トルヒーヨがジェーンに目をむけた。「きみはこれに全面的に同意するんだな」

「ジョンがこの情報を得た相手は、あたしのもと指揮官なの」ジェーンはいった。「彼とは個人的なレベルで片をつけなければいけないことがある。情報が正確なものであることは疑いようがないわ」

「しかし、その将軍にはなにか意図があるのではないか?」

「もちろん意図はあるわ。シラードは宇宙があたしたちを虫けらみたいに踏みつぶすのを阻止したがっている。そこのところははっきりしていると思う」

トルヒーヨはちょっと口をつぐんでからつづけた。「わたしがいいたいのは、われわれにはわからない裏の意図があるのではないか、ということだ」

「それはどうかしら。特殊部隊はすごく率直なの。必要なときにはこそこそしても、いざとなれば率直になるのよ」

「シラードは第一号というわけだ」わたしはいった。「今回の件でコロニー連合がわたしたちに率直だったことはいちどもなかったからな」

「彼らにはほかに道がなかったんだよ」リー・チェンがいった。

「やめてくれ。そんな言い分をうのみにするには、わたしたちはあまりにもこの件に深入りしすぎてしまった。たしかに、コロニー連合はコンクラーベを相手に底の深いゲームをつづけていたし、それがどんなゲームなのかをわたしたちポーンにわざわざ教えることはなかった。だがいま、コロニー連合は新しいゲームをしていて、その勝敗はわたしたちが盤上から取り去られるかどうかにかかっているんだ」

「それは事実かどうかわからないでしょ」マータ・ピロがいった。

「われわれに身を守るすべがないのはたしかだ」トルヒーヨがいった。「より多くの防衛力を手に入れたくても、われわれが列のどのあたりにならんでいるかはあきらかだ。理由はどうあれ、ジョンは正しい。われわれは厳しい状況に置かれているんだよ」

「どうして自分の娘をそのガウ将軍との交渉に送りだすことができたのか、あたしにはやっぱりわからないわ」マリー・ブラックがいった。

「理にかなっていたから」ジェーンがこたえた。

「なんでそうなるわけ」

「ゾーイはオービン族といっしょに旅をしているの。オービン族はコンクラーベと積極的な敵対関係にあるわけじゃない。ガウ将軍もオービン族だったら受け入れる――コロニー連合の宇宙船を受け入れることはできなくても」

「こっちはそもそもコロニー連合の宇宙船を手に入れることができないしな」わたしはいった。

「ジョンもあたしも、コロニー連合やここの植民者たちに気づかれることなくコロニーを離れることはできないわ。でも、ゾーイはオービン族と特別な関係にある。あの子がオービン族にせがまれて惑星を離れるのは、コロニー連合も予想していることなの」

「有利な点はほかにもある」わたしがいうと、ならんだ頭がぐるりとこちらをむいた。

「たとえわたしかジェーンが出かけることができたとしても、ガウ将軍がわたしたちの持参する情報をほんものと信じたり、真剣に受け取ったりする理由はどこにもない。各コロニーのリーダーたちは、これまでにも自分を犠牲にしてきているからな。しかし、ゾーイが出向けば、わたしたちはガウに情報以上のものを渡すことになる」

「人質を差しだした、ということか」トルヒーヨがいった。

「そうだ」

「リスクの大きなゲームだな」

「これはゲームじゃない。確実に話を聞いてもらう必要があった。それに、これは計算ずくのリスクだ。ゾーイにはオービン族がついているし、ガウがなにかバカなことをしたらあのふたりが黙ってはいない」

「それでも、あなたは娘の命を危険にさらしている」ブラックがいった。「たったひとりの娘だっていうのに」

「ここにとどまったところで、あたしたちといっしょに死ぬだけ」とジェーン。「出かければ、ゾーイは生きていられるし、あたしたちにも生きのびるチャンスが生まれる。あたしたちは正しいことをしたのよ」

マリー・ブラックが返事をしようと口をひらいた。

「つぎにあたしの娘についてなにかいうときは、よく考えたほうがいいわよ」ジェーンがいった。ブラックはぱくんと音をたてて口を閉じた。

「あなたたちはわたしたち抜きでこの件を進めました」ロル・ガーバーがいった。「それなのに、いまになって話している。理由を知りたいですね」

「ゾーイを送りだしたのは、必要なことだと思ったからだ」わたしはこたえた。「決めたのはわたしたちで、実行したのもわたしたちだ。しかし、マリーは正論をいっている。きみたちはこの行動がもたらす結果をあまんじて受け入れる必要はない。きみたちには話す必要があった。マリーのことばがしめすように、わたしたちを信用できなくなっている者もいるはずだ。いまは、きみたちが心から信頼できるリーダーが必要だ。わたしたちは自分がとった行動とその理由を説明した。その行動がもたらす結果のひとつとして、きみたちは今後もわたしたちにコロニーの指揮をとらせるかどうかを投票で決めるべきだ」

「コロニー連合は新しいリーダーを認めないわ」マータ・ピロがいった。

「それはきみたちがどう説明するかによるだろう。わたしたちが敵と通じていたといえば、リーダーの変更は認められると思う」

「すると、きみたちをコロニー連合に引き渡すかどうか決めろというのか」トルヒーヨがいった。

「きみたちが必要と思うことをしてくれ。わたしたちがそうしたように」

わたしは立ちあがった。ジェーンもあとにつづいた。わたしたちはオフィスを離れて口アノークの日射しのなかへ踏みだした。

「どれくらいかかると思う?」わたしはジェーンにたずねた。

「長くはかからないでしょ。マリー・ブラックが奮闘するはずだから」

「きみが彼女を殺すのをがまんしてくれてよかった。そんなことをしたら信任投票が面倒なことになっていたはずだ」

「たしかに殺したくなったけど、それはブラックがまちがっていたからじゃない。彼女は正しい。あたしたちはゾーイの命を危険にさらしている。まだこどもなのに」

わたしは妻に近づいた。「あの子はきみと同じくらいの歳なんだよ」といって、彼女の腕をさする。

ジェーンは身を引いた。「そういうことじゃないのはわかってるでしょ」

「ああ、わかってる。でも、ゾーイは自分がなにをしているか理解できるくらいにはおとなだ。たいせつな人たちを失ってもいる。きみと同じように。わたしと同じように。それに、もっとたくさんのものを失うかもしれないとわかっている。あの子が自分で決めて出かけたんだ。わたしたちが選択肢をあたえて」

「まちがった選択肢をあたえたのよ。あの子のまえに立って、自分の命を危険にさらすか、あたしたちを含めた知り合いみんなの命を危険にさらすかを選ばせた。とてもじゃないけど公平な選択肢だったとはいえないわ」

「そうだな。しかし、その選択肢をあたえるしかなかったんだ」

「このムカつく宇宙にはうんざり」ジェーンは顔をそむけた。「コロニー連合にもうんざり。コンクラーベにも。このコロニーにも。なにもかもうんざり」

「わたしのことはどうなんだ？」

「いまはその質問をするのにふさわしいときじゃないわ」

わたしたちは腰をおろして待った。

三十分後、サヴィトリが管理棟から出てきた。目が真っ赤だ。「さて、良い知らせと悪い知らせがあります。良い知らせは、あなたたちがガウ将軍と通じているとコロニー連合に通報するまで十日間の猶予があたえられました。これについてはトルヒーヨに感謝するべきです」

「それは助かるな」わたしはいった。

「ええ。悪い知らせは、クビになったことです。あなたたちふたりとも。投票結果は全員一致でした。わたしはただの秘書ですから、投票はできませんでした。すみません」

「だれが仕事を引き継ぐの？」ジェーンがたずねた。

「トルヒーヨです。当然でしょう。あなたたちがドアを閉めるまえからあいつはさっそく売り込みをはじめていました」

「彼はそれほど悪くないよ」わたしはいった。

「わかってます」サヴィトリは目をぬぐった。「ただ、あなたたちを失いたくないという気持ちを伝えたくて」

わたしはにっこりした。「まあ、それには感謝するよ」わたしはサヴィトリを抱き締めた。サヴィトリはしっかりとわたしを抱き返してから、すっと身を引いた。

「これからどうするんですか？」サヴィトリはたずねた。

「十日間ある。あとは待つだけだ」

その宇宙船はロアノークの防衛網を、というかその欠陥を熟知していたので、惑星の反対側で空に姿をあらわした。コロニーの唯一の防衛衛星からは見えない位置だ。宇宙船はそろそろと大気圏へ進入して再突入の熱と華々しさを回避し、惑星の経線を横切りながらゆっくりとコロニーの方角へ進んだ。防衛衛星の視野にはいって熱でそれに発見されてしまうまえに、宇宙船はエンジンを切り、重力に引かれるままコロニーめがけて滑空をはじめた。小さな質量を、電気的に発生させた巨大だが極薄の翼で支えながら。宇宙船は音もなく降下して、その標的を、わたしたちをめざした。

わたしたちがそれを発見したのは、宇宙船が長い滑空を終えて翼を放棄し、姿勢制御ジェットと浮揚フィールドに切り替えたときだった。防衛衛星は突然あらわれた熱とエネルギーを感知し、ただちに警告を送ってきた——が、すでに手遅れだった。その信号が届いたときには、宇宙船はすでに着陸態勢にはいっていたのだ。防衛衛星は地上のビーム砲へ遠隔操作データを送り、すでに充電を完了している自身のビーム兵器のウォームアップを開始した。

まだコロニーの防衛責任者をつづけているジェーンは、衛星に待機命令を送った。宇宙船はすでに、クロアタンのバリケードの内側ではないにせよ、コロニーの境界線の内側にはいりこんでいた。衛星が発砲したら、コロニー自体が被害を受けることになる。ジェーンも二基のビーム砲を停止した。こちらも、宇宙船がもたらす以上に大きな被害をコロニーにもたらしかねなかった。

宇宙船が着陸した。ジェーンとトルヒーヨとわたしは歩いて出迎えにいった。近づいていくと、船体にある格納庫がするりとひらいた。ひとりの乗客が格納庫から飛びだしてきて、大声で叫びながらジェーンのもとへ駆け寄ってきた。ジェーンは衝撃にそなえて身がまえたが、充分ではなかったらしく、結局、ジェーンとゾーイはふたりそろって地面に倒れこんだ。わたしは声をあげて笑いながらふたりに近づいた。ジェーンがわたしの足首をつかんで引きずり倒した。トルヒーヨは、この大騒ぎに巻きこまれないように慎重に距離を置いていた。

「ずいぶんかかったな」ようやく体をふりほどいて、わたしはゾーイにいった。「あと一日半遅かったら、きみのママとわたしは反逆の容疑でフェニックスへ送られていたところだよ」

「なんの話かさっぱりわからないわ」ゾーイがいった。「とにかく会えてよかった」彼女はもういちどわたしを抱き締めた。

「ゾーイ」ジェーンがいった。「ガウ将軍と会ったのね」

「会った？　あたしたちは暗殺事件の現場にいたのよ」

「ええっ？」ジェーンとわたしは同時に叫んだ。

ゾーイはなだめるように両手をあげた。「ちゃんと生きのびたわ。ごらんのとおり」

わたしはジェーンに目をむけた。「ちびるかと思った」

「だいじょうぶよ」とゾーイ。「そんなにたいへんじゃなかった、ほんとに」

「あのなあ、十代の娘にしては、きみはちょっと世間ずれしすぎているんじゃないか」

ゾーイがにっと笑った。わたしは娘をもういちど、さらにしっかりと抱き締めた。

「それで将軍は？」ジェーンがいった。

「やっぱり生きのびたわ。しかも、ただ生きのびただけじゃなかった。すっかり怒っちゃって。暗殺計画を逆に利用して、みんなを呼びつけて叱責したの。そして自分への忠誠をもとめたの」

「自分への？　それはガウらしくない感じだな。コンクラーベは帝国じゃないといってたのに。忠誠をもとめるなんて、自分が皇帝になろうとしているみたいだ」

「いちばんの側近たちに殺されかけたのよ。すこしくらいは個人的な忠誠をしめしてもらいたいんじゃないかしら」

「それは否定できないな」

「でも、まだ終わってないの。だからあたしは帰ってきたの。まだ抵抗している惑星グループがあってね。リーダーはエサーとかいってた。ナーブロス・エサー。コロニー連合を攻撃しているのはそのグループなんだって。将軍がいってた」

「そうか」わたしはシラード将軍がエサーについて語っていたことを思いだした。

「ガウ将軍からのメッセージがあるわ。エサーがここへ来るんだって。もうじき。エサーはロアノークをつぶしたがっているの。ガウ将軍が手を出せないから。ロアノークをつぶしたらエサーの立場は強くなるんだって。自分のほうがコンクラーベのリーダーとしてふさわしいとしめすことができるから」

「当然だな。ほかのだれもがロアノークをポーンとして利用しているんだ。そのクズ野郎だって同じことを考えるだろう」

「そのエサーがコロニー連合全体に攻撃をしかけているんだとしたら、われわれを始末するくらいなんの造作もないだろうな」トルヒーヨがいった。彼はまだ人の山から距離を置いていた。

「ガウ将軍が手に入れた情報によると、エサーは宇宙からあたしたちを攻撃する気はないみたい」ゾーイはつづけた。「ここに着陸して、地上部隊でロアノークをつぶすんだって。必要な最小限の兵力だけ。ガウ将軍が船団を使ってやったのとは正反対ね。それでなにかを証明するわけ。将軍からもらったファイルにもっとくわしく説明されてるわ」

「じゃあ、小規模な攻撃部隊になるのか」わたしがいうと、ゾーイはうなずいた。

「エサーが数名の友人だけを連れてやってくるのでないかぎり、われわれはやはり問題をかかえることになるな」トルヒーヨはわたしとジェーンにうなずきかけた。「まともな軍事訓練を受けているのはきみたちふたりだけだ。地上の防衛施設があるとはいえ、ほんものの兵士たちが相手では長くはもたない」

ジェーンが返事をしようとしたが、娘のほうが一歩早かった。

「あたしに考えがあるの」ゾーイはいった。

トルヒーヨは笑いをかみころしているようだった。「きみに考えが」

ゾーイは真剣な顔になった。「ミスター・トルヒーヨ、あなたの娘さんはあたしの世界一の親友なの。あたしは彼女に死んでほしくない。あなたにも死んでほしくない。あたしは手助けができる立場にある。おねがいだからあたしを見くびらないで」

トルヒーヨは背すじをのばした。「すまなかった、ゾーイ。べつに見くびだしたわけではないんだ。きみになにか計画があるというのは予想外だったのでね」

「わたしにも予想外だった」わたしはいった。

「ずっとまえに、ひとつの種族全体から崇拝される存在になっても宿題をやらずにすむようにはならないって文句をいったのをおぼえてるでしょ」ゾーイはいった。

「なんとなく」

「それで、出かけていたあいだに、崇拝されて得になるようなことを見つけようと決めたの」

「やっぱり話が見えないな」

ゾーイはわたしの手を取り、手をのばしてジェーンの手もつかんだ。「来て。ヒッコリーとディッコリーはまだ船のなかにいるわ。あたしのために、あるものを見張ってるから。それを見せたいの」

「いったいなんなの？」ジェーンがたずねた。

「見てのお楽しみ。でも、ふたりともきっと気に入るよ」

14

ジェーンはわたしを起こすためにベッドから押しだした。

「どうしたんだ?」わたしはふらふらしながら床の上でいった。

「衛星からの信号が途絶えたわ」

ジェーンは起きあがり、ドレッサーから高性能双眼鏡をつかみだすと、外へ出ていった。

わたしも急いで起きあがってあとを追った。

「なにが見える?」わたしはいった。

「衛星が消えてる。衛星があるべき場所からそれほど遠くないところに、宇宙船が一隻」

「エサーは隠密行動とは無縁なやつらしいな」

「必要ないと思ってるのよ。どのみち、目的を果たす役に立つわけじゃないし」

「こっちの準備はできているのか?」

「こっちの準備ができているかどうかは問題じゃないわ」ジェーンは双眼鏡をおろしてわたしに顔をむけた。「いよいよね」

公正を期すため、ゾーイが帰ってきたあと、わたしたちは植民局に連絡をして、コロニーがいまにも攻撃を受けそうになっており、現状の防衛力はそのような攻撃に対しては無にひとしいと伝えた。そしてさらなる支援をもとめた。やってきたのはリビッキー将軍だった。

「ふたりとも、睡眠薬でもごっそりのんだのか」管理棟にはいってくるなり、リビッキーは前置きぬきでいった。「わたしはきみたちをコロニーのリーダーに推薦したのを後悔しはじめている」

「わたしたちはもうコロニーのリーダーではありません」わたしはマンフレッド・トルヒーヨを指さした。わたしが以前使っていたデスクにすわっている。「彼です」

リビッキーはこれを聞いてめんくらった。そしてトルヒーヨを見つめた。「きみにはコロニーのリーダーになる資格はない」

「植民者はあなたに賛同しないでしょう」トルヒーヨが応じた。

「彼らは投票などしないのだ」

「植民者はそれについても賛同しないでしょう」

「では、植民者もきみたち三人といっしょにバカげた睡眠薬をのんだんだろう」リビッキーはわたしとジェーンに顔をもどした。「いったいなにが起きているのだ?」

「わたしたちが植民局へ送ったメッセージを見れば明白でしょう」わたしはいった。「コロニーが攻撃を受けようとしていると信じるだけの根拠があり、その攻撃をもくろんでいる相手はわたしたちを一掃するつもりでいます。防衛手段がなければ、わたしたちは死ぬことになります」

「たしかに明白なメッセージだったよ。だれでも盗み見ることができた」

「暗号化しましたよ。軍の暗号で」

「すでに解読されたプロトコルで暗号化されていた。解読されて何年もたつんだ」リビッキーはジェーンに目をむけた。「ほかでもないきみなら知っていたはずだ、セーガン。きみはこのコロニーの安全に責任がある。どの暗号を使うべきか知っているはずだ」

ジェーンは返事をしなかった。

「すると、知ろうとする気がある者ならだれでも、いまのわたしたちが隙だらけだと知っているということですか」わたしはいった。

「頭にベーコンをはりつけて虎の巣穴へ踏みこんでいくようなものだ」

「それなら、コロニー連合はますますわたしたちを守らなければなりませんね」トルヒーヨがいった。

リビッキーはちらりとトルヒーヨに目をやった。「これ以上その男と話をするつもりはない。きみたちがここでどんな取り決めをしようと、このコロニーに責任をもつのはきみたちふたりであって、その男ではない。そろそろ真剣に話をしよう。これから話すことは機密事項だ。彼に聞かせるわけにはいかん」

「それでも、トルヒーヨはコロニーのリーダーなんですよ」わたしはいった。

「きみたちが彼をシャムの王様にしようが知ったことではない。出ていかせるんだ」

「どうする、マンフレッド」

「出ていこう」トルヒーヨは立ちあがった。「ただし、これだけはいっておきますよ、リビッキー将軍。われわれはちゃんと知っているんです。コロニー連合がどんなふうにわれわれを利用し、その運命をもてあそび、全員の命をおもちゃにしてきたかを。われわれの命を、家族の命を、こどもたちの命を。いまコロニー連合がわれわれを守らないというのなら、だれがわれわれをほんとうに殺したかはあきらかです。どこかのエイリアンでもなければコンクラーベでもありません。コロニー連合です。まちがいなく」

「すばらしいスピーチだ」とリビッキー。「それで真実になるわけではないがな」

「当面、あなたを真実のよりどころとみなすつもりはありませんから」トルヒーヨは、わたしとジェーンにうなずきかけ、将軍が返事をするまえに部屋を出ていった。

「あなたから聞いたことは、すべて彼に話しますよ」わたしはトルヒーヨを見送ったあとでいった。

「そうしたら、きみは無能なだけでなく反逆者になる」リビッキーはデスクにむかって腰をおろした。「きみたちふたりがなにをやっているつもりなのかは知らないが、それがなんであれ、正気の沙汰ではないぞ。きみは」ジェーンを見あげる。「あの暗号化プロトコルが解読済みだと知っていたはずだ。きみたちは自分たちの脆弱さを宣伝してまわっている。なぜそんなことをするのか、わたしにはさっぱりわからん」

「理由があるんです」とジェーン。

「そうか。話したまえ」

「いやです」

「なんだと？」

「いやだといったんです。あなたが信用できないので」

「なにをバカなことを。自分のコロニーにでっかい的を描いておきながら、わたしを信用できないというのか」

「コロニー連合がロアノークにしたことで、わたしたちに話そうとしなかったことはたくさんあります」わたしはいった。「こんどはこちらの番です」

「おいおい。ここは学校の校庭じゃないんだぞ。きみは植民者の命を賭けるつもりか」

「コロニー連合がやったことと、どこにちがいがあるというんです？」

「きみはその立場にないということだ。きみにはその権利がない」

「コロニー連合には、植民者の命を賭ける権利があるんですか？　命を奪おうと迫ってくる敵軍の進路に彼らを置き去りにする権利があるんですか？　植民者は兵士ではないんですよ、将軍。一般市民なんです。あなたが手配したことですが、うちの植民者の一部は宗教上の無抵抗主義者です。コロニー連合はここの人びとを危険な目にあわせる立場にあるかもしれません。しかし、そんな権利は絶対にないはずです」

「コヴェントリの話を聞いたことがあるかね？」

「イギリスの都市ですか？」

リビッキーはうなずいた。「第二次世界大戦中、イギリスは情報部の報告で敵がコヴェントリを爆撃しようとしていることを知った。その作戦がいつ決行されるかもわかっていた。だが、市民を避難させたら、彼らが敵の秘密の暗号を知っていることがばれて、敵の計画を盗み聞きすることができなくなってしまう。イギリスの国益のために、彼らはあえて爆撃を見逃したのだ」

「ロアノークはコロニー連合のコヴェントリだというんですか」とジェーン。

「われわれが相手をしているのは、人類の根絶を狙う執念深い敵なのだ。われわれは人類にとって最善の道を選ばなければならない。すべての人類にとって」

「コロニー連合のやっていることが全人類にとって最善の道だということが前提になりますが」わたしはいった。

「率直にいうと、コロニー連合のやっていることは、ほかのだれが人類のために計画していないんですね」ジェーンがいった。

「そうはいっていない」

「そう思っているでしょう」

「きみにわたしの考えていることがわかるはずはない」

「あなたの考えていることは正確にわかりますよ」ジェーンはつづけた。「あなたがここに来たのは、コロニー連合にはわたしたちを守るための船も兵士もないと伝えるためです。あなたは、ほんとうはわたしたちの防衛にまわす船や兵士はあるのに、よそのどうでもいい任務に駆りだされてしまっているのを知っている。あなたはそのことでわたしたちにもっともらしい嘘をつかなければならない。だからみずから出向いてきて、嘘に人間的な味わいをくっつけようとしている。自分がこんな役目を負わされたことにはうんざりしているけれど、それを自分に許してしまっていることにはもっとうんざりしている」

リビッキーは口をあけたままジェーンを見つめていた。わたしも同じだった。

「あなたは、コロニー連合がロアノークを生け贄としてコンクラーベに差しだすという愚行に走っていると思っている。わたしたちの死を、各コロニーから兵士を集めるための手段にする計画があることも知っている。でも、コロニーから兵士を集めれば、そのコロニーはますます敵の攻撃に対してもろくなると思っている。その場合、コンクラーベには隠れている兵士を倒すために一般市民を標的にするという口実ができてしまうから。あなたはそれがコロニー連合にとっての最終段階だと思っている。コロニー連合が敗北すると思っている。わたしとジョンのために、このコロニーのために、あなた自身のために、全人類のために恐怖をおぼえている。そして、逃げ道はないと思っている」

リビッキーは長いあいだ黙ってすわっていた。やがて、彼は口をひらいた。「きみはたくさんのことを知っているようだな」

「充分なことを知っています」とジェーン。「でも、あなたの口からすべてを聞く必要があるんです」

リビッキーはわたしに目をむけ、またジェーンにもどした。がっくりと肩を落とし、そわそわと身じろぎをする。「きみがまだ知らないことがなにかあるかね？　コロニー連合はきみたちのためにはなにもしない。なんでもいいから、なにかしてやるべきだと主張したんだが」――彼は目をあげて、真実を語っていることが伝わっているかどうかたしかめようとしたが、ジェーンは無表情に見つめているだけだった――「もっと発展したコロニーに防衛線を敷くという決定がすでにくだされていた。そのほうが兵力をより戦略的に活用できるといわれたよ。わたしには同意できないが、それはまったくでたらめな主張というわけでもない。見捨てられた若いコロニーは、ロアノークだけではないのだ」

「標的になっていることが判明しているコロニーはここだけですよ」わたしはいった。

「わたしはここに援軍を送れない理由をもっともらしく説明することになっていた。結局、きみたちが解読済みの暗号で助けをもとめたために、われわれの宇宙船や兵士が危険にさらされるという説明で手を打つことにした。これにはひょっとしたら事実かもしれないという利点があったが」――将軍はそういいながらジェーンを鋭く見つめた――「基本的にはつじつま合わせの作り話だった。わたしが来たのは、この説明に説得力をあたえるためではない。きみたちには面とむかって話すだけの借りがあると思ったからだ」

「遠くよりもすぐ近くで嘘をつくほうが気が楽だといわれると、なんだか複雑な気持ちになりますね」わたしはいった。

リビッキーは苦い笑みを浮かべた。「こうして考えてみると、わたしの最良の決断のひとつとはいいがたかったようだな」ジェーンに顔をもどす。「きみがどうやってこれだけのことを知ったのかは、やはり教えてもらいたい」

「わたしにも情報源があるんです」ジェーンはいった。「それに、あなたがこちらの知りたいことを話してくれました。コロニー連合はわたしたちを切り捨てたと」

「それを決めたのはわたしではない。正しいことだとは思っていない」

「わかっています。でも、いまとなってはそんなことは問題ではないんです」

リビッキーはもうすこし同情的な見方をしてもらえないかとわたしを見た。その期待はかなわなかった。

「これからどうするつもりだ？」リビッキーがたずねた。

「あなたには話せません」とジェーン。

「なぜなら、きみがわたしを信じられないから」

「なぜなら、あなたの考えを知らせてくれたのと同じ情報源が、わたしたちの計画をほかのだれかに知らせてしまうからです。そんなことはさせられません」

「だが、なにか計画はあるんだな。きみは解読済みの暗号でメッセージを送った。それを読んでもらいたかった。だれかをここへおびき寄せようとしているわけか」

「そろそろ帰る時間ですよ、将軍」

リビッキーは目をしばたたいた。退出をうながされることに慣れていないのだ。彼は立ちあがってドアへむかったが、そこでわたしたちをふりかえった。「きみたちふたりがなにをもくろんでいるにせよ、それがうまくいくことを願っている。きみたちがこのコロニーをなんとかして救った場合、その先にどんな結果が待っているのかはわからない。だが、きみたちが救わなかった場合よりもましな結果になるはずだ」

リビッキー将軍は去っていった。

わたしはジェーンに顔をむけた。「どうやったのか教えてくれ。あれだけの情報をどうやって手に入れたのか。いままでわたしに話してくれなかったじゃないか」

「いままでは情報がなかったから」ジェーンはこめかみをとんと叩いた。「あなたが教えてくれたじゃない、あたしには全種類の指揮機能がそなわっているとシラード将軍がいっていたと。その指揮機能のひとつに、特殊部隊の内部限定ではあるけど、心を読む能力があるの」

「なんだって？」

「考えてみて。ブレインパルをつけていると、それは使用者の思考を読みとるすべを学習する。そういう機能があるのよ。それを利用して他人の思考を読むのはソフトウェア上の問題でしかないわ。特殊部隊の将軍は配下の兵士たちの思考にアクセスできるけど、シラードの話だと、たいていの場合、それはあまり役に立たないみたい。人はとりとめのないことを考えるものだから。今回は、その機能が役に立ったわけ」

「じゃあ、ブレインパルをつけていればだれでも思考を読まれてしまうのか」

ジェーンはうなずいた。「これで、あなたといっしょにフェニックス・ステーションへ行けなかった理由がわかったでしょ。なにも情報を渡したくなかったの」

わたしはリビッキーが出ていったドアを身ぶりでしめした。「たったいま、将軍に情報を渡したじゃないか」

「いいえ。将軍はあたしが機能強化されていることを知らない。自分のスタッフのだれが情報を漏らしたのか、あたしがそれをどうやって知ったのかを考えているわ」

「ずっと将軍の心を読んでいるのか」

「将軍が地上におりてからずっと。離陸するまでやめるつもりはない」

「いま将軍はなにを考えている?」

「わたしがどうやってあの情報をつかんだのか、まだ考えているわ。あたしたちのことも考えている。あたしたちの成功を願っている。そこのところは嘘じゃなかった」

「成功すると思っているのかな?」

「もちろん思ってないわ」


ビーム砲は飛来したミサイルに照準を合わせて発砲したが、照準を合わせるべきミサイルの数があまりにも多すぎた。ビーム砲は爆発し、強烈な爆風によって、砲座のあるクロアタンからすこし離れた草原に破片が飛び散った。

「メッセージがはいってるわ」ジェーンがわたしとトルヒーヨにいった。「戦闘を中止して着陸にそなえろという命令」ことばを切る。「これ以上抵抗したら、コロニーに対して全面的な絨毯爆撃をおこなうといってる。メッセージの確認を要求してるわ。一分以内に返事がなかったら、それを反抗とみなして爆撃を続行するって」

「どう思う?」わたしはジェーンにたずねた。

「このときのために、せいいっぱいの準備をしてきたのよ」

「マンフレッド?」

「準備はできている」トルヒーヨがいった。「うまくいくことを神に祈るだけだ」

「クラニック? ビアタ?」わたしはヤン・クラニックとビアタが立っている場所をふりかえった。ふたりはレポーターの機材でめいっぱい飾り立てていた。ビアタはうなずいた。クラニックは親指を突きあげた。

「メッセージを確認した、発砲をやめると伝えてくれ」わたしはジェーンにいった。「降伏条件について話し合いたいので、彼らの到着を待っていると」

「送ったわ」ジェーンがちょっと間をおいてこたえた。

わたしはビアタのとなりに立っているサヴィトリに顔をむけた。「きみの出番だ」

「最高ですね」サヴィトリはまったく説得力のない口ぶりでいった。

「うまくやれるさ」

「なんだか吐きそうです」

「残念ながらバケツはオフィスに置いてきてしまった」

「あなたのブーツのなかに吐くからいいです」

「まじめな話、準備はできているか、サヴィトリ?」

サヴィトリはうなずいた。「できています。やりましょう」

わたしたちは配置についた。

しばらくすると、空に見えていた光が大きくなって二機の兵員輸送船が姿をあらわした。輸送船はクロアタンの上空ですこしだけ静止してから、一キロメートルほど離れた種のまかれていない畑へ着陸した。もともとは種がまかれていたのだが、芽が出たばかりのころにすべて鋤《す》きこんでしまったのだ。兵員輸送船については計画があり、ある場所をほかの場所よりも着陸しやすそうに見せることでそこへ誘導しようとしたのだ。それはうまくいった。頭の奥にジェーンの凄みのある笑顔が浮かんだ。ジェーンなら作物が生えていない畑に着陸するのはためらうだろうが、それはわたしたちがそのようにした理由のひとつでもあった。部隊を率いていたときなら、わたしも用心深くなっていただろう。いまたいせつなのは軍人としての基本的な能力であり、これはわたしたちがどんな戦闘をすることになるのかを知る最初の手がかりだった。

わたしは双眼鏡を取りだしてのぞいた。輸送船の格納庫がひらいて兵士たちがぞろぞろとおりてきた。小柄で、斑点があり、皮膚が厚い。指揮官と同様、全員がアリス族だ。これもまた、この侵略部隊がガウ将軍の船団とちがうところだった。ガウは侵略という責務をコンクラーベ全体に分散させていた。エサーはこの攻撃の名誉を自分の種族だけで独占していた。

兵士たちは小隊ごとに整列した。小隊は三つあり、それぞれに三十から三十五名の兵士がいた。ぜんぶで百名ほどだ。エサーはあきらかに自信過剰だった。とはいえ、地上にいる百名の兵士は見せかけだった。船内にはさらに数百名の兵士たちがいるはずだし、宇宙船そのものにも軌道上からコロニーを吹き飛ばす能力があった。地上にいようが軌道上にいようが、エサーにはわたしたち全員を何度も殺せるだけの火力があるのだ。アリス族の兵士たちのほとんどがさげている標準のアリス製自動小銃は、その速度と、精度と、発射率の高さで有名だった。各小隊には、肩乗せ式ミサイルランチャーをかかえた兵士が二名ずついた。侵略の規模を考えると、これはただの示威行動かもしれない。見えるかぎりではビーム兵器も火炎放射器もなかった。

エサーが両側に護衛兵を従えてあらわれた。アリス族の軍服に身をつつんでいる。彼は軍隊にいた経験がないので、うわべだけのものではあったが、軍の任務で将軍を引き立たせようとするなら、それなりの格好をするのがいちばんだ。兵士たちと比べると、エサーは外肢が太く、眼柄のまわりの繊維のふさも色が濃い。配下の者たちより高齢で、体形も崩れてきているのだ。だが、そのエイリアンの頭から感情を見てとったかぎりでは、エサーはとても満足しているように見えた。兵士たちのまえに立ち、身ぶり手ぶりでなにやらやっている。どうやら演説をしているらしい。

バカなやつだ。距離はほんの一キロメートルしかないのに、平坦な大地でじっと立っているとは。わたしかジェーンにまともなライフルがあれば、頭のてっぺんを吹き飛ばしてやるところだ。そんなことをしたらわたしたちは死ぬかもしれない。エサーの兵士たちと宇宙船にコロニーを叩きつぶされてしまうから。それでも、とりあえずはすっきりした気分を味わえるだろう。無意味な夢想だ。わたしたちにまともなライフルはないし、どのみち、なにがあろうと最後にはエサーに生きていてもらわないと。彼を殺すというのはありえないのだ。残念きわまりない。

エサーが演説をしているあいだ、その護衛兵は周囲を念入りに見渡して、危険なものはないかとさがしていた。自分の持ち場についているジェーンが護衛兵に気づいていたらいいのだが。このささやかな部隊にも非力とはいえない兵士がいるのだ。護衛兵に気をつけろとジェーンに伝えたくてたまらなかったが、無線を使うわけにはいかなかった。はじまるまえからゲームを捨てたくはない。

エサーがようやく演説を終えると、部隊は畑を横切って農場とクロアタンをむすぶ道路へとむかった。一団の兵士たちが先頭に立ち、危険なものや動くものはないかと目を光らせた。ほかの兵士たちは隊列を組んで歩いていたが、あまり統制はとれていなかった。だれも大きな抵抗を予想していないのだ。

彼らがクロアタンへむかう道で抵抗にあうことはない。もちろん、コロニーの人びとは侵略に気づいているが、それぞれの自宅かシェルターにとどまり、兵士たちがクロアタンにはいるまでは手を出すなと釘を刺しておいた。おびえた植民者という役割を演じていてほしかったのだ。問題なくそれができる者もいれば、努力しなければならない者もいた。

前者のグループにはできるだけ安全でいてほしかった。後者のグループにはなんとか自制してほしかった。彼らにはあとでやってもらうことがある。あとがあればの話だが。

先行する兵士たちが赤外線センサーと熱センサーで周囲をスキャンして奇襲攻撃にそなえているのはまちがいない。彼らが発見するのは、目をさまして窓辺に立ち、暗闇のなかを行進していく兵士たちを見つめる植民者たちだけだ。わたしが双眼鏡で確認した範囲では、少なくともふたりの植民者がポーチに出て兵士たちをながめていた。メノナイトだ。彼らは無抵抗主義者で、この世におそれるものはないらしい。

クロアタンは設立されたころのままの姿をしていた。古代ローマ軍団のキャンプの現代版で、あいかわらず二重にならんだ貨物コンテナに囲まれている。そこで暮らしていたほとんどの植民者は、村を出て自分たちの家と農場へ引っ越していたが、わたしとジェーンとゾーイを含めた一部の人びとはまだ残っていて、かつてテントがあった場所にはいくつかの恒久的な建築物がならんでいた。キャンプの中心部にあった娯楽エリアはいまもそのままで、そのまえにのびる一本の道は、管理棟の裏手へとつづいていた。娯楽エリアの中央に、サヴィトリがひとりきりで立っていた。彼女はアリス族の兵士たちとエサーが最初に遭遇する人間になる。そして、うまくいけば唯一の人間になる。

わたしのいる場所からはサヴィトリの姿を見ることができた。早朝の空気は冷たくはなかったが、彼女はあきらかに体をふるわせていた。

先行するアリス族の兵士たちがクロアタンの外にたどり着き、行進を止めて、罠に踏みこもうとしているのかどうかをたしかめるために周囲を入念に見渡した。これには数分かかったが、結局、自分たちに危害をおよぼすものはないと納得したらしい。兵士たちは行進を再開し、サヴィトリに油断のない視線を送りながら、ぞろぞろと娯楽エリアにはいりこんでそこに集結した。サヴィトリはなにもいわずに立っていたが、ふるえはだいぶおさまったようだった。ごく短時間で、すべての兵士が貨物コンテナで記されたクロアタンの境界線のなかへはいった。

エサーが護衛兵を従えて隊列のなかから姿をあらわし、サヴィトリのまえに立った。彼は翻訳機を身ぶりでしめした。

「ナーブロス・エサーだ」エサーがいった。

「わたしはサヴィトリ・グントゥパーリです」サヴィトリが応じた。

「おまえがこのコロニーのリーダーか」

「いいえ」

エサーの眼柄が小さくゆれた。「このコロニーのリーダーたちはどこだ？」

「彼らは多忙なのです。それでわたしがあなたと話をしにきました」

「おまえは？」

「秘書です」

エサーは二本の眼柄を怒ったようにのばして、いまにも打ち合わせそうになった。「わたしにはこのコロニー全体を叩きつぶす力があるというのに、そのリーダーが秘書を送りだしてくるとはな」

エサーは勝利の場で度量の大きさを見せようとしていたのかもしれないが、そんな気持ちはどこかへ吹っ飛んでしまったようだった。

「それで、リーダーたちからあなたへのメッセージをあずかっています」

「メッセージか」

「はい。このように伝えてくれといわれました——あなたとあなたの部隊がみずから宇宙船にもどって故郷へ帰るなら、命だけはよろこんで助けよう」

エサーは目をむき、かん高いギーッという音を発した。アリス族がおもしろがっているときにたてる音だ。兵士たちの多くがエサーに合わせてギーッと音をたてた。まるで怒ったミツバチの集会だ。エサーはしばらくしてギーッを止めると、サヴィトリのすぐまえに近づいた。サヴィトリは、主演女優らしく、身じろぎひとつしなかった。

「わたしはここの植民者のほとんどを生かしておくつもりだった。コロニーのリーダーたちはコンクラーベに反抗した罪で処刑する。彼らはコロニー連合がわれわれの船団に待ち伏せ攻撃をしかけるのを手伝ったからな。しかし、植民者たちの命は助けてやるつもりだった。おまえのせいでその考えを変えたくなってきたよ」

「では、返事はノーですね」サヴィトリはエサーの眼柄をまっすぐ見つめていた。

エサーはあとずさり、護衛兵のひとりをふりかえった。「この女を殺せ。それから仕事にかかるぞ」

護衛兵はライフルをかまえて、サヴィトリの胴体に狙いをつけ、引き金のパネルをとんと叩いた。

ライフルが爆発し、その発射機構に対して直角に破断した。平面エネルギーが真上にむかって放出され、護衛兵の二本の眼柄はその平面と交差して切断された。彼は苦悶の悲鳴をあげて倒れこみ、眼柄の残った付け根部分をしっかりと握り締めた。

エサーはとまどった顔でサヴィトリに目をもどした。

「あなたたちはチャンスがあるうちに立ち去るべきでした」サヴィトリがいった。

ジェーンが管理棟のドアをバンと蹴りあけた。体熱を隠すナノメッシュのスーツの上に、ささやかなわたしたちのグループ全員が使っている、植民局の規格品である警察官用ボディアーマーを着用している。彼女の両腕には植民局の規格品とはいえないものがあった——火炎放射器だ。

ジェーンが身ぶりでサヴィトリを呼びもどした。何度も呼ぶ必要はなかった。ジェーンのまえでは、パニックを起こした兵士たちがアリス語の叫び声をあげながら彼女を撃とうとしていたが、そのたびに腕のなかでライフルが破裂してしまうのだった。ジェーンは敵にまっすぐ歩み寄り、恐怖のあまり身をひるがえして逃げだした兵士たちのどまんなかへ炎をそそぎこんだ。


「なんだいこれ？」

わたしがそうたずねたのは、ゾーイの案内でシャトルにはいり、彼女が見せたいといっていたものを目にしたときだった。なんであれ、それは象の赤んぼうなみの大きさがあった。ヒッコリーとディッコリーがそのかたわらに立っていた。ジェーンはそばに近づいて、片側についている制御パネルを調べはじめた。

「あたしからコロニーへのプレゼント」ゾーイがいった。「誘導《サパー》フィールドよ」

「電撃《ザパー》フィールド」わたしはいった。

「ちがうよ、サパー。Sではじまるの」

「なにをするものなんだ？」

ゾーイはヒッコリーに顔をむけた。「説明してあげて」

「サパーフィールドは運動エネルギーを誘導する」ヒッコリーがいった。「エネルギーの方向を、上でもどこでもユーザーが選んだ好きな方向へ変えて、その方向を変えたエネルギーをフィールド自体への動力供給にも利用する。使用者は、どのレベルでエネルギーの方向を変えるかを、一定範囲のパラメータで設定することができる」

「バカが相手なんだと思って説明してもらえないかな」わたしはいった。「どうやら、わたしはそうらしい」

「銃弾を止めるのよ」ジェーンがいった。まだパネルを見ている。

「なんだって？」

「この装置によって生成されるフィールドは、ある一定のスピードよりも速く移動するすべての物体からエネルギーを吸収する」ジェーンはヒッコリーに目をむけた。「そういうことよね」

「速度は使用者が設定できるパラメータのひとつだ」とヒッコリー。「ほかのパラメータのなかには、指定の時間あるいは温度におけるエネルギー出力というのもある」

「すると、銃弾や手榴弾を止めるよう設定すればそうなるのか」わたしはいった。

「ああ。しかし、相手がエネルギー系よりも物体系のときのほうが良好に作動する」

「ビームよりも銃弾のほうがいいと」

「そうだ」

「出力レベルを設定すれば、それより下のものはすべてエネルギーを保持するのね」ジェーンがいった。「銃弾は止まるけれど、矢は飛ぶように調整することもできる」

「矢のエネルギーが設定範囲を下回っていればそうなる」とヒッコリー。

「こいつはいろいろと使えるな」わたしはいった。

「きっと気に入るっていったでしょ」とゾーイ。

「きみがいままでにくれたなかで最高のプレゼントだよ」わたしがいうと、ゾーイはにっこり笑った。

「忘れてはいけないのは、このフィールドの持続時間がきわめて限定されているということだ」ヒッコリーがいった。「内蔵されている動力源が小さいので、生成するフィールドの大きさによっては数分しかもたない」

「クロアタン全体をカバーしたらどれくらいもつ?」

「およそ七分ね」ジェーンがこたえた。制御パネルの調査は終わっていた。

「ほんとにいろいろと使えそうだな」わたしはゾーイに顔をもどした。「ところで、どうやってオービン族からこんなものを手に入れたんだい?」

「最初は説得して、つぎに交換条件をだして、それから泣きついたの。おしまいにはかんしゃくを起こしたわ」

「かんしゃくを」

「そんな目で見ないで。オービン族はあたしの感情にものすごく敏感なの。知ってるでしょ。大好きでたいせつな人たちがみんな殺されることを考えたら、あたしはすぐに気持ちがたかぶってしまう。ほかのどんな説得よりもそれが役に立ったの。だから小言はやめてね、九十歳のパパ。ヒッコリーとディッコリーとあたしがガウ将軍のところにいたあいだに、ほかのオービン族がこれを用意してくれたの」

わたしはヒッコリーをちらりと見た。「たしか、コロニー連合との協定で、わたしたちに手を貸すことは許されていないといっていたはずだが」

「残念ながらゾーイの説明にはひとつだけ小さなまちがいがある。サパーフィールドはオービン族のテクノロジーではない。それにしては進歩しすぎている。これはコンスー族のものだ」

ジェーンとわたしは顔を見合わせた。一般に、コンスー族のテクノロジーは、人類も含めた他種族のテクノロジーよりはるかに高度なものだ。そして、コンスー族はけっして自分たちの所有するテクノロジーを軽々しく分けあたえることはなかった。

「コンスー族がこれをきみたちにあたえたのか？」わたしはたずねた。

「実際には、あなたたちにあたえたのだ」とヒッコリー。

「コンスー族がどうしてわたしたちのことを知っているんだ？」

「オービン族の同胞がコンスー族と遭遇したとき、対話のなかでロアノークの話題が出て、感動したコンスー族がみずからこの贈り物をあなたたちに提供したのだ」

まだジェーンと出会って間もなかったころ、わたしたちは必要に迫られてコンスー族にいくつかの質問をしたことがあった。それらの質問にこたえてもらうために、特殊部隊の兵士ひとりが死に、三人が体の一部を失った。どんな〝対話〟をすればコンスー族がこんなテクノロジーを分けあたえることになるのか、わたしにはうまく想像できなかった。

「じゃあ、オービン族はこの贈り物とはなんの関係もないのか」

「あなたの娘の願いでここへはこんできたことをべつにすれば、無関係だ」

「いずれコンスー族に礼をいわないとな」

「コンスー族が感謝を期待しているとは思えない」

「ヒッコリー、きみはわたしに嘘をついたことがあるか？」

「わたしやほかのオービン族があなたに嘘をついたことがある、とあなたが認識しているとは思えない」

「ああ」わたしはいった。「それはないような気がする」


アリス族の隊列の後方で、兵士たちがコロニーのゲートをめざしておおあわてで退却をはじめた。そのゲートでは、マンフレッド・トルヒーヨが、改造されて加速力のあがった貨物運搬車の運転席にすわっていた。貨物運搬車は近くの草原の片隅にひっそりととめてあり、トルヒーヨは兵士たちが完全にクロアタンにはいるまでじっと上体をかがめていたのだった。そのあと、彼はバッテリ・パックを起動して貨物運搬車をゆっくりと前進させ、アクセルペダルを床まで踏みこむ合図となる叫び声を待った。

ジェーンの火炎放射器の炎を見ると、トルヒーヨはクロアタンのゲートへむかって運搬車を一気に加速させた。ゲートを通過するやいなや、彼は貨物運搬車の投光照明を点灯させて、逃げようとしていた三名のアリス族の兵士の足をすくませた。この兵士たちは、突進する大型トラックによってこの世からはじきとばされた最初の三名となった。トルヒーヨが隊列を蹂躙《じゅうりん》すると、さらに十数名があとにつづいた。貨物運搬車は広場の手前の道で左に曲がり、車体の側面でさらに二名の兵士をはねてから、再度の突進にそなえた。

トルヒーヨの貨物運搬車がクロアタンのゲートを通過すると同時に、ヒッコリーはそのゲートを閉じるボタンを押した。それから、ディッコリーとともに、おそろしげな二本の長いナイフをさやから抜きはらい、運悪く彼らのもとへ走ってきたアリス族の兵士たちを迎え撃つ準備をした。兵士たちは、楽勝に思えた軍の任務が虐殺——それも自分たちの——に変わりかねないことに混乱してすっかり動転していたが、彼らにとって不運だったことに、ヒッコリーとディッコリーは完全におちつきはらっていて、ナイフの扱いが巧みで、しかも効率よく虐殺ができるように意識インプラントを停止していた。

このころには、ジェーンもナイフで仕事にとりかかっていた。火炎放射器の燃料は、ほぼ一小隊分のアリス族兵士たちの犠牲と引き換えに燃えつきていた。ジェーンは、ひどい火傷を負った兵士たちを始末してから、まだ立っている、というか、実質的には走っている兵士たちに注意をむけた。兵士たちは足が速かったが、改造されているジェーンはもっと速かった。ジェーンはアリス族について、その武装について、そのボディアーマーと弱点について調べつくしていた。アリス族のボディアーマーは側面の継ぎ目のつくりが貧弱だった。充分に薄いナイフがあれば、そこへ刺して、アリス族の体内を左右対称に走っている大動脈の一本を切断することができるのだ。わたしが見ていると、ジェーンはその知識をみごとに活用していた。手をのばして逃げる兵士をつかまえ、ぐいとうしろへ引っぱってナイフをアーマーの側面へすべりこませると、そいつはへたりこんで絶命するにまかせ、そのまま足どりをゆるめることなく、またべつの逃げる兵士をつかまえる。

わたしは自分の妻に対して畏怖の念をおぼえた。そして、なぜシラード将軍がジェーンの体を改造したことを謝罪しなかったのかを理解した。彼女の強さとスピードと冷酷さが、いまコロニーを救おうとしていた。

ジェーンの背後で、四名のアリス族の兵士たちがどうにかおちつきをとりもどし、ふたたび戦略を練りはじめた。銃を捨て、ナイフを抜いて、こっそりとジェーンに近づいていく。いまこそ、内側の列の貨物コンテナのてっぺんに陣取ったわたしが役に立つときだった。わたしは航空支援の担当なのだ。コンパウンドボウを取りあげ、矢をつがえて、それを先頭の兵士の首へ射ちこむ。狙ったのはその背後の兵士だったので命中とはいえなかった。兵士は前足で矢をかきむしってまえのめりに倒れた。ほかの三名の兵士たちはぱっと走りだしたが、そのまえにわたしはもうひとりの足を射抜いた。こんども狙ったのは頭だったので命中とはいえなかった。そいつはギーッと叫んで倒れた。その声を聞いてジェーンがふりかえり、始末するためにそちらへむかった。

わたしは残ったふたりを建物のあいだにさがした。姿は見えなかったが、そのときガチャンという音が聞こえた。見おろすと、ひとりの兵士が貨物コンテナをよじのぼっていた。わたしがいるところへあがろうとしてゴミ箱へ飛び乗ったとき、それが地面の上で音をたてたのだ。わたしはまた矢をつがえて兵士へ射ちこんだ。矢はそいつのすぐ手前にぶつかった。どうやら弓はわたしむきの武器ではないらしい。つぎの矢をつがえる時間はなかった。兵士は貨物コンテナの上にあがり、わたしにむかってきた。ナイフを抜き、叫び声をあげながら。こいつのたいせつなだれかを殺したのかと思うと気がめいった。わたしが自分のナイフをつかんだとたん、アリス族の兵士がこちらとの距離をおどろくほど早く詰めて襲いかかってきた。わたしは倒れた。ナイフが貨物コンテナの端のほうへはじけ飛んだ。

のしかかってきた相手を足で蹴り飛ばし、さっと横へ逃げて攻撃をかわそうとした。兵士はすぐにまたのしかかってきて、わたしの肩にナイフを突き立てたが、ボディアーマーに阻止された。兵士がもういちど刺そうと身がまえたので、わたしは片方の眼柄をつかんで思いきり引っぱった。兵士は金切り声をあげてその眼柄をつかみ、泡をくってコンテナのへりまで退却した。落としたナイフも弓も、遠すぎて取りもどす余裕がなかった。くそっ。わたしはアリス族に体当たりをくらわせて、いっしょにコンテナの横を落下し、その途中で相手の首に腕を押しつけた。こちらが上になる格好で地面にぶつかると、わたしの腕が兵士の気管というかそれに相当するものを押しつぶした。腕は痛みでずきずきしていて、しばらくのあいだはまともに使えそうになかった。

死んだアリス族の上からごろりと離れて、顔をあげた。貨物コンテナの上に人影が見える。クラニックだ。彼とビアタはそれぞれのカメラで戦闘を記録していた。

「生きてるか?」クラニックが呼びかけてきた。

「どうにかな」わたしはこたえた。

「なあ、もういっぺんやってくれないか? ほとんど撮りそこねたんだよ」

わたしはクラニックにむかって中指を突き立てた。表情は見えなかったが、にやにや笑っているにちがいない。「ナイフと弓を投げ落としてくれ」わたしはそういって、腕時計をちらりと見た。フィールド停止まであと一分半。わたしはクラニックから武器を受け取り、通りをこっそりと進みながら、矢が尽きるまで兵士たちに攻撃をつづけ、そのあとは時間切れまで敵に見つからないところに隠れていた。

フィールド停止の三十秒まえに、ヒッコリーが村のゲートをあけてディッコリーとともにわきへよけると、生存者たちがどっとそこへ殺到した。残った二十名ほどの兵士たちは、ゲートがひらいたのを不審に思って足を止めたりはせず、一キロメートル離れたところにある輸送船をめざして命からがら逃げだした。最後の兵士がゲートを抜けると、わたしたちはフィールドを停止した。エサーと残ったもうひとりの護衛兵は敗走する群れのまんなかあたりにいて、護衛兵のほうがエサーを荒っぽく追いたてていた。その護衛兵はまだライフルを手にしていた。ほとんどの兵士は、村でライフルを使おうとした者がどうなったかを見て、まったく使えなくなったと思いこみ、そこらにライフルを放置していた。わたしはアリス族を追って外へ出ながら、そのひとつを取りあげた。ジェーンはミサイルランチャーを取りあげた。クラニックとビアタが貨物コンテナからとびおりてあとを追ってきた。クラニックは先へ進んで暗闇のなかへ姿を消した。ビアタはジェーンとわたしに歩調を合わせた。

退却するアリス族の兵士たちは、ふたつの思いこみをしていた。ひとつは、ロアノークではもはや銃弾が使えないということ。もうひとつは、自分たちがいま退却している草原が最初に行進してきた草原となにも変わらないということ。どちらの思いこみもまちがいで、アリス族がそれに気づいたときには、退却路に沿ってならんだ防衛用の自動銃座が彼らにむかって発砲をはじめ、ジェーンの制御による正確な連射で兵士たちをつぎつぎと倒していった。そのジェーンは、発砲するまえにブレインパルでそれぞれの標的を電子的に確認していた。まちがってエサーを撃ち殺したくないのだ。この可搬式銃座は、アリス族がクロアタンに閉じこめられたあとに、植民者たちの手で設置されたものだった。穴を掘って隠してあったのを引っぱりだしたのだ。ジェーンは銃座担当の植民者たちを厳しく訓練して、移動から設置までをわずか数分でおこなえるようにさせていた。作戦は成功した。

使えなかった銃座は一基だけで、それは設置する方向をまちがえたせいだった。

このころになると、残ったわずかな兵士のなかで銃を持っていた者がやけになって発砲し、それが使えることにおどろいたようだった。ふたりが地面に伏せてわたしたちの方向へ銃撃をはじめ、同胞たちが輸送船へたどり着くための時間を稼ごうとした。一発の銃弾がそばをひゅんと通過し、わたしは敵と同じようにさっと地面に伏せた。ジェーンが銃座でそのふたりのアリス族に狙いをつけてあっさりと片付けた。

ほどなく、エサーとその護衛兵だけが残った。二隻の輸送船のパイロットたちは、どちらもエンジンを始動し、急いで逃げだせるように準備をととのえていた。ジェーンはミサイルランチャーを肩にのせてかまえ、全員に伏せろと警告してから（わたしはまだ伏せていた）、近いほうの輸送機めがけて発射した。ミサイルはエサーとその護衛兵のそばをかすめ飛び、ふたりを地面へあわてて伏せさせてから、輸送船の格納庫のなかへつっこんで船内に爆炎をあふれさせた。もう一隻のパイロットは、もはやこれまでと判断して離陸に踏み切った。五十メートルほど上昇したところで、輸送船は一基ではなく二基のミサイルの直撃を受けた。ヒッコリーとディッコリーがそれぞれ発射したものだった。エンジンを破壊された輸送船は、ぐらりとかたむいて森のなかへ急降下すると、バキバキという木質の音をたてて木々を地面から引き抜きながら突進し、どこか見えないところで激しい轟音とともに墜落した。

例の護衛兵は、エサーを地面に伏せさせ、自分も身を低くしたまま、すこしでもわたしたちを道連れにしようと発砲をつづけていた。

ジェーンがわたしを見おろした。「そのライフルには弾がはいっているの?」

「だと思うけど」

ジェーンはミサイルランチャーをおろした。「銃声であいつを地面に伏せさせて。弾は命中させないように」

「なにをするつもりだ?」

ジェーンが警察官用のボディアーマーをぬぐと、その下から肌にフィットした真っ黒なナノメッシュのスーツがあらわれた。「接近する」といって、ジェーンはわたしから離れていった。暗闇のなかでその姿はあっというまに見えなくなった。わたしは身を伏せたまま適当な間隔をおいて発砲した。護衛兵の銃弾はわたしには当たらなかったが、センチ単位のずれしかなかった。

遠くでおどろいたようなうなり声があがって、そのあとにもうすこし大きなギーッという音がつづき、すぐに途絶えた。

「制圧完了」ジェーンがいった。

わたしはさっと起きあがり、妻のもとへむかった。ジェーンは護衛兵の死体のそばに立ち、その護衛兵が使っていた銃を、地面でちぢこまっているエサーにむけていた。

「そいつには武器はないわ」ジェーンはそういって、エサーから奪ったらしい翻訳機をわたしに差しだした。「これを。あなたが話して」

わたしはその装置を受け取って上体をかがめた。「やあ」

「おまえたちはみんな死ぬ」エサーがいった。「おまえたちの頭上には宇宙船が待機している。もっとたくさんの兵士がいる。彼らがおりてきておまえたちを狩り立てるのだ。そのあと、わたしの宇宙船でこのコロニーをそっくり塵に変えてやる」

「そうなのか」

「そうだ」

「わたしが教えてやるしかないようだな。きみの宇宙船はもうないんだよ」

「嘘だ」

「いやいや。じつは、きみが宇宙船でわたしたちの衛星を破壊したせいで、衛星は軌道上に配置されていたスキップドローンに信号を送れなくなった。そのスキップドローンは信号が途絶えたときだけスキップするようプログラムされていた。そいつがむかった先では、何基かのスキップ可能なミサイルが待機していた。そのミサイルはロアノーク宙域にひょいとあらわれ、きみの宇宙船を発見して破壊したんだ」

「そのミサイルはどこから来たのだ？」エサーはたずねた。

「これがなかなかむずかしい。ミサイルはノウリ族が製造したものだ。ノウリ族のことは知っているだろう。ほとんどだれにでも武器を売る連中だ」

エサーはすわったまま顔をしかめた。「信じられない」

わたしはジェーンに顔をむけた。「信じられないそうだ」

ジェーンがわたしにひょいとなにかをほうった。「そいつの通信機よ」

わたしは通信機をエサーに渡した。「宇宙船を呼びだしてみろ」

数分後、激しい怒りに満ちたギーッのあと、エサーは通信機を地面に投げ捨てた。「なぜあっさり殺さない？　わたし以外は全員殺したのに」

「黙って帰ればきみの兵士たちは生きのびられると伝えたはずだ」

「おまえの秘書がな」エサーは吐き捨てた。

「じつをいうと、彼女はもうわたしの秘書じゃないんだ」

「質問にこたえろ」

「わたしたちにとって、きみは死んでいるより生きているほうが価値がある。きみを生かしておくことにとても強い興味をもっている人物がいてね。きみを生きたままその人物に引き渡すことが、わたしたちの役に立つらしいんだ」

「ガウ将軍か」

「ご明察。ガウがきみをどうするつもりかは知らないが、暗殺未遂事件とコンクラーベの覇権争いのあとだけに、あまり楽しいことにはならないだろうな」

「仮にだが――」

「そういうやりとりは考えるのもやめておこう。きみは惑星上のすべての人びとを殺そうとしていたのに、わたしと取引をするなんてありえない」

「ガウ将軍はしたぞ」

「なるほど。じゃあちがいを教えよう。きみがここの植民者をひとりでも助ける計画を立てたとは思えないが、ガウは手間暇かけて確実に植民者を助けようとした。それは重要なことだ。さて。これからのことだが、この翻訳機をここにいるわたしの妻に渡して、なにをするか話してもらう。きみは彼女のことばに耳を貸すべきだ。さもないと、彼女はきみを殺さないが、きみは殺してほしいと願うようになるかもしれない。わかったか？」

「わかった」

「よし」わたしは立ちあがり、翻訳機をジェーンに渡した。「こいつは拘置所にしている例の倉庫に押しこんでおこう」

「まかせて」とジェーン。

「ガウ将軍にメッセージを届けるスキップドローンは、まだ配置についているのか？」

「ええ。エサーのほうが片付いたら送っておく。コロニー連合になんて伝える？」

「見当もつかないな。二日間ずっとスキップドローンが届かなかったら、むこうだってなにかあったとわかるはずだ。そして、まだわたしたちがここにいるのを知って腹を立てるだろう。とりあえずは〝クソくらえ〟といいたいところだな」

「それは現実的な計画じゃないわ」

「わかってるけど、とりあえずそれしか思いつかないんだ。それはそうと、びっくりだな。うまくやってのけたぞ」

「うまくいったのは敵が傲慢で無能だったからよ」

「うまくいったのはきみがいたからだ。きみが作戦を立てた。きみが実行した。きみが成功させた。こんなことはいいたくないけど、きみが完全な機能をそなえた特殊部隊の兵士だということが重要だったんだ」

「わかってるわ。まだそのことを考える余裕がないだけ」

遠くからだれかの泣き声が聞こえてきた。

「ビアタみたいね」ジェーンがいった。

エサーのことはジェーンにまかせて、わたしは泣き声がするほうへとむかった。二百メートルほど行くと、ビアタがだれかの上にかがみこんでいた。

クラニックだった。アリス族がはなった銃弾のうちの二発が、鎖骨と胸に命中していた。血は体の下の地面にすいこまれていた。

「ほんとにバカな人」ビアタはクラニックの手を握っていた。「いつだって特ダネを追いかけずにはいられないんだから」

ビアタは身を乗りだしてクラニックのひたいにキスし、目を閉じてやった。

15

「きみはロアノークにはとどまれないだろう」ガウ将軍がいった。

わたしはにやりと笑い、コンクラーベの旗艦であるジェントル・スター号の小さな会議室で、ガウ将軍を見つめた。「なぜ？」

ガウはちょっと口をつぐんだ。いままで見たことのない表情をしている。「きみが生きのびたからだ。きみのコロニーが生きのびて、コロニー連合におどろきといらだちをもたらしたからだ。敵が生きのびるために不可欠な情報をあたえ、敵からもきみが生きのびるために不可欠な情報を得たからだ。わしがここへ来てナーブロス・エサーを引き取ることを許したからだ。いまこの船にいて、わしと話をしているからだ」

「わたしは裏切り者だと」

「そうはいっていない」

「そりゃいわないだろう。あなたはわたしのおかげで生きているんだから」

「たしかに。だが、わしがいいたいのはそんなことではない。きみが裏切り者ではないというのは、きみが自分のコロニーに忠実だったからだ。きみの民に。きみはけっして彼らを裏切らなかった」

「ありがとう。だが、コロニー連合がそんな言い分を受け入れるとは思えないな」

「ああ。わしもそう思う。そこで最初の話にもどるわけだ」

「エサーをどうするつもりだ？」

「いまの予定では裁判にかけるつもりだ」

「エアロックからほうりだしてもよさそうだけど」

「そうしたら個人的にはとても大きな満足感が得られるだろう。しかし、コンクラーベにとって良いこととは思えない」

「しかし、ゾーイの話だと、あなたは人びとにあなた個人への忠誠を誓わせているそうじゃないか。そこまでいったら、あなたを悩ませる連中を宇宙へほうりだすところまではほんのひと息だろう」

「それだけになおさら裁判をする必要があるわけだ。できれば忠誠の誓いなどないほうがいい。だが、リーダーが人びとに対して謙虚に接するには限度があるようだ。とくに、そのリーダーが船団をそっくり吹き飛ばされてしまっているときは」

「わたしを責めないでくれ」

「そんなことはしない。コロニー連合を責めるかどうかはまったくべつの問題だが」

「コロニー連合についてはどういう計画を立てているんだ？」

「最初に計画していたとおりだよ。封じこめる」

「攻撃はしないのか」

「しない。コンクラーべの内乱はすべて鎮圧された。裁判にかけられるのはエサーひとりではないのだ。しかし、これでコロニー連合も、コンクラーべが容易には倒れないと理解したと思う。二度と箱から出ようとしないことを祈りたいものだ」

「あなたは人間についてあまり学んでいないようだな」

「その正反対だよ。わしがあっさり当初の計画にもどると思っているとしたら、きみは愚か者だ。こちらからコロニー連合を攻撃する計画は立てていないが、コロニー連合がわしやコンクラーべを二度と攻撃することがないよう手を打つつもりだ」

「どうやって？」

「わしが話すと本気で思っているわけではあるまい」

「いちおうきいてみようかと。試すだけの価値はあるし」

「どうだかな」

「で、ロアノークのことはどうするつもりだ？」

「ロアノークを攻撃するつもりはないといったはずだが」

「たしかにいった。もっとも、あのときのあなたには船団がなかった」

「わしを疑っているのか」

「いや。おそれているんだ」

「それは残念だな」

「わたしだって残念だよ。納得させてくれ」

「ロアノークは二度とコンクラーベからの攻撃を受けることはない。コンクラーベはあそこを正当な人類のコロニーと認める。最後のコロニーだ」ガウはそのことばを強調するために会議室のテーブルをとんと叩いた。「しかし、正当なコロニーであることにかわりはない。お望みならきみとわしとで協定をむすんでもいい」

「コロニー連合はそんなものに拘束力があるとは思わないだろう」

「おそらくな。それでも、わしはきみたちの政府に対して正式な通告を送り、コンクラーベによるコロニー建設禁止令を二度と破らないよう警告する。非公式には、コンクラーベに加盟しない各種族に対して、ロアノークにちょっかいをだす者がいたら、われわれはきわめて遺憾に感じると伝える。禁止令がある以上、どのみちそれは許されないことだ。しかし、強調しておいて損はないからな」

「ありがとう、将軍」

「どういたしまして。しかし、すべての世界のリーダーがきみのような厄介者でなくてよかった」

「わたしはのんびり者だよ。ほんとに手ごわいのはわたしの妻のほうでね」

「そのことはエサーとあの戦闘の記録から教わった。わしがきみとふたりで話したいと頼んだことで、きみの妻が気を悪くしていなければいいのだが」

「それはないな。人とうまく接するのはわたしの役目になっているから。ただ、ゾーイはあなたに会えなくてがっかりしていた。だいぶあなたの印象が強かったらしい」

「娘さんもそうだったよ。きみはおどろくべき家族をもっているな」

「同感だ。そばに置いてもらえてうれしいよ」

「厳密にいうと、きみの妻と娘も反逆罪に問われる可能性がある。やはりロアノークを離れるしかないだろうな」

「しつこくその話を持ちだすんだな。こっちは考えないようにしているのに」

「それは賢明なこととはいえまい」

「もちろん賢明じゃないさ。結局は離れるしかないんだし」

「どこへ行くつもりかね?」

「まるで見当がつかない。家族用の監房で死ぬまですごすつもりでなければ、コロニー連合のどこへも行くことはできない。オービン族ならゾーイがいるから受け入れてくれるだろうが、オービン族にはわたしたちを引き渡せという圧力がずっとかかることになる」

「選択肢はもうひとつある。きみにコンクラーベに加わらないかといったことがあっただろう。あの申し出はいまも有効だ。きみときみの家族はわれわれとともに生きることができる」

「親切だな。はたしてそんなことができるかどうか。オービン族のなかで暮らすにしてもそこが問題になる。人類からすっかり離れて生きていく覚悟はまだできていない」

「そんなに悪いものではないぞ」ガウの口調には、かすかに皮肉がこもっていた。

「あなたにとってはそうかもしれない。だが、わたしは同胞に会いたくなるだろうな」

「コンクラーベの背景には、数多くの種族がともに暮らすという理念がある。きみにはそれができないというのかね？」

「できるとは思う。ただ、人間が三人だけじゃとても足りない」

「コンクラーベはいまでもコロニー連合の加盟をよろこんで受け入れるぞ。コロニー世界が個別に加盟するのもかまわない。ロアノークだけでもいい」

「その提案はロアノークでは受け入れられないだろうな。コロニー連合でも。個々のコロニーは、公式にはいまもコンクラーベについてなにも知らないはずだし」

「ああ、コロニー連合の情報統制だな。じつは、コロニー連合の各世界へ衛星を送りこんで、撃墜されるまでコンクラーベに関するデータを流しつづけるという作戦を真剣に考えたことがある。効率のよいやりかたではないが、少なくとも、コンクラーベを知ってもらうことはできる」

わたしはちょっと考えてみた。「だめだな。データを流しても効果はない」

「では、どうすればいい？」

「まだわからない」わたしはまっすぐガウを見つめた。「将軍、ひとつ提案したいことがある」

「なんだ？」

「でかいことだ。費用もかかる」

「それでは返事になっていない」

「いまはこれだけしかいえないんだ」

「わしはよろこんできみの提案を聞くつもりだ。とはいえ、〝でかいことだ。費用もかかる〟だけでは、承認を出すにはいささか漠然としすぎている」

「それはそうだな」

「なぜここで説明できないのかね？」

「まずジェーンと話さないと」

「それがなんであれ、もしもわしの支援を受けることになれば、きみは永遠に裏切り者とみなされることになるぞ。少なくとも、コロニー連合からは」

「あなたがいったとおりだよ、将軍。問題はだれに対して忠実かということなんだ」

「きみを逮捕せよとの命令を受けている」マンフレッド・トルヒーヨがいった。

「そうか」わたしはこたえた。

ふたりが立っているのは、わたしが乗りこもうとしているシャトルのまえだった。

「命令が届いたのは二時間ほどまえのことだ」トルヒーヨがつづけた。「コロニー連合が提供してくれた新しい通信衛星もいっしょだった。ちなみに、コロニー連合はここの軌道上にコンクラーベの宇宙船がいることを不快に感じている」

「で、わたしを逮捕するのか？」

「ぜひそうしたいのだが、きみもきみの家族も発見できないようだ。きみたちはすでに惑星を離れたのではないかと思う。むろん、コロニー全土で捜索をおこなうつもりだ。しかし、きみたちを発見できる可能性は高くないだろう」

「わたしはこっそり行動するからな」

「きみについてはいつもそう感じていた」

「面倒なことになるかもしれないぞ。このコロニーにとって、新しいリーダーが審問の場に引っぱりだされるのはなによりも避けたいことだからな」

「コロニーのリーダーとして、おせっかいはやめろと命令しておくよ」

「じゃあ、きみの昇格は正式に承認されたんだな」

「そうでなければ、きみを逮捕できるわけがないだろう？」

「いえてるな。おめでとう。きみはずっとコロニーの指揮をとりたがっていた。願いがかなったわけだ」

「こんなかたちで引き継ぐ予定ではなかったんだが」

「じゃまをしてすまなかったな、マンフレッド」

「そんなことはない。わたしがコロニーの指揮をとっていたら、いまごろは全員死んでいただろう。きみとジェーンとゾーイがコロニーを救ったんだ。わたしは順番待ちをしていてほんとうによかった」

「ありがとう」

「いっておくが、こういうことを口にするのはとてもたいへんなのだよ」

わたしは声をあげて笑い、グレッチェンやそのほかの友だちと涙の別れをくりひろげているゾーイのほうへ目をやった。

「ゾーイはグレッチェンと会えなくて寂しくなるだろうな」

「グレッチェンだってゾーイと会えなくて寂しくなる。きみにゾーイをここへ残してくれと頼みたい気持ちもあった。グレッチェンとわたしたちのために」トルヒーヨはヒッコリーとディッコリーを顎でしめした。ゾーイのそばに立って、友だちとの別れがもたらす感情のたかぶりを味わっている。

「きみはコンクラーベと取り決めをしたといったが、やはりオービン族に監視をつづけてもらえるのはありがたいことだからな」

「ロアノークはだいじょうぶだよ」

「きみのいうとおりだとは思う。そう願いたい。ありふれたコロニーというのはいいものだろうな。注目を一心に集めるのは、もうたくさんだ」

「わたしがきみたちからすこしは注意をそらしてやれると思うよ」

「きみがなにをたくらんでいるのか教えてもらえたらよかったんだが」

「もうコロニーのリーダーじゃないから、おせっかいはやめろと命令はできない。いずれにせよ、こっちでがんばってくれ」

トルヒーヨはため息をついた。「きみならわたしの不安はわかるだろう。われわれは長いあいだいろいろな連中の計画の中心にいて、その計画はどれもまったく予定どおりにいかなかった」

「きみの計画もな」わたしは指摘した。

「わたしの計画もだ」トルヒーヨは認めた。「きみがなにを計画しているのかは知らないが、このあたりで計画が失敗する確率を考えると、その反動がロアノークにもどってくるのではないかと不安になる。わたしのコロニーのことが心配なんだ。われわれのコロニーのことが。われわれの家のことが」

「たしかにわれわれのコロニーだ。でも、もうわたしの家じゃない」

「それでも」

「すこしはわたしを信用してくれ、相棒。わたしはロアノークの安全を守るために奮闘してきた。いまさらそれをやめるつもりはないよ」

サヴィトリがシャトルの格納庫からおりて、PDAを手にこちらへ近づいてきた。

「積みこみは完了しました」サヴィトリはわたしにいった。「あなたの準備ができたら出発できるとジェーンがいっています」

「きみはみんなとのお別れをすませたのか?」

「すませました」サヴィトリは手首を差しあげた。ブレスレットがついている。「ビアタからです。おばあさんの形見だそうで」

「ビアタはきみと会えなくなったら寂しいだろうな」

「そうですね。わたしも寂しくなります。ビアタは友だちですから。みんなが寂しい思いをするでしょうね。旅立つというのは別れるということですから」

「きみは残ってもいいんだぞ」トルヒーヨがサヴィトリにいった。「きみがこのバカ野郎といっしょに行く必要はどこにもないんだ。二十パーセントの昇給を考えてもいい」

「うわー、昇給ですか。それは誘惑ですね。でも、わたしはこのおバカさんにずっと付き合ってきました。彼のことが好きなんです。もちろん、彼の家族のことはもっと好きですが、それはみんないっしょでしょう」

「いってくれるね」わたしはいった。

サヴィトリはにっこりした。「少なくとも、ジョンはいつでもわたしを楽しませてくれます。これからどうなるのかはわかりませんが、それを知るのが楽しみだということはわかっています。すみません」

「よし、三十パーセントでどうだ」トルヒーヨがいった。

「手を打ちましょう」とサヴィトリ。

「ええっ？」とわたし。

「冗談ですよ。おバカさん」

「きみの給料を下げるのを忘れないようにしないと」

「どのみち、これからどうやってわたしに給料を払うつもりなんです？」

「ほーらほら。あっちにきみが大好きなものがあるぞ。見えるかい。ここからずっと離れたところ」

「ふーむ」サヴィトリはトルヒーヨに近づいてその体を抱き締めてから、親指をぐいとふってわたしをしめした。「この人のほうでうまくいかなくなったら、またもとの職場へ這いもどってくるかもしれません」

「席をあけておこう」とトルヒーヨ。

「すてき。この一年で学んだことがあるとしたら、つねに代替策を用意しておけってことですから」サヴィトリはもういちど軽くトルヒーヨを抱き締めてから、わたしにむかっていった。「ゾーイを連れてきますね。あなたがシャトルに乗りこんだら、それで準備完了です」

「ありがとう、サヴィトリ。わたしもすぐに行くから。それじゃ」

サヴィトリはわたしの肩をぎゅっと握って歩み去った。

「きみは別れをいいたい相手にすっかりあいさつしたのか？」トルヒーヨがいった。

「いまやってるよ」

数分後、シャトルは空に舞いあがり、ジェントルトル・スター号をめざしていた。ゾーイは静かに涙を流し、ババールをなでながら、友だちとの別れを惜しんでいた。ジェーンはそのとなりにすわり、娘の体をそっと抱き締めていた。わたしは舷窓をとおして外をながめながら、またひとつの世界をあとにしようとしていた。

「気分はどう？」ジェーンがわたしにたずねた。

「悲しいね。ここをわたしの世界にしたかったのに。わたしたちの世界に。わたしたちの家に。でもそうじゃなかった。ここはちがうんだ」

「残念だったわね」

「そんなことはないさ」わたしは顔をもどして、ジェーンにほほえみかけた。「ここへ来たことはよかった。とどまる場所じゃなかったのが悲しいだけだ」

わたしは舷窓へ目をもどした。ロアノークの空は暗闇に沈もうとしていた。

「これがきみの船か」リビッキー将軍はそういって、案内されたばかりの展望デッキを身ぶりでぐるりとしめした。わたしはそこで将軍が来るのを待っていたのだった。

「そうです」わたしはいった。「借りたともいえますが。もともとはアリス族の船だと思うので、あなたにはちょっと皮肉な話ですね。天井が低いのもそのせいです」

「では、きみのことはペリー船長《キャプテン》と呼ぶべきかな？　まえが少佐でいまは大尉《キャプテン》となると降格だな」

「実際にはジェーンが船長です。わたしは名ばかりの上役で、船の責任者はジェーンなんです。わたしは提督《コモドア》になるわけですから、それなら昇格でしょう」

「ペリー提督か。いい感じだな。どこかで聞いたような気もするが」

「そうですね」わたしは手にしたPDAを差しあげた。「ジェーンからあなたがこの部屋に案内されるとの連絡がありました。わたしの暗殺を試みてはどうかとほのめかされたそうですね」

「やれやれ。ジェーンはどうしてそういうことを知っているんだろうな」

「あなたがそれを実行するつもりではないことを祈りますよ。あなたにはできないといってるわけじゃありません。あなたはいまでもCDFです。そのスピードと強さをもってすれば、だれにも止められずにわたしの首をへし折れるでしょう。でも、そのあとでこの部屋から出ることはできません。あなたには死んでほしくないので」

「ありがたいことだな」リビッキーはそっけなくいった。「ちがう。きみを殺しにきたわけではない。ここへ来たのはきみを理解するためだ」

「それはよかった」

「まずは、なぜわたしをここへ呼んだのか教えてくれ。コロニー連合にはあらゆる種類の外交官がいる。もしもコンクラーベがコロニー連合を相手に和平交渉をはじめようというのなら、ここへ話をしにくるのはコンクラーベのはずだ。となると、きみがわたしを呼んだ理由がわからない」

「あなたには説明をしておく義務があると思ったんです」

「なんの？」

わたしは身ぶりであたりをしめした。「これです。なぜわたしがここにいるのか。ロアノークではなく。コロニー連合のどこでもなく」

「反逆罪で裁判にかけられるのを避けるためだろうと思っていたが」

「たしかに。でも、それだけではありません。コロニー連合はどんな様子ですか？」

「ここでわたしが話すと本気で思っているわけではあるまい」

「おおざっぱな現状ですよ」

「順調だ。コンクラーベの攻撃は止まった。ロアノークの安全は確保され、第二波の植民者が一ヵ月以内に到着するはずだ」

「予定より早いですね」

「早め早めに手を打つことにしたんだ。防衛網も大幅に強化することになっている」

「よかった。もっと早くできなかったのが残念ですね。攻撃を受けるまえに」

「おたがいにその理由と原因を知らないふりをするのはやめないか」

「ちなみに、コロニー連合はわたしたちの勝利をどんなふうにとらえたんです？」

「当然、おおよろこびだったよ」

「公式には」

「コロニー連合のことは知っているだろう。公式見解が唯一の見解なんだ」

「知っています。それがこういうことになった理由なんですから」

「話が見えないな」

「ロアノークでエサーとの戦いがある直前に、あなたはわたしにこういいました。ほかのだれよりも、コロニー連合は人類の利益のために行動していると」

「そうだったな」

「あなたのいうとおりでした。すべての政府や種族や知的生物のなかで、コロニー連合がもっともわたしたちのために気をくばっています。人類のために。しかし、わたしにはコロニー連合がその仕事をうまくやっているとは思えなくなってきました。コロニー連合がロアノークでわたしたちをどんなふうにあつかったか考えてください。彼らはコロニーの目的について嘘をつきました。コンクラーベの意図について嘘をつきました。そしてコロニー連合全体を破壊しかねなかった戦争行為にわたしたちを加担させました。そのあとで、人類のためにといってわたしたちを生け贄にしようとしました。でも、人類のほとんどはそんなことをなにひとつ知らなかったんでしょう？　コロニー連合は通信をコントロールしています。情報をコントロールしています。ロアノークが生きのびたいま、コロニー連合はけっしてそれを公表することはないでしょう。コロニー連合の権力機構の外にいる人びとは、コンクラーベが存在していることさえ知らないんです。いまでも」

「コロニー連合はそういうやりかたが必要だと信じているのだ」

「わかっています。そして、彼らはそういうやりかたが必要だとずっと信じていた。あなたは地球出身でしょう、将軍。わたしたちが外の宇宙についてほとんどなにも知らなかったことをおぼえているはずです。コロニー連合についてほとんどなにも知らなかったことを。わたしたちが正体不明の軍隊に、その目的もわからないまま入隊したのは、地球で年老いてひとりで死ぬのがいやだったからです。わかっていたのはなんらかの手段で若さをとりもどすということだけでしたが、それで充分でした。それだけでわたしたちはここへ来たんです。そして、それがコロニー連合のやりかたなんです。目的を達成するために必要な情報だけを伝える。それ以上は教えない」

「わたしはいつでもコロニー連合の手法に賛成しているわけではない。きみも知ってのとおり、ロアノークを切り捨てるという計画には反対だった。だが、きみのいいたいことはよくわからん。ロアノークを利用したあの計画をもしもコンクラーベが知っていたら、それこそ大惨事になっていたはずだ。コンクラーベは人類を封じこめようとしているんだぞ、ペリー。いまでもそれは変わらない。われわれが戦わなかったら、宇宙の残りの部分は他種族でいっぱいになってしまう。人類は滅亡する」

「あなたは人類とコロニー連合を混同しています。コンクラーベがコロニー連合を封じこめようとしているのは、コロニー連合が仲間に加わることを拒否しているからです。しかし、コロニー連合は人類ではありません」

「それは名ばかりの区別だ」

「たしかに」わたしは展望デッキの湾曲した窓を指さした。「ここに来たときにほかの宇宙船を見ましたよね」

「ああ。ぜんぶかぞえたわけではないが、おそらく四百十二隻なんだろう」

「惜しいですね。これを入れて四百十三隻です。ついでながら、わたしはこの船をロアノーク号と命名しました」

「すばらしい。われわれのつぎのコロニー世界を攻撃する船団は、ちょっとした皮肉な色合いを帯びているわけだ」

「では、コロニー連合はあいかわらず植民計画を進めているんですね」

「それについてきみに話すつもりはない」

「コンクラーベとコロニー連合がふたたび戦火をまじえるようなことがあっても、この船はそこに加わることはありません。これは交易船です。この船団のすべての船が交易船なんです。それぞれの船がはこんでいるのは、その船を所有している種族の物品です。おわかりでしょうが、これにはたいへんな手間がかかりました。すべての種族に署名させるまで二カ月かかりました。ガウ将軍は何人かの腕だか触手だかをねじりあげなければなりませんでした。一部の種族にとっては、戦艦を提供するよりも物品を満載した貨物船を提供するほうがむずかしいんです」

「戦艦の群れでもコロニー連合をコンクラーベに加盟させることができないのに、交易船の群れでそれが可能になるとは思えんのだが」

「それについてはあなたのいうとおりだと思います」わたしはPDAを差しあげた。「ジェーン、スキップしていいぞ」

「なんだと？　いったいなにをするつもりだ？」

「いったでしょう。自分のことを説明しているんですよ」

ロアノーク号は宇宙空間に浮かんでいて、搭載されたスキップドライヴに干渉する可能性のあるすべての重力井戸から慎重に距離を置いていた。そしていま、ジェーンがスキップの実行を命じた。時空に穴をあけてべつの地点へ移動したのだ。

展望デッキで見るかぎり、ちがいはそれほど大きくなかった。ひとつのランダムな星野が、つぎの瞬間、べつのランダムな星野に変わっただけのことだ。そこにあるパターンになにかを見てとるまでは。

「見てください」わたしは指さした。「オリオン。おうし。ペルセウス。カシオペア」

「なんと」リビッキーがささやいた。

ロアノーク号が中心軸に沿って回転すると、星ぼしが薄れて消えて、そのかわりに巨大な輝く惑星の姿があらわれた。青と緑と白の惑星。

「おかえりなさい、将軍」わたしはいった。

「地球か」リビッキーはいった。その先のことばが口に出されることはなかった。彼があとにしてきた世界をじっと見つめなければならなかったからだ。

「あなたはまちがっていました、将軍」

一瞬おいて、リビッキーは夢想から我に返った。「なんだと？　なにがまちがっていたんだ？」

「コヴェントリのことです。調べてみたんですよ。イギリスは爆撃があることを知っていました。そこまではあなたのいったとおりです。しかし、どこが爆撃されるかは知らなかった。イギリスはコヴェントリを犠牲にしたわけではありません。そして、コロニー連合もロアノークを犠牲にするべきではなかったんです」

「なぜここへ来たんだ？」

「あなたはいいましたね、将軍。コロニー連合はけっしてコンクラーベには加わらないと。でも、地球なら加わるかもしれない」

「地球をコンクラーベに加盟させようというのか」

「ちがいます。わたしたちは地球に選択肢をあたえるんです。コンクラーベの各世界からの贈り物を差しだして。そのあと、わたしも自分の贈り物を差しだすつもりです」

「きみの贈り物だと」

「真実です。すべての真実です。コロニー連合について、コンクラーベについて、わたしたちが故郷を離れて宇宙へ出ていくとどんなことが起きるかについて。コロニー連合は手持ちの世界を好きなように運営すればいい。でも、この世界は自分たちで決断をくだすんです。人類とコロニー連合はもはや取り替えはききません。この日から先は」

リビッキーはわたしを見た。「きみはこんなことをする立場にない。これだけの人びとのために決定をくだす立場にないのだ」

「そういう立場にないかもしれません。でも、そうする権利はあります」

「きみは自分がなにをしているかわかっていないのだ」

「わかっていると思います。世界を変えようとしているんです」

窓の外にべつの宇宙船がふっと出現した。わたしはPDAを持ちあげた。スクリーンにはシンプルな地球の図が表示されていた。その輝く円のまわりにつぎつぎと光点があらわれた——ひとつで、ふたつで、グループで、大群で。船団がすっかり顔をそろえると、そのすべての宇宙船が、受信可能なあらゆる人間語で歓迎のメッセージを送り、地球が歴史とテクノロジーにおける何十年分もの遅れを取りもどせるように、暗号化されていない大量のデータをばらまいた。真実、わたしが語れるだけの真実。それはわたしからの贈り物だ。かつてわたしの家だった世界への。そして、願わくばふたたびわたしの家になる世界への。

16

はじめはその男がだれなのかわからなかった。出会った場所のせいもあった。わたしが合衆国下院議会の階段にいるというだけでも妙なことなのだから、そこで彼に出会うというのはまったく予想外だった。しかも、彼はわたしの記憶にあるよりもいくらか歳をとって見えた。おまけに、緑色ではなかった。

「シラード将軍」わたしはいった。「これはおどろいた」

「こちらは狙いどおりだ」

「ずいぶん変わって見えるなあ」

「ああ。コロニー連合が人類の各政府と地球で交渉をおこなうようになってわかったことだが、われわれがふだんどおりの姿をしていると、ここの政治家たちからまじめにとりあってもらえないのだ」

「緑色の肌にもいろいろ苦労があるんだな」

「まったくだ。そこで、自分の姿をもっと高齢でピンクに見えるように変えた。効果はあるようだ」

「あなたがレンタカーを借りられる年齢にもなっていないということは、やっぱり伝えていないんだろうな」

「いま以上に彼らを混乱させる必要性は感じないからな。すこし時間はあるか？　話があるんだが」

「きょうの証言はもう終わった。時間はあるよ」

シラードはわたしの周囲を大げさなしぐさで見まわした。「あのレポーターの大群はどこへいった？」

「ああ、それか。きょうはガウ将軍が上院情報委員会で証言をしてるんだ。わたしは下院の農業小委員会で話をしただけだ。一般からアクセスできるカメラが一台あったきりでね。どのみち、だれもがわたしを追いかけまわしていたのは何カ月もまえのことだ。エイリアンのほうがずっとおもしろいからね」

「栄光はあっというまに色あせるのだな」

「べつに気にしてない。しばらくは雑誌の表紙になるのも楽しいけど、じきにあきてくる。すこし歩くかい？」

「ぜひとも」

わたしたちはモールの方向へ歩きだした。ときおり、通行人にちらちらと見られることはあったが——雑誌の表紙に載ろうと載るまいと、わたしはいまでも充分人目につくのだ——ワシントンDCの住民は有名な政治家の姿を見かけることにあきあきしており、ほかにましな呼び方がないため、わたしもそのひとりに分類されていた。

「よければ教えてもらえるかな、将軍」わたしはいった。「あなたはなぜここに？」

「きょうは上院議員たちに陳情をおこなっている。合衆国がCDFの新兵募集を一時凍結したことが問題なのだ。合衆国出身の新兵は全体のなかでかなりの割合を占めてきた。だからほかの国家が市民に入隊を禁じても問題にならなかったのだ。そういう国々の貢献はささやかなものだったからな。しかし、合衆国抜きでは、われわれは新兵勧誘の目標を達成できなくなる。とくにいまは、ほかにも数多くの国々が新兵募集を一時凍結しているのだ」

「その一時凍結のことなら知ってる。ききたいのは、なぜあなたがということだ」

「わたしは政治家のことばで話すのがうまいらしい。このあたりでは社会性に少々難があるというのは利点らしく、特殊部隊はまさにそういう存在だからな」

「一時凍結は解除できそうなのかな？」

シラードは肩をすくめた。「事態はこじれている。こんなにこじれているのは、結局のところ、コロニー連合が地球をあまりにも長く闇に閉じこめていたからだ。きみはここへ来て、彼らがどれほど多くのものを見逃してきたかを話してまわった。彼らは怒っているのだよ。問題は、彼らが怒りのあまり、ほかの人類ではなくコンクラーベと手を組むかどうかということだ」

「投票はいつ？」

「三週間後だ」

「興味深いことになりそうだな」

「興味深い時代を生きることにまつわる中国の悪態があるそうだな」

わたしたちはしばらく無言で歩きつづけた。

「これから話すことはわたしの個人的な意見だ」シラードがいった。「その点についてははっきりさせておきたい」

「わかった」

「第一に、きみに礼をいいたい。地球を訪問できる日がくるとは思ってもみなかった。きみがコロニー連合の従来のやりかたを完全にぶち壊してくれなかったら、絶対にありえなかっただろう。だからそれについては感謝する」

笑いをかみころすのはとてもむずかしかった。「どういたしまして」

「第二に、きみにあやまらなければならない」

「あやまるならジェーンにだろう、将軍。あなたに改造されたのはジェーンなんだから」

「改造したのは彼女だけだが、きみたちふたりを利用した」

「人類を生きのびさせるためにやったといったじゃないか。相手がだれであれ利用されるのはうれしくないけど、少なくとも、あなたの目的には多少の共感をおぼえた」

「きみになにもかも正直に話したわけではなかったのだ。たしかに、コロニー連合が人類を絶滅させかねないという点については心配だった。それを阻止するのがわたしの第一の目的だった。しかし、わたしにはもうひとつの目的があった。身勝手な目的が」

「というと?」

「特殊部隊はコロニー連合では第二級市民だ。ずっとそうなのだ。必要とされても信頼されることはない。われわれはコロニー連合を存続させるという困難な仕事をしている。コンクラーベの船団を撃破したのはわれわれだが、その報酬は、より多くの仕事と、より多くの責任だけだ。わたしはコロニー連合にわたしの部下たちを認めさせたかった。われわれが連合にとってどれだけ重要な存在であるかを。その答がきみだったのだ」

「わたしが? たしかあなたは、わたしたちが選ばれたのはジェーンとゾーイがいたからであって、わたしは関係ないといっていた」

「あれは嘘だ。きみたち三人にはそれぞれの役割があった。たしかに、人類を生きのびさせるためにはジェーンとゾーイがもっとも重要だった。しかし、わたしの目的を果たすためにはきみがもっとも重要だったのだ」

「話が見えないな」

「なぜなら、きみは利用されることに憤りをおぼえる男だからだ。セーガン中尉は、自分とロアノークがコロニー連合の目的のためにあやつられたことを知って腹を立てただろう。だが、彼女はそれを解決するために、目先の問題にじかに取り組んだ。そういうふうに訓練されているのだ。短絡的思考だな。きみは正反対だ。きみの妻にはいろいろな側面があるが、芸の細かさはそこに含まれていない。きみはじっくりと考える。長期的な解決策をさがし、きみを利用した相手を罰し、人類が同じ脅威に二度と直面しないですむようにする」

「コンクラーベを地球へ連れてきて。コロニー連合への兵士の供給を中断させて」

「われわれはその可能性があると考えた。わずかなものではあったが、たしかに可能性はあった。その結果として、コロニー連合がすでにある軍事的資源に頼るだろうと。つまりわれわれだ」

「植民者たちはつねにいるわけだが」

「植民者たちはもう二世紀近く自分たちの戦争をしていない。大惨事になるだろう。遅かれ早かれ特殊部隊が駆りだされることになる」

「しかし、あなたは新兵募集の一時凍結を解除してもらうために陳情に来ている」

「このまえふたりで話したとき、わたしはきみに、コンクラーベの船団を撃破するために特殊部隊の兵士たちを使うのを認めた理由を説明した」

「そうすればあなたが状況を掌握していられるから」

シラードは、こういうわけさ、といわんばかりに両手をひろげた。

「あなたがこれを計画していたと信じるのはなかなかむずかしそうだ」わたしはいった。

「計画などしていないよ。起こりうる可能性を残したままにしておいて、実際にそうなったときに対応できる準備をととのえていたのだ。はじめからきみがこんなことをやると予想していたわけではない。交易船か。じつにおもしろい。わたしはもっとちがう艦隊を予想していたよ」

「あなたをおどろかせることができたのはうれしいな」

「そうだろうとも。では、きみに恩返しをさせてくれ。セーガン中尉が改造の件でまだわたしを許していないのは知っている」

「たしかに許していないな。長い時間をかけてふつうの人間の体に慣れたと思ったら、それをあなたに奪われてしまったんだから」

「セーガンにこう伝えてくれ。彼女はプロトタイプだ。特殊部隊の兵士でも、全体がヒトゲノムをもとに設計されたバージョンでね。染色体の数にいたるまで百パーセント人間なんだよ。もちろん、人間よりもすぐれてはいるが、人間であることにちがいはない。改造後もずっと人間のままだったんだ」

「頭にブレインパルがはいってる」

「そこがとりわけ自慢でね。最新世代のブレインパルは、ほとんどが有機物でできている。ヒトゲノムからそれを生成するには大幅な改良が必要だった。セーガンは完全統合型の人間ブレインパルを装着した最初の兵士なんだ」

「なぜジェーンでテストしたんだ？」

「セーガンにはそれが必要になるとわかっていたし、彼女が人間性を重視していることもわかっていたからだ。わたしはその両方を尊重したかったし、あのテクノロジーはテスト段階まできていた。セーガンには、いままで話せなかったことを申し訳なく思っていると伝えてほしい。わたしにはあのテクノロジーについて公表したくない個人的な理由があったのだ」

わたしはシラードをしげしげと見つめた。「あなたも同じテクノロジーを利用しているんだな」

「そうだ。生まれてはじめて、わたしは完全に人間になった。ほかのだれとも変わらない人間に。いずれは特殊部隊の全隊員が同じようになるだろう。それは重要なことだ。現在のわれわれにとっても、コロニー連合と人類にとってわれわれがどんな存在になれるかを考えたときも。ジェーンに伝えてくれ、ペリー。彼女はわれわれの最初のひとりだ。われわれのなかでもっとも人間らしいのだ。かならず伝えてくれ」

それからしばらくして、わたしはジェーンをキャシーに会わせにいった。オハイオ州の生まれ故郷の街は、わたしが二十年近くまえに離れたときのままの姿をしていて、ほんのすこしだけくたびれた感じになっていた。車で長い私道を抜けて昔の家に着いてみると、息子のチャーリーとその家族を筆頭に、わたしとほんのすこしでもつながりのある人びとが全員顔をそろえて待ちかまえていた。地球へもどってから、チャーリーとは二度、彼がワシントンDCまでたずねてきてくれたときに顔を合わせていた。ふたりとも、わたしのほうがチャーリーより数十年若く見えるというショックからすでに立ち直っていたし、チャーリーのほうは、ジェーンが自分の母親とそっくりだというショックからすでに立ち直っていた。けれども、ほかの全員にとって、はじめの出会いはひどくぎこちないものとなった。

その雰囲気を壊してくれたのはゾーイだった。まず手はじめに、彼女は自分より年上のチャーリーの息子のアダムにむかって、あたしを〝ゾーイ叔母さん〟と呼びなさいと要求したのだ。集まった一族はだんだんと心あたたまる存在になっていった。わたしたちにとっても、わたしにとっても。わたしは過去二十年間のあらゆるゴシップを仕入れた。ジェーンは会ったことのないキャシーについていろいろな話を聞いた。ゾーイは高齢の親戚にもいかれた十代の若者にもひとしくちやほやされた。サヴィトリはチャーリーを相手にわたしの監査官時代のことでジョークを飛ばした。ヒッコリーとディッコリーは好奇の視線に耐え抜いた。

太陽が沈むと、ジェーンとわたしはゾーイにそっとキスをして家を抜けだし、郡道を東へ歩いてハリス・クリーク共同墓地までたどり着き、わたしの妻の名が記された質素な墓標のまえに立った。

「キャサリン・レベッカ・ペリー」ジェーンが膝をついて読みあげた。

「そうだよ」

「泣いてるのね」ジェーンはふりかえらずにいった。「声でわかる」

「ごめん。ここへもどることがあるとは思ってもみなかったから」

ジェーンがふりむいた。「あなたを苦しめるために来たわけじゃなかったのに」

「だいじょうぶ。苦しいのはあたりまえだから。それに、きみをキャシーに会わせたかった。きみがここへ来るときにはそばにいたかった」

「いまでもキャシーを愛しているのね」ジェーンは墓標に目をもどした。

「ああ。きみが気にしないでくれるといいんだけど」

「あたしはキャシーの一部だから。キャシーもあたしの一部。あなたがキャシーを愛するとき、あなたはあたしのことも愛している。あなたがキャシーを愛しつづけるのは気にならないわ。むしろそうしてほしい。いつまでもそうしてほしい」

わたしはジェーンにむかって手をのばした。ジェーンがその手をとった。わたしたちは、キャシーの墓のまえでじっと黙りこみ、とても長いあいだそうしていた。

「星が見える」ジェーンが口をひらいた。

「あれがおおぐま座だ」わたしは指さした。

ジェーンはうなずいた。「見えるわ」

わたしはジェーンの体に両腕をまわした。「ハックルベリーにいたころ、きみは星座がはじめて見えたとき、そこが自分の家だと実感したといっていた」

「おぼえてるわ」

「いまでもそうなのかな？」

「そうよ」ジェーンはわたしに顔をむけた。「ここはあたしの家。あたしたちの家」

わたしは妻に口づけをした。

「天の川」唇が離れたあと、ジェーンは空を見あげていった。

「そうだ」わたしも空を見あげた。「ここだとすごくよく見える。それも小さな田舎町に住むのが好きな理由のひとつなんだ。都会では明かりで星がかき消されてしまう。でもここなら、ちゃんと見ることができる。もっとも、きみの視力だと、さぞかしすばらしい見ものなんだろうな」

「とてもきれい」

「それで思いだしたけど」わたしは、シラード将軍がジェーンのことを、完全に人間となった最初の特殊部隊員だといっていたことを話した。

「おもしろいわね」

「結局、きみは完全に人間なんだよ」

「わかってる。もう見当がついていたわ」

「へえ。どうしてわかったんだろう」

「あたし妊娠してるの」そういって、ジェーンはにっこり笑った。

感謝のことば

本書をもって、わたしたちはジョン・ペリーとジェーン・セーガンの物語の終点にたどり着いた。ふたりの旅はまだまだつづくと思いたい。だが、それはわたしたち抜きでつづく旅だ。わたしもいつかこの宇宙へもどり、どこかべつの片隅を訪問して、本書に描かれたできごとによってどんな変化が起きたかを目にすることがあるかもしれない。だが、とりあえず、わたしはいったんしりぞいて、べつの場所と人びとを訪問することになる。みなさんに納得してもらえるといいのだが。

この旅に付き合ってくれたみなさんに感謝したい――本書がこの宇宙とのはじめての出会いだったとしても、ここへたどり着くまでの三冊の本すべてを通過してきているとしても。このシリーズを書いていてとてもうれしかったのが、読者の反応を耳にしたりメールを読んだりすることだった。これらの本を書いたわたしに感謝したり、さっさと腰をあげてつぎの本を書けと励まして（ときには要求して）くれたり。みなさんは作家をいい気分にさせるすべをよく心得ている。

シリーズの執筆にあたり、パトリック・ニールスン・ヘイデンという編集者に担当してもらえたのはとてつもない幸運だった。SF出版業界にまつわるパトリックの現実的センスは、担当する書籍へのおおいなる期待とよく調和がとれていた。わたしはその両方から恩恵を受けた。とりわけ、本書はパトリックの忍耐力の恩恵を受けている。わたしがいくつかの章をまるごと削り取ったり、みなさんがけっして出会うことのない不愉快なキャラクターを井戸へ突き落としたりするたびに、本書を書きあげるのに必要な時間はのびていった。パトリックは（あまり）文句をいわなかった。その信頼に深く感謝する。トム・ドーアティにもたくさんの感謝を。シリーズを通じての彼の励ましは、わたしにとってはきわめて大きな意味をもっていた。

トーのほかのみなさんにも、ことばではあらわせないほどの感謝を送らなければならない。テリーサ・ニールスン・ヘイデン、リズ・ゴリンスキー、アイリーン・ギャロ、ドット・リン、それと情け容赦ないマーケティング担当者たち。またもやいかした表紙を描いてくれたジョン・ハリス、わたしが文法とスペリングについてちゃんとわかっているように見せてくれる原稿整理のジャスティン・ガードナー、本文のデザインを担当したニコール・ド・ラス・ヘイラスにも感謝を。わたしがやったのは、ただ本を書いただけ。体裁をととのえてくれたのはここにあげた人たちだ。かけがえのないエージェント、イーサン・

エレンバーグにも感謝する。

本書をなんとか形にしようと苦闘していたときに、わたしが正気をたもつのを助けてくれた友人たち。一部をあげておこう。ニック・セーガンは、同時期に本を仕上げようとしていて、やはり締切地獄に苦しんでいた。ジャスティン・ラーバレスティアも同じく。いずれのケースでも、ぜひ彼らの本を見つけだし、どんな本を読みそこなっているのかたしかめていただきたい。わたしの頭のネジがゆるまないようにしたり、わたしがそれなりに人間と接触したりするのを助けてくれた友人もいる。スコット・ウエスターフェルド、ドセールとジャニーン・ヤング、デヴン・デサイ、アン・KG・マーフィー、カレン・マイズナー。ここで列挙して感謝したい人びとは、とくにSF作家コミュニティにはとても大勢いるのだが、そんなことをしていたらまる一日かかってしまうので、わたしから感謝されるべきだと思う人（そういう人は大勢いるはずだ）は、どうかわたしがここであなたについて語っていると思いこんでほしい。さらに、わたしのブログ Whatever と By the Way の読者のことも書いておこう、彼らの日々の励ましがわたしの仕事を完成させてくれた——たとえそのせいでブログへの投稿が減ることになったとしても。

『最後の星戦』の執筆中、わたしは新人SF作家を対象とするジョン・W・キャンベル賞にノミネートされ、これを受賞した。同時にノミネートされたのは、サラ・モネット、クリス・ロバースン、ブランドン・サンダースン、K・J・ビショップ、ステフ・スウェインストンで、幸運にも、サラとクリスとブランドンとは友人になれた。わたしが彼らよりもましな作家だという意見は、人をよろこばせるための嘘でしかないので、つぎに書店へ出かけたりオンライン書店をのぞいたときには、ぜひ彼らの作品をチェックしてみてほしい。失望はしないはずだ。

本書ではジョセフ・ローンというキャラクターを殺した。ほんもののジョセフ・ローンは、AOLでわたしがいっしょに働いている人物だ。彼には長く幸せな人生を送ってほしいし、名前を使わせてくれたことにも感謝する。本書のストロス中尉は、いうまでもなく、言語に絶する才能をもつSF作家でありわたしの友人でもある、チャールズ・ストロスから拝借している。ほんもののストロスは本書に登場した人物ほど地につかない《スペイシー》わけではない。リビッキー将軍は、わたしの長年の友人で編集者でもあるジョー・リビッキーからとった。彼がこのキャラクターを気に入ってくれるといいのだが。

さらに、最前線読者としてわたしの本をよりよいものにする手助けをしてくれるリーガン・エイヴリーにも感謝する。彼女はわたしの最前線読者をもう十年もつとめてくれている。わたしは彼女のことをお守りだと思っている。

最後に、わたしの妻と娘、クリスティンとアシーナ・スコルジーのそれぞれに、とりわけクリスティンに感謝する。わたしとクリスティンのことを知っている人たちは、ジェーン・セーガンはあきらかにクリスティンをモデルにしていると指摘する。類似はわずかだが——わたしの知るかぎり、妻は小隊ひとつぶんの武装した兵士たちをナイフだけで倒したことはない——ジェーンの知性と強さと性格が、わたしの妻の知性と強さと性格をもとにしているのは事実だ。率直にいって、わたしの妻はたいへんなしっかり者だ。おまけにとてもやさしいので、こんなわたしをがまんしてくれるだけでなく、わたしを励まし、支え、愛してくれる。いっしょにいられるのは幸運だ。わたしはこのシリーズを——『老人と宇宙《そら》』、『遠すぎた星』、『最後の星戦』——そっくり妻に捧げる。これらはクリスティンの本だ。わたしはただ書きとめただけだ。

ジョン・スコルジー

二〇〇六年九月二〇日

訳者あとがき

お待ちかね、〈老人と宇宙《そら》〉シリーズの第三作です。

第一作『老人と宇宙《そら》』では、七十五歳の老人が宇宙軍に入隊するという特異な設定で話題を集め、第二作『遠すぎた星』では、超人的能力をもつ特殊部隊に焦点をあてたミステリアスな冒険アクションでストーリーテラーとしての力を見せつけたスコルジー。今回お届けするのは、その大人気シリーズの総決算となる作品です。

物語は、第一作につづいて主人公ジョン・ペリーの視点から語られます。

コロニー防衛軍をぶじに退役し、ひとりの植民者として発展途上のコロニーに腰を据えたジョン。いまは緑色ではないふつうの人間の体にもどり、村の監査官という名目の雑用係を引き受けて（軍人はつぶしがきかないのです）、家族とともにのんびりした日々を送っています。

そんなペリーに、コロニー連合の植民局からひとつの依頼が舞いこみます。新規に建設されるコロニーのリーダーをつとめてくれないかというのです。従来は、コロニーへの入植が許されるのは地球の第三世界の人びとだけでしたが、既存のコロニーでも新しい世界への入植をもとめる気運が高まっていました。圧力に負けた植民局は、古参の十の世界からの植民者をひとつの新設コロニーへ送りこむという計画を立てました。とはいえ、文化も宗教もばらばらな各コロニーの意見が簡単にまとまるはずはありません。だれがリーダーになるかという段階で早くも収拾がつかなくなったので、どのコロニーとも利害関係のないジョンに白羽の矢が立ったのでした。

辺境のコロニーからのどかにはじまる物語は、新コロニー建設をめぐる西部開拓史になるかと思わせながら、陰謀渦巻く星間政治の泥沼に突入し、最後には、人類の存亡を賭けた宇宙規模の戦いへとひろがっていきます。本書の原題は *The Last Colony*（最後のコロニー）。その真の意味があきらかになるとき、ジョン・ペリーはひとつの大きな決断をくだすことになります。物語は大きくひとめぐりし、前二作で提示されたさまざまな謎も解き明かされて、シリーズの締めくくりとして——これしかないと思わせるラストも含め——申し分のない作品となっています。

当然ながら本国でも大好評で、第一作につづいてふたたびヒューゴー賞長篇部門の候補となりました。残念ながら栄冠はのがしたものの、受賞作のマイケル・シェイボン『ユダヤ警官同盟』（新潮社）と大接戦をくりひろげた末の第二位だったようです。

最後に、作者の近況をすこし紹介しておきます。

本書をもって〈老人と宇宙《そら》〉シリーズは完結し、当面つぎの作品を書くことはないと宣言していたスコルジー。しかし、おおかたの読者の予想どおり、二〇〇八年になって第四作となる *Zoe's Tale*（ゾーイの物語）を発表しました。ただし、これは続篇ではなく、本書『最後の星戦』で描かれたできごとをゾーイの視点から語り直したものになっています。オースン・スコット・カードが『エンダーのゲーム』の物語を、主人公を変えて『エンダーズ・シャドウ』で語り直したのと同じようなパターンです。本書を読んだ多くの人が感じることだと思いますが、前半に出てきたあの生物はどうなったのか、ゾーイは終盤にいったいどんな冒険をくりひろげたのか、など、気になる部分がいろいろと語られないままになっています。読者からの強い催促もあったようですし、作者がもうひとつの物語によって補完したくなったのはむりもない気がします。

主人公が十七歳の少女ということもあり、*Zoe's Tale* はヤングアダルトものに分類されているようですが、読者からの評価は非常に高く、またもやヒューゴー賞長篇部門の候補となりました。これで、現在までに刊行されたシリーズ四作品のうち、じつに三作品が同賞の候補になったわけで、新人作家としては異例の活躍といえるでしょう。

ヒューゴー賞といえば、今年はスコルジーの当たり年で、長篇部門のほかにも、エッセイ集の*Your Hate Mail Will Be Graded*が関連書部門で、編集した*METAtropolis*というオーディオブック版アンソロジーが長篇ドラマ部門で、それぞれ候補にあがっています。とくに*METAtropolis*は、〈ダークナイト〉や〈WALL・E/ウォーリー〉といった並み居る大作映画のなかで一作だけ異彩をはなっており、作者自身にとってもかなりのおどろきだったようです。受賞作の発表される八月がいまから楽しみです。

二〇〇九年六月

訳者略歴　1961年生，神奈川大学卒，英米文学翻訳家　訳書『ターミナル・エクスペリメント』『フラッシュフォワード』ソウヤー，『キリンヤガ』レズニック（以上早川書房刊）他多数

HM=Hayakawa Mystery
SF=Science Fiction
JA=Japanese Author
NV=Novel
NF=Nonfiction
FT=Fantasy

最後《さいご》の星戦《せいせん》
老人《ろうじん》と宇宙《そら》３

〈SF1716〉

二〇〇九年 六 月二十五日　発行
二〇一一年十二月 十五 日　三刷

（定価はカバーに表示してあります）

著者　ジョン・スコルジー
訳者　内《うち》田《だ》昌《まさ》之《ゆき》
発行者　早川　浩
発行所　株式会社　早川書房

郵便番号　一〇一 - 〇〇四六
東京都千代田区神田多町二ノ二
電話　〇三 - 三二五二 - 三一一一（大代表）
振替　〇〇一六〇 - 三 - 四七七九九
http://www.hayakawa-online.co.jp

乱丁・落丁本は小社制作部宛お送り下さい。
送料小社負担にてお取りかえいたします。

印刷・信毎書籍印刷株式会社　製本・株式会社川島製本所
Printed and bound in Japan
ISBN978-4-15-011716-0 C0197

本書は活字が大きく読みやすい〈トールサイズ〉です。